神格孚顯

中樞春秋祀典祭祝文編匯注 2005-2022

賴貴三　編注

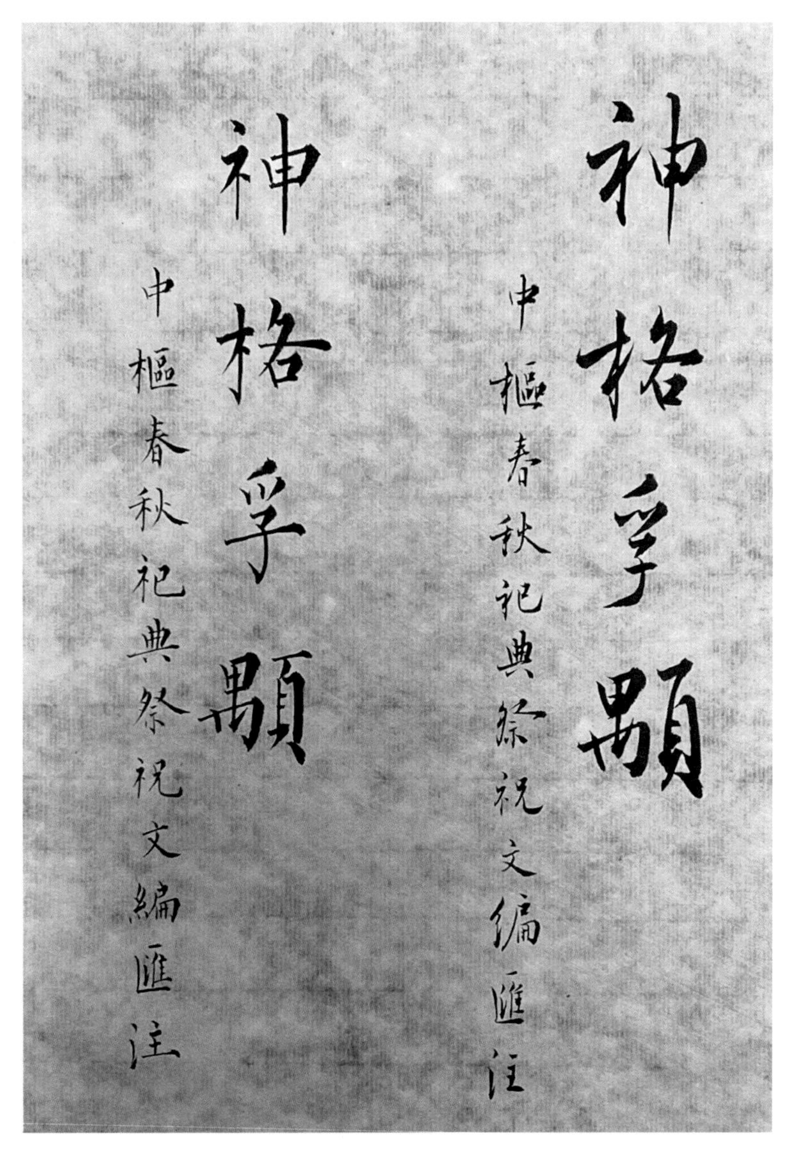

壽明蔡長煌仁棣惠書「神格孚顯」

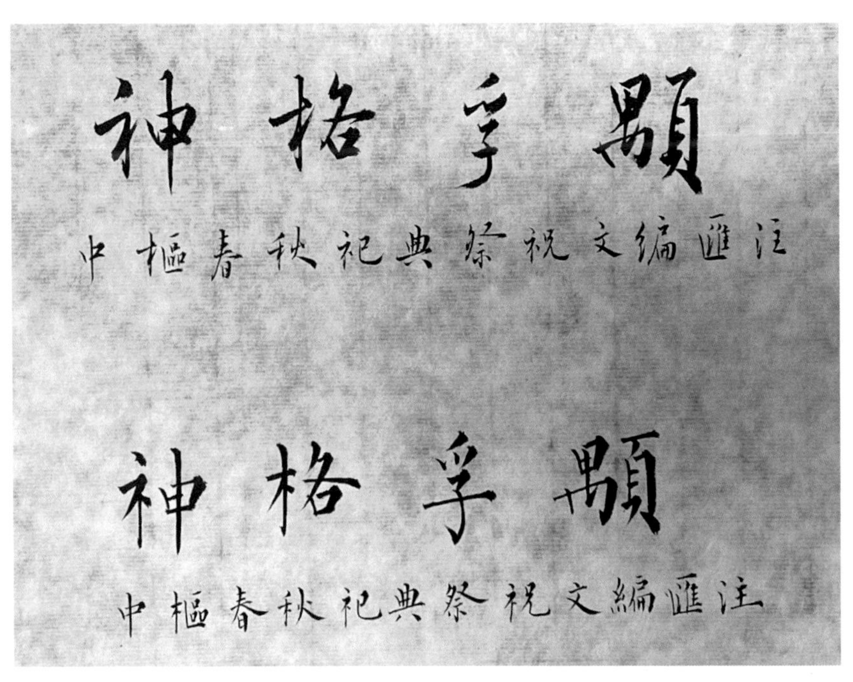

壽明蔡長煌仁棣惠書「神格孚顯」

陝西省黃陵縣「黃帝腳印」

內政部民政司曾素卿小姐提供，
攝於 2017 年 11 月 2 日。

陝西省黃陵縣軒轅廟

內政部民政司曾素卿小姐提供，
攝於 2017 年 11 月 2 日。

陝西省黃陵縣程潛敬獻「人文初祖」匾額

內政部民政司曾素卿小姐提供，
攝於 2017 年 11 月 2 日。

陝西省黃陵縣黃帝陵廟

內政部民政司曾素卿小姐提供，
攝於 2017 年 11 月 2 日。

上：陝西省黃陵縣郭沫若題「黃帝陵」
內政部民政司曾素卿小姐提供，
攝於 2017 年 11 月 2 日。

下：臺北圓山忠烈祠中樞遙祭黃帝陵文
攝於 2009 年 4 月 3 日

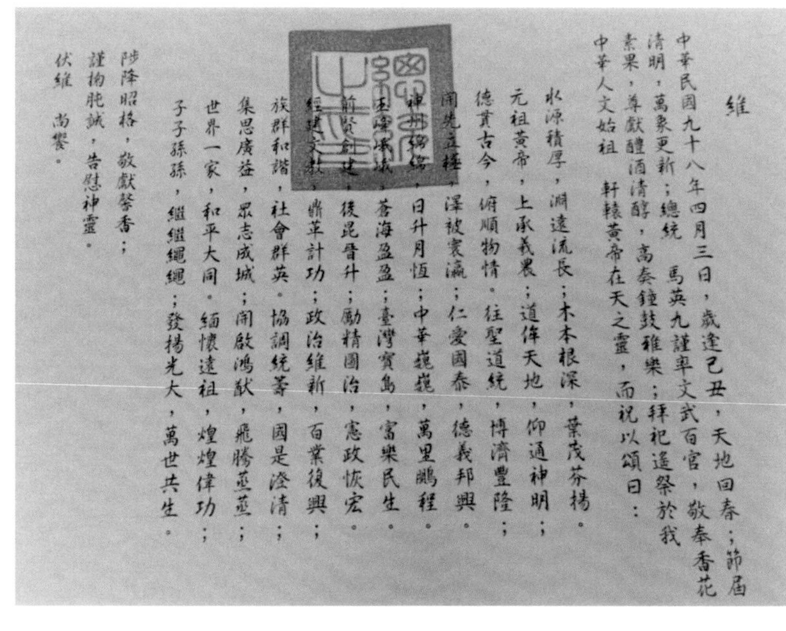

維
中華民國九十八年四月三日，歲逢己丑，天地回春；節屆
清明，萬象更新；總統　馬英九謹率文武百官，敬奉香花
素果，尊獻醴酒清醇，高奏鐘鼓雅樂；拜祀遙祭於我
中華人文始祖　軒轅黃帝在天之靈，而祝以頌曰：
水源積厚，淵遠流長；木本根深，葉茂芬揚。
元祖黃帝，上承羲農；道侔天地，仰通神明；
德貫古今，俯順物情。往聖道統，博濟豐隆；
開先立極，澤被寰瀛；仁愛國泰，德義邦興。
神州綿綿，日升月恆；中華巍巍，萬里鵬程。
玉山[illegible]，蒼海盈盈；臺灣寶島，富樂民生。
前賢創建，後昆晉升；勵精圖治，憲政恢宏。
經建文教，鼎革計功；政治維新，百業復興；
族群和諧，社會群英。協調統籌，國是澄清；
集思廣益，眾志成城；開啟鴻猷，飛騰蒸蒸；
世界一家，和平大同。緬懷遠祖，煌煌偉功；
子子孫孫，繼繼繩繩；發揚光大，萬世共生。
陟降昭格，敬獻馨香；
謹抒肫誠，告慰神靈。
伏維　尚饗。

上：陝西省黃陵縣蔣中正敬題「黃帝陵」
內政部民政司曾素卿小姐提供，
攝於 2017 年 11 月 2 日。

下：臺北圓山忠烈祠中樞遙祭黃帝陵文
2011 年 4 月 1 日

維

中華民國一百年四月一日，歲逢辛卯，天地回春；
節屆清明，萬象更新；總統　馬英九先生謹派
內政部江宜樺部長，代表中樞，敬奉香花素果之
奠、清酌雅樂之儀，遙祭於我赫赫
中華人文始祖　軒轅黃帝在天之靈，而祝以頌曰：

穆穆穹蒼，覆蔭炎黃；青青宇疆，孕毓美鄉。
華夏泱泱，文化醇良；禮樂堂堂，孔孟弘揚。
五嶽三江，行健自強；四海八方，龍蟠虎驤。
源遠脈長，祖德流芳；神州曙光，臺瀛輝煌。
三民偉張，百姓富康；政教隆昌，何用不臧。
燮理陰陽，仁義昭彰；調融柔剛，時位正當。
彝型聖王，器度昂昂；大有領航，道志滂滂。
經綸禹湯，百年興邦；胸懷濟匡，萬代耀芒。
醴酒盈觴，敬獻馨香；神格靈廊，伏維尚饗。

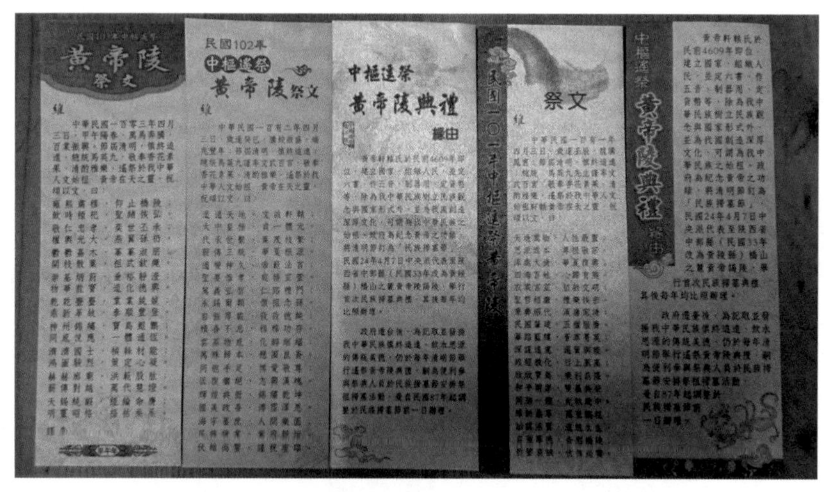

臺北圓山忠烈祠中樞遙祭黃帝陵文與緣由

2012-2014 年

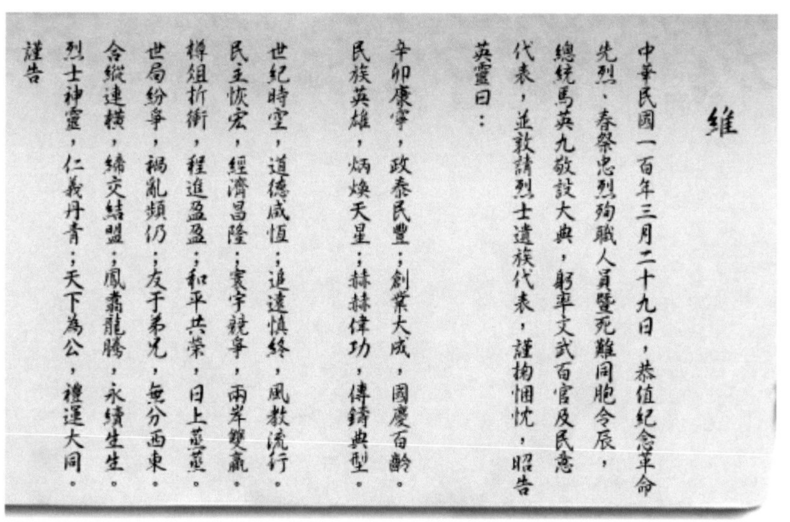

維

中華民國一百年三月二十九日，恭值紀念革命先烈、春祭忠烈殉職人員暨死難同胞令辰，總統馬英九敬設大典，躬率文武百官及民意代表，並敦請烈士遺族代表，謹掬悃忱，昭告英靈曰：

辛卯康寧，政泰民豐；創業大成，國慶百齡。
民族英雄，炳煥天星；赫赫偉功，傳鑄典型。
世紀時空，道德咸恆；追遠慎終，風教流行。
民主恢宏，經濟昌隆；寰宇競爭，兩岸雙贏。
樽俎折衝，程進盈盈；和平共榮，日上蒸蒸。
世局紛爭，禍亂頻仍；友于弟兄，無分西東。
合縱連橫，締交結盟；鳳翥龍騰，永續生生。
烈士神靈，仁義丹青；天下為公，禮運大同。

謹告

臺北圓山忠烈祠中樞春祭祭文

攝於 2011 年 3 月 29 日

國防部後備指揮部王惠民上校導覽忠烈祠
攝於 2016 年 4 月 1 日

臺北圓山忠烈祠中樞遙祭黃帝陵典禮

上左為內政部陳威仁部長獻花；上右為馬英九總統獻花；
下左為黃帝靈位；下右為典禮主祭位，攝於 2016 年 4 月 1 日。

臺北圓山忠烈祠中樞遙祭黃帝陵典禮車輛通行證

臺北圓山忠烈祠中樞遙祭黃帝陵典禮與祭證

臺北圓山忠烈祠中樞遙祭黃帝陵典禮與學生合影

上為東北師大王蘊寰女棣；下為師大國文系陶怡潔女棣，
攝於 2016 年 4 月 1 日。

臺北圓山忠烈祠

上：祭典大殿；中：內庭門樓；下：烈士牌位，

攝於 2016 年 4 月 1 日。

臺北圓山忠烈祠

上：前庭步道；中：前庭廣場；下：春梅綻放，
攝於 2016 年 4 月 1 日。

臺北圓山忠烈祠

上：遙祭黃帝陵主祭位

下：春祭馬英九總統主祭

臺北圓山忠烈祠

遙祭黃帝陵馬英九總統主祭

臺北圓山忠烈祠遙祭黃帝陵馬英九總統主祭側面照

攝於 2016 年 4 月 1 日

臺北圓山忠烈祠遙祭黃帝陵與馬英九總統合影

攝於 2016 年 4 月 1 日

臺北圓山忠烈祠遙祭黃帝陵與馬英九總統合影

攝於 2016 年 4 月 1 日

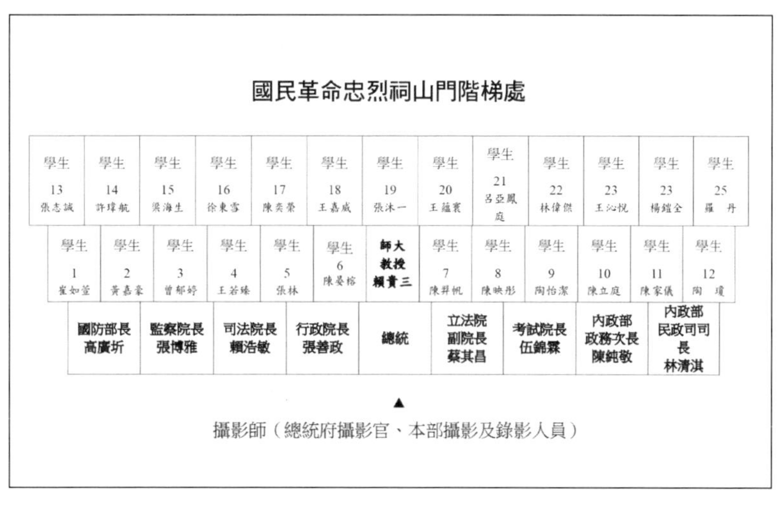

國民革命忠烈祠山門階梯處

學生 13 張志誠	學生 14 許瑋航	學生 15 梁海生	學生 16 徐東雪	學生 17 陳奕榮	學生 18 王嘉威	學生 19 張沐一	學生 20 王蘊寰	學生 21 呂亞鳳庭	學生 22 林偉傑	學生 23 王沁悅	學生 23 楊鎧全	學生 25 羅　丹

學生 1 崔如萱	學生 2 黃嘉豪	學生 3 曾郁婷	學生 4 王若臻	學生 5 張林	學生 6 陳晏榕	**師大教授 賴貴三**	學生 7 陳羿帆	學生 8 陳映彤	學生 9 陶怡潔	學生 10 陳立庭	學生 11 陳家儀	學生 12 陶　瓊

國防部長 高廣圻	監察院長 張博雅	司法院長 賴浩敏	行政院長 張善政	總統	立法院副院長 蔡其昌	考試院長 伍錦霖	內政部政務次長 陳純敬	內政部民政司司長 林清淇

▲

攝影師（總統府攝影官、本部攝影及錄影人員）

臺北忠烈祠中樞遙祭黃帝陵典禮合照位置圖

韓國首爾宗廟

上中下：宗廟全景；祭典平臺；祭臺廣場全景，
攝於 2012 年 5 月 6 日。

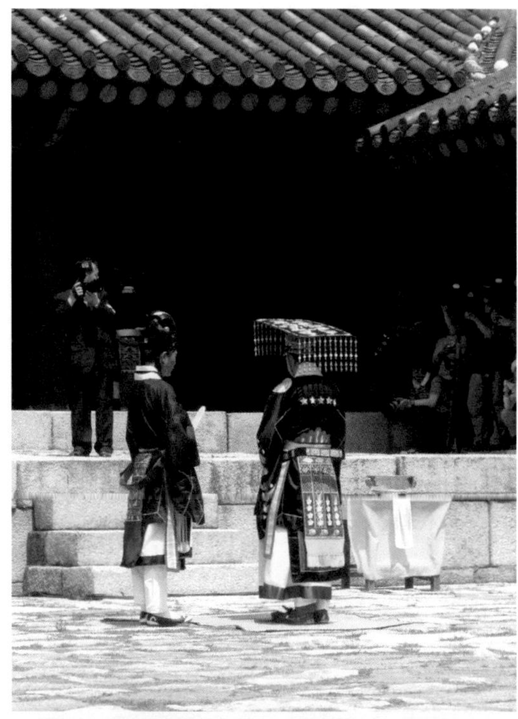

韓國首爾宗廟
上：主祭
下：太祖祭室
攝於 2012 年 5 月 6 日

韓國首爾宗廟祭典

北京大學李大遂教授攝於 2012 年 5 月 6 日

韓國首爾宗廟祭典

北京大學李大遂教授攝於 2012 年 5 月 6 日

韓國首爾宗廟祭典

北京大學李大遂教授攝於 2012 年 5 月 6 日

韓國首爾宗廟祭典禮樂生

北京大學李大遂教授攝於 2012 年 5 月 6 日

韓國首爾宗廟祭典

攝於 2012 年 5 月 6 日

韓國首爾宗廟祭典觀禮民眾

攝於 2012 年 5 月 6 日

韓國首爾宗廟祭祀筆者留影

攝於 2012 年 5 月 6 日

韓國首爾宗廟祭祀樂生
攝於 2012 年 5 月 6 日

韓國首爾宗廟祭殿長廊
攝於 2012 年 5 月 6 日

上：山東濟南大明湖畔曲水亭街新修「府學文廟」
中：山東濟南大明湖畔新修「府學文廟」大成門
下：山東濟南府學文廟大成殿西壁新人古裝合影
攝於 2023 年 4 月 23 日

目次

貳　精忠浩氣　碧血丹心　編……一二九

參　繼志承烈　革故鼎新　編

附錄

自序　忠孝道心尊德義，禮仁誠敬法乾坤

慎終追遠祭黃陵，飲水思源祖武繩。
碧血丹心搏德業，精忠浩氣翥龍鵬。
鼎新革故經綸擘，繼志承先道義弘。
振鐸裁菁桃李懋，尊師重道賁文燈。

本編定題爲：「神格孚顒——中樞春秋祀典祭祝文編匯注（二〇〇五~二〇二二）」，「神格」（神至、神來）與「孚顒」（虔誠莊敬、瞻仰）分別典出《詩經．大雅．抑》篇「神之格思」（「思」爲語助詞）與《易經．觀》卦卦辭「有孚顒若」，以寓天人合一、人文化成之義。祭文，古今文體名，出現於漢代。古代祭祀天地、山川時，往往有祝禱性的文字，稱祭文、祈文或祝文；因此，祭文供祭祀時誦讀，由古時祝文演變而來，故《文心雕龍．祝盟》稱：「凡群言發華，而降神務實，修辭立誠，在於無愧。祈禱之式，必誠以敬；祭奠之楷，宜恭且哀：此其大較也。」「若乃禮之祭祝，事止告饗；而中代祭文，兼贊言行。祭而兼贊，蓋

引申而作也。」而祭文在寫法上具有一定的格式，一般以兩句一韻，四句一義，以四句一組爲韻，有韻的四言爲正體，其他爲變體。內容主要爲哀悼、禱祝、追念死者生前主要經歷，頌揚品德功業，寄託哀思，激勵生者。

筆者於中華民國九十二年（二〇〇三）八月至九十三年（二〇〇四）七月，應聘爲姊妹校荷蘭萊頓大學漢學院（Sinologisch Instituut, Rijks Universiteit Leiden, founded in 1575, Nederland）一學年客座研究教授，返校述職後，蒙當時系主任陳麗桂（一九四九～）教授推薦，爰自中華民國九十四年（二〇〇五）起，開始接受內政部民政司之邀請，代擬中樞〈遙祭黃陵文〉與〈明延平郡王鄭成功開臺紀念大典祭文〉，以迄中華民國一〇五年（二〇一六）止（因政權輪替，政治與文化認同爭議，兩項中樞祭典改弦更張），總歷十二年，各代擬十二篇祭文，共計二十四篇；期間，復應邀修潤增訂中華民國九十八年（二〇〇九）〈八八水災全國追悼大會總統追悼文〉（附錄一），以及財團法人唯心聖教功德基金會等團體訂於中華民國一〇一年一月一日，假國立臺灣體育大學體育館舉辦「二〇一二中華民族聯合祭祖大典」，敦請蕭萬長（一九三九～）副總統代表馬英九（一九五〇～）總統蒞臨頒致祭祖文，又應總統府一局第三科林秀玲科長之邀，代擬〈「追根溯源，萬靈歸心」——中華民族元旦聯合祭祖大典副總統祭祖文〉與中華民國一〇一年（二〇一二）五月〈中華民國一〇一年第十三任總統、副總統遙祭國父中山陵祭文〉，總計二十六篇祭文，定名爲兩編：「壹、慎終追遠，飲水思源」

（十四篇）與「參、繼志承烈，革故鼎新」（十二篇）。歷經十二年，先後與內政部民政司呂文英司長，該司曾素卿與劉智雯兩位權責同仁合作愉快，慶幸不負所託，圓滿達成任務。

筆者擬撰中華民國一〇一年（二〇一二）元旦〈「追根溯源，萬靈歸心」——中華民族元旦聯合祭祖大典副總統祭祖文〉時，適客座講學於韓國外國語大學校中國學部，民國一〇〇年（二〇一一）十二月二十九日曾傳寄初稿於家長兄貴川（一九五五～，時服務於國立成功大學教務處註冊組）請政，家兄賦詩七絕一首以報，而筆者收閱後，隨即步和原玉，敬錄於此，存識勉旃。二詩云：

官方速件邀文稿，繼晷焚膏撰寫勤。大典裁詩彰盛會，中樞歲歲賴師殷。

隨緣順纂元動稿，竭智凝思盡力勤。古聖先賢神志會，薪傳歲典道心殷。

著名國學書法大家、總統府國策顧問與資政之耆宿倪摶九（一九一六～二〇一二）先生爲黨政界素負盛名的碩學鴻儒，長期代擬中樞匾額、題詞、褒揚令與春秋祭祀等文稿，因其年壽已高，精神氣力不濟，懇辭此事；經內政部轉薦總統府第一局第三科，乃主動聯繫筆者，遂自中華民國九十九年（二〇一〇）始，以迄中華民國一一一年（二〇二二）止，共十三年，持續應邀代擬中樞〈紀念革命先烈暨春祭忠烈殉職人員典禮祭文〉、〈秋祭忠烈暨殉職人員典禮祭文〉與〈孔子誕辰釋奠大典祝文〉三種，計春秋祭文二十六篇、釋奠祝文十三篇；此外，又代擬〈中華民國一〇五年革命先烈馬幼伯烈士靈位入祀國民革命忠烈祠典禮祭文〉，分別命名爲兩編：「貳、精忠浩氣，碧血丹心」（二十七篇）與「肆、尊師重道，振鐸裁菁」（十三篇）。十三年期間，又先後與總統府第一局第三科林秀玲科長，該科林淑凰、吳介弘、黃久芳與呂姿瑩四位權責同仁合作愉快，順利完成任務，圓滿使命，可慰可喜。

筆者擬匯編出版代撰中樞春秋祀典祭祝文事宜，曾特別函請總統府第一局第三科吳介弘先生與內政部民政司劉智雯小姐，協助行文詢問有關代擬中樞春秋祀典祭祝文匯編出版所涉著作權法適用疑義，依據經濟部智慧財產局中華民國一〇三年五月二十六日智著字第10300036520號函復意見，略以：

> 總統府或本部出資聘請他人完成之著作，縱業經核定、用印等公文作業流程，仍非屬著作權法第九條第一項所定之公文，其非公務員之受聘撰寫人撰寫之內容得享有著作權，至於權利歸屬著作權法第十二條規定，在未約定著作權歸屬時，其著作財產權歸受聘人享有，出資人得利用該著作。

因此，筆者應聘代擬之中樞春秋祭文應非屬公文，總統府、內政部與筆者亦未約定著作權歸屬，故筆者享有代擬各類祭文之著作財產權，欲將代擬之祭文注解匯編出版，並未涉及公務機密，依法並無違礙之處。其後，總統府第一局林秀玲科長復就筆者擬匯編出版總統祭祝文編注乙事，經綜整經濟部智慧財產局、行政院及總統府三機關意見定案，「總統祭文」（含稿）」係屬《公文程式條例》之「公文」，為總統特有之公務文書，依據《著作權法》第九條第一項第一款規定，不得為著作權標的，任何人均得自由應用。爰此，筆者得應用出版祭文編注總集，惟不得針對祭文表彰個人著作名義，因此標以「編注」，一則以符合中央政府相關法規，再者圓成筆者編注此書的教育心願。

筆者代擬中樞春秋祀典祭祝文（二〇〇五～二〇二二）總共六十六篇（附錄三篇），逐篇加注，匯編成書之目的有二：一則以保存中樞祀典歷史文獻，二則作為教授上庠學子之應用文化教材。本書目次體例，分別四編：「壹、慎終追遠，飲水思源」（十四篇），以遙祭黃陵、中山陵與元旦祭祖文為主，並附上陝西黃陵、臺北大直圓山「國民革命忠烈祠」遙祭黃帝陵，以及韓國首爾世界文化遺產「宗廟」相關照片，以資觀覽紀念；「貳、精忠浩氣，碧血丹心」（二十七篇），以紀念革命先烈暨春秋兩祭忠烈殉職人員典禮祭文為主，並附上臺北大直圓山忠烈祠中樞春祭祭文（二〇一一年三月二十九日）與馬英九（一九五〇～）總統主祭（二〇一六年三月二十九日）相關照片，以資參考；「參、繼志承烈，革故鼎新」（十二篇），以明延平郡王鄭成功（一六二四～一六六二）開臺紀念大典祭文爲主，並附上臺南市開山路「延平郡王祠」開臺祭典相關照片，以資觀覽紀念；「肆、尊師重道，振鐸裁菁」（十三篇），以孔子（公元前五五一～前四七九年）誕辰釋奠大典祭文爲主，並檢附臺北大龍峒孔廟、臺南「全臺首學」與屏東書院孔廟，北京孔廟、國子監，山東大學與曲阜「三孔——孔廟、孔府、孔林」、福建武夷山市五夫鎮「朱子紀念塑像」、貴州貴陽「孔學堂」、福建福州與螺洲孔廟，以及韓國首爾成均館「文廟」、「明倫堂」，韓國全州、濟州（濟州、旌義、大靜）地方鄉校與安東「陶山書院」、「韓國朱子」退溪李滉（一五〇一～一五七〇）故居等相關「觀國文光」拜謁照片，提供憑弔欣賞。

最後，謹以此編紀念——穎川積善堂先祖父日申（一八九九～一九六九）公、先父昭榮（一九三二～一九七九）公與譙國註禮堂鄉賢戴思通姻伯，幼學啓蒙潛移默化之功。感謝故業師揚芬樓張仁青（一九三九～二〇〇七）教授、際雲齋江應龍（一九二〇～一九九六）教授、述德堂謝鴻軒（一九一七～二〇一二）教授與見南山居黃慶萱（一九三二～二〇二二）教授，春風化雨霑潤裁成之教。祖德流芳，克紹箕裘；教澤揚芬，春風桃李。並特別感謝臺灣師大國文系所授業弟子、深造博士學位之蔡長煌（壽明，伏之）仁棣惠書題名，壽明棣志道游藝，爲寒玉堂心畬溥儒（一八九六～一九六三）先生渡海來臺再傳門生，先師雨盦汪中（一九二五～二〇一〇）先生曾親炙習業於寒玉堂，薪盡火傳，以識「斯文在茲」之意。追念先代，思齊前賢，自紀長詩終焉。

原本姬周裔，開祖季歷孫。封國賴爲氏，千年奠始根。
五胡亂華夏，徙族保右衽。流離江南北，古風依舊存。
黃巢兵燹肇，抗賊誓弗臣。移墾粵東野，客家名遐聞。
瓜瓞綿綿盛，無忝大漢魂。滿清易明祚，乘桴效鵬鯤。
屯田南瀛際，殖荒下屏東。薪傳逾十代，追遠思愼終。
難辰保生庇，母子因緣逢。啓蒙承庭訓，戮力在爾躬。
秘書長世澤，積善遠家聲。孜矻勤習業，師友期大成。
歐美淺嘗止，國學親炙明。作育鍾教化，靡遺赤子忱。
不倦亦不厭，杏壇喜知音。尋趣味無味，材不材安身。
深造樂富美，管窺豈足誇？志貫中西道，心歸孔孟家。

椰鄉客　賴貴三　二〇二三年一月二十六日星期四癸卯玉兔新春初五

謹識於新北市新店區大坪林屯仁學易咫進齋

壹　慎終追遠　飲水思源　編

中樞遙祭黃帝陵典禮是中華民國政府爲紀念黃帝之功績，並表達對民族遠祖之崇敬，於中華民國二十四年（一九三五）將清明節訂爲「民族掃墓節」。民國二十四年（一九三五）四月七日，中央並派代表至陝西省中部縣橋山之麓黃帝陵致祭，舉行首次民族掃墓典禮，其後每年均比照辦理。民國三十七年（一九四八）由於國共內戰的白熱化，黃陵所在地已在中共勢力掌握下，失去祭祀聖地的國府不得不在西安省府大樓遙祭黃陵。民國三十八年（一九四九）底，中華民國政府遷往臺灣後，改於臺北市大直圓山「國民革命忠烈祠」舉行遙祭黃帝陵典禮，嗣爲便利與祭人員於民族掃墓節安排祭祖掃墓活動，均提前辦理祭典。該項典禮之舉辦，具有記取並發揚中華民族愼終追遠、飲水思源的傳統美德之深遠意義。

自中華民國四十年（一九五一）起，於每年清明節舉行中樞與臺灣省各界遙祭黃帝陵典禮，初由臺灣省政府辦理，並由總統派遣內政部部長代表主祭，假臺北市大直圓山「國民革命忠烈祠」舉行，至民國六十九年（一九八〇）改由內政部主辦中樞遙祭黃帝陵典禮。惟民國九十八年（二〇〇九）與民國一〇一年（二〇一二），以至民國一〇五年（二〇一六）清明節，均由馬英九（一九五〇～）總統親臨主祭，五院院長（代表）陪祭，中央各部會派員與祭。中樞遙祭黃帝陵典禮流程，表定儀式程序如下：

一、典禮開始；二、全體肅立；三、主祭就位；四、陪祭就位；五、與祭就位；六、奏樂；七、唱國歌；八、上香；九、獻花；十、獻果；十一、獻帛；十二、獻爵（酒）；十三、恭讀祭文；十四、向黃帝靈位行三鞠躬禮；十五、播放祭典緣由影片；十六、奏樂；十七、禮成。

此外，根據中華民國九十八年（二〇〇九），行政院內政部民政司撰刊〈中樞遙祭黃帝陵典禮緣由〉，可以明瞭政府每年舉辦「遙祭黃帝陵典禮」的歷史進程與文化意義。以下依照原文，分別為四段，提供國人知悉在每年四月五日清明節（民族掃墓節），愼重舉辦此一典禮的來龍去脈與薪傳意義：

黃帝軒轅氏於民前四六〇九年即位，建立國家，組織人民，並定六書、作五音、制器用、定貨幣等，除爲我中華民族樹立民族觀念與國家形式外，並爲我國創造深厚文化，可謂爲我中華民族之始祖。

政府爲紀念黃帝之功績，將清明節訂爲「民族掃墓節」，民國二十四年四月七日中央派代表至陝西省中部縣（民國三十三年改爲黃陵縣）橋山之麓黃帝陵謁陵，舉行首次民族掃墓典禮，其後每年均比照辦理。

政府遷臺後，爲記取並發揚我中華民族愼終追遠、飲水思源的傳統美德，仍於每年清明節舉行遙祭黃帝陵典禮，嗣爲便利參與祭典人員於民族掃墓節安排祭祖掃墓活動，爰自八十七年起調整於民族掃墓節前一日辦理（行政院八十六年十二月五日以臺86内47837號函核准）。

該典禮之舉辦，由内政部函請行政院轉呈總統親臨主祭或派員主祭，經卷查自民國三十九年至九十七年均派内政部部長代表總統擔任主祭，本（九十八）年經呈奉　總統批示：「本人親祭」在案。

中華民國政府於民國三十八年（一九四九）遷治復興基地——「寶島臺灣」之後，自民國三十九年起（一九五〇）至一〇五年（二〇一六）止，均假臺北大直圓山「國民革命忠烈祠」舉行「中樞遙祭黃帝陵典禮」，並指派內政部部長代表總統擔任主祭，惟於民國九十七年（二〇〇八），馬英九總統上任以後，爲表示「愼終追遠、飲水思源」的民族文化傳統，特別批示「本人親祭」，從此皆以總統親臨主祭之規模辦理。

案：中華民國八十九年與九十年（二〇〇〇～二〇〇一），本系（國立臺灣師範大學國文學系）已退休老師尤信雄（一九三八～）教授曾應內政部邀聘，代擬〈中樞遙祭黃陵文〉兩篇；中華民國九十三年（二〇〇四），本系已退休老師陳弘治（一九三九～）教授亦應內政部邀聘，代擬〈中樞遙祭黃陵文〉與〈延平郡王復臺三百四十三週年紀念大典祭文〉，皆已收入筆者所編《「一甲子菁莪樂育，五十年薈萃開新」——國立臺灣師範大學國文學系六十週年（一九四六～二〇〇六）暨國文研究所五十週年（一九五六～二〇〇六）雙慶人事編年史稿》之中，並錄於本編注一，提供觀照參考。而筆者在本系前主任陳麗桂（一九四九～）教授推薦之下，自民國九十四年（二〇〇五）起，正式接受內政部民政司之邀，代擬〈中樞遙祭黃帝陵祭文〉稿，至民國一〇五年（二〇一六）十二年期間，分別與該司業務承辦同仁曾素卿、劉智雯兩位小姐，保持密切聯繫，彼此互動良好，也是難得的機遇。惟據筆者所悉，此類祭文文書保存年限僅十年，屆期後恐化爲烏有，故爲保存歷史文獻，並感念師恩，以爲教育莘莘學子的文化教材，因此重新清理舊文、注稿，匯爲此編，以備參考存識，並勵來茲。

根據內政部民政司於中華民國一〇四年（二〇一五）四月二日發布的「中樞遙祭黃帝陵典禮，總統親臨主祭」新聞資料：

中華民國一〇四年中樞遙祭黃帝陵典禮於今（二）日上午九時在國民革命忠烈祠隆重舉

行，由馬英九總統親臨主祭，立法院院長王金平、司法院院長賴浩敏、考試院院長伍錦霖、監察院院長張博雅、行政院副院長張善政、國防部部長高廣圻及內政部部長陳威仁等人陪祭，中央各部會派員與祭，不同往年的是，今年國立臺灣師範大學國文學系賴貴三教授帶領學生參與，讓學生藉由實際觀摩祭典過程，以啓發學生能於學習上活絡知識運用，別具教育意義。

今年是總統繼九十八年、一〇一至一〇三年後，第五年參加中樞遙祭黃帝陵典禮，再次以實際行動展現對中華傳統文化「尊宗敬祖」的重視。馬總統在莊嚴隆重的樂聲中，向黃帝靈位上香、獻花、獻果、獻帛及獻爵，以感恩的心遙祭我中華人文始祖黃帝，緬懷遠祖開疆闢土，創立中華民族文化。

內政部表示，政府爲紀念黃帝之功績，並表達對民族遠祖之崇敬，於民國二十四年將清明節訂爲「民族掃墓節」，中央並派代表至黃帝陵致祭，舉行首次民族掃墓典禮。政府遷臺後，自三十九年改於國民革命忠烈祠舉行遙祭黃帝陵典禮，爲便利與祭人員於民族掃墓節安排祭祖掃墓活動，八十七年起調整於民族掃墓節前一日辦理。今年適逢兒童節與民族掃墓節連假，故提前於四月二日上午舉行。

內政部指出，爲讓參與祭典人員對遙祭黃帝陵的意義有更深入瞭解，今年除將祭典緣由與祭文內容印製成精美書籤，提供與會人員，並在祭典開始前向所有參與人員解說。該項典禮具有發揚我中華民族愼終追遠、飲水思源之深遠意義。

翌年，中華民國一〇五年（二〇一六）四月一日（星期五）上午九點至九點二十分，中樞遙祭黃帝陵典禮在臺北市大直圓山「國民革命忠烈祠」隆重舉行，馬英九總統在崇戎樂聲中抵達忠烈祠，親臨主祭，五院院長（行政院張善政院長、立法院蔡其昌副院長代表、司法院賴浩敏院長、考試院伍錦霖院長、監察院張博雅院長）、國防部高廣圻部長與內政部陳純敬政務次長等陪祭。典禮開始，鐘鼓齊鳴，主祭、陪祭、與祭人員就位，奏國歌，隨後由總統上香、獻花、獻果、獻帛及獻爵。在司儀恭讀祭文後，總統率同陪祭、與祭人員行三鞠躬禮，典禮莊嚴隆重。今年是總統任內第六度參加中樞遙祭黃帝陵典禮，表達對中華傳統文化「尊宗敬祖」的重視，而爲使國人瞭解遙祭黃帝陵的意涵及民族文化傳承的重要性，現場也播放祭典緣由影片，具體彰顯政府愼終追遠及飲水思源之立場。

中華民國一〇五年「中樞遙祭黃帝陵典禮」，內政部首度邀請筆者暨學生代表一行（計二十一位，陸生七位：張沐一、王嘉威、張林——以上研究生；王蘊寰、陶瓊、徐東雪、王沁悅——以上本科生。本籍生十四位：國四丁陶怡潔、國三丁陳奕榮、科技三王若臻、化學三許瑋航、歷史二張志誠、國二丙陳立庭、國二丁陳家儀、國一甲黃嘉豪、國一乙黃晏榕、國一丙陳羿帆、國一丙崔如萱、國一丙梁海生、國一丙陳映彤、國一丙楊鎧全），參與此項深具飲水思源、薪火相傳與慎終追遠意義的盛典，師生們懷抱著既興奮又激動的心情，在典雅莊嚴的圓山忠烈祠典禮現場，深刻感受到總統親臨主祭「以身作則，爲民表率」的崇隆風範，加上五院院長、國防部與內政部部長陪祭，以及中央各部會派員與祭，上行下效、風行草偃，深刻省思民族文化傳承的重要性，與倫理教育永續的影響力。又爲擴大倫理教育永續的影響力，以及深化民族文化教育的實質效益，內政部特呈請並獲同意，於祭典後，與總統、五院院長、國防部長與內政部部長官等合照紀念，以示木本水源、紹繼光昭之至意。

「中樞遙祭黃帝陵典禮」因政權輪替，以及政治與文化認同問題，自中華民國一〇六年（二〇一七）起，併入中樞紀念革命先烈春祭典禮舉行，因時近清明，爲彰顯慎終追遠、飲水思源之精神，併同崇祭各民族歷代先祖，典禮名稱更改作：「中華民國〇〇〇年向先祖暨忠烈殉職人員致祭」，「中樞遙祭黃帝陵典禮」至此終成絕響了。

此外，筆者於一〇〇學年度（二〇一一年九月一日至二〇一二年八月三十一日）客座講學於大韓民國首爾特別市韓國外國語大學校中國學部，客座期間多次走訪朝鮮王朝（一三九二～一九一〇）建構祭祀歷代先王、后妃牌位的儒教祠堂，並成爲神聖莊嚴之世界文化遺產——「宗廟」，以及奉祀義薄雲天武聖關公（名羽，字雲長，一六二～二二〇）之「東廟」。「宗廟」氣氛莊嚴而精雅，正殿正面極長，共分十九格，被認爲是當時世界上規模最大的單一木結構建築，被稱爲「東方的巴特農神殿」，於一九九五年被列入聯合國教科文組織世界文化遺產。每年五月的第一個週日，舉行祭祀儀式，從一四六四年起至今，一直保存著原有的儀式。祭祀儀式中，所使用的音樂被稱爲「宗廟祭禮樂」，「宗廟」大祭與祭禮樂也入選爲聯合國教科文組織評出之「世界非物質文化遺產代表作品名錄」，祭禮程序大致有：齋戒、就位、進請盛典、晨祼禮、薦俎禮、初獻禮、亞獻禮、終獻禮、飲福受胙禮、撤籩豆、送神禮與望瘞禮，按部就班，循序漸進，十分肅穆壯美。

附註

一　「宗廟」是神聖莊嚴的王室祠堂，朝鮮王朝的精神支柱。「宗廟」作爲朝鮮時期國家的祠堂，供奉歷代王與王妃的神位，並定期舉行盛大祭祀。「宗廟」祭禮是當時最重要的國家大典，必須按照嚴格的規矩進行，由王親自主祭，並配有「宗廟」祭禮樂，爲典禮增添更爲莊嚴肅穆的氣氛。「宗廟」被低矮的青山與茂林環繞，由供奉歷代王與王妃神位的正殿、永寧殿，以及準備祭禮所需的幾座附屬殿閣所組成。所有殿閣僅使用最小限度的色彩，沒有華麗的彩畫，盡量減少裝飾與技巧運用，這是基於「宗廟」是作爲供奉祖先神靈的肅靜虔誠的場所。每年五月的第一個週日，「宗廟」都會舉行大祭，二〇一二年五月六日星期日午前至傍晚，舉辦御駕遊行與「宗廟」大祭時，筆者適在首爾韓國外國語大學校客座講學，特別前往全程觀禮，感受十分震撼，印象極爲深刻。雖然，朝鮮王朝已經消亡，但用來祭奠王室祖先的建築、祭祀與祭樂，至今仍保留完好。韓國大概是目前世界上唯一爲前朝鮮時代大王、王妃舉行祭禮，並將這種傳統延續近六百年之久的國家，眞是令人敬佩與欽慕。當時嘗賦〈宗廟祀典大祭〉七絕詩一首，識之存念：

殿宇森森祖德堂，熹霞燦麗燮陰陽。莊嚴禮樂飄然舞，靜坐凝觀入帝鄉。

一　中華民國九十四年（二〇〇五）

遙祭黃帝陵祭文

維

中華民國九十四年四月五日，總統　陳水扁先生謹派內政部部長蘇嘉全，敬奉香花素果、清酌雅樂之儀，遙祭於我共生遠祖

黃帝在天之靈，而祝以文曰：

元祖黃帝，上承伏羲、神農，垂憲立法，仰以通神明之德，俯以類萬物之情。下開王業千秋之盛，樹仁政樂教之宏。道侔天地，德貫古今，洵生民之所未有。

蓋聖王在上，平章百姓，率作興事，用美其德，以成其義，乃歌元首明哉！股肱良哉！庶事康哉！何其盛也。

審近世之潮流，繼往聖之道統，內則博濟施仁，外則講信修睦，益以弘敷教育，昌明文化。進臺灣於富強康樂之域，躋斯民於安樂之天也。卓卓矩範，儀型作孚；仰瞻緬懷，

遙祭追思。敬頌以詩，曰：

明齊日月煥紫微，量合乾坤布清輝。太乙龍翔欣鼎革，極酉鳳翥耀豐隨。

遙祭黃陵興唐志，廣宣帝德盛漢威。臺灣寶島綿正統，民生樂利泰安歸。

謹掬肫誠，伏維　靈鑒。尚　饗。

附註

一　中華民國八十九年（二〇〇〇），本系退休尤信雄（一九三八～）教授代擬〈中樞遙祭黃陵文〉：「維　中華民國八十九年四月五日，總統　李登輝謹派內政部部長黃昆輝，敬奉香花素果、雅樂之儀，遙寄於　黃帝之靈曰：巍巍元祖，赫赫帝德文武聖神，繼天立極。肇建文明，道光華國。開物成務，有爲有則。乃通舟車，始造書契。惠在生民，萬世是澤。隆治垂衣，綏猷帝力。萬國咸平，丕基以立。奕世靈休，垂法至今。綿綿胄裔，遠紹前烈。比及邇世，屯難未滅。中樞播遷，三臺人傑。作蒸民主，光昭日月。百策宏施，眾志盤石。矢勤矢勇，惕勵朝夕。猗歟盛哉，元祖所錫。萬里東向，沮水九曲。靈爽常存，天佑黃族。節屆清明，未克展謁。馨香上薦，式臨輦蹕。尚　饗。」中華民國九十年（二〇〇一），本系退休尤信雄教授復代擬〈中樞遙祭黃陵文〉：「維　中華民國九十年四月五日，總統陳水扁謹派內政部部長張建邦，敬奉香花清酌，遙寄於　黃帝之靈曰：赫赫皇祖，天縱至聖。承昊立極，懿鑠景行。整頓乾坤，肇業布政。憂勤曠古，賢弼佐命。奕奕典謨，華鼎維新。萬國賓服，德配鴻鈞。安民樂利，仁澤淵深。文明肇建，有脊有倫。既造書契，並通舟車。乃調瑞曆，隆治謳歌。洎乎近世，國步屯邅。華域板蕩，中樞播遷。東南嘉域，臺瀛人傑。惕勵圖治，繼軌前烈。民主蒸蒸，光暘千古。濟民禮樂，經建翹楚。庠序化育，精英濟濟。猗歟盛哉，中流柱砥。春歸草綠，沮水悠悠。橋陵萬里，靈爽長庥。節屆清明，久闕展謁。俎豆馨香，神兮來格。尚饗。」中華民國九十三年（二〇〇四），本系退休陳弘治（一九三九～）教授代擬〈中樞遙祭黃陵文〉：「維　中華民國九十三年四月三日，總統陳水扁謹派內政部部長余政憲，敬奉香花素果、清酌雅樂之儀，致祭於黃帝之靈曰：惟我民族始祖。生而神靈，長而敦敏。修德礪行，綏撫黎民。征於涿鹿，戰禍平服。披山通塗，萬國寧處。帝乃順天地之紀，立人倫之極；徵幽明之占，解安危之難。建屋宇，造舟車；崇禮義，制書契。賢輔佐命，庶務維新。肇業奠基，文明以立。赫赫帝德，式效式則。仁澤宏恩，永世長存。綿綿胄裔，遠紹遺緒。朝夕惕勵，臺澎疆域。踐履民主，光暘千古。百策弘施，眾志盤石。庠序化育，英才濟濟。政經科技，譽滿寰宇。盛哉猗歟，元祖所錫。日月爭競，節屆清明。春風駘宕，沮水浩蕩。綠茵鮮妍，橋陵巍然。慎終追遠，萬里懷緬。飲水思源，俎豆晉獻。至誠隆願，神兮臨鑒。尚　饗。」此後，即由筆者膺任，撰擬至中華民國一〇五年（二〇一六）止。

二　筆者曾據引（西漢）司馬遷（約公元前一四五～前八十六）《史記·五帝本紀第一》改作頌文：「日若稽古，馬遷《史記》，本紀第一，首載五帝，黃帝始先。蓋黃帝者，少典之子，姓公孫，名軒轅。生而神靈，弱而能言，幼而徇齊，長而敦敏，成而聰明。當其時，神農氏衰，諸侯交侵，暴虐百姓，而蚩尤最爲暴，弗能征伐。於是軒轅乃習用干戈，修德振兵，以征不享，諸侯咸來賓從。治五氣，藝五種，撫萬民，度四方，然後得其志，有土德之瑞，故號曰黃帝。」以上「幼而徇齊」句，徇，音「迅」，通「迅」，迅速、敏捷，引申爲敏慧；齊，義亦同「徇」、「迅」。〔南朝・劉宋〕裴駰（生卒年不詳）《史記集解》，引〔東晉〕徐廣（三五二～四二五）曰：「墨子年逾十五，則聰明心慮無不徇通矣。」駰案：「徇，疾；齊，速也。言聖德幼而疾速也。《索隱》斯文未是。」徇，齊，皆德也。言黃帝幼而才智周遍，且辯給也。《書》曰「聰明齊聖」，《左傳》曰「子雖齊聖」，謂聖德齊肅也。《孔子家語》及《大戴禮》並作「叡齊」，一本作「慧齊」；叡、慧，皆智也。太史公采《大戴禮》而爲此紀。《史記》舊本亦有作「濬齊」，蓋古字假借「徇」爲「濬」，濬、深也，義亦並通。《爾雅》「齊」、「速」，俱訓爲疾。《尚書大傳》曰：「多聞而齊給。」〔東漢〕鄭玄（一二七～二〇〇）注云：「齊，疾也。」今裴氏注云徇亦訓疾，未見所出；或當讀「徇」爲「迅」，迅於《爾雅》，與齊俱訓疾，則迅、濬雖異字，而音同也。又《爾雅》曰：「宣、徇，遍也。」「濬，通也。」是「遍」之與「通」，義亦相近。

三 「上承伏羲、神農，垂憲立法，仰以通神明之德，俯以類萬物之情。」文句引自《周易・繫辭下傳》：「古者，包羲氏之王天下也，仰則觀象於天，俯則觀法於地，觀鳥獸之文，與地之宜，近取諸身，遠取諸物，於是始作八卦，以通神明之德，以類萬物之情。」（語譯：古時包羲氏稱王於天下，仰頭觀察大象，俯身觀察大地的形狀，觀察鳥獸的花紋，以及存在於大地之上與之相適宜種種事物，近取象於自身，遠取象於萬物，於是才創制八卦，借以通達神明的德性，以類比萬物的情狀。）

四　「平章」，平正彰明。語出《尚書．堯典》「平章百姓」，平、便、辨三字，互為通假，義為辨別；章通「彰」，彰明、顯著、鮮明。「平章」又為商量處理政事，如（南朝．梁）周興嗣（?～五二一）《千字文》：「坐朝問道，垂拱平章。」（語譯：君主坐朝臨政，與群臣共商國是，垂衣拱手，無為而治，天下太平，政績彰明。）

五　「乃歌元首明哉！股肱良哉！庶事康哉！」三句引自（先秦）〈賡歌〉：「股肱喜哉。元首起哉。百工熙哉。元首明哉。股肱良哉。庶事康哉。元首叢脞哉。股肱惰哉。萬事墮哉。」逯欽立（一九一一～一九七三）輯校《先秦漢魏晉南北朝詩．先秦詩》卷一，注曰：「《尚書》曰：『帝庸作歌曰：勑天之命。惟時惟幾。乃歌曰云云。』皋陶拜手稽首颺言曰：『念哉。率作興事。慎乃憲。欽哉。乃賡載歌曰云云。又歌曰云云。』帝拜曰：『俞。往。欽哉。』」「『股肱喜哉。元首起哉。百工熙哉。』，《白帖》作『元首起哉。百工喜哉。萬事熙哉。』《尚書．益稷篇》、《史記．夏本紀》、《白帖》十八、《御覽》五百七十、《詩紀前集》一。『元首明哉。股肱良哉。庶事康哉。』《尚書．益稷篇》、《史記．夏本紀》、《類聚》四十三，作『舜作歌』；《文選一．兩都賦注》、《御覽》九百五十一、《詩紀前集》一。『元首叢脞哉。股肱惰哉。萬事墮哉。』《尚書．益稷篇》、《史記．夏本紀》，作『舜又歌』；《類聚》四十三、《御覽》五百七十、五百九十。《詩紀前集》一。」

六　「道統」，謂傳道之統緒。《宋史．朱熹傳》：「嘗謂聖賢道統之傳，散在方冊。聖經之旨不明，而道統之傳始晦。」

七　「博濟施仁」，化用《論語．雍也》第三十章，子貢曰：「如有博施於民，而能濟眾，何如？可謂仁乎？」子曰：「何事於仁，必也聖乎！堯舜其猶病諸！夫仁者，己欲立而立人，己欲達而達人。能近取譬，可謂仁之方也已。」語譯：子貢（端木賜，公元前五二〇～前？）說：「如有人能讓百姓都得到實惠，又能扶貧濟困，怎樣？可算仁人嗎？」孔子說：「豈止是仁人！必定是聖人！堯舜都做不到！所謂仁人，祇要能做到自己想成功時先幫別人成功，自己想得到時先幫別人得到，就可以了。推己及人，可算實行仁的方法。」

八　「講信修睦」，語出《禮記．禮運》：「選賢與能，講信修睦。」人與人之間，國與國之間，講究信用，謀求和睦。

九　「明齊日月煥紫微，……民生樂利泰安歸。」詩爲平起式首句押韻七律，全詩通押「上平聲：五微」韻（古通「上平聲：四支」韻）。「明齊日月」，本於《周易．乾九五．文言傳》：「夫大人者，與天地合其德，與日月合其明。」紫微，即紫微垣，三垣之一。〔唐〕王希明（開元時人，生卒年不詳）《步天歌》，紫微垣爲三垣的中垣，位於北天中央位置，故稱中宮，以北極爲中樞。有十五星，分爲左垣八星與右垣七星兩列，《宋史．天文志》：「紫微垣在北斗北，左右環列，翊衛之象也。」紫微垣之內是天帝居住的內院。

一〇　〔唐〕柳宗元（七七三～八一九）〈禮部賀冊尊號表〉：「功參造化，政體乾坤。」以上二句統言，聖明同日月之輝光，器度有乾坤之大量；下學人事，上達天道。故論其功德，足以參贊天地，造化萬物。

十一　「太乙龍翔欣鼎革，極酉鳳翥耀豐隨。」此句開頭「太乙」與下句開頭「極酉」，係以「太極」二字爲藏頭，「乙酉」則爲中華民國九十四年陰曆干支，生肖屬雞。「太乙」，指神或古帝王商湯，亦可解爲先賢文明的智慧發端。〈鼎〉（第五十卦）〈革〉（第四十九卦）爲《易經》二卦，《周易．雜卦傳》曰：「〈革〉，去故也；〈鼎〉，取新也。」〈革〉卦爲剷除陳腐故舊的東西，〈鼎〉卦爲迎取新生事物，因此而有「〈革〉故〈鼎〉新」成語。

十二　「太乙龍翔欣鼎革，極酉鳳翥耀豐隨。」「鳳翥」與上句「龍翔」相對，「龍翔鳳翥」與「龍飛鳳舞」無異，形容氣勢非凡。翥，音「住」，鳥向上飛；翔，盤旋飛翔。語出〔明〕張居正（一五二五～一五八二）《承天大志紀贊．陵寢紀》：「山趨水會，鳳翥龍翔。」〈豐〉（第五十五卦）〈隨〉（第十七卦）爲《易經》二卦，雷火爲〈豐〉，故《周易．豐．彖傳》曰：「〈豐〉，大也。明以動，故〈豐〉。」澤雷爲〈隨〉，《周易．隨．彖傳》曰：「〈隨〉，剛來而下柔，動而說，〈隨〉。……天下隨時，〈隨〉時之義大矣哉。」隨時因緣、順其自然之象。

十三　《禮記．中庸》曰：「肫肫其仁。」肫，音「諄」，誠懇。掬，兩手承取。

十四　「伏維靈鑒尙饗」，係舊時祭文結尾常用款式語。伏，趴，恭敬之意；維，同「惟」，「伏維」即俯伏而思維，謙敬之辭，表示誠心誠意拜請神靈來臨明鑒。「尙饗」，也作「尙享」，其義爲「請享用祭品」，意謂如死者有靈，請享用祭奠的酒、肉。《儀禮．士虞禮》：「祝饗。」〔東漢〕鄭玄（一二七～二〇〇）注：「饗，告神饗也。」

二　中華民國九十五年（二〇〇六）

遙祭黃帝陵祭文

維

中華民國九十五年四月五日，總統　陳水扁先生謹派內政部部長李逸洋，代表中樞，敬奉香花素果之奠、清酌雅樂之儀，遙祭於我赫赫始祖黃帝在天之靈，而祝以文，曰：

嘗思惟木有本，惟水有源。根之深者，葉必茂；積之厚者，流自長。故夫後昆之振拔，端賴前人之積德；而前人之創建，實冀後昆之守成。《尚書》曰：「克篤前烈，克成厥動。」曾子曰：「慎終追遠，民德歸厚。」豈漫然哉？曰若稽古，黃帝軒轅，上承伏羲神農玄德，憲象垂無疆之庥；下開唐堯虞舜政統，聖道彌九野之光。湯武順天應人，王業紀千秋之盛美；周孔制禮作樂，仁心宣萬代之鴻規，恆久深遠，誠百世莫能易。

黃花青塚，寄先烈之忠魂；碧血丹心，昭中華之正氣。幸賴英靈福佑，盡天地之體，立人物之命，必使老有所終，幼有所長，壯者有所致力，躋生民於安樂富庶之境界。今我寶島臺灣，勵精圖治，貽典謨於天下，同風教於域中；民主憲政恢宏，經建文教維新，興復繼絕，指日可待。神靈在上，馨香一瓣，醴酒盈樽，陟降有臨，肫誠敬頌。

伏維　靈鑒。尙　饗。

附註

一　「後昆」，泛指後代子孫。語出《尙書．仲虺之誥》：「以義制事，以禮制心，垂裕後昆。」「振拔」，振奮自拔。〔東漢〕班固（三二～九二）〈答賓戲〉：「卒不能攄首尾，奮翼鱗，振拔洿塗，跨騰風雲。」《南史．劉敬宣孫處等傳論》：「或階緣恩舊，一其心力，或攀附風雲，奮其鱗羽，咸能振拔塵滓，自致封侯。」後引申爲超群出眾。〔明〕宋濂（一三一〇～一三八一）〈贈朱啓文還鄉省親序〉：「文彩朗耀，光沖於牛斗；才猷振拔，軫接於荊揚。」

二　「克篤前烈，克成厥勳。」句詳《尙書．周書．武成》：「惟先王建邦啓土，公劉克篤前烈，至於大王肇基王跡，王季其勤王家。我文考文王克成厥勳，誕膺天命，以撫方夏。大邦畏其力，小邦懷其德。」

三　《論語．學而第一．第九章》：「曾子曰：『愼終追遠，民德歸厚矣。』」宗聖曾子（參，公元前五〇五～前四三六）所說此語，深刻影響中華倫理孝道，歷代至今，仍爲奉行圭臬。

四　「庥」，音同「休」，庇蔭，保護之意。

五　「陟降」，升降，上下。「陟」，音「至匠」，升、登。《詩經・大雅・文王》：「文王陟降，在帝左右。」〔南宋〕朱熹（一一三〇～一二〇〇）《詩集傳》：「蓋以文王之神在天，一升一降，無時不在上帝之左右，是以子孫蒙其福澤，而君有天下也。」〔清〕馬瑞辰（一七八二～一八五三）《毛詩傳箋通釋》：「《集傳》之說是也。……古者言天及祖宗之默佑，皆曰陟降。〈敬之〉詩曰：『無曰高高在上，陟降厥士，日監在茲。』此言天之陟降也。〈閔予小子〉詩曰：『念茲皇祖，陟降庭止。』〈訪落〉詩曰：『紹庭上下，陟降厥家。』此言祖宗之陟降也。天陟降，文王之神亦隨天神爲陟降。故曰：『文王陟降，在帝左右。』」後因以爲祖宗神靈暗中保佑之義。

三　中華民國九十六年（二〇〇七）

遙祭黃帝陵祭文

維

中華民國九十六年四月三日，良辰吉時，總統　陳水扁先生謹派內政部部長李逸洋，代表中樞，敬奉香花素果之奠、清酌雅樂之儀，遙祭於我赫赫共生始祖黃帝在天之靈，頌祝以文，曰：

浩浩八方，巍巍三皇。乾坤無疆，華夏永昌。
宇宙蒼蒼，潮流湯湯。燮理陰陽，葆龢柔剛。
天道深藏，時中玄黃。人文幽光，仁義開張。
神明將將，民德洋洋。王業泱泱，聖教昂昂。
儀型安邦，典範彝常。弘敷滂滂，博濟煌煌。
百姓平章，庶事泰康。股肱健良，經綸豐強。

鼎革龍翔，晉升鳳颺。神州復匡，臺灣賁當。

謹掬馨香，肫誠　靈堂。神馨其上，伏維　尚饗。

附註

一　「浩浩八方，……」本四言頌祝祭文，通篇每句皆押「下平聲：七陽」韻。「八方」，指四方——東、西、南、北，四隅——東南、西南、西北、東北，八個方向，也泛指各方。《逸周書．武寤》：「王赫奮烈，八方咸發。」《漢書．司馬相如傳下》：「是以六合之內，八方之外，浸潯衍溢。」〔唐〕顏師古（五八一～六四五）注：「四方四維，謂之八方也。」《雲笈七籤》卷一：「登丘陵而盼八方，覽參辰而見日月。」〔清〕唐孫華（一六三四～一七二三）〈有客〉詩：「喧闐聲利場，八方聚才英。」而在《周易．說卦傳》與〔南宋〕朱熹（一一三〇～一二〇〇）《周易本義》卷前引〔北宋〕邵雍（一〇一一～一〇七七）《易》圖說中，又有所謂「伏羲先天八方」：〈乾〉南，〈坤〉北，〈離〉東，〈坎〉西，〈兌〉東南，〈震〉東北，〈巽〉西南，〈艮〉西北；以及「文王後天八方」：〈震〉東，〈兌〉西，〈離〉南，〈坎〉北，〈乾〉西北，〈坤〉西南，〈艮〉東北，〈巽〉東南。

二　「三皇」，爲神話傳說時代的稱謂。在史料傳述與民間傳說中，多種多樣，莫衷一是，其中最爲流行的二種說法：其一，《史記》記載李斯（公元前？～公元前二〇八）之說，即爲「天皇」、「地皇」、「泰皇」；其二，《古微書》記載，則爲「伏羲」、「神農」、「黃帝」，本文取義於此。漢朝緯書稱「三皇」爲「天皇」、「地皇」、「人皇」，是三位天神。後來在道教中又將三皇分初、中、後三組：初三皇具人形；中三皇則人面蛇身或龍身；後三皇中的後天皇人首蛇身，即伏羲，後地皇人首蛇身，即女媧，後人皇牛首人身，即神農。

三　「湯湯」，讀音「商商」，爲水流壯盛的樣子。《說苑．尊賢》：「伯牙子鼓琴，鍾子期聽之，方鼓而志在太山，鍾子期曰：『善哉乎鼓琴！巍巍乎若太山。』少選之間，而志在流水，鍾子期復曰：『善哉乎鼓琴！湯湯乎若流水。』鍾子期死，伯牙破琴絕絃，終身不復鼓琴，以爲世無足鼓琴者。」

四　「燮」，音「謝」，調和；理，治理。「燮理陰陽」，指大臣輔佐天子治理國事。典出《尚書．周官》：「立太師，太傅，太保。茲惟三公，論道經邦，燮理陰陽。」

五　「葆龢」同「保合」、「保和」，「葆」通「保」，「龢」通「和」。語出《周易．乾．彖傳》：「〈乾〉道變化，各正性命，保合太和，乃利貞。」

六　「將將」，音義同「鏘鏘」，盛大洪亮的樣子。

七　「昂昂」，指器宇軒昂、形容氣度不凡的樣子。

八　「弘敷」，大力敷揚。《尚書．君牙》：「弘敷五典，式和民則。」〔西漢〕孔安國（生卒年不詳）傳：「大布五常之教，用和民，令有法則。」《明史．馬自強傳》：「誠宜及此大慶，蕩滌煩苛，弘敷惠澤，俾四海烝黎，咸戴帝德。」「滂滂」，音「乒乒」，氣勢盛大的樣子。

九　「颺」同「揚」，〔東漢〕許慎（三〇～一二四）《說文解字》：「風所飛揚也。」《尚書．

〈益稷〉：「工以納言，時而颺之。」《孔傳》曰：「當正其義，而揚道之。」

一〇 「賁」，讀音「必」，義取於山火〈賁〉卦，《周易・賁・彖傳》曰：「文明以止，人文也。觀乎天文，以察時變；觀乎人文，以化成天下。」

四　中華民國九十七（二〇〇八）

遙祭黃帝陵祭文

維

中華民國九十七年四月三日，良辰吉時，總統　陳水扁先生謹派內政部部長李逸洋，代表中樞，敬奉香花素果之奠、清酌雅樂之儀，嚴嚴赫赫，穆穆淵淵，遙祭於我共生遠祖黃帝在天之靈，頌祝以文，曰：

乾坤蒼蒼，碧海湯湯。源遠流長，日新輝光。
肇祖聖王，薪傳炎黃。降福穰穰，德惠四方。
民族禎祥，文化泱泱。生生自強，博濟煌煌。
臺瀛星霜，落地飄香。枝葉茂張，樹育芬芳。
絃歌悠揚，菁莪樂昌。富麗深藏，超邁原鄉。
大塊文章，薈萃攸當。三才元良，典教彝常。

燮理陰陽，庶事泰康。協和柔剛，百姓豐臧。
民主殿堂，自由昭彰。法治安邦，經濟時匡。
志業滂滂，道德昂昂。虔告心莊，國祚無疆。

謹掬肫誠，伏維　靈鑒。尚　饗。

附註

一　「嚴嚴」，同「巖巖」，高聳充滿威嚴的樣子；「赫赫」，明顯盛大的樣子。二辭出於《詩經．小雅．節南山》：「節彼南山，維石嚴嚴（或作「巖巖」）；赫赫師尹，民具爾瞻。」在廟宇建築學上，「赫赫」的位置稱爲「左日門」，「嚴嚴」的位置稱爲「右月門」；因此，「赫赫」、「嚴嚴」用於廟宇的場合時（如臺北「行天宮」），可借指廟宇建築的神聖性與莊嚴氣氛，以及神明靈威顯盛，信眾進出廟宇時，心態應保持虔誠肅穆。

二　「穆穆」，端莊恭敬。《尙書．舜典》：「賓於四門，四門穆穆。」「四門穆穆」，《史記》云：「諸侯遠方賓客皆敬。」《爾雅．釋訓》：「穆穆，敬也。」《大戴禮記．五帝德》：「亹亹穆穆，爲綱爲紀。」又可解爲儀容或言語和美。《詩經．大雅．文王》：「穆穆文王，於緝熙敬止。」《毛傳》：「穆穆，美也。」《荀子．大略》：「言語之美，穆穆皇皇。」亦作寧靜、靜默解。《楚辭．遠遊》：「形穆穆以浸遠兮，離人羣而遁逸。」〔東晉〕陶潛（三六五～四二七）〈時運〉：「邁邁時運，穆穆良朝。」引申爲盛集貌。〔北宋〕范仲淹（九八九～一〇五二）〈上時相議制舉書〉：「十數年間，異人傑士，必穆穆於王庭矣。」「淵淵」，深廣；深邃。《莊子．知北遊》：「淵淵乎其若海，巍巍乎其終則復始也。」〔唐〕柳宗元（七七三～八一九）〈天爵論〉：「純粹之氣，注於人也爲明。得之者，爽達而先覺，鑒照而無隱，盹盹於獨見，淵淵於默識。」亦可解作鼓聲。《詩經．商頌．那》：「鞉鼓淵淵，嘒嘒管聲。既和且平，依我磬聲。於赫湯孫，穆穆厥聲。」〔南朝．宋〕劉義慶（四〇三～四四四）《世說新語．言語》篇：「淵淵有金石聲，四坐爲之改容。」〔南朝．梁〕何遜（約四八二～約五二二）〈宿南洲浦〉詩：「沉沉夜看流，淵淵朝聽鼓。」

三 「乾坤蒼蒼……」四言頌祝祭文，通篇每句皆押「下平聲：七陽」韻。「蒼蒼」，同「蔥蔥」，原指深青色，或草木蒼翠茂盛、眾多的樣子。《詩經．秦風．蒹葭》：「蒹葭蒼蒼，白露爲霜。」《毛傳》：「蒼蒼，盛也。」《莊子．逍遙遊》：「天之蒼蒼，其正色邪。」《史記．天官書》：「正月，與斗、牽牛晨出東方，名曰監德。色蒼蒼有光。」〔三國．魏〕曹植（一九二～二三二）〈贈白馬王彪〉詩之二：「太谷何寥廓，山樹鬱蒼蒼。」〔北魏〕酈道元（？～五二七）《水經注．汶水》：「仰視岩石松樹，鬱鬱蒼蒼，如在雲中。」〔唐〕李華（七一五～七六六）〈弔古戰場文〉：「蒼蒼烝民，誰無父母。」〔北宋〕蘇軾（一〇三六～一一〇一）〈留題仙都觀〉詩：「山前江水流浩浩，山上蒼蒼松柏老。」一特指「天」。〔東漢〕蔡琰（約一七七～約二四九）《胡笳十八拍》：「泣血仰頭兮訴蒼蒼，胡爲生兮獨罹此殃。」〔唐〕李白（七〇一～七六二）〈酬殷明佐見贈五雲裘歌〉：「爲君持此凌蒼蒼，上朝三十六玉皇。」又可解作「茫無邊際」。《淮南子·俶眞》篇：「渾渾蒼蒼，純樸未散。」

四 「日新輝光」，即「輝光日新」，以押韻故，前後倒序。常指一個人在道德、文學、藝術等方面，日有長進。語出《周易·大畜·彖傳》：「〈大畜〉，剛健篤實，輝光日新；其德，剛上而尚賢，能止健，大正也；『不家食，吉』，養賢也。『利涉大川』，應乎天也。」

五 「穰穰」，音「攘攘」。豐盛，形容獲得豐收，糧食滿倉。語出《史記·滑稽列傳》：「甌窶滿篝，汙邪滿車，五穀蕃熟，穰穰滿家。」

六 「生生自強」，義本於《周易》〈乾〉〈坤〉二卦，以及《周易·繫辭傳》，其理甚富，足堪細加翫味。以下審錄《中華百科全書·哲學類》「生生」條，提供思考觀照：「《周易·繫辭傳》謂：『天地之大德，曰生。』韓康伯注：『施生，而不爲，故能常生，故曰大德。』此《老子》所謂『以其不自生，故能長生』之以天之『無爲』而以形勝超越之義解之者。而孔穎達正義則曰『欲明聖人同天地之德』者，此『同』是乃方東美教授所謂：『生命包容萬類，緜絡大道，變通化裁，原始要終，敦仁存愛，繼善成性，无方无體，亦剛亦柔，趣時顯用，亦動亦靜。生含五義：一、育種成性義；二、開物成務義；三、創進不息義；四、變化通幾義；五、緜延長存義。故《易》重言之曰生生。』（《哲學三慧》）是之。『生生』者，『易』也；是乃《周易·繫辭傳》所謂『生生之謂《易》』是也。韓康伯注：『陰陽轉易，以成化生。』孔穎達正義曰：『生生，不絕之辭。陰陽變轉，後生次於前生，是萬物恆生謂之《易》也。』故此乃以《易》之『化』與『恆生』解『生生』者。王船山《周易內傳》曰：『《易》之所自設，皆一陰一陽之道，而人性之全體也，生生者有其體，而動幾必萌以顯諸仁；有其藏，必以時利見而效其用。鼓萬物而不憂，則无不可發見，以興起富有日新之德業，此性一而四端，必萌萬善，必興生生不已之幾。』此以一陰一陽之道與人性全體之性一；『善』而四端——元、亨、利、貞；仁、義、禮、智之生生不已解『生生』者，是亦乃《易·繫》之以『成象』爲〈乾〉之『生』同『效法』爲〈坤〉之『生』者以此，《易·繫》『生生之謂《易》』之『生生』，包括〈乾〉以成象爲生，〈坤〉以效法爲生；此二生者，貫之則爲『生生』。故《易·繫》始謂：『夫〈乾〉，其靜也專，其動也直，是以大生焉；夫〈坤〉，其靜也翕，其動也闢，是以廣生焉。』是以，〈乾〉元大生之德之生，〈坤〉元廣生之德之生，皆自天地之大德曰『生』而來。故《易·繫》方謂：『天地絪縕，萬物化醇；男女構精，萬物化生。』以此，『生生之謂《易》』之《易》：『與天地準，故能彌綸天地之道。仰以觀於天文，俯以察於地理。是故，知幽明之故，原始反終，故知死生之說。精氣爲物，游魂爲變，是故知鬼神之情狀。與天地相似，故不違。知周乎萬物，而道濟天下，故不過。旁行而不流，樂天知命，故不憂。安土敦乎仁，故能愛。範圍天地之化，而不過。曲成萬物，而不遺。通乎晝夜之道，而知。故神无方而《易》无體。』是乃《易》〈乾〉〈坤〉之『元』——太極之『生』，乃生〈乾〉〈坤〉之生，而四象，而八卦，而六十四卦，而无窮之生生不已，是故曰『生生』，蓋言『化』之不已矣。以故，〈乾〉元大生之德之生——健：仁；必以『中』，在創造。〈坤〉元廣生之德之生——順：義；必以『和』，在孕育。『中』者，『誠——仁』；『和』者，『敬——義』；皆在『化』。故《中庸》言：『唯天下至誠，爲能化。』因是，戴東原謂：『生生者，化之原；生生而條理者，化之流。』（《原善》）化者，何？生也，生生也。此乃指生命之充實與完成者也，是爲一生命大化流行之世界。此世界『變，則化；由粗入精』（張橫渠《正蒙．神化》篇）故『一陰一陽之謂道，繼之者，善也；成之者，性也。仁者，見之謂仁；知者，見之謂知。顯諸仁，藏諸用，鼓萬物而不與聖人同憂，盛德大業，至矣哉！富有之謂大業，日新之謂盛德，生生之謂《易》。』（《周易．繫辭傳》）皆從〈乾〉元大生之生，〈坤〉元廣生之生而來，以充實與完成生命世界之『人文化成』者也。故此『生生之謂《易》』之《易》有三義：一、不易——本體世界；二、變易——現象世界；三、易簡——方法世界。而爲《易》之『生生』所貫以成：一、生命創造系統之建立；二、生命創造系統之演進；三、生命創造系統之完成；四、生命創造系統之體現。此『生生』者，皆『生生』創造與『生生』孕育之『化』及不窮，而改過不已者也；人法此、象此，則『自強不息』之義存焉！因是，『生生』彌天地之道，通萬物之情；有象，而不可以一象求；有法，而不可以一法執；此之所以爲『生生』者是也。」

七　「大塊」，大地、大自然；「文章」，原指錯綜的花紋、華美的色彩。「大塊文章」，原指大自然錦繡般美好的景色，後用來稱頌內容豐富的長篇文章。語本〔唐〕李白（七〇一～七六二）〈春夜宴從弟桃李園序〉：「況陽春召我以煙景，大塊假我以文章。」後多指內容豐富、長篇大論的文章。

八　「攸」，音「幽」，「攸當」助詞置於動詞前，表示聯繫作用，相當於「所」。

九　「彝」，音「儀」，原爲古代盛酒的器具或宗廟常用的祭器。《爾雅．釋器》：「彝、卣、罍，器也。」〔晉〕郭璞（二七六～三二四）注：「皆盛酒尊，彝其總名。」《宋書．卷四二・劉穆之傳》：「功銘鼎彝，義彰典策。」後引申作常道、常法，義出《詩經・大雅・烝民》：「民之秉彝，好是懿德。」

一〇 「臧」，音「髒」，善、好。《詩經・邶風・雄雉》：「百爾君子，不知德行。不忮不求，何用不臧？」《論語・子罕》子曰：「衣敝緼袍，與衣狐貉者立，而不恥者，其由也與？『不忮不求，何用不臧？』」子路終身誦之。子曰：「是道也，何足以臧？」

五　中華民國九十八年（二〇〇九）

遙祭黃帝陵祭文

維

中華民國九十八年四月三日，歲逢己丑，天地回春；節屆清明，萬象更新；總統　馬英九先生謹率文武百官，敬奉香花素果，尊獻醴酒清醇，高奏鐘鼓雅樂；拜祀遙祭於我　中華人文始祖

軒轅黃帝在天之靈，而祝以頌，曰：

水源積厚，淵遠流長。根深木本，葉茂芬揚。
元祖黃帝，上承羲農。道侔天地，仰通俯明。
古今德貫，順應物情。往聖道統，博濟豐隆。
開先立極，澤被寰瀛。仁愛國泰，德義邦興。
山川錦繡，日麗月恆。巍巍華夏，萬里鵬程。

玉峰聳立，蒼海盈盈。臺灣寶島，富樂民生。
前賢創建，後昆晉升。勵精圖治，憲政恢宏。
經建文教，鼎革計功。維新政治，百業復興。
族群和諧，社會群英。協調統籌，國是澄清。
集思廣益，眾志成城。開啓鴻猷，飛騰蒸蒸。
世界一家，和平大同。緬懷遠祖，煌煌偉功。
孫孫子子，繼繼繩繩。發揚光大，萬世共生。
陟降昭格，敬獻馨香。謹掬肫誠，告慰神靈。

伏維　尚饗。

附註

一　初稿引言與頌祭文如下：「維　中華民國九十八年四月三日，歲逢己丑，天地回春；節屆清明，萬象更新；總統　馬英九先生謹代表臺灣地區二千三百萬人民，恭率先烈承勳遺族、文武百官、民意代表、社會賢達等。四海中華同胞，發誠敬之心，齊抒愛國熱情；五洲炎黃子孫，申依戀之思，共壯民族忠魂。敬奉香花素果，尊獻醴酒清醇，高奏鐘鼓雅樂；拜祀遙祭於我赫赫颺颺中華人文始祖　軒轅黃帝在天之靈，而祝以文，曰：水源積厚，淵遠流長。根深木本，葉茂芬揚。曰若稽古，萬代垂青。元祖黃帝，上承羲農。垂憲立法，王業寬宏。道侔天地，仰通神明。德貫古今，俯順物情。平章百姓，庶事康寧。股肱良盛，美善圓成。往聖道統，博濟豐隆。時代潮流，民主振弘。開先立極，澤被寰瀛。仁愛國泰，德義邦興。神州綿綿，日升月恆。中華巍巍，萬里鵬程。臺灣寶島，富樂民生。卓卓矩範，泱泱儀型。前賢創建，後昆晉升。勵精圖治，憲政恢宏。經建文教，鼎革計功。政治維新，百業復興。開放競豔，內外映紅。族群和諧，社會群英。協調統籌，國是澄清。集思廣益，眾志成城。開啓鴻猷，樹立新風。全面推動，共進文明。祈我國運，飛騰蒸蒸。孫孫子子，繼繼繩繩。世界一家，和平大同。江河滔滔，海宇盈盈。玉峰峨峨，橋山蒼蒼。古柏凝翠，春華吐芳。緬懷遠祖，煌煌偉功。發揚光大，萬世共生。醴酒金樽，敬獻馨香。陟降昭格，告慰神靈。謹掬肫誠，伏維靈鑒。敬頌　尚饗。」因引文頌句過長，經刪減後，核定如上。

二　本文以「上平聲：一東」、「上平聲：二冬」與「上平聲：三江」，以及「下平聲：七陽」、「下平聲：八庚」、「下平聲：九青」與「下平聲：十蒸」各韻，皆以陽聲通押、弘音互轉。

三　「繼繼繩繩」，指前後相承，延續不斷。

四　「陟降」，音「至匠」，原指中晷影的長短變化，後引申作升降、上下、往來。《詩經．大雅．文王》：「文王陟降，在帝左右。」〔南宋〕朱熹（一一三〇～一二〇〇）集傳：「蓋以文王之神在天，一升一降，無時不在上帝之左右，是以子孫蒙其福澤，而君有天下也。」

〔清〕馬瑞辰（一七八二～一八五三）通釋：「《集傳》之說是也。……古者言天及祖宗之默佑，皆曰陟降。」昭格，昭明盛大降臨；格，至也。

六　中華民國九十九年（二〇一〇）

遙祭黃帝陵祭文

維

中華民國九十九年四月二日，歲逢庚寅，福虎陞豐；節屆清明，愼終追遠；總統　馬英九先生謹率文武百官、菁英國士、先進賢達，尊獻醴酒清醇，敬奉香花素果，高奏雅樂德音；拜祀遙祭於我　中華始祖、人文元宗軒轅黃帝在天之靈，祝禱以頌，曰：

乾坤摩盪，萬物化生。咸恆貞定，倫常肇萌。
三皇五帝，聖王代興。琬琰君子，輔弼股肱。
黃帝嫘祖，賁耀文明。懷柔敦睦，四海康寧。
歲歷緜邈，史記豐盈。秉彝正則，祀典崇隆。
山河錦繡，寰宇俊英。海濱鄒魯，中華遠雄。

民爲邦本，憲政創弘。國父發軔，蔣公奉行。
靜波承啓，經國揚功。李陳繼統，臺灣銓衡。
藍綠鼎革，堅毅圖成。英九受命，恫瘝在膺。
國是迍邅，攬轡澄清。臨深履薄，戰戰兢兢。
朝野戮力，良性競爭。兩岸奮進，和諧雙贏。
內外一體，上下共同。國際觀照，族群合融。
自強不息，六龍時乘。厚德載物，三才位亨。
燕翼貽謀，祖武克繩。忠烈昭格，天人感通。
肫肫浩浩，耿耿精衷。掬誠奠酹，告慰神靈。

伏維　尚饗。

附註

一　「乾坤摩盪」，取《周易》上經〈乾〉〈坤〉首二卦，寓「天地大生」之義，爲天文之始；「咸恆貞定」，取《周易》下經〈咸〉〈恆〉首二卦，寄「男女感通」之旨，爲人道之本，兩而參之，以象「天人合一」之蘊。

二　本文以「上平聲：一東」、「上平聲：二冬」與「上平聲：三江」，以及「下平聲：八庚」、「下平聲：九青」與「下平聲：十蒸」各韻，皆以陽聲通押、弘音互轉。「萬物化生」，語出《周易．繫辭下傳》：「天地絪縕，萬物化醇；男女構精，萬物化生。《易》曰：『三人行，則損一人；一人行，則得其友。』言致一也。」說明陰陽相交、相合之理，也說明了男女相合的重要性。天地之間的萬物，都要通過陰陽相合爲一，而繁衍新生命。

三　「琬琰君子」，比喻君子的德行高超；琬琰，音「宛演」，品德高尚、美好。

四　「嫘」，音「雷」。《通鑑外紀》記載：「西陵氏之女嫘祖爲帝之妃，始教民育蠶，治絲繭以供衣服。」

五　「賁」，音「必」，山火〈賁〉爲《周易》第二十二卦，寓文化斑如、文明彰然之象。

六　「靜波」，爲故嚴前總統家淦（一九〇五～一九九三）之字。

七　「恫瘝」，音「通官」，病痛，比喻疾苦；在膺，在胸懷中。「恫瘝在膺」，亦作恫瘝在抱、恫瘝在身，表示對人民的疾苦感同身受，形容愛民殷切。

八　迍邅，音「諄沾」；語出《周易．屯卦》爻辭「屯如邅如」，意謂：路難行不進的樣子，或困頓失意貌。

九　「自強不息，六龍時乘」，語出《周易．乾卦》，〈大象傳〉曰：「天行健，君子以自強不息。」〈彖傳〉曰：「六位時成，時乘六龍以御天，〈乾〉道變化，各正性命，保合大和，乃利貞。」「六龍」即〈乾〉卦六爻「潛、見、惕、躍、飛、亢」不同時位之情狀，象徵個人、國家、世界之發展進程。

一〇　「厚德載物，三才位亨」，語出《周易．坤卦》，〈大象傳〉曰：「地勢坤，君子以厚德載物。」「三才」爲天（立天之道曰陰曰陽）、地（立地之道曰柔曰剛）與人（立人之道曰仁曰義），故「兼三才而兩之」，〈彖傳〉曰：「至哉〈坤〉元！萬物資生，乃順承天，〈坤〉厚載物，德合无疆，含弘光大，品物咸亨。」故以此寄託「三才位育，元亨利貞」義蘊。

一一　「燕翼貽謀」，比喻善爲後代子孫打算、謀取幸福，能庇佑造福後代的祖先。語本《詩經．大雅．文王有聲》：「武王豈不仕，詒厥孫謀，以燕翼子。」

一二　「祖武克繩」，原作「克繩祖武」，或作「繩其祖武」、「繩厥祖武」，比喻能遵守、繼承祖先的行跡規範，即繼承祖先的功業。語本《詩經．大雅．下武》：「昭茲來許，繩其祖武。於萬斯年，受天之祜。」故《幼學故事瓊林》即合之曰：「燕翼貽謀，乃稱裕後之祖；克繩祖武，是稱象賢之孫。」

一三　「忠烈昭格」，「昭格」一詞，古作「昭各」、「昭假」（「昭假」），習見於《詩經》、《尚書》與鐘鼎銘文之中，「格」原作「各」，本義爲「至也，來臨」之意；故祭祀神祖，敬用「昭格」一詞。

一四　「肫肫」，音「諄諄」，誠懇貌；「肫肫其仁」，比喻誠懇的態度，是仁心的表現。「肫肫浩浩」，此成語比喻君子的德行高超。典出《禮記．中庸》第三十三章：「夫焉有所倚？肫肫其仁，淵淵其淵，浩浩其天。」此章言至誠之道，爲至聖能然。（語譯：「這哪能依靠別的事物呢？他的誠懇，是仁心的表現；他的深靜，就像深淵一般；他的廣大，就如天體一般。」）

一五　「奠酹」，祭祀後以酒灑地的儀式。酹，音「類」，灑酒於地以祭神祖，終祀之義。

七　中華民國一〇〇年（二〇一一）

遙祭黃帝陵祭文

維

中華民國一〇〇年四月一日，歲逢辛卯，天地回春；節屆清明，萬象更新；總統　馬英九先生謹派內政部部長江宜樺，代表中樞，敬奉香花素果之奠、清酌雅樂之儀，遙祭於我赫赫中華人文始祖　軒轅黃帝在天之靈，祝頌以文，曰：

穆穆穹蒼，覆蔭炎黃。青青宇疆，孕毓美鄉。
華夏泱泱，文化醇良。禮樂堂堂，孔孟弘揚。
五嶽三江，行健自強。四海八方，龍蟠虎驤。
源遠脈長，祖德流芳。神州曙光，臺瀛輝煌。
三民偉張，百姓富康。政教隆昌，何用不臧。
爕理陰陽，仁義昭彰。調融柔剛，時位正當。

彝型聖王，器度昂昂。大有領航，道志滂滂。

經綸禹湯，百年興邦。胸懷濟匡，萬代耀芒。

醴酒盈觴，敬獻馨香。神格靈廊，伏維尚饗。

虔誠　謹告。

附註

一　本文通押「下平聲．七陽」韻，取其恢弘光大之聲情。

二　「龍蟠虎驤」，「驤」爲奔馳、跳躍，此句義同「龍蟠虎踞」，爲協韻故，因改「踞」爲「驤」。蟠，盤伏、盤曲。「龍蟠虎踞」形容像神龍盤曲、猛虎蹲坐著，後用「龍蟠虎踞」形容地勢雄偉險要。

三　「燮理」，調治。「燮」，音「謝」，協和之義。「陰陽」，相對立的事。「燮理陰陽」指調和治理國家大事。語出《尚書．周官》：「立太師、太傅、太保，茲惟三公，論道經邦，燮理陰陽。」

四　「大有」，此特指《周易》第十四卦火天〈大有〉，富有、大豐收之義。〈大有．大象傳〉：「火在天上，〈大有〉。君子以遏惡揚善，順天休命。」此爲君子剛健而照鑑於上，能夠抑惡揚善，豐富而大業。

八　中華民國一〇一年（二〇一二）

追根溯源，萬靈歸心——中華民族元旦聯合祭祖大典祭祖文

維

中華民國一〇一年元旦，欣迎生生新歲，豐業賁昌；喜接旺旺壬辰，瑞龍騰躍。四海八方，中華同胞，群賢畢至，少長咸集，薈萃一堂，猗歟盛哉。副總統蕭萬長先生謹代表　總統馬英九先生，以及寰宇炎黃子孫，謹掬虔誠赤心、尊崇敬意、景仰至情，奉獻馨香、鮮花、時菓、美饌、雅樂，祭告於

中華列祖列宗聖靈，文曰：

巍巍赫赫，浩浩菁菁。煌煌郁郁，中華文明。
綿綿繩武，斑斑史徵。伏羲八卦，奠啓昌隆。
草昧敦化，炎帝神農。人文初祖，軒轅有熊。
蚩尤苗裔，流衍興萌。神州錦繡，百姓蒸蒸。

倉頡創造，書契彝銘。唐虞稽古，夏商治寧。
維新有命，文武周公。制禮作樂，萬邦景從。
欽崇彝道，體恤民情。孔仁孟義，經緯圓融。
四時代序，不息生生。通德類物，聖賢集成。
天地父母，毓秀鍾靈。五倫和合，八達會通。
穆穆宗廟，蕩蕩典型。濟濟多士，熠熠澤風。
雝雝亹亹，燦燦盈盈。大中至正，利貞元亨。
漢冑兒女，忠孝篤從。同胞骨肉，戮力鞠躬。
神魂昭格，靈鑒肫誠。脈本歸厚，追遠慎終。

伏惟　謹告。

附註

一　本文係應總統府第一局第二科林秀玲科長之電邀而代擬，因「財團法人唯心聖教功德基金會」等團體，訂於中華民國一〇一年元旦，假國立臺灣體育大學體育館舉辦「2012中華民族聯合祭祖大典」，副總統蕭萬長（一九三九～）先生謹代表總統　馬英九（一九五〇～）先生蒞臨頒致祭祖文。

二　本文以「上平聲：一東」、「上平聲：二冬」與「上平聲：三江」，以及「下平聲：八庚」、「下平聲：九青」與「下平聲：十蒸」各韻，皆以陽聲通押、弘音互轉。「巍巍」，高大的樣子；「赫赫」，顯赫的樣子。語出〔唐〕韓愈（七六八～八二四）〈賀冊尊號表〉：「眾美備具，名實相當，赫赫巍巍，超今冠古。」「浩浩」，廣大的樣子。《禮記・中庸》：「夫焉有所倚，肫肫其仁，淵淵其淵，浩浩其天。」「菁菁」，茂盛的樣子。《詩經・唐風・杕杜》：「其葉菁菁。」

三　「蕩蕩」，廣大。《論語・泰伯》：「蕩蕩乎民無能名焉，巍巍乎其有成功也。」又平坦、平易。《漢書・卷六十五・東方朔傳》：「不偏不黨，王道蕩蕩。」

四　「雝」，音「庸」，原爲《詩經・周頌》篇名，共一章。根據〈詩序〉：「〈雝〉，禘大祖也。」指周武王祭周文王之詩。本章二句爲：「有來雝雝，至止肅肅。」有來，謂祭者也。雝雝，和悅、和睦貌。至止，謂至於廟也。肅肅，恭敬貌。「亹亹」，音「偉偉」，連續而不倦怠。語出《詩經・大雅・文王》：「亹亹文王，令聞不已。」

五　「肫」，音「諄」，誠懇、眞摯。「肫誠」，誠摯之意。

六　案：經總統府一局第三科承辦同仁建議，因本祭禮已無陳設祭品，傳統末句之「伏維　尚饗」，改作「虔誠　謹告」。又因司儀唱祭文音韻拉長，不宜太長；並盡量加入時事，配合政情。

九　中華民國一〇一年（二〇一二）

遙祭黃帝陵祭文

維

中華民國一〇一年四月三日，歲逢壬辰，龍騰鳳翥；節屆清明，慎終追遠；總統　馬英九

先生謹率文武百官，敬奉香花素果、清酌雅樂，遙祭於我中華人文始祖

軒轅黃帝在天之靈，祝頌以文，曰：

天地萬物，人性最靈。思源返本，尊祖敬宗。

涿鹿大捷，華夏復興。四海百姓，心歸有熊。

衣裳宮室，初啓文明。聖哲紹繼，禮樂恢宏。

秉彝昭代，漢唐宋清。民國肇建，五權服膺。

篳路藍縷，薈萃菁英。深謀遠慮，選賢與能。

政經教化，日上蒸蒸。欣欣寶島，樂利昌隆。

和平兩岸，雙贏共榮。同胞一體，允執厥中。
維新鼎革，萬里鵬程。詒謀燕翼，道統生生。
自強厚德，告慰橋陵。祈鑒衷誠，伏惟尚饗。

虔誠　謹告。

附註

一　本文以「上平聲：一東」、「上平聲：二冬」與「上平聲：三江」，以及「下平聲：七陽」、「下平聲：八庚」、「下平聲：九青」與「下平聲：十蒸」各韻，皆以陽聲通押、弘音互轉。《荀子．王制》曰：「水火有氣而無生，草木有生而無知，禽獸有知而無義，人有氣有生有知，亦且有義，故最爲天下貴也。」

二　傳統宗法社會裏，特別強調「尊祖」，其具體的作爲，表現在「尊祖敬宗」的祭祀禮儀上。故《禮記．大傳》曰：「親親故尊祖，尊祖故敬宗，敬宗故收族，收族故宗廟嚴，宗廟嚴故重社稷，重社稷故愛百姓，愛百姓故刑罰中，刑罰中故庶民安，庶民安故財用足，財用足故百志成，百志成故禮俗刑，禮俗刑然後樂。」充分顯示華夏先民社會慎終追遠、尊祖敬宗優良傳統美德。

三　「涿鹿大捷」係指中國遠古時代，有熊氏黃帝與神農氏炎帝兩族聯合，同蚩尤九黎族進行的一次大規模戰爭。因此次戰爭的大捷，乃奠定中華民族統一發展的基礎。

四　「有熊」係代指「黃帝」，相傳黃帝姓公孫，居軒轅之丘故號軒轅氏；又居姬水，後改爲姬姓。國於有熊，亦稱有熊氏。

五　相傳衣裳、宮室、舟車、弓矢、音樂，以至文字、算學、曆法、陣法、政制、貨幣、甲子數律等發明，都被推稱爲黃帝及其臣子所創造發明；因此，我中華民族自稱爲「黃帝子孫」，尊奉黃帝爲「人文初祖」或「文化始祖」。

六　紹，繼也；繼，紹也。意指承繼先聖列哲傳統，發揚光大。黃帝之後，堯、舜、禹、湯、文、武、周公進而化之。其後，老子、孔子萬民教之，曾參效之，程頤、朱熹弘之，遍及中外，中華文化從此鼎盛天下。

七　「秉彝」，典出《詩經．大雅．烝民》：「天生烝民，有物有則。民之秉彝，好是懿德。」彝者，常也，「五倫之常」也。「昭代」意謂昭明盛大的輝煌時代。

八　五權憲法是國父孫中山先生（一八六六～一九二五）的創見，五權憲法是以三民主義爲思想基礎，以權能區分爲前提，並將治權分爲行政、立法、司法、考試、監察五權分立的憲政體制。

九　「篳路」，柴車；「藍縷」，破衣服。出自《左傳．宣公．十二年》：「篳路藍縷，以啓山林。」意思是駕著柴車，穿著破衣去開闢土地，後用以形容創業之艱辛。

一〇　「選賢與能」，典出《禮記．禮運》：「大道之行也，天下爲公，選賢與能，講信修睦。」選拔任用賢能的人。「選賢與能」，亦作「選賢任能」、「選賢舉能」。所謂「賢」就是要有智慧、要有宏觀、要有願景、要有前瞻性；所謂「能」，就是能力、經驗，能把願景轉換爲政策，並加以完整規劃、細膩設計和有效的執行，以達到落實提升民眾生活福祉，讓民眾具體受惠的效果。

一一　「政經教化」，意指政治、經濟、教育與文化等各方面，都能蒸蒸日上，不斷提升發展。

一二　「樂利昌隆」，意指「民生樂利」、「國運昌隆」。

一三　「同胞一體」，典出宋儒張載（一〇二〇～一〇七七）《正蒙・西銘》曰：「〈乾〉稱父，〈坤〉稱母；予茲藐焉，乃混然中處。故天地之塞，吾其體；天地之帥，吾其性。民，吾同胞；物，吾與也。」

一四　「允執厥中」，意謂能秉持中庸之道，處理事情能把握中正平和的精神，不會太過或不及。典出《尚書・大禹謨》：「人心惟危，道心惟微；惟精惟一，允執厥中。」

一五　「詒謀燕翼」，即「燕翼詒謀」，典出《詩經・大雅・文王有聲》：「武王豈不仕，詒厥孫謀，以燕翼子。」「詒」通作「貽」；燕，安也；翼，敬也；詒（貽），遺也，遺留。此句原指周武王謀及其孫而安撫其子，後泛指爲後嗣作好打算。

一六　「道統」是儒家傳道系統的一種說法。道統之說最早濫觴於《孟子・盡心下》，其言曰：「由堯、舜至於湯，由湯至於文王，由文王至於孔子，各五百有餘歲，由孔子而來至於今，百有餘歲，去聖人之世，若此其未遠也，近聖人之居，若此其甚也。」「生生」即「生生不息」，典出《周易・繫辭傳》：「生生之謂《易》。」晉儒韓康伯（生卒年不詳）注曰：「陰陽轉易，以成化生。」唐儒孔穎達（五七四～六四八）正義曰：「生生，不絕之辭。陰陽變轉，後生次於前生，是萬物恆生謂之《易》也。」

一七　「自強厚德」，典出《周易·乾·大象傳》：「天行健，君子以自強不息。」《周易·坤·大象傳》：「地勢〈坤〉，君子以厚德載物。」

一八　「橋陵」，即「橋山黃帝陵」之簡稱。黃陵位於陝北橋山之陽軒轅谷中。群山環抱，峻峰重疊，北洛水碧波如紘，黃濤怒吼似帶。北嶽恆山，西嶽華山以及山西境內的太行、五臺諸山都朝拱左右。漢儒司馬遷（約公元前一四五～前八六）《史記·黃帝本紀》稱：「黃帝崩，葬橋山。」

十　中華民國一〇一年（二〇一二）

第十三任總統、副總統遙祭國父中山陵祭文

維

中華民國一〇一年五月二十二日，總統　馬英九、副總統　吳敦義，恭設儀典，遙祭國父孫中山先生之陵，曰：

道統丕承，精一執中。秉彝天生，懿美人成。
誕降永寧，毓秀翠亨。文載德明，革命俊英。
捭闔縱橫，華夏昌興。盡瘁鞠躬，紫金鍾靈。
建國猷閎，經綸澄清。亮節高風，民主聖雄。
憲政權能，區分制衡。難知易行，鼓舞志功。
海深山崇，潤泰萃豐。薪傳典型，貫徹始終。
導航塔燈，掌舵昇平。四海春榮，萬里鵬程。

在莒臺瀛，嚮慕純誠。博愛至公，世界大同。

虔誠　謹告。

附註

一　第十三任總統、副總統宣誓就職典禮之後，依傳統慣例，定於中華民國一〇一年（二〇一二）五月二十二日上午九時至九時十五分，假臺北市大直圓山國民革命忠烈祠舉行「第十三任總統、副總統遙祭國父陵典禮」，參加人員爲中央政府及直轄市首長等約一百二十人。五月二十二日上午九時前，臺北大直圓山忠烈祠，馬英九（一九五〇～）總統的車隊緩緩而入，旁邊站立著三軍儀仗隊，氣氛莊重。這是馬總統率「文武百官」前來遙祭南京的中山陵，向國父孫中山（一八六六～一九二五）先生的遺像上香、獻花，行三鞠躬禮後，恭讀祭文。根據規定，這是臺灣中華民國政府領導人完成就職典禮後的法定行程，四年一次，由「總統」與「副總統」主祭，「五院院長」陪祭，中央各部會首長參與。民進黨陳水扁（一九五〇～）總統執政「去中國化」八年後，民國九十七年（二〇〇八）馬總統重新贏得政權，就職時再度喊出久違的「中華民國萬歲」口號，此次遙祭中山陵時，馬總統百感交集，數度哽咽。中華民國九十七年（二〇〇八）「第十二任總統、副總統遙祭國父陵典禮」祭文，由已故國策顧問倪摶九（一九一六～二〇一二）先生所撰，文曰：「維　中華民國九十七年五月二十二日，總統　馬英九、副總統蕭萬長，恭設儀典，遙祭　國父孫中山先生之陵，曰：大哉國父，德匹堯舜。開國立命，百戰勳高。主義方略，民主根苗。指揮若定，伐謀伐交。四十餘載，不憚辛勞。南奔北走，終陷損耗。神歸天國，紫金承韶。今朝遙拜，靈輀來潮。謹告。」

二　國父曾說：「中國有一個道統，堯、舜、禹、湯、文、武、周公、孔子相繼不絕，我的思想基礎，就是這個道統，我的革命，就是繼承這個正統思想，來發揚光大！」「丕承」爲「偉大的繼承」之意。

三　本文以「上平聲：一東」、「上平聲：二冬」與「上平聲：三江」，以及「下平聲：七陽」、「下平聲：八庚」、「下平聲：九青」與「下平聲：十蒸」各韻，皆以陽聲通押、弘音互轉。

四　「精一執中」，語出《尚書・大禹謨》：「道心惟微，人心惟危；惟精惟一，允執厥中。」此爲堯傳位給舜的道統心法，後來成爲宋明理學的「十六字心傳」；意思是道統的思慮微妙幽深，人民的意念難以安撫，想要傳承道統，最精粹而獨一無二的方法，那就是信守中庸之道。

五　「秉彝（常道）」與「懿（淑善）美」二句，典出《詩經・大雅・生民》：「天生烝民，有物有則；民之秉彝，好是懿德。」「懿美」本當作「懿德」，因與後之「文載德明」之「德」字相重複，故將「德」改作「美」，意義並無不同。所引《詩經・大雅・生民》大意是上天生了民眾，並且給予他們有形的身體和人性法則；芸芸眾生有常情，大家都愛好品德。

六　國父誕生於廣東省香山縣（今中山市）永寧鄉翠亨村，即「誕降永寧，毓秀翠亨。」二句「永寧」與「翠亨」之意。

七　「文載德明」，暗用國父本名「文」，譜名「德明」，字「載之」，寓「文以載道」之意。

七　「捭闔縱橫」，即「縱橫捭闔」，縱橫爲合縱連橫，捭（音「百」）闔（音「合」）爲開合，意指運用手段進行政治或外交工作。

八　民國十四年（一九二五）國父逝世於北平（北京）協和醫院之後，移靈安葬於南京紫金山（一名「鍾山」）「中山陵」，「紫金鍾靈」句檃栝此意。

九　國父主張「三民主義」、「五權憲法」，強調「權能區分」與「民主制衡」，「憲政權能，區分制衡」二句謂此。

一〇　國父主張「知難行易」思想學說，此句爲求協韻，倒裝爲「難知行易」，意義無殊。

一一　「海深山崇」，形容國父「立德」、「立功」、「立言」之「三不朽」志業；「潤泰萃豐」，形容國父德澤政功之通泰與豐盈，「泰」「豐」亦寄寓《周易》〈泰〉卦與〈豐〉卦圓通廣大之深意。

一二　「在莒」，即取「毋忘在莒」之意；「臺瀛」，即「寶島臺灣」之雅稱。

一三　「博愛至公」，兼取國父所書「博愛」與「天下爲公」之意。

一四　以往總統、副總統就任後的必要儀節「遙祭國父陵」，在蔡英文（一九五六～）上任後，調整爲「向國父暨忠烈殉職人員致祭」。中華民國一〇五年（二〇一六）五月二十三日星期一上午，蔡英文總統前往臺北市「國民革命忠烈祠」，主持「向國父暨忠烈殉職人員致祭」這項國家重要儀式——奏國歌、獻花、行三鞠躬禮。總統府發言人黃重諺（一九七一～）表示，民主時代不再沿用過去遙祭陵墓方式，儀式簡單隆重，但「心意不變」。不過，獨派團體當天上午在忠烈祠外，拉布條抗議，高喊「拒絕臺灣中國化、不拜流亡忠烈祠」；並手舉標語「反對祭拜中國國父」、「反對祭拜中國先烈」、「拒拜蘿莉控、我拜鄭楠（應爲「南」）榕」，批蔡英文「轉型正義只做半套」，要新政府別再把臺灣套入中國化的歷史與思維中。對此黃重諺表示，尊重社會多元意見。詳情請參閱《聯合報》中華民國一〇五年（二〇一六）五月二十四日星期二，「A2焦點」，記者林敬殷，臺北報導：「蔡總統取消遙祭國父」。

十一　中華民國一〇二年（二〇一三）

遙祭黃帝陵祭文

維

中華民國一〇二年四月三日，歲逢癸巳，騰蛟啓盛，瑞兆豐年；節屆清明，慎終追遠；總統　馬英九謹率文武百官，敬奉香花素果、清酌雅樂，遙祭於我中華人文始祖黃帝在天之靈，祝頌以文，曰：

道通天地，文啓軒轅。大中皇極，貞一體元。
代承世繫，葉茂枝繁。薪傳三統，華夏根源。
通變神久，帝範法言。聖要惟孝，庭椿室萱。
篤義弘智，仁路禮門。永錫爾類，懷祖念孫。
自強厚載，孜孜德純。積善不息，穆穆功存。
雲蒸物感，化醇絪縕。萬殊歸本，懸圃崑崙。

同胞手足，博愛敬尊。匡復繼絕，志興漢魂。
輝煌典冊，錦繡乾坤。國美政善，溥霑澤恩。
海宇蕃庶，人間樂園。民族偉業，紫府朝垣。
謹祝虔頌，伏維　尚饗。

附註

一　「騰蛟啓盛，瑞兆豐年」，檃栝自中華民國一〇二年新竹元宵燈會主題「騰蛟啓盛兆豐年，勁節高挺入雲端」。

二　「道通天地」，語出〔北宋〕程顥（一〇三二～一〇八五）〈秋日偶成〉詩：「閑來無事不從容，睡覺東窗日已紅。萬物靜觀皆自得，四時佳興與人同。道通天地有形外，思入風雲變態中。富貴不淫貧賤樂，男兒到此是豪雄。」

三　本祭文韻部取「上平聲：十三元」韻，因此韻「古轉眞」，故全文先以「元」韻作始，繼以「上平聲：十一眞」韻，終則復歸「元」韻，以見「終始其道」之意。

四　「大中」，即「皇極」，「大中」義同「大中至正」，出於《周易》〈乾・九五〉與〈坤・六二〉兩爻經傳；「皇極」，語出《尚書・洪範》「九疇」之第五疇「建用皇極」，〔北宋〕邵雍（一〇一一～一〇七七）《皇極經世書》釋「皇極」之義，曰：「皇爲至大，極爲至正，經爲至中，世爲至變。」是以大中至正的方法，來經理國家與天下大事，即謂之「皇極經世」。

五 「貞一」，語出《周易．繫辭下傳》：「天下之動，貞夫一者也。」（晉）韓康伯（生卒年不詳）注曰：「有變動，而後有吉凶。」又云：「貞者，正也。夫有動則未免乎累，殉吉則未離乎凶，進會通之變而不累於『吉凶』者，其唯貞乎？」「體元」，語出《周易．乾．彖傳》「大哉〈乾〉元」與《周易．坤．彖傳》「至哉〈坤〉元」，《周易．乾．文言傳》曰：「元者，善之長也。……君子體仁，足以長人。」「貞一體元」，亦取「貞下起元」終始反復，循環不息之義。

六 「三統」，亦稱三正，原指（西漢）董仲舒（公元前一七九～前一〇四）關於歷史循環論的理論。「三正」，謂三代之正朔，「正」，指一歲之首，即農曆正月，「朔」，指一月之始，即初一日。「正朔」有黑白赤三統，如夏代以黑爲統，以建寅之月爲正月，以平旦爲朔。如此循環不已，每一朝代之始，均應例「改正朔，易服色」，以順天意，表明王者受命於天各統一正。但筆者於此不採原義，而係以新儒家大師牟宗三（一九〇九～一九九五）先生所謂之「道統」、「政統」與「學統」爲義。中國的一切事物之中都內涵著中國文化，但我們所要復興的中國文化主要體現在「六經」、「四書」以及與之相關的書籍之中，可以稱之爲「道統」，不是指物質的物件，更不是指世俗生活中的東西。如果說「內聖」爲「道統」，那麼「外王」則爲「政統」，非內聖無以外王，非道統則無以開政統。再者，誠意正心修身爲道統，齊家治國平天下爲政統。牟先生的主張就是：首先，要肯定儒學的道統，以接續民族文化生命之大本大源；其次，要把儒學的道德精神落實到外王事業上以開出「新外王」，即發展科學（學統）與民主（政統）。

七　「通變神久」，典出《周易．繫辭下傳》第二章：「神農氏沒，黃帝、堯、舜氏作，通其變，使民不倦，神而化之，使民宜之。《易》，窮則變，變則通，通則久。是以『自天祐之，吉無不利』，黃帝、堯、舜，垂衣裳而天下治，蓋取諸〈乾〉〈坤〉。」

八　「聖要惟孝」句，語出《論語．爲政》：「或謂孔子曰：『子奚不爲政？』子曰：『《書》云：「孝乎惟孝，友于兄弟，施於有政。」是亦爲政，奚其爲爲政？』」〔清〕嚴可均（一七六二～一八四三）輯《全後漢文》卷五十六，引《太平御覽》卷九十一《東觀漢記．章帝紀》曰：「孝乎惟孝，友于兄弟，聖之至要也。乾乾夕惕，寅畏皇天，帝王之上行也。明德慎法，湯武所務也。密靜天下，容于小大，高宗之極致也。肅宗兼茲四德，以繼祖考。臣下百僚，力誦聖德，紀述明詔，不能辨章，豈敢空言增廣，以累日月之光。」

九　「庭椿室萱」，原作「椿庭萱室」，爲求押韻，故倒置其詞。古來父母的代稱很多，最爲人熟知的是「椿萱」這個名詞。萱草象徵慈母，椿樹則喻指父親。〔唐〕牟融（生卒年不詳）〈送徐浩詩〉：「知君此去情偏切，堂上椿萱雪滿頭。」《大戴禮記．祭義．曾子大孝》：「曾子曰：『孝有三：大孝尊親，其次不辱，其下能養。』公明儀問於曾子曰：『夫子可謂孝乎？』曾子曰：『是何言與！是何言與！君子之所謂孝者，先意承志，諭父母以道。參直養者也，安能爲孝乎？』身者，親之遺體也。行親之遺體，敢不敬乎？故居處不莊，非孝也；事君不忠，非孝也；蒞官不敬，非孝也；朋友不信，非孝也；戰陳無勇，非孝也。五者不遂，災及乎身，敢不敬乎？故烹熟鮮香，嘗而進之，非孝也，養也。君子之所謂孝者，國人皆稱願焉，曰：『幸哉！有子如此！』所謂孝也。民之本教曰孝，其行之曰養。養可能也，敬爲難；敬可能也，安爲難；安可能也，久爲難；久可能也，卒爲難。父母既歿，慎行其身，不遺父母惡名，可謂能終也。夫仁者，仁此者也；義者，宜此者也；忠者，中此者也；信者，信此者也；禮者，體此者也；行者，行此者也；彊者，彊此者也。樂自順此生，刑自反此作。夫孝者，天下之大經也。夫孝，置之而塞於天地，衡之而衡於四海，施諸後世而無朝夕。推而放諸東海而準，推而放諸西海而準，推而放諸南海而準，推而放諸北海而準。《詩》云：『自西自東，自南自北，無思不服。』此之謂也。孝有三：『大孝不匱，中孝用勞，小孝用力。』博施備物，可謂不匱矣；尊仁安義，可謂用勞矣；慈愛忘勞，可謂用力矣。父母愛之，喜而不忘；父母惡之，懼而無怨；父母有過，諫而不逆；父母既歿，以哀祀之；加之如此，謂禮終矣。」又曰：「樂正子春下堂而傷其足。傷瘳，數月不出，猶有憂色。門弟子問曰：『夫子傷足瘳矣，數月不出，猶有憂色，何也？』樂正子春曰：『善如！爾之問也，吾聞之曾子，曾子聞諸夫子曰：「天之所生，地之所養，人爲大矣。父母全而生之，子全而歸之，可謂孝矣；不虧其體，可謂全矣。」故君子頃步之不敢忘也。今予忘夫孝之道矣，予是以有憂色。』故君子一舉足，不敢忘父母；一出言，不敢忘父母。一舉足，不敢忘父母，故道而不徑，舟而不游，不敢以先父母之遺體行殆也。一出言，不敢忘父母，是故惡言不出於口，忿言不及於己。然后不辱其身，不憂其親，則可謂孝矣。草木以時伐焉，禽獸以時殺焉。夫子曰：『伐一木，殺一獸，不以其時，非孝也。』」

一〇 「敦義弘智，仁路禮門」，「仁義禮智」爲儒家四德，相應於《周易·乾》卦卦辭「元亨利貞」，元爲〈震〉、爲春、爲仁，亨爲〈離〉、爲夏、爲禮，利爲〈兌〉、爲秋、爲義，貞爲〈坎〉、爲冬、爲智。

一一　「永錫爾類」，語出《詩經．大雅．既醉》篇：「孝子不匱，永錫爾類。」匱，缺乏；錫，同賜；類，等、類別。義即「孝子不缺乏，永遠賜給此類人好處。」

一二　「自強厚載，孜孜德純」，「自強厚載」隱栝《周易．乾、坤．大象傳》：「天行健，君子以自強不息。」「地勢〈坤〉，君子以厚德載物。」「孜孜」，形容「不倦」之意。

一三　「積善不息，穆穆功存」，「積善」，語出《周易．坤．文言傳》：「積善之家，必有餘慶；積不善之家，必有餘殃。」「不息」，語出《周易．乾．大象傳》：「天行健，君子以自強不息。」「穆穆」，形容「深遠」之意。

一四　「絪緼」，音「因暈」，「絪」者，麻席也；「緼」者，舊絮棉也。與「氤氳」相通，古代指天地間陰陽二氣交互作用的狀態，即天地間的元氣；語出《周易．繫辭下傳》第五章：「天地絪緼，萬物化醇；男女構精，萬物化生。」《昭明文選．劉孝標．廣絕交論》曰：「絪緼相感，霧涌雲蒸。」〔唐〕孟郊（七五一～八一四）〈秋懷〉詩十六首之五：「裹裹一線命，徒言繫絪緼。」「天地絪緼」者，言天地之氣纏綿交密也；「醇」者，純一也。

一五　「萬殊同本，懸圃崑崙」，以喻中華民族融和共合，同心齊力，偕登「懸圃」、「崑崙」之神仙妙境。「崑崙」，最早見於《尚書．禹貢》，《山海經．海內西經》描述說：「海內崑崙之虛，在西北、帝下之都。崑崙之虛，方八百里，高萬仞。上有木禾，長五尋，大五圍。面有九井，以玉爲檻。面有九門，門有開明善守之，百神之所在。」〔西漢〕劉安（公元前一七九～前一二二）《淮南子》認爲：「崑崙之丘，或上倍之，是謂涼風之山，登之而不死；或上倍之，是謂懸圃，登之乃靈，能使風雨；或上倍之，乃維上天，登之乃神，是謂太帝之居。」〔晉〕干寶（？～三三六）《搜神記》卷十三云：「崑崙之墟，……其外絕以弱水之深，又環以炎火之山。山上有鳥獸草木，皆生育滋長於炎火之中，故有火浣布。」王嘉（？～三九〇）《拾遺記》卷十云：「崑崙山有昆陵之地，其高出日月之上。山有九層，每層相去萬里。有雲氣（色），從下望之，如城闕之象。」《史記．大宛列傳》中記載：「而漢使窮河源，河源出於窴，其山多玉石，采來，天子案古圖書，名河所出山曰崑崙云。」〔宋〕蔡元定（一一三五～一一九八）《發微論》：「凡山皆祖崑崙，分枝分脈，愈繁愈細，此萬殊而一本也。」《古今圖書集成》載：「西王母所居宮闕，在龜山春山西那之都，崑崙之圃，閬風之苑。有城千里，玉樓十二，瓊華之闕，光碧之堂，九層元室，紫翠丹房；左帶瑤池，右環翠水。其山之下，弱水九重，洪濤萬丈，非飆車羽輪，不可到也。」

一六 「蕃庶」，繁盛、眾多，滋生、繁衍之意，語出《周易．晉》卦卦辭：「康侯用錫馬蕃庶，晝日三接。」《國語．周語上》曰：「夫民之大事在農，上帝之粢盛於是乎出，民之蕃庶於是乎生。」〔清〕龔自珍（一七九二～一八四一）《阮尚書年譜．第一序》曰：「承平日久，海宇蕃庶。」

一七 「紫府朝垣」爲紫微斗數之特殊格局，「紫府朝垣，食祿萬鍾」，賦文曰：「紫府朝垣活祿逢，終身福厚至三公。」借此「紫府朝垣」一詞，以喻國富民康，福貴豐裕，泰安永昌。紫微、天府與祿存、科權祿、左右、昌曲、魁鉞諸吉星，在命宮的三方四正照命，謂之「紫府朝垣格」。入此格者，不大貴即當大富。詩曰：「一斗尊星命內臨，清高禍患永無侵。更加吉曜重相會，食祿皇朝冠古今。」垣者，初始為矮牆之義，語見《尚書．梓材》：「若作室家，既勤垣墉，惟其塗塈茨。」牆高曰墉，牆卑曰垣。後來在《史記．天官書．注》「太微宮垣十星」，則把垣引用到天文的星次，次有排比羅列的意思；此時宮垣的意涵就延伸到了星辰所居住的地方。紫微斗數伊始即大量使用「宮垣、星垣、命垣、守垣、朝垣」等名詞，宮垣是泛指某一宮職如官祿宮，星垣則指某主星所落入的位置，命垣則單指命宮言；至於，守垣或朝垣中的垣一字，則專指向命宮而言。何謂「朝」？紫微斗數賦文中常把「朝」、「拱」、「合」等混用；所謂「朝」，最早凡卑見尊者均曰朝，故有上朝或朝山之說，朝字本來就是拜見的意思。但朝也有會合的意思，故有朝會之說。

十二　中華民國一〇三年（二〇一四）

遙祭黃帝陵祭文

維

中華民國一〇三年四月三日，甲午陽春，萬馬奔騰，百業振興。節屆清明，慎終追遠，總統　馬英九謹率文武百官，敬奉香花素果、清酌雅樂，遙祭於我中華人文始祖

黃帝在天之靈，祝頌以文，曰：

雍熙肅穆，仰止橋陵。歆時禋祀，聖緒恢弘。

敬仁忠孝，奕世丕承。權輿光大，燕翼孫礽。

鬱鬱嘉木，蓁蓁淑朋。開枝散葉，祖武欽繩。

崇基炳蔚，垂裕靜澄。物華龍寶，道化德興。

乾乾亹亹，業業兢兢。鼎新革故，泰順豐登。

神州錦繡，寶島鯤鵬。同感悅應，一體通恆。

濟濟國士，楨幹材能。鴻圖駿烈，策定心凝。
赫赫廊廟，洪範股肱。薪傳對越，萬代慧燈。
天錫純嘏，經綸命膺。明靈昭格，福祐烝烝。
伏維尚享，懋譽休徵。

虔誠　謹告。

附註

一　「萬馬奔騰，百業振興」二句，爲二〇一四年甲午新春，總統、副總統賀歲吉語。

二　「雍」，和諧、和睦；「熙」，光明、明亮；「肅」，莊重、安靜；「穆」，深遠、清美，四字合之，以形容典禮場所與氣氛之雍容典雅、莊嚴純美。

三　本文以《詩韻集成》「下平聲：十蒸」爲韻，全篇偶數句通押一致。「仰止」典出《詩經・小雅・車舝》：「高山仰止，景行行止。」意謂：「巍峨的高山可以仰望，寬廣的大道可以循著前進。」比喻對高尚品德的仰慕。「黃帝陵」古稱「橋陵」，位於陝西省黃陵縣城北橋山，爲中華民族始祖黃帝軒轅氏的陵墓，號稱「天下第一陵」。

四　「歆，」同「欣」，通「饗」，爲祭祀時神靈享受祭品、香火之義；「禋」，音「因」，祀天神之名，以玉帛及牲牷加於柴上焚之，使升煙，以祀天神。《詩經・大雅・生民》：「上帝不甯，不康禋祀。」《大雅．雲漢》：「不殄禋祀，自郊徂宮。」祀昊天上帝曰「禋祀」，引申之則凡祀日月星辰等天神，統稱「禋祀」。詳參〔東漢〕鄭玄（一二七～二〇〇）注《周禮．春官．大宗伯》：「以禋祀祀昊天上帝。」《周禮．春官．大祝》：「凡大禋祀、肆享、祭示，則執明水火而號祝。」

五 「誠敬之教」與「忠孝之行」爲「體仁」之本，中華民族以「世守仁敬，家傳忠孝」爲道。

六 「奕」，累、重之意；「丕」，大、盛之意。「奕世丕承」爲累世、代代盛大繼承之意。

七 「權輿光大，燕翼孫礽」二句本諸《宋史．樂志九》：「權輿光大，燕翼貽謀。」「權輿」本謂草木萌芽的狀態，引申爲起始、初時，《爾雅．釋詁》第一條：「權輿，始也。」「燕翼」爲「燕翼貽謀」之縮語。燕，安；翼，敬；貽，遺留。原指周武王（姬發，公元前一〇七六～前一四〇三）謀及其孫，而安撫其子；後泛指爲後嗣作好打算。典出《詩經．大雅．文王有聲》：「武王豈不仕，詒厥孫謀，以燕翼子。」「礽」，音「仍」，福也。

八 「鬱鬱嘉木，蓁蓁淑朋」中的「鬱鬱」、「蓁蓁」，泛指草木蒼翠茂盛的樣子，《詩經．周南．桃夭》：「桃之夭夭，其葉蓁蓁。之子于歸，宜其家人。」此以「嘉木」寓俊美男士，「淑朋」喻欣悅淑女，可謂佳偶天成。

九 「開枝散葉」與「枝繁葉茂」意義相近，原義是指「樹木的枝葉繁密茂盛」，用來比喻「兒孫滿堂，子孫眾多」。

一〇 「祖武欽繩」，以叶韻故，爲「欽繩祖武」之倒裝，其義爲敬謹遵守、繼承祖先的行跡規範，比喻繼承祖業。《詩經．大雅．下武》：「昭茲來許，繩其祖武；於萬斯年，受天之祜。」亦作「繩厥祖武」、「繩其祖武」。《毛傳》、《爾雅．釋訓》：「武，跡也。」

一一　「炳蔚」二字，分別典出《周易．革》卦九五與上六爻辭之〈小象傳〉。〈革．九五〉：「大人虎變，未占有孚。」〈小象傳〉曰：「大人虎變，其文炳也。」意謂大人的變革有如老虎一般，威猛而文章彪炳。革命之後，有爲振作之時，如周公（姬旦，生卒年不詳）制禮作樂，此時正當大舉建立制度，讓一切步入正軌；此事不待占卜，即有應驗。虎變，比喻君子的變革，有如老虎般威猛而讓人敬畏，而所建立起的文章制度更有如虎皮一樣的條理分明而煥發，所以孔子（丘，公元前五五一～前四七九）以「其文炳也」來形容。〈革．上六〉：「君子豹變，小人革面，征凶，居貞吉。」〈小象傳〉曰：「君子豹變，其文蔚也；小人革面，順以從君也。」君子變革有如豹一樣的敏捷而文章茂盛，小人則開始洗心革面。出征則凶，守靜則吉。一切改革都已完成，步入尾聲，正是分封諸侯的時候；當時征伐有功的人，當能搖身而爲諸侯，而一般的老百姓則開始洗心革面，改順服於新的統治者。此時不宜再征伐，出征則凶，守成居正則吉。此爻言君子和小人跟隨君王改變的敏捷迅速，所以孔子以「其文蔚也」來形容。

一二　「靜澄」，即「澄靜」，爲「心澄體靜」之縮語。典出〔東漢〕徐幹（一七〇～二一八）《中論》第十二篇〈譴交〉：「故無交游之事，無請託之端，心澄體靜，恬然自得，咸相率以正道，相厲以誠愨，奸說不興，邪陂自息矣。」

一三　「物華」，萬物的精華；「龍寶」即「天寶」，因避後第四句之「天」字重複，故改作「龍」，意指天然的寶物，「物華龍（天）寶」合指各種珍美的寶物。典出〔唐〕王勃（六五〇～六七六）〈秋日登洪府滕王閣餞別序〉：「物華天寶，龍光射牛斗之墟。」

一四　「乾乾」，即是「健健」，自強不息之意；典出《周易・乾・九三》爻辭：「君子終日乾乾，夕惕若，厲无咎。」〈文言傳〉曰：「子曰：『君子進德修業。忠信，所以進德也。修辭立其誠，所以居業也。知至至之，可與幾也。知終終之，可與存義也。是故居上位而不驕，在下位而不憂，故乾乾因其時而惕，雖危无咎矣。』」「亹亹」，音「偉偉」，即是「勉勉」，孜孜不倦之意；典出《周易・繫辭上傳》：「探賾索隱，鉤深致遠，以定天下之吉凶，成天下之亹亹者，莫大乎蓍龜。」《詩經・大雅・文王》：「亹亹文王，令聞不已。」

一五　「業業兢兢」，猶「兢兢業業」，小心謹慎、認眞負責的樣子。典出《後漢書・明帝紀・贊》：「顯宗不（丕）承，業業兢兢。危心恭德，政察奸勝。」《晉書・潘尼傳》：「左輔右弼，前疑後承。一日萬機，業業兢兢。」

一六　「鼎新革故」，亦作「革故鼎新」，舊指朝政變革或改朝換代。現泛指除掉舊的，建立新的。典出《周易・雜卦傳》：「〈革〉，去故也；〈鼎〉，取新也。」後一句「泰順豐登」，亦兼取〈泰〉卦順、通之意，〈豐〉卦富、大之意。

一七　「鯤鵬」，借喻遠大的前程與抱負。典出《莊子・逍遙遊》：「北冥有魚，其名爲鯤。鯤之大，不知其幾千里也。化而爲鳥，其名爲鵬。鵬之背，不知其幾千里也。怒而飛，其翼若垂天之雲。是鳥也，海運則將徙於南冥。南冥者，天池也。」

一八　「同感悅應」，此以《周易・咸》卦爲喻，「咸」義爲「感」——「無心之感」也。

〈咸·彖傳〉曰：「〈咸〉，感也。柔上而剛下，二氣感應以相與，止而說，男下女，是以『亨利貞，取（娶）女吉』也。天地感而萬物化生，聖人感人心而天下和平；觀其所感，而天地萬物之情可見矣！」〈咸·大象傳〉曰：「山上有澤，〈咸〉；君子以虛受人。」意謂君子遇〈咸〉卦的因應之道，應該是虛心待人，以同理心去了解他人，如此才能感受到對方，以及讓對方感受得到。卦象內〈艮〉止，外〈兌〉澤，內心停止而不妄動，外表和顏悅色以待人，這都是感人之道。得〈咸〉卦，建議能夠靜心、虛心傾聽，去感受別人的處境。〈咸〉卦上爲少女（〈兌〉澤），下爲少男（〈艮〉山），少男下於少女，爲男禮讓於女的卦象。六爻都相應，初六應九四，六二應九五，九三應上六，兩情相悅、互有好感，婚媾之象，因此「取（娶）女吉」。天下感情最豐富的少男少女相遇，又互有好感，進而結婚，這也正是家道的開始。所以《易經》下經以〈咸〉卦爲開始，繼之以〈恆〉——永恆，代表男女將結成穩定的家庭，故爲人文之始，以與上經第一二〈乾〉〈坤〉爲天文之始相應。

一九

「恆」是「恆久」之意，指事物存在的一種穩定平衡正常的秩序。〈恆〉卦是《易經》下經中的第二卦，總爲第三十二卦。上卦爲〈震〉，〈震〉爲雷；下卦爲〈巽〉，〈巽〉爲風。從自然界看，風雷激盪，使宇宙常新。從社會解讀看，〈震〉爲陽，〈巽〉爲陰，陽上陰下，正像君貴民賤，男尊女卑，所謂永恆不變的綱常。「君子」應該堅守此道，持之以恆，所以卦名曰〈恆〉。而恆久並非一成不變，而是在變化中趨於穩定平衡，唯有穩定平衡，事物才能恆久而不已地持續發展。關於這種恆久之道，《周易·繫辭傳》作了全面的表述：「《易》窮則變，變則通，通則久。」〈恆〉卦繼〈咸〉卦發展而來，〈咸〉卦側重於從陰陽交感的角度討論「變則通」，〈恆〉卦則是側重於從穩定平衡的角度討論「通則久」，這兩卦的共同的著眼之點就是一個「通」字。所謂「通」，其實質性的含義指的是陰陽兩大勢力交通往來，雙向互動，協調交濟，相輔相成，這既是自然系統與社會系統所達成的理想狀態，也是持續發展、變化日新的動力之源。這種亨通之理，內在地蘊含於〈咸〉、〈恆〉兩卦的卦爻結構之中。就〈恆〉卦而言，主要表現在四個方面，這就是〈恆·彖傳〉所說：「剛上而柔下，雷風相與，巽而動，剛柔皆應。」由此看來，因爲交相感應作爲動力之源，在動態的過程中保持平衡，所以「利有攸往」、「終則有始」、「恆久而不已」。〈恆·彖傳〉進一步聯繫到天道與人事闡明這種恆久之道——「日月得天而能久照，四時變化而能久成，聖人久於其道而天下化成」。因此，〈咸〉、〈恆〉兩卦互爲體用，秩序與和諧結爲一體，應當合而觀之，不僅要「觀其所感，以見天地萬物之情」，而且要「觀其所恆，以見天地萬物之情」。

二〇　「濟濟」，形容人多、陣容盛大。典出《詩經·大雅·文王》：「濟濟多士，文王以寧。」

「楨榦」，本爲築牆時兩端所立的木柱，於本文形容人才爲國家之棟梁（樑）。語出《書經·費誓》：「魯人三郊三遂，峙乃楨榦。」

二一　「駿烈」，即「盛業」。「駿」，長久、盛大之意；「烈」，古通「業」，即志業、德業之意。

二二　「赫赫」，顯著盛大的樣子。「廊」是宮殿四周的走廊，「廟」是太廟，後遂以「廊廟」代稱「朝廷」。全句是指能擔負國家重任的人才，顯著而盛大。

一三　「洪範」，本是《尚書》篇名，洪、大也，範、法也，此指「治國之大法」。舊說〈洪範〉爲箕子（生卒年不詳）向周武王陳述的「天地之大法」，而《漢書・五行志》曰：「禹治洪水，賜〈洛書〉；法而陳之，〈洪範〉是也。」「股肱」即「肢體」、「四肢」，比喻左右輔佐之大臣。典出《尚書・益稷》：「帝曰：『臣作朕股肱耳目，予欲左右有民。汝翼，予欲宣力四方。汝爲，予欲觀古人之象。』」

一四　「對越」，猶「對揚」，答謝頌揚之意，亦指「帝王祭祀天地神靈」。典出《詩經・周頌・清廟》：「濟濟多士，秉文之德；對越在天，駿奔走在廟。」〔東漢〕班固（三二～九二）〈典引〉：「亦猶於穆猗那，翕純皦繹，以崇嚴祖考，殷薦宗配帝，發祥流慶，對越天地者，舄奕乎千載，豈不克自神明哉！」〔晉〕劉琨（二七〇～三一八）〈勸進表〉：「臣聞天生烝人，樹之以君，所以對越天地，司牧黎元。」《宋史・禮志二》：「當愁慘之際，行對越之儀，臣等實慮上帝之弗歆。」《續資治通鑑・元泰定帝泰定四年》：「天子親祀郊廟，所以通精誠，逆福釐（禧），生烝民，阜萬物，百王不易之禮也。宜講求故事，對越以格純嘏。」〔清〕王引之（一七六六～一八三四）《經義述聞・毛詩下》：「『對越在天』與『駿奔走在廟』相對爲文。『對越』猶對揚，言對揚文武在天之神也。」

一五　「天錫純嘏」，典出《詩經・大雅・賓之初筵》：「錫爾純嘏，子孫甚湛。」《詩經・魯頌・閟宮》：「天錫公純嘏，眉壽保魯。」「錫」同「賜」，賞賜之意；「純」爲「大」之意：「嘏」，音「古」，是指「福」或「壽」，「純嘏」即「大福」或「大壽」之意。

一六　「經綸」，語出《周易・屯・大象傳》：「雲雷，〈屯〉；君子以經綸。」意謂國家創造發展就是要建立完備縱橫的網狀結構，能夠彼此協調、合作得宜。「經」和「綸」跟紡織有關，縱橫交織，組成一性質相同的東西，同一類的東西，條理分明的分在一起，那個動作叫「經」；不同類的東西，中間還有橫向的聯繫，有互動的關係，那個就叫「綸」。爲了分工的方便，才有一個「經」這麼一個動作，分的目的是爲了合，還是一個的整體組織，很多結構都是這樣，最後還是要凝聚起來，不然就會各行其事，因此有志從政者，須要有更高一層的整合思考。

二七

「昭格」一詞，傳世經典通作「昭假」，其義爲向神禱告，昭示其誠敬之心，以達於神。如《詩經．大雅．雲漢》：「大夫君子，昭假無贏。」《毛傳》：「假，至也。」〔清〕馬瑞辰《毛詩傳箋通釋》：「言誠能昭假於天，其感應之理無有贏差者。」又《詩經．周頌．噫嘻》：「噫嘻成王，既昭假爾。」此外，另有釋作「明告」者，如近人高亨（一九〇〇～一九八六）注：「昭，明也。假，讀爲嘏，告也。」而郭沫若（一八九二～一九七八）〈讀了關於《周頌．噫嘻篇》的解釋〉一文則釋作「招請」，其義亦可通。

二八

案：「烝烝」一詞，《爾雅．釋訓》：「烝烝，作也。」〔晉〕郭璞（二七六～三二四）注：「物興作之貌。」於此，亦可釋作以下三義。一、美盛、興盛的樣子。《詩經．魯頌．泮水》：「烝烝皇皇。」《毛傳》：「烝烝，厚也。」〔清〕馬瑞辰（一七八二～一八五三）《毛詩傳箋通釋》：「皇皇爲美，推之烝烝，亦當爲美。」章炳麟（一八六九～一九三六）〈致南京參議會論建都書〉：「北方文化已衰，幸有首都，爲衣冠所輻湊，烝烝丕變。」二、謂孝德之厚美。《書經．堯典》：「以孝烝烝，乂不格姦。」〔清〕王引之（一七六六～一八三四）《經義述聞・尚書上》：「謂之烝烝者，言孝德之厚美也。」三、純一寬厚的樣子。《史記・酷吏列傳・序》：「漢興，破觚而爲圜，斲雕而爲樸，網漏於呑舟之魚，而吏治烝烝，不至於姦，黎民艾（乂）安。」

二九　「享」同「饗」，其義較古而淳。「懋」同「茂」，「懋譽」即茂盛美好的榮耀。「休徵」之「徵」與前各偶數句末協韻，「休」同「庥」，美、善之意，「休徵」其意爲「美好的徵兆」。

十三　中華民國一〇四年（二〇一五）

遙祭黃帝陵祭文

維

中華民國一〇四年四月三日，「喜氣羊羊（洋洋），民富國強」。節屆清明，愼終追遠，

總統　馬英九謹率文武百官，敬奉香花素果、清酌雅樂，遙祭於我中華人文始祖

黃帝在天之靈，祝頌以文，曰：

一元復始，啓泰三陽。愼徽五典，百姓平章。
開新返本，乙燕歸鄉。安穌樂利，豐美未羊。
乾坤宇宙，肇祖炎黃。山川壯麗，華夏輝煌。
生生憂患，地久天長。自強厚德，化育無疆。
含弘光大，積善凌霜。揚搉誠僞，履道行藏。
有爲有守，俊乂賢良。不求不忮，聖業功昌。

儀型卓卓，矩範泱泱。韜略經緯，八達康莊。
兩岸同脈，協力贊襄。雙贏互惠，鳳翥龍翔。
松勁柏翠，陶鑄漱芳。蘭薰桂馥，詠獻馨香。

虔誠　謹告。

附註

一　「喜氣羊羊，民富國強」二句，爲中華民國一〇四年（二〇一五）乙未新春，總統、副總統賀歲吉語。「羊羊」，即「洋洋」，眾多壯盛的樣子。

二　本祭文凡偶數句，通押「下平聲：七陽」韻，具恢宏壯盛之聲情美意。「一元復始，啓泰三陽」二句，典出《周易》〈復〉、〈泰〉二卦。世謂「一元復始，萬象更新」，言新年開始；（西漢）董仲舒（公元前一七九～前一〇四）《春秋繁露．玉英》篇曰：「一元者，大始也。」此義實出於《周易》，〈復．大象傳〉曰：「雷在地中，〈復〉。」〈復．彖傳〉云：「〈復〉，其見天地之心乎！」「啓泰三陽」，即「三陽開泰」，爲叶韻故，倒易詞序，改「開」爲同義字「啓」，避免與下句「開新」字重複，常用以稱頌歲首或寓意吉祥。〈泰．大象傳〉曰：「天地交，〈泰〉；后以財（裁）成天地之道，輔相天地之宜，以左右民。」夏曆正月爲〈泰〉卦，三陽生於下；冬去春來，陰消陽長，有吉亨之象，故〈泰〉卦辭曰：「小往

三　大來，吉，亨。」《宋史·樂志》云：「三陽交泰，日新惟良。」

「愼徽五典」，語出《尚書·舜典》：「愼徽五典，五典克從。」徽，美也；克從，能通行。認眞發揚美好的人倫五常之德，五常便通行於人間。《孔傳》曰：「五典，五常之教。父義、母慈、兄友、弟恭、子孝也。」意即父親公平對待子女，母親慈愛子女，兄長友愛弟弟，弟弟恭敬哥哥，子女孝順父母。〔南宋〕蔡沈（一一六七～一二三〇）《書集傳》曰：「五典，五常也。父子有親，君臣有義，夫婦有別，長幼有序，朋友有信是也。」

四　「百姓平章」，即「平章百姓」，以叶韻故，倒易詞序。典出《尚書·堯典》：「克明俊德，以親九族。九族既睦，平章百姓。百姓昭明，協和萬邦。黎民于變時雍。」平章是平正彰明。平、便、辨三字互爲通假，本義爲辨別；「章」通「彰」，有彰明、顯著、鮮明之意。百姓，原指百官，後通指人民。

五　「開新返本」，原作「返本開新」或「反本開新」。當代新儒學大師以唐君毅（一九〇九～一九七八）、牟宗三（一九〇九～一九九五）最爲強調此說並創造新義：「返本」（反本）者，指以傳統儒家哲學爲基礎。「開新」者，指結合近現代西方哲學的發展而建立新的儒學體系。

六　「乙」，通「鳦」，與「燕」通。燕子是人類的益鳥，當秋風蕭瑟、樹葉飄零時，燕子成群向南方飛去，到第二年春暖花開、柳枝發芽的時候，又飛回原來生活過的地方。借此以寓人當懷歸鄉尋根之志，並與後句「豐美未羊」相應，表示今歲爲「乙未」値年。

七　今歲「乙未」，「乙」屬木，欣欣向榮；「未」屬羊，豐美吉祥。在中國曆書中，羊是最富溫情的屬相，羊性溫柔伶俐，有孝心、重禮儀，常常捨己成仁，故以此爲喻。

八　「山川壯麗」，錄自〈中華民國國旗歌〉：「山川壯麗，物產豐隆。炎黃世冑，東亞稱雄。毋自暴自棄，毋故步自封。光我民族，促進大同。創業維艱，緬懷諸先烈。守成不易，莫徒務近功。同心同德，貫徹始終，青天白日滿地紅。」

九　「自強厚德」，兼取義於〈乾．大象傳〉：「天行健，君子以自強不息。」〈坤．大象傳〉：「地勢〈坤〉，君子以厚德載物。」

一〇　「含弘光大」，「含」，無所不包；「弘」，無所不有；「光」，無所不著；「大」，無所不被。意思是指大地無所不包，無所不有；蘊藏美好，自然光大。出自《周易．坤．彖傳》：「〈坤〉厚載物，德合無疆。含弘光大，品物咸亨。」

一一　「積善凌霜」，義本於《周易．坤．初六》爻辭曰：「履霜，堅冰至。」〈坤初六．文言傳〉云：「積善之家，必有餘慶；積不善之家，必有餘殃。」「凌霜」，抵抗霜寒，常用以比喻人品格高潔，堅貞不屈。〔南朝．宋〕謝惠連（四〇七～四三三）〈甘賦〉云：「嘉寒園之麗木，美獨有此貞芳。質葳蕤而懷風，性耿介而凌霜。」〔明〕吳定（一五四六～？）〈示諸生書〉曰：「澗松所以能凌霜者，藏正氣也。美玉所以能犯火者，畜（蓄）至精也。」

一二　「揚搉誠僞」，語出章炳麟（一八六九～一九三六）《國故論衡．卷下．原道上》：「斯足以揚搉誠僞，平章黑白矣。」「搉」，同「榷」，商榷、研討也。「誠僞」，即眞假。「平」，辨別；「章」，彰明。「黑白」，即是非。《韓非子》有〈揚搉〉篇，專闡統御屬下的要義。

一三　「行藏」，指出處、行跡或行止。典出《論語・述而》曰：「用之則行，舍之則藏。」意謂被任用就出仕，不被任用就退隱。

一四　「俊乂賢良」，指才德出眾的人。乂，音「義」。《尚書・臯陶謨》曰：「翕受敷施，九德咸事，俊乂在官。」《孔傳》云：「謂天子如此，則俊德治能之士竝在官。」（唐）孔穎達（五七四～六四八）疏：「乂，訓爲治，故云治能。……才德過千人爲俊，百人爲乂。」（清）顧炎武（一六一三～一六八二）〈生員論上〉：「夫立功名與保身家，二塗（途）也；收俊乂與恤平人，二術也：並行而不相悖也。」

一五　「不求不忮」，即「不忮不求」，本義指不嫉妒他人，不貪求非分名利；後用來形容淡泊名利，不做非分事情的處世態度。忮，嫉妒，音「至」。語出《詩經・邶風・雄雉》：「不忮不求，何用不臧？」（南朝・梁）蕭統（五〇一～五三一）《陶淵明集・序》：「夫自衒（炫）自媒者，士女之醜行；不忮不求者，明達之用心。」

一六　「八」，八方；「達」，到達。「八達」，八方都有路可通。「五達」爲之「康」，「六達」爲之「莊」；「康莊」，寬闊，平坦，通達，猶言四方八達之平坦大道。形容交通極便利，或事理融會貫通，亦比喻美好的前途。

一七　「翥」，鳥向上飛，音「住」；「翔」，盤旋飛翔。義同「龍飛鳳舞」，形容氣勢非凡。

一八　「陶鑄」，本指燒製瓦器和熔鑄金屬；「漱芳」，本指洗滌之後享受芬芳。在此比喻加強道德品質的修養，引申有塑造化育、成就英才之意。

一九　「蘭薰桂馥」，蘭桂，喻子孫。薰、馥，皆指香氣濃郁，久久不散，以言其美。形容好子孫的旺盛。也比喻世德流芳，歷久不衰，德澤長留人間。〔唐〕駱賓王（約六四〇～六八四）〈上齊州張司馬啓〉曰：「常山王之玉潤金聲，博望侯之蘭薰桂馥。」

十四　中華民國一〇五年（二〇一六）

遙祭黃帝陵祭文

維

中華民國一〇五年四月一日，「祥猴獻瑞，大地春回」。節屆清明，慎終追遠，總統馬英九謹率文武百官，敬奉香花素果、清酌雅樂，遙祭於我中華人文始祖黃帝在天之靈，祝頌以文，曰：

丙燿倉庚，中麗泰亨。堂堂聖殿，濟濟國英。
龢春穆穆，樂育菁菁。聲教奕赫，輔相裁成。
孝弟仁本，弗息生生。薪傳香火，永續昭榮。
血承脈繫，溥溥閎閎。懷祖念孫，我我卿卿。
源澄流潔，業懋功瑩。繼志善述。德旆道旌。
克終復初，遵化景行。博學篤志，大愛深情。

倥偬鞅掌，經緯縱橫。氣山心海，敬義誠明。

箕裘裕後，在醜不爭。日新月異，地載天擎。

兩岸一體，百姓聯盟。同舟共濟，樂利和平。

虔誠　謹告。

附註

一　「祥猴獻瑞，大地春回」二句，爲中華民國一〇五年（二〇一六）丙申新春，總統、副總統賀歲吉語。

二　本祭文首句及其後，凡偶數句，通押「下平聲：八庚」韻，此韻具「正大光明，金聲玉振」之聲情美意。首二句藏頭嵌字新歲「丙申」，以寓迎春納福、豐華貢麗之意。「倉庚」即黃鶯、黃鸝，其鳴嚶嚶，其聲喈喈，《詩經・豳風・東山》曰：「倉庚于飛，熠燿其羽。」《詩經・豳風・七月》亦云：「春日載陽，有鳴倉庚。」

三　「泰亨」，取義於《易經・泰》卦卦辭：「小往大來，吉，亨。」〈彖傳〉曰：「……則是天地交而萬物通也，上下交而其志同也。」〈大象傳〉曰：「天地交，〈泰〉；后（古與「君」同義）以財（同「裁」）成天地之道，輔相天地之宜，以左右民。」

四　「穌春」，即「和春」；「穆穆」，美好深遠、平和恭敬的樣子。《詩經・大雅・文王》：

「穆穆文王，於緝熙敬止。」《書經‧呂刑》：「穆穆在上，明明在下，灼於四方，罔不惟德之勤。」此喻自然和諧，人文美好。

五 「菁菁」，形容草木蒼翠茂盛，氣勢美好蓬勃。《詩經‧小雅‧菁菁者莪》：「菁菁者莪，在彼中阿；既見君子，樂且有儀。菁菁者莪，在彼中沚；既見君子，我心則喜。菁菁者莪，在彼中陵；既見君子，錫我百朋。」故以此讚美培育人材，後世遂用來比喻樂育英才。

六 「輔相（音「象」）裁成」，語出《周易‧泰‧大象傳》曰：「天地交，〈泰〉；后以財（同「裁」）成天地之道，輔相天地之宜，以左右民。」（南宋）朱熹（一一三〇～一二〇〇）《朱子語類‧卷第七十‧易六》，問：「『財成輔相』字如何解？」曰：「裁成，猶裁截成就之也，裁成者，所以輔相也。」一作：「輔相者，便只是於裁成處，以補其不及而已。」又問：「裁成何處可見？」曰：「眼前皆可見。且如君臣父子兄弟夫婦，聖人便為制下許多禮數倫序，只此便是裁成處。至大至小之事皆是。固是萬物本自有此理，若非聖人裁成，亦不能如此齊整，所謂『贊天地化育而與之參』也。」一作：「此皆天地之所不能為而聖人能之，所以贊天地之化育，而功與天地參也。」又問：「輔相裁成，學者日用處有否？」曰：「饑食渴飲，冬裘夏葛，耒耜罔罟，皆是。」「『財成』是截做段子底，『輔相』是佐助他底。天地之化，儱侗相續下來，聖人便截作段子。如氣化一年一周，聖人與他截做春夏秋冬四時。」問：「『財成輔相』，無時不當然，何獨於〈泰〉時言之？」曰：「〈泰〉時則萬物各遂其理，方始有裁成輔相處。若否塞不通，一齊都無理會了，如何裁成輔相得？」燾錄作：「天地閉塞，萬物不生，聖人亦無所施其力。」（明）王陽明（守仁，一四七二～一五二九）《傳習錄‧卷上》：「然遵王之道，會其有極。便自一循天理。便有個裁成輔相。」

七　「孝弟仁本」，語出《論語・學而第一・第二章》，有子曰：「君子務本，本立而道生。孝弟也者，其爲仁之本與！」

八　「溥溥」，「普普」，溥同普，本義爲水之大，泛指廣大普遍。〔東漢〕許愼（約五八～一四七）《說文解字》：「溥，大也。」《禮記・中庸》：「溥溥如天。」以此形容炎黃子孫薪傳四海，廣衍寰宇。「閎閎」（音「宏宏」），閎同宏，寬廣、博大；閎閎，宏大的樣子，以此形容中華文化博大精深——「致廣大而盡精微，極高明而道中庸」（《中庸・第二十七章》）。

九　「我我卿卿」，即「卿卿我我」，本來形容夫妻或相愛的男女十分親昵。在此借喻凡我海內外炎黃子孫，不分彼此，如夫妻一般，相親相愛，白頭偕老；若情人一樣，如膠似漆，鴛盟永締。

一〇　「繼志善述」，《中庸・第十九章》，子曰：「武王、周公，其達孝矣乎！夫孝者，善繼人之志，善述人之事者也。春秋，脩其祖廟，陳其宗器，設其裳衣，薦其時食。」

一一　旆（音「沛」），古代旗末端狀如燕尾的垂旒飄帶，泛指旌旗。《詩經・小雅・六月》：「白旆央央。」〔東漢〕許愼（約五八～一四七）《說文解字》：「旆，繼旐之帛也。」於此以寓「孝弟」爲「道德」之維揚。

一二　「克終復初」，即終始其道，有始有終，終始循環，永不間斷之意。《詩經・大雅・蕩》曰：「天生烝民，其命匪諶；靡不有初，鮮克有終。」「靡不有初，鮮克有終」，意謂做事無不有個好的開頭，但很少有能堅持到底者。《莊子．繕性第十六》亦曰：「繕性於俗，學以求復其初；滑欲於俗，思以求致其明，謂之蔽蒙之民。古之治道者，以恬養知。生而無以知爲也，謂之以知養恬。知與恬交相養，而和理出其性。夫德，和也；道，理也。德無不容，仁也；道無不理，義也；義明而物親，忠也；中純實而反乎情，樂也；信行容體而順乎文，禮也。」可以相觀而善，得其旨趣。

一三　「景行」，本意爲大路、平坦的大道，比喻行爲光明正大，故引申爲高尚的德行，亦可釋爲景仰高尚的德行。出自《詩經．小雅．車舝》：「高山仰止，景行行止。」〔東漢〕鄭玄（一二七～二〇〇）作箋：「古人有高德者，則慕仰之；有明行者，則而行之。」

一四　《論語．子張第十九》，子夏曰：「博學而篤志，切問而近思，仁在其中矣。」〔南宋〕朱熹（一一三〇～一二〇〇）《論語集注》曰：「伊川（程頤）曰：『博學而篤志，切問而近思，何以言仁在其中矣？學者要思得之，了此，便是徹上徹下之道。』」「博學」，是從各方面廣博的去學習，以開拓知識的範圍；「篤志」，是向遠處大處立個志向，立了志向，就要堅定不移；因此，所謂「博學而篤志」，就是做人要有廣博的知識，但要志向專一。「切問」，是切切實實的問；「近思」，是由近及遠的想；所謂「切問而近思」，就是要好問好學，還要對問題有自己獨立的思考。

一五　「倥傯」（音「恐總」）與「鞅掌」，比喻公務紛繁忙碌。《詩經．小雅．北山》云：「或棲遲偃仰，或王事鞅掌。」

一六　「敬義誠明」，並用《周易．坤六二．文言傳》：「直，其正也；方，其義也。君子敬以直內，義以方外，敬義立則德不孤。」《中庸·第二十三章》：「自誠明，謂之性；自明誠，謂之教。誠則明矣，明則誠矣。」與《中庸·第二十三章》：「惟天下至誠，爲能盡其性；能盡其性，則能盡人之性；能盡人之性，則能盡物之性；能盡物之性，則可以贊天地之化育；可以贊天地之化育，則可以與天地參矣。」三則經傳聖道賢學。故明儒「崇仁學派」康齋吳與弼（一三九一～一四六九）合之曰：「故必敬義夾持，明誠兩進，而後爲學問之全功。」（詳參《明儒學案》卷一〈師說〉）。

一七　「箕裘裕後」句合用「克紹箕裘」與「光前裕後」二成語。「克紹箕裘」，比喻能繼承父祖的事業，即謂子孫繼承先人世業。典出〔西漢〕戴聖（生卒年不詳）《禮記·學記》：「良冶之子，必學爲裘；良弓之子，必學爲箕。」「光前」，光大前業；「裕後」，遺惠後代，恩澤流傳，及於子孫；「光前裕後」，光耀祖先，造福後代，形容人功業偉大。典出《尚書·仲虺之誥》：「以義制事，以禮制心，垂裕後昆。」〔南朝·陳〕徐陵（五〇七～五八三）〈歐陽頠德政碑〉：「方其盛也，綽有光前。」〔南宋〕王應麟（一二二三～一二九六）《三字經》：「揚名聲，顯父母。光於前，裕於後。」

一八　「在醜不爭」，《爾雅》：「醜，眾也。」「醜」字通「儔」，當作「眾」講，表示同類、群體之義。「在醜不爭」，原是說爲人子之道，在人群中不要與他人發生爭執、衝突，這樣方能不令父母擔心，同時保全自身以奉養雙親。典出《禮記·曲禮上》：「凡爲人子之禮，冬溫而夏清，昏定而晨省，在醜夷不爭。」〔東漢〕鄭玄（一二七～二〇〇）注：「醜，眾也。」《孝經·紀孝行章第十》，子曰：「孝子之事親也，居則致其敬，養則致其樂，病則致其憂，喪則致其哀，祭則致其嚴。五者備矣，然後能事親。事親者，居上不驕，爲下不亂，在醜不爭。居上而驕則亡，爲下而亂則刑，在醜而爭則兵。三者不除，雖日用三牲之養，猶爲不孝也。」

貳　精忠浩氣　碧血丹心　編

臺北市大直圓山「國民革命忠烈祠」落成於中華民國五十八年（一九六九）三月二十五日，主建築壯麗宏偉，周邊群山拱衛，環境肅穆清幽，成爲奉祀爲中華民國殉職，並有重大忠貞事蹟，且足資矜式的國軍官兵、警察與人民的祠廟。位在北安路基隆河畔的圓山忠烈祠，佔地五公頃，內分文、武烈士祠。武烈士祠供奉東征、北伐、抗日等各時期犧牲的三軍將士。將軍級別的犧牲者，有單人牌位供奉；校尉級的是百人合用的牌位；士官、士兵則以集體名冊藏置在箱子裏，每箱一萬人名單。現供奉武烈士共三九六六二二人。文烈士祠裏，領導人與具有特殊貢獻者設個人牌位，餘下設百人牌位，現供奉二五三六人。文武差別在於，除了傳統意義上的文職人員外，文烈士祠囊括了所有在黃埔建軍之前不分文武的國民革命烈士。逝者要入祀忠烈祠，須遵照兩條法則進行申報。目前，軍人申請入祀的條件有三條，符合其一即可：一是作戰時地，爲爭取勝利，冒險犯難，功成身死者；二是作戰時地，恪盡職責，慷慨成仁者；三是因執行特殊危險任務死亡，經「總統」明令褒揚者。

中華民國政府對於有功於國家的烈士褒揚與紀念行動，最早可追溯至中華民國元年（一九一二），當時設有專責機構，而從民國二十年（一九三一）國民政府即頒布「褒揚條例」法令，至民國二十九年（一九四〇）制定「抗敵殉難忠烈官民祠祀及建立紀念坊碑辦法大綱」。至於與忠烈祠有眞正關係的法令，始於民國二十二年（一九三三）九月十三日內政部公布的「烈士附祠辦法」；正式開始使用「忠烈祠」一詞的法令，則起自民國二十五年（一九三六）五月，由行政院轉發、軍事委員會制定「歷次陣亡殘廢受傷革命軍人特別優卹辦法全案」，其中所附之「各縣設立忠烈祠辦法」，「忠烈祠」一詞才被廣泛地使用。民國八十七年（一九九八）法令修改後，增列義警、消防隊員、義消與警察，以及其他公務人員等入祀忠烈。目前，忠烈祠入祀之依據爲民國五十八年（一九六九）由行政院制頒、民國八十八年（一九九九）修訂的行政命令《忠烈祠祀辦法》；另外，民國八十九年（二〇〇〇）三月內政部也根據該辦法，訂定更詳細的《入祀忠烈祠審查作業要點》，使各地忠烈祠入祀標準程序更爲統一。

中華民國三十四年（一九四五），國民政府接管臺灣後，縣級以上的神社因建築宏偉，大多直接改建爲忠烈祠，作爲祭祀國民革命的先賢先烈的場所。隨後，各地政府爲了配合法令消除日本殖民統治的歷史痕跡，紛紛拆除原神社舊有建築，將其改建爲中國宮殿式建築。「忠烈祠」設立用意是政府經由建造坊塔，表彰、褒揚與紀念抗戰烈士的忠烈行動，藉以塑造國民典範、並建立國民共通歷史記憶。在臺灣的忠烈祠建物有正殿、牌位等設置，其入祀典禮與祭祀按照「國家祭典標準」舉行。各地忠烈祠每年均分別於三月二十九日青年節與九月三日軍人節的春、秋兩次國殤中，依《忠烈祠祀辦法》舉行春祭與秋祭。臺北市大直圓山「國民革命忠烈祠」，均由中華民國總統主祭。

中華民國政府爲發揚「慎終追遠、追念先祖」之精神，並表達敬悼爲國捐軀烈士與死難同胞追思感念之情，中央政府於每年三月二十九日青年節與九月三日軍人節上午，分別於「國民革命忠烈祠」舉行向先祖暨忠烈殉職人員致祭之春祭，以及秋祭忠烈殉職人員典禮。忠烈祠春秋祭文向來由已故總統府顧問、資政倪摶九（一九一六～二〇一二）先生代擬，自中華民國九十九年（二〇一〇）迄今，則改聘筆者承擔代擬文稿之任。每年春秋中樞祭典，總統府內主辦單位均呈奉總統核定。有關祭文稿部份，特別強調以納入慎終追遠概念，並以言簡意賅詞語表達敬意，增進祭典參與感；另爲免節外生枝，導致少數輿論時有模糊焦點、曲解美意之紛擾，代擬文稿時盡量避開「兩岸」、「統獨」、「藍綠政治」等意識形態相關議題，十餘年來均依照建議事項擬稿，並未產生疑義與論難。

「國民革命忠烈祠」舉行春秋祭典時，正殿由總統主祭，副總統與五院院長陪祭，並邀請中央政府文武官員、遺族代表、三軍部隊代表，以及公務、警察、消防人員代表等兩百餘人與祭。文烈士祠請內政部部長主祭，五院秘書長陪祭；武烈士祠請國防部長主祭，參謀總長、陸、海、空軍司令，以及後備、憲兵指揮官陪祭。

忠烈祠春秋祭典的進行儀式程序，首先是總統座車到達忠烈祠，此時立正號響起，三軍儀隊敬禮，樂隊奏「崇戎樂」。總統座車駛至山門石階前，儀隊禮畢，「崇戎樂」停止，總統下車，總統府秘書長與總統大禮官第三局局長，於下車處恭迎。總統由秘書長、第三局局長與侍衛長陪同進入山門，禮兵敬禮，正殿內樂隊奏「崇戎樂」，待總統進入正殿立定後，「崇戎樂」停止，禮兵禮畢，司號吹「稍息號」。

在莊嚴肅穆的氣氛中，司儀宣布祭典開始，擊鼓、鳴鐘，主祭、陪祭、與祭人員依序就位，樂隊奏國歌，接著總統獻花。在禮官恭讀祭文後，總統率同陪祭、與祭人員行三鞠躬禮，典禮歷時約十五分鐘。祭典禮成，正殿內樂隊奏「崇戎樂」，總統並向遺族代表一一握手，慰問致意。總統仍由秘書長、第三局局長與侍衛長陪同，步出正殿大門，「崇戎樂」停止，禮兵敬禮，鐘鼓齊鳴。總統步出山門後，禮兵禮畢，行至石階前上車；登車後，鐘鼓停止。儀隊敬禮，大門口樂隊奏「崇戎樂」，座車開動駛離，典禮即告圓滿完成。

「國民革命忠烈祠」作爲國殤慰靈的聖域，雖然每年的春秋祭典，廣電報紙媒體的報導篇幅愈來愈小，甚或虛應；而國人也愈來愈忘記，或甚至不知道此一國家祭典的存在與重要性。不管在內憂外患或承平泰安時期，忠烈祠的崇祀，除了傳統意義上的增進民族自豪感與國家認同外，還有宣揚武德之意；從長遠來看，春秋祭典繼承了道統、塑造了民族記憶與歷史形象。因此，只要政府支持，經營方式得體，「國民革命忠烈祠」依然成爲國人的歷史文化座標。

一　中華民國九十九年（二〇一〇）

紀念革命先烈暨春祭忠烈殉職人員典禮祭文

維

中華民國九十九年三月二十九日，歲在上章攝提格，福虎炳蔚，春龢景熙，國泰民豐，巍煥漪盛！恭值紀念革命先烈、春祭忠烈陣亡將士暨殉職死難同胞嘉辰，總統　馬英九敬設大典隆禮，躬率文武百官及民意代表，嚴嚴赫赫，穆穆淵淵，謹掬悃忱，昭告在天英靈，垂裕後昆，作範來茲，曰：

五嶽蒼蒼，四海湯湯。九州堂堂，三臺泱泱。
胤冑炎黃，堯舜道光。儀型聖王，文武憲章。
敬梓恭桑，庶民豐康。敬篤彝常，作孚萬邦。
清政不綱，貊道匪臧。波沸茫茫，革命時匡。
國父志昂，功成武昌。蔣公熱腸，鴻業輝煌。

內安外攘，奮勵自強。國家興亡，匹夫勇當。
成仁德張，敦化序庠。取義武揚，蜚騰宮牆。
盧牟四方，登崇俊良。亭毒八荒，志士贊襄。
燮理陰陽，惠濟柔剛。貞松瓊漿，三不朽彰。
期頤履霜，寶島健航。薈萃深藏，識遠謀長。
千秋流芳，萬年無疆。崇祀祈嘗，俎豆馨香。
英烈滂滂，肫誠洋洋。神明陟降，靈鑒其上。
伏維　尚饗。

附註

一　《爾雅．釋天》：「大歲在庚曰上章。」「大歲在寅曰攝提格。」今歲爲庚寅年，古以「上章攝提格」雅言之。總統府資政倪摶九先生（一九一六～二〇一二）代擬〈中華民國九十六年（二〇〇七）中樞紀念革命先烈祭文〉：「維　中華民國九十六年三月二十九日，恭值紀念革命先烈及春祭陣亡將士暨死難同胞令辰，總統陳水扁，敬設大典，躬率文武百官民意代表，謹掬悃忱，昭告英靈曰：春來蓬島，萬舞洋洋。民主進步，唯國之光。嗟我先烈，定鼎開疆。

百戰功高，靖難扶傷。神州定寇，海右威揚。金馬轉戰，殲彼欃槍。唯我軍民，斷脰決腸。同舟共命，爲國爭光。政治維新，國力唯強。提升憲治，矢志興邦。羣倫受命，眾志昂揚。繁榮經濟，啓迪羣芳。文化教育，多有所長。全民同心，確保海疆。憲政日新，國勢日強。掬誠上告，共奠瓊漿。謹告。」

二　「嚴嚴赫赫」，語出《詩經．小雅．節南山》：「節彼南山，維石嚴嚴（或作「巖巖」）；赫赫師尹，民具爾瞻。」嚴嚴，高聳充滿威嚴的樣子；赫赫，明顯盛大的樣子。因此，「嚴嚴赫赫」用於廟宇的場合時，可借指廟宇建築的神聖性和莊嚴氣氛，以及神明靈威顯盛，信眾進出廟宇時，應保持虔誠肅穆的心態。

三　「穆穆」，美好、盛大的樣子；平和恭敬柔和的意思（穆有溫和、和諧、美好、恭敬的意思），語出《詩經．大雅．文王》：「穆穆文王，於緝熙敬止。」《尚書．呂刑》：「穆穆在上，明明在下，灼於四方，罔不惟德之勤。」「淵淵」，靜深貌（淵本身有深、深入的意思），語出《禮記．中庸》：「肫肫其仁，淵淵其淵，浩浩其天。」

四　「掬」，音「局」，用兩手捧取，表示誠心敬意。「悃忱」，音「綑陳」，誠懇、忠誠之意。〔東漢〕班固（三二～九二）《白虎通德論．三教》：「忠形於悃忱，……；敬形於祭祀，……；文形於飾貌，……。」

五　「垂裕後昆」，爲後世子孫留下財富或功績。語出《尚書．仲虺之誥》：「以義制事、以禮制心，垂裕後昆。」

六　「湯湯」，音「商商」，水勢盛大壯闊的樣子，引申形容氣勢雄壯、規模宏大。語出〔北宋〕

范仲淹（九八九～一〇五二）〈岳陽樓記〉：「銜遠山，呑長江，浩浩湯湯，橫無際涯。」「浩浩湯湯」亦作「浩浩蕩蕩」。

七　「儀型聖王，文武憲章」，此二句語出《禮記・中庸》：「仲尼祖述堯、舜，憲章文、武；上律天時，下襲水土。」

八　「作孚萬邦」，即「萬邦作孚」，語出《詩經・大雅・文王》：「儀型文王，萬邦作孚。」意即效法文王的行止美德，全天下各邦都會來歸順。

九　「貊道」，語出《孟子・告子下》，即「蠻貊之道」之省稱，舊時對北方少數民族的習俗、制度的貶稱，此代指清政窳敗。

一〇　「敦化」，語出《禮記・中庸》：「大德敦化，小德川流，此天地之所以爲大也。」「序庠」即「庠序」，古代學校之稱，此指各級學校。

一一　「盧牟」，猶言「牢籠」，大也，兼有規模之意；語出《淮南子・要略》：「盧牟六合，混沌萬物。」

一二　「登崇俊良」，舉用崇尚才能出眾之士；語出韓愈〈進學解〉：「拔去凶邪，登崇俊良。」

一三　「亭毒八荒」，「亭毒」語出《老子》，（魏）王弼（二二六～二四九）注曰：「亭謂品其形，毒謂成其質。」皆言化育之意。「八荒」，猶八極，即八方之意，與天地四方之「六合」意同。

一四　「三不朽」，語出《左傳・襄公二十四年》：「太上有立德，其次有立功，其次有立言，雖久不廢，此之謂三不朽。」立德（創建力：Creativity and Establishment），創制垂法，博施濟眾，惠澤無窮，即「內聖」，在陶鑄志行高潔的聖人之德。立功（解決問題：Problem Solving），拯厄除難，功濟於時，即「外王」，在實現以「道」治天下的經世大業。立言（總結經驗：Generalization），言得其要，理足可傳，其身既沒，其言尚存，則在藉著書立說或批判抗議來彰顯理念。

一五　「期頤」，「期」音「基」，此代指民國肇建將屆百年之意；「履霜」，語出《周易．坤卦．初六》爻辭：「履霜，堅冰至。」義寓知履霜之戒，則可寡過遷善，立於不敗之地。

一六　「俎豆」，「俎」音「祖」；俎、豆，古代祭祀、宴饗時，用來盛祭品的兩種禮器，亦泛指各種禮器。《論語．衛靈公》：「俎豆之事則嘗聞之矣，軍旅之事未之學也。」《史記．孔子世家》：「孔子爲兒嬉戲，常陳俎豆，設禮容。」「馨香」，語出《尚書．君陳》：「至治馨香，感於神明；黍稷非馨，明德惟馨。」

一七　「肫誠」之「肫」，音「諄」，誠懇也。語出《禮記．中庸》：「肫肫其仁。」「洋洋」，語出《禮記．中庸》：「使天下之人，齊明盛服，以承祭祀。洋洋乎如在其上，如在其左右。」

一八　「陟降」音「至匠」，「陟」爲上、「降」爲下。語出《詩經．大雅．文王》：「文王在上，於昭於天。周雖舊邦，其命維新。有周不顯，帝命不時。文王陟降，在帝左右。」

一九　「神明陟降，靈鑒其上」，以上兩句，節引檃栝自《論語．八佾》：「祭如在，祭神如神在。」

二　中華民國九十九年（二〇一〇）

秋祭忠烈暨殉職人員典禮祭文

維

中華民國九十九年九月三日，秋祭忠烈暨殉職人員令辰，總統　馬英九敬設大典，恭率中央與地方高級文武官員、民意代表，並敦請烈士遺族代表暨軍警公務人員，謹掬悃忱，昭告英靈曰：

國事表旌，重祀與戎。勳業建功，禮尊德崇。
千秋烈英，鼎革犧牲。百代俊雄，乾坤緯經。
義結中興，志會聯盟。憲政偉成，三軍效忠。
迍邅頻仍，憂患時橫。砥柱承膺，匡復澄清。
將士威龍，唯命誓從。祖武其繩，霽月光風。
太上弭兵，不息生生。神州蓬瀛，精魂慰鍾。

百姓亨通，四海咸寧。寰宇和平，世界大同。

虔誠　謹告。

附註

一　中華民國九十九年（二〇一〇）中樞秋祭忠烈殉職人員典禮，九月三日在臺北大直圓山「國民革命忠烈祠」隆重舉行，馬英九（一九五〇～）總統親臨主祭，蕭萬長（一九三九～）副總統、行政院院長吳敦義（一九四八～）、立法院院長王金平（一九四一～）、監察院院長王建煊（一九三八～）、考試院副院長伍錦霖（一九四七～）陪祭。上午總統由總統府秘書長廖了以（一九四七～）陪同抵達忠烈祠。典禮開始，鐘鼓齊鳴，主祭、陪祭、與祭人員就位，奏國歌，隨後總統向國民革命烈士之靈位上香、獻花。在司儀恭讀祭文後，總統率同陪祭、與祭人員行三鞠躬禮，典禮莊嚴隆重。典禮後，總統並向烈士遺族代表慰問致意。與祭人員有中央及地方文武官員、民意代表、三軍部隊、警察、消防、民防及國軍遺族代表等。

二　「掬」，音「局」，用兩手捧取，表示誠心敬意。「悃忱」，音「綑陳」，誠懇、忠誠之意。〔東漢〕班固（三二～九二）《白虎通德論．三教》：「忠形於悃忱，……；敬形於祭祀，……；文形於飾貌，……。」

三　本文凡二十八句，每句句末一字，皆諧陽聲宏韻。「旌」本爲一種旗杆上裝飾著五彩羽毛的旗子。〔東漢〕許愼（約五八～一四七）《說文解字》：「旌，游車載旌，析羽注旄首，所以精進士卒。」《禮記．曲禮上》：「武車綏旌，德車結旌。」〔唐〕杜甫（七一二～七七〇）〈哀江頭詩〉：「憶昔霓旌下南苑，苑中萬物生顏色。」「旌」也尊稱他人的行蹤。如：文旌、行旌。「旌」更有表揚、表彰之義，《左傳．僖公．二十四年》：「以志吾過，且旌善人。」〔南朝．梁〕劉勰（約四六〇～五二二）《文心雕龍．誄碑》：「累其德行，旌之不朽也。」

四　「重祀與戎」此句，主要在說國家大事莫過於祭祀與軍事，典出《春秋左氏傳．成公．十三年》：「國之大事，在祀與戎，祀有執膰，戎有受脤，神之大節也。」中國古代統治者高度重視祭祀與軍事，商周時代「兵禮」已是最重要的「五禮」之一，故《孫子兵法》說：「兵者，國之大事，死生之地，存亡之道，不可不察也。」

五　「烈英」即「英烈」，與下句「俊雄」相對，兼以協韻。鼎爲傳國重器，「鼎革」指改朝換代，義取《周易》〈鼎〉卦「〈鼎〉取新」與〈革〉卦「〈革〉去故」，表示「正位凝命」、「順天應人」之旨，並以寓歷代國軍烈士英雄之傑出功績。

六　「乾坤緯經」，即「乾坤經緯」，爲協韻故，改易「經緯」爲「緯經」；並取《周易》〈乾〉卦「天行健，君子以自強不息」，〈坤〉卦「地勢〈坤〉，君子以厚德載物」，以表天地陰陽剛柔合德，大中至正，創造輔成之宇宙生生義理。

七　「義結中興」，即謂國父（孫文，一八六六～一九二五）成立「中興會」，義結同志，驅除韃虜，光復中華史事；「志會聯盟」，則謂國父再次會聚同志，創立「同盟會」，聯合內外，歷經改組及十次革命，終於推翻滿清，創建民國。下兩句，則意謂國民政府，由軍政、訓政以迄憲政，而三軍服膺統帥，效忠政府，國家終致統一，體現民主政治之實利。

八　「迍邅頻仍，憂患時橫」，「迍邅」音「諄沾」，形容國家的實力或形勢處境艱險，前進困難，此取義於《周易．屯卦》「屯如邅如」。民國肇建之後，經袁世凱（一八五九～一九一六）洪憲稱帝，而有討袁護法之役；復有張勳（一八五四～一九二三）復辟、軍閥割據等，國民革命軍東征北伐，國家終於一統；不料又有抗日、剿匪戰爭，連年征戰，以迄國府遷臺，古寧頭、八二三等陸海空大捷，奠定國民政府再造新機，自此國共隔海而治，皆賴三軍捍衛爲中流砥柱。

九　「祖武其繩，霽月光風」，「祖武其繩」即「繩其祖武」，「霽月光風」即「光風霽月」，因爲協韻故，皆易其字句，於義無礙。「繩其祖武」，典出《詩經．大雅．下武》：「昭茲來許，繩其祖武。」繩，繼承效法之義；武，足跡，意謂繼承祖先業跡，依祖先的足跡繼續走下去，比喻繼承祖輩事業。「霽」，音「濟」，雨雪停止。「霽月光風」，原形容雨過天青後，微風和煦的明淨景象；今多用以形容人品光明磊落，並以比喻政治清明，時世太平的局面。本文引此以喻三軍將士高風亮節，有以致之。如《大宋宣和遺事．元集》：「上下三千餘年，興廢百千萬事，大概光風霽月之時少，陰風晦冥之時多。」更多見以比喻光明磊落、胸懷坦蕩、品格高潔，如〔北宋〕黃庭堅（魯直，山谷，一〇四五～一一〇五）《豫章集．濂溪詩序》：「春陵周茂叔，人品甚高，胸懷灑落，如光風霽月。」

一〇　「太上弭兵，不息生生；神州蓬瀛，精魂慰鍾」，「太上弭兵」義取消融軍事緊張對立，以求和平共榮，進而能夠「生生不息」（「不息生生」），終始循環，薪火相傳。「神州」、「蓬瀛」分別爲中國大陸與臺灣寶島雅稱，而我三軍將士爲國奉獻、捐軀犧牲者，精魂所鍾聚及其安靈者，皆故國家鄉之吉地福壤。

二一　文末四句「百姓亨通，四海咸寧。寰宇和平，世界大同」，寄望舉國上下，軍民同胞，萬眾一心，和衷共濟，由兩岸中華民族之和諧雙贏，進而消弭民族、國際紛爭，促成全球繁榮和平，以臻世界大同的終極理想。

二二　總統府一局第三科建議事項：（一）因司儀唱祭文音韻拉長，不宜太長。（二）祭禮無祭品，末句「伏維　尚饗」，仍作「虔誠　謹告」。（三）盡量加入時事，配合政情。

三　中華民國一〇〇年（二〇一一）

紀念革命先烈暨春祭忠烈殉職人員典禮祭文

維

中華民國一〇〇年三月二十九日，恭值紀念革命先烈、春祭忠烈殉職人員暨死難同胞令辰，總統　馬英九敬設大典，躬率文武百官以及民意代表，並敦請烈士遺族代表，謹掬悃忱，昭告

英靈，曰：

辛卯康寧，政泰民豐。創業大成，國慶百齡。
民族英雄，炳煥天星。赫赫偉功，傳鑄典型。
世紀時空，道德咸恆。追遠慎終，風教流行。
民主恢宏，經濟昌隆。寰宇競爭，兩岸雙贏。
樽俎折衝，程進盈盈。和平共榮，日上蒸蒸。

局勢紛爭，禍亂頻仍。友于弟兄，無分西東。
合縱連橫，締交結盟。鳳翥龍騰，永續生生。
烈士神靈，仁義丹青。天下為公，禮運大同。

虔誠　謹告。

附註

一　中華民國一〇〇年（二〇一一）「中樞紀念革命先烈暨春祭忠烈殉職人員典禮」上午十時整，在臺北市大直圓山「國民革命忠烈祠」隆重舉行，馬英九（一九五〇～）總統親臨主祭，蕭萬長（一九三九～）副總統、立法院院長王金平（一九四一～）、司法院院長賴浩敏（一九三九～）、考試院院長關中（一九四〇～）、監察院院長王建煊（一九三八～）及行政院副院長陳冲（一九四九～）陪祭。總統由總統府秘書長伍錦霖（一九四七～）陪同，在崇戎樂聲中抵達忠烈祠。典禮開始，鐘鼓齊鳴，主祭、陪祭、與祭人員就位，奏國歌，隨後總統向國民革命烈士之靈位上香、獻花；在恭讀祭文後，總統率同陪祭、與祭人員行三鞠躬禮。典禮結束後，總統向烈士遺族代表慰問致意。隨後，總統與全體與祭人員前往忠烈祠廣場參與「向先烈致敬，三二九感恩獻花」活動。總統致詞時表示，一百年前的三月是我國命運改變的關鍵時刻，國父孫中山（一八八六～一九二五）先生所發起的第十次革命行動——「三二九黃花岡之役」雖然失敗，但發揮了驚天地、泣鬼神的作用，國父在《黃花岡烈士事略》中對此次革命行動給予「與武昌革命之役並壽」的高度評價，意謂沒有「三二九黃花岡之役」，就沒有「辛亥革命」。總統強調，臺灣人在創建民國的過程中沒有缺席。早在國父籌備「惠州革命」時，霧峰林家的林祖密（一八七八～一九二五）先生便允諾協助籌備費用；「三二九黃花岡之役」中，板橋林家的林薇閣（一八八八～一九四六）先生捐助三千日圓，幫助十九位留日學生從日本坐船到廣州參加革命；苗栗人羅福星（一八八六～一九一四）先生及臺南人許贊元（一八九〇～一九六〇）先生也都參與行動，顯示臺灣人不但出錢也出力。其中羅福星先生後來因為參加抗日行動遭日人逮捕處決，臨刑前，他寫了絕筆書：「不死於家，永為子孫紀念；而死於臺灣，永為臺民紀念耳！」羅福星烈士將對家人之愛轉化為對國家民族之愛，令人動容、敬佩。總統說，從革命開國、抗戰到戡亂時期，一百年來，許許多多烈士為國家民族奉獻生命，入祀國民革命忠烈祠的烈士至少達三十九萬人，而正因為他們犧牲生命、奉獻青春，才有我們今天的安居樂業。懷念烈士之餘，更重要的是傳遞其精神，以兩天前舉辦的「一〇〇年青舵獎表揚大會」為例，我們在接受表揚的傑出青年身上看到「正直、善良、勤奮、誠信、進取及包容」等臺灣六項核心價值，這些價值傳承了一百年前烈士的精神，是支持我國艱苦奮鬥最重要的道德力量。總統表示，他在今年元旦提出「百年樹人、百年生機、百年公義、百年和平」四項期許，我國開國一百年來，經歷無數艱難險阻，但已否極泰來、漸入佳境，希望全體國人在第二個、第三個一百年或第無數個一百年中，都能秉持我國核心價值向前邁進，發揚先烈的精神，使中華民國成為受人尊敬、讓人感動的國家。隨後，總統聆聽陸皓東（一八六八～一八九五）

烈士孫女陸淑貞、莫那魯道（一八八〇～一九三〇）烈士曾外孫張進昌、王敏川（一八八九～一九四二）烈士孫子王崇文及王生明（一九一〇～一九五五）烈士之子王應文等烈士遺族致詞，並和與會全體官員、遺族代表及民眾一同起立追思一百秒，感念先烈先賢的貢獻。

二　「掬」，音「局」，用兩手捧取，表示誠心敬意。「悃愊」，音「綑陳」，誠懇、忠誠之意。〔東漢〕班固（三二～九二）《白虎通德論・三教》：「忠形於悃愊，……；敬形於祭祀，……；文形於飾貌，……。」

三　「辛卯」，為中華民國一〇〇年（二〇一一）干支金兔吉歲，百姓康寧，國家泰豐。

四　「樽俎折衝」，即「折衝樽俎」，指不用武力，而運用外交手段，在杯酒宴會中，制敵取勝。折衝，拒退敵人攻城的戰車。樽俎，古時盛裝酒肉的器皿。出自《戰國策・齊策五》與《晏子春秋・內篇・雜上》。〔唐〕李翰（生卒年不詳）〈淮南節度行軍司馬廳壁記〉：「彼善師不陣，未戰先勝，卻軍於談笑之際，折衝於樽俎之間，今古一時也。」

五　「友于弟兄」，即「友于兄弟」，兄弟之情濃厚。語出《論語・為政》：「孝乎惟孝，友于兄弟，施于有政。」

六　「合縱連橫」，原指戰國後期各國圖存爭強的一種策略，今指國際間的外交聯盟。「合縱」，指弱國聯合對抗強國，如齊、楚、燕、韓、趙、魏六國聯合對抗強秦。「連橫」，指隨從強國進攻其他弱國，即依附強秦。一說：南北相連為縱，合縱即六國聯合抗秦。東西相連為橫，連橫即六國分別服從秦。蘇秦（？～前二八四）、張儀（？～前三〇九）等是當時著名縱橫家。

七　「鳳翥龍騰」，本指神采飛揚的樣子，此喻國家人才濟濟，各有發揮。翥，音「住」，本義指振翼而上，高飛。

八　「禮運大同」，此借《禮記·禮運·大同篇》名義，表明禮樂之因革運化，描繪出中華民族理想中世界和平的藍圖。

四　中華民國一〇〇年（二〇一一）

秋祭忠烈暨殉職人員典禮祭文

維

中華民國一〇〇年九月三日，秋祭忠烈暨殉職人員令辰，總統　馬英九敬設大典，恭率中央與地方高級文武官員、民意代表，並敦請烈士遺族代表暨軍警公務人員，謹掬悃忱，昭告英靈曰：

颯爽金風，拂感心胸。軍樂崇隆，武德服膺。
大孝大忠，至仁至公。豪傑英雄，青史鼎銘。
民國創興，慶誕百齡。主義志從，本固邦寧。
緬懷典型，戮力譬營。秉彝變通，允執厥中。
政教文經，蔚蔚蒸蒸。士農商工，燦燦盈盈。
猷略深閎，永續生生。履道存誠，惟一惟精。

兩岸息兵，修好和平。雙贏共榮，貴頤泰豊。
體用攸同，貫徹始終。昭格神靈，磐固干城。

虔誠　謹告。

附註

一　中華民國一〇〇年（二〇一一）中樞秋祭忠烈殉職人員典禮，九月三日在臺北大直圓山「國民革命忠烈祠」隆重舉行，馬英九（一九五〇～）總統親臨主祭，蕭萬長（一九三九～）副總統、行政院院長吳敦義（一九四八～）、立法院院長王金平（一九四一～）、監察院院長王建煊（一九三八～）、考試院院長關中（一九四〇～）陪祭。上午總統由總統府秘書長伍錦霖（一九四七～）陪同抵達忠烈祠。典禮開始，鐘鼓齊鳴，主祭、陪祭、與祭人員就位，奏國歌，隨後總統向國民革命烈士之靈位上香、獻花。在司儀恭讀祭文後，總統率同陪祭、與祭人員行三鞠躬禮，典禮莊嚴隆重。典禮後，總統並向烈士遺族代表慰問致意。與祭人員有中央及地方文武官員、民意代表、三軍部隊、警察、消防、民防及國軍遺族代表等。

二　「掬」，音「局」，用兩手捧取，表示誠心敬意。「悃忱」，音「綑陳」，誠懇、忠誠之意。〔東漢〕班固（三二～九二）《白虎通德論．三教》：「忠形於悃忱，……；敬形於祭祀，……；文形於飾貌，……。」

三　「颯」，音「薩」，形容風聲。「金風」，借指秋天，西方屬金，於時爲秋，於德爲義，故與秋祭忠烈時、義相副。

四　中國傳統武德爲「智、信、仁、勇、嚴」，眞正的軍人必講武德。中國武德，淵源於傳統的歷史文化、良相名將的嘉言懿行、歷代戰爭的經驗教訓，此三者構成中國武德理論與實際的全部。而中國武德的內涵，主要在發揮「智者不惑，信者不貳，仁者不憂、勇者不懼，嚴者不私」的精神。至於武德的性質，是密不可分的整體，而以「仁」爲武德的中心，以「忠」與「誠」爲武德的根源，「信」與「嚴」爲實踐武德的保證。爲了結合時代的需要，先總統蔣公（中正，介石，一八八七～一九七五）融鑄歷代名將修鍊塑造的典型，特別賦予新的解釋，稱之爲「新武德」，其內涵爲：「智」爲智慧之「智」，即國父（孫中山，一八六六～一九二五）「別是非、明利害、識時事、知彼此」的解釋；「信」就是信仰主義、信仰長官、信任部屬以及相信自己的「三信心」；「仁」就是「殺身成仁，捨生取義」救國救民之仁；「勇」則是在戰場上衝鋒陷陣，視死如歸，並能「長技能、明生死」，「濟在國家之靈，不濟則以死繼之」；至於「嚴」則是「嚴以律己、嚴以肅眾」。

五　「本固邦寧」，語出《尚書·五子之歌》：「民爲邦本，本固邦寧。」指只有以百姓爲國家的根本，根本穩固，國家就安寧了。

六　「擘」，音「播」。「擘營」，擘劃經營。

七　「彝」，音「儀」。「秉彝」，引自《詩經·大雅·烝民》：「天生烝民，有物有則；民之秉彝，好是懿德。」意謂：蒼天生育民眾，凡有事物，必有法則；人民所秉直的常性，就是喜好這美德。「變通」，則引自《周易．繫辭下傳》：「《易》，窮則變，變則通，通則久。是以『自天祐之，吉無不利。』」指當事物發展到極點、窮盡的時候，就必須求變化；變化之後便能夠通達，適合需要。

八　「允執厥中」，語出《尚書．大禹謨》：「人心惟危，道心惟微；惟精惟一，允執厥中。」意指不偏不倚，無過與不及。凡能秉持中庸之道，處理事情能把握中正平和的精神，不會太過或不及。

九　「蔚蔚」，形容繁榮興盛的樣子；「蒸蒸」，比喻日益興盛發達。下句「燦燦盈盈」，義近同於此。

一〇　「猷」與「略」爲謀略、計畫之意，《爾雅．釋詁上》：「猷，謀也。」《尚書．君陳》：「爾有嘉謀嘉猷，則入告爾后。」「閎」，音「宏」，音義同宏、弘，皆爲「大」之意，故（唐）韓愈（七六八～八二四）〈進學解〉曰：「閎其中，肆其外。」。

一一　「生生」，語出《周易．繫辭上傳》：「富有之謂大業，日新之謂盛德，生生之謂《易》，成象之謂〈乾〉，效法之謂〈坤〉，極數知來之謂占，通變之謂事，陰陽不測之謂神。」

一二　「履道」，語出《周易　履卦．九二》爻辭：「履道坦坦，幽人貞吉。」「存誠」，語出《周易．乾卦．九二．文言傳》：「庸言之信，庸行之謹，閑邪存其誠，善世而不伐，德博而化。《易》曰：『見龍在田，利見大人』，君德也。」

一三　「惟一惟精」爲《尚書．大禹謨》「惟精惟一」爲協韻之倒語。此本爲堯傳位給舜的道統心法，意指人民的意念是難以安撫的，道統的思慮是微妙幽深的，想要傳承道統，最精粹也獨一無二的方法，那就是信守中庸之道。

一四　「賁頤泰豐」，爲《周易》六十四卦卦名。〈賁〉，音「必」，爲人文化成之義；〈頤〉，爲養正得實之意；〈泰〉，爲乾坤天地交通之意；〈豐〉，爲豐滿壯大之意。

一五　「體用攸同」，攸爲文言語助詞，音「悠」，無義，亦可解爲「皆」、「咸」；此語與「體用不二」、「體用一如」、「體用一源」同意，謂即體即用（即本體即作用），即用即體（即作用即本體）。

一六　「昭格」（或作「昭各」、「昭假」），爲古代鐘鼎文與《易經》、《詩經》、《書經》等祭文中，常見的詞語，「昭」爲形容詞，「昭彰」、「盛顯」之意；「格」爲「至」、「臨」，即謂神靈盛大降臨，庇佑賜福之意。

一七　「磐固」，謂如「磐石貞固」；「干城」，原指捍衛城池，借指保衛國家的軍士，故以喻之。

五　中華民國一〇一年（二〇一二）

紀念革命先烈暨春祭忠烈殉職人員典禮祭文

維

中華民國一〇一年三月二十九日，恭值紀念革命先烈、春祭忠烈殉職人員暨死難同胞令辰，總統　馬英九敬設大典，躬率文武百官以及民意代表，並敦請烈士遺族代表，謹掬悃忱，昭告

英靈曰：

天地位育，日月麗明。德侔道貫，民族烈英。
成仁取義，國家干城。敬誠忠武，文質懋崇。
前仆後繼，奮勇爭鋒。無私奉獻，無悔犧牲。
至情至性，秉彝秉公。卓絕襟抱，彪炳勳風。
丹心赤膽，碧血蒼松。千秋勁節，萬代常青。

浩然正氣，充塞環中。神魂不朽，永垂典型。
正統大奠，壯猷豪雄。韜略鼎革，經緯泰豊。
磐基楨榦，毓秀鍾靈。昭格賁化，乾清坤寧。
虔誠　謹告。

附註

一　中華民國一〇一年「中樞紀念革命先烈暨春祭忠烈殉職人員典禮」，三月二十九日上午十時在臺北市大直圓山「國民革命忠烈祠」隆重舉行，馬英九（一九五〇～）總統親臨主祭，蕭萬長（一九三九～）副總統、行政院院長陳冲（一九四九～）、立法院院長王金平（一九四一～）、司法院院長賴浩敏（一九三九～）及監察院院長王建煊（一九四一～）陪祭。總統由總統府秘書長曾永權（一九四七～）陪同，於崇戎樂聲中抵達忠烈祠。典禮開始，鐘鼓齊鳴，主祭、陪祭、與祭人員就位，奏國歌，隨後總統向國民革命烈士之靈位上香、獻花；在恭讀祭文後，總統率同陪祭、與祭人員行三鞠躬禮。典禮結束後，總統向烈士遺族代表慰問致意。今日與祭人員包括中央與地方文武官員、三軍部隊、警察、消防及遺族代表等。

二　「掬」，音「局」，用兩手捧取，表示誠心敬意。「悃忱」，音「綑陳」，誠懇、忠誠之意。〔東漢〕班固（三二～九二）《白虎通德論．三教》：「忠形於悃忱，……；敬形於祭

祀，……；文形於飾貌，……。」

三　「天地位育」，語出《中庸》：「致中和，天地位焉，萬物育焉。」

四　「日月麗明」，典出《周易．乾九五．文言傳》：「夫大人者，與天地合其德，與日月合其明，與四時合其序，與鬼神合其吉凶。」

五　「德侔道貫」，係借用「道貫古今，德侔天地」贊語，原以表彰孔子（丘，公元前五五一～前四七九）偉大的德行與對中華文化的貢獻，於此以寄寓忠烈無上之精神。

六　「成仁取義」，取資於〔南宋〕文天祥（一二三六～一二八三）〈衣帶贊〉：「孔曰成仁，孟云取義；惟其義盡，所以仁至。讀聖賢書，所學何事？而今而後，庶幾無愧。」

七　「文質」，語出《論語．雍也》：「質勝文則野，文勝質則史；文質彬彬，然後君子。」「楙」，同「茂」，盛大、美盛之意。

八　「秉彝」，即「秉常」，語出《詩經．大雅．烝民》：「天生烝民，有物有則；民之秉彝，好是懿德。」

九　「襟抱」，即襟懷與抱負之縮語。

一〇　「充塞」，充滿塞足。《漢書．董仲舒傳》：「今陰陽錯繆，氛氣充塞，群生寡遂，黎民未濟。」《高子遺書．會語．五十四》「蓋天地之心，充塞於人身者，爲惻隱之心。」「環中」。語出《莊子．齊物論》：「彼是莫得其偶，謂之道樞。樞始得其環中，以應無窮。」莊子用以比喻無是非之境地，借此喻靈空超脫的境界。

一一　「鼎革」，語出《周易．鼎、革》二卦，《周易．雜卦傳》：「〈革〉，去故；〈鼎〉，取新。」

一二　「泰豐」，語出《周易・泰、豐》二卦，《周易・雜卦傳》：「〈泰〉，通也；〈豐〉，大也。」

一三　「昭格」，語出《詩經》、《書經》等，「格，至也」，即神靈盛大降臨之意。「賁化」，語出《周易・賁》卦，意爲大德敦化，人文化成，文明昭彰。

一四　「乾清坤寧」，意本於《周易・乾、坤》二卦，而語出《老子》：「天得一以清，地得一以寧。」

六　中華民國一〇一年（二〇一二）

秋祭忠烈暨殉職人員典禮祭文

維

中華民國一〇一年九月三日，秋祭忠烈暨殉職人員令辰，總統　馬英九敬設大典，恭率中央與地方高級文武官員、民意代表，並敦請烈士遺族代表暨軍警公務人員，謹掬悃忱，昭告英靈曰：

易道生生，乾坤化成。秉義秋聲，藎烈國英。
手足弟兄，驅轂振纓。猛將強兵，濟弱扶傾。
輕重權衡，俊傑嚶鳴。同志結盟，海架天擎。
器識恢宏，攬轡澄清。文武聖明，馳譽丹青。
彰孝顯忠，典範儀型。茂實策功，大莫與京。
竹帛著榮，勒碑刻銘。貞固干城，民無能名。

寶島蓬瀛，戮力經營。仁纛智旌，利貞元亨。

瑞兆紛呈，宇宙泰平。崇禮至誠，殷薦德隆。

虔誠　謹告。

附註

一　中華民國一〇一年（二〇一二）「中樞秋祭忠烈殉職人員典禮」，九月三日上午十時在臺北市大直圓山「國民革命忠烈祠」隆重舉行，馬英九（一九五〇～）總統親臨主祭，行政院院長陳冲（一九四九～）、立法院院長王金平（一九四一～）、考試院院長關中（一九四〇～）、監察院院長王建煊（一九四一～）及司法院副院長蘇永欽（一九五一）等陪祭。總統由總統府秘書長曾永權（一九四七～）陪同，於崇戎樂聲中抵達忠烈祠。典禮開始，鐘鼓齊鳴，主祭、陪祭、與祭人員就位，奏國歌，隨後總統向國民革命烈士之靈位上香、獻花；在恭讀祭文後，總統率同陪祭、與祭人員行三鞠躬禮，典禮莊嚴隆重。典禮後，總統並向烈士遺族代表慰問致意。今日與祭人員包括中央與地方文武官員、三軍部隊、警察、消防及遺族代表等。

二　「掬」，音「局」，用兩手捧取，表示誠心敬意。「悃忱」，音「綑陳」，誠懇、忠誠之意。〔東漢〕班固（三二～九二）《白虎通德論．三教》：「忠形於悃忱，……；敬形於祭祀，……；文形於飾貌，……。」

三　「易道生生」，《周易・繫辭上傳》曰：「生生之謂《易》。」意謂生生不息，薪火相傳。

四　《爾雅・釋詁》：「藎，進也。」《詩・大雅・文王》「王之藎臣」，《疏》曰：「藎，忠愛之篤，進進無已也。」「藎」，通「進」，進用，後引申爲忠誠。

五　「手足」，比喻同胞兄弟。〔唐〕李華（七一五～七六六）〈弔古戰場文〉：「誰無兄弟？如手如足。」

六　「驅轂振纓」，駕著車馬，帽帶飄舞著，好不威風。語出〔南朝・梁〕敕員外散騎侍郎周興嗣（四六九～五二一）撰〈千字文〉：「高冠陪輦，驅轂振纓。」

七　「輕重權衡」，即「權衡輕重」。權衡，衡量；衡量哪個輕，哪個重。比喻比較利害得失的大小。《莊子・胠篋》：「爲之權衡以稱之。」《淮南子・泰族訓》：「欲知輕重而無以，予之以權衡，則喜。」

八　「嚶鳴」，鳥相和鳴著以尋求伴侶，比喻尋求志同道合的朋友，或朋友間同氣相求、志趣相投，即成語「嚶鳴相召」、「嚶鳴求友」之意。語出《詩經・小雅・伐木》：「嚶其鳴矣，求其友聲。」

九　「海架天擎」，同於「擎天架海」，比喻能擔當重任。擎天，托住天，形容堅強高大有力量。古代傳說崑崙山有八根柱子支撐著天，後來用「擎天柱」比喻擔負重任的人。

一〇　「攬轡澄清」，肅清混亂局面。《後漢書・黨錮傳・范滂》：「滂登車攬轡，慨然有澄清天下之志。」

一一　「茂實策功」，詳盡確實地記載功德，語出〔南朝・梁〕敕員外散騎侍郎周興嗣（四六九～

五二一）撰〈千字文〉：「策功茂實，勒碑刻銘。」

一二　「莫」，沒有誰；「京」，大。指大得無法相比。《左傳・莊公・二十二年》：「八世之後，莫之與京。」

一三　「竹帛」，竹簡與白絹。古代初無紙，用竹帛書寫文字，引申指書籍、史乘。《墨子・天志中》：「又書其事於竹帛，鏤之金石，琢之盤盂，傳遺後世子孫。」《史記・孝文本紀》：「然後祖宗之功德著於竹帛，施於萬世，永永無窮，朕甚嘉之。」

一四　「勒碑刻銘」，刻在碑石上流傳後世。語出〔南朝・梁〕敕員外散騎侍郎周興嗣（四六九～五二一）撰〈千字文〉：「策功茂實，勒碑刻銘。」

一五　「民無能名」，含意是指百姓找不出適當的話來形容他。語出《論語・泰伯・第八》，子曰：「大哉，堯之爲君也！巍巍乎，唯天爲大，唯堯則之！蕩蕩乎，民無能名焉！巍巍乎，其有成功也！煥乎，其有文章！」

一六　「纛」，音「道」，古代軍隊裏的大旗。「旌」，古代旗的總稱。此句意謂以仁、智爲指標引導。

一七　「殷薦德隆」，祭祀崇拜時，祭祀者除了獻上珍貴的實物之外，更重要的獻禮則是恭敬聖潔的心靈與光明磊落的德行，即祭祀以誠心爲要，並表彰先烈高貴的德行。《周易・豫・大象傳》曰：「先王以作樂崇德，殷薦之上帝，以配祖考。」故注云：「敬事上帝，至治馨香，感於神明，黍稷非馨，明德惟馨。存其心，養其性，所以事天也。」

七　中華民國一〇二年（二〇一三）

紀念革命先烈暨春祭忠烈殉職人員典禮祭文

維

中華民國一〇二年三月二十九日，恭值紀念革命先烈、春祭忠烈殉職人員暨死難同胞令辰，總統　馬英九敬設大典，躬率文武百官以及民意代表，並敦請烈士遺族代表，謹掬悃忱，昭告

英靈曰：

壬辰革故，癸巳鼎新。騰蛟啓盛，寶島流金。
緬懷忠藎，仰止德音。光昭日月，氣壯淵岑。
冰清玉潔，虎嘯龍吟。仁風萬里，道志千尋。
菁菁旆旆，鬱鬱森森。薪傳績懋，世頌時歆。
成國家命，立天地心。典型寰宇，模範古今。

貞弘抱負，偉岸胸襟。聖賢承紹，徽澤照臨。
三才禮獻，四海榮欽。虔誠悅禱，肅穆香斟。
神格以慰，物感攸箴。陰陽一體，肝膽同琛。

虔誠　謹告。

附註

一　中華民國一〇二年（二〇一三）「中樞紀念革命先烈暨春祭忠烈殉職人員典禮」，三月二十九日上午十時在臺北市大直圓山「國民革命忠烈祠」隆重舉行，馬英九（一九五〇～）總統親臨主祭，吳敦義（一九四八～）副總統、立法院院長王金平（一九四一～）、司法院院長賴浩敏（一九三九～）、考試院院長關中（一九四〇～）、監察院院長王建煊（一九四一～）及行政院副院長毛治國（一九四八～）陪祭。總統由總統府秘書長楊進添（一九四二～）陪同，於崇戎樂聲中抵達忠烈祠。典禮開始，鐘鼓齊鳴，主祭、陪祭、與祭人員就位，奏國歌，隨後總統向國民革命烈士之靈位上香、獻花；在恭讀祭文後，總統率同陪祭、與祭人員行三鞠躬禮。典禮結束後，總統向烈士遺族代表慰問致意。今日與祭人員包括中央與地方文武官員、三軍部隊、警察、消防及遺族代表等。

二　「掬」，音「局」，用兩手捧取，表示誠心敬意。「悃忱」，音「綑陳」，誠懇、忠誠之意。〔東漢〕班固（三二～九二）《白虎通德論．三教》：「忠形於悃忱，……；敬形於祭祀，……；文形於飾貌，……。」

三　「壬辰」，爲中華民國一〇一年（二〇一二）；癸巳爲中華民國一〇二年（二〇一三）。「革故鼎新」，語出《周易．鼎、革》二卦，《周易．雜卦傳》：「〈革〉，去故；〈鼎〉，取新。」

四　癸巳蛇年（民國一〇二年，二〇一三）臺灣燈會移師新竹縣竹北市高鐵車站特定區舉行，眾所矚目的主燈，由世新大學中文系曾永義（一九四一～二〇二二）講座教授命名爲「騰蛟啓盛」。交通部觀光局表示，民間稱蛇爲「小龍」，而蛟爲古代神獸，以天地爲廓，載水火精神，行山澤江海，任雷風雨露，千年化眞龍，臺灣燈會以蛟代蛇，取其所象徵「勇敢」意象，盼爲國家社會帶來國泰民安之盛世。故主燈造型設計以「騰蛟啓盛兆豐年、勁節高挺入雲端」爲概念，整體造型呈現傲然飛騰的姿態；雲氣繚繞全身，氣勢昂然，象徵以天地爲廓，和諧共生、厚德載物，護祐國家風調雨順，孕育人才濟濟等意涵。「流金歲月」，喻指不平凡的歲月，跟「崢嶸歲月」結構相同，並構成同義關係，可謂異曲同工。因爲「不平凡」，所以也可以把「流金歲月」解釋爲令人難以忘懷的年月。

五　「忠藎」，猶忠誠。

六　「氣壯淵岑」，義同「氣壯山河」；以「淵」代「河」，以「岑」代「山」。

七　「萬里」，指目標之廣遠；「千尋」，指理想之深入。

八　「菁菁」、「旆旆」音「沛沛」，都是形容草木茂盛的樣子。「鬱鬱」、「森森」，也是形容樹木茂盛的樣子。四者在此都借指春天景物蓊鬱炳蔚，亦暗喻先賢忠烈之德盛義茂。

九　「懋」，同「茂」，盛大、美盛之意。

一〇　「偉」，卓越、高大；「岸」，高大、俊峭；「偉岸」，原指身材魁梧高大，與挺拔連言，即高大挺直之意。《新唐書．李從晦傳》：「從晦姿質偉岸，所至以風力聞。」《宋史．韓世忠傳》：「風骨偉岸，瞬目如電。」

一一　「神格」之「格」，亦作「昭格」、「昭假」，語出《詩經》、《書經》等，「格、假，至也」，即神靈盛大降臨之意。

一二　「琛」，美玉，引申作「珍寶」之意。

八　中華民國一〇二年（二〇一三）

秋祭忠烈暨殉職人員典禮祭文

維

中華民國一〇二年九月三日，秋祭忠烈暨殉職人員令辰，總統　馬英九敬設大典，恭率中央與地方高級文武官員、民意代表，並敦請烈士遺族代表暨軍警公務人員，謹掬悃忱，昭告英靈曰：

洪荒宇宙，嬝嬝絪縕。萬千氣象，夕照朝暾。
巍巍蕩蕩，浩氣長存。嚴嚴赫赫，武德軍魂。
崇禮尚義，天道入門。明廉知恥，國士歸根。
智謀識斷，信敬推恩。仁者無敵，大勇獨尊。
鋼鐵意志，霜雪精神。律己肅眾，節度乾坤。
建邦經緯，楨幹擇掄。鼎新革故，政化風醇。

開來繼往，烈祖雲孫。胸懷河嶽，視傲崑崙。
兩全忠孝，心盡理純。斑斑歷歷，垂鑒史痕。

虔誠　謹告。

附註

一　中華民國一〇二年（二〇一三）「中樞秋祭忠烈殉職人員典禮」，九月三日上午十時在臺北市大直圓山「國民革命忠烈祠」隆重舉行，馬英九（一九五〇～）總統親臨主祭，吳敦義（一九四八～）副總統、行政院院長江宜樺（一九六〇～）、立法院院長王金平（一九四一～）、司法院院長賴浩敏（一九三九～）、考試院院長關中（一九四〇～）及監察院院長王建煊（一九四一～）陪祭。總統由總統府秘書長楊進添（一九四二～）陪同抵達忠烈祠。典禮開始，鐘鼓齊鳴，主祭、陪祭、與祭人員就位，奏國歌，隨後總統向國民革命烈士之靈位上香、獻花；在恭讀祭文後，總統率同陪祭、與祭人員行三鞠躬禮，典禮莊嚴隆重。典禮後，總統並向烈士遺族代表慰問致意。今日與祭人員包括中央與地方文武官員、三軍部隊、警察、消防及遺族代表等。

二　「掬」，音「局」，用兩手捧取，表示誠心敬意。「悃忱」，音「綑陳」，誠懇、忠誠之意。〔東漢〕班固（三二～九二）《白虎通德論．三教》：「忠形於悃忱，……；敬形於祭

祀，……；文形於飾貌，……。」

三　本文偶數句通押「上平聲：十三元」（古轉「上平聲：十一眞」）韻。「熅熅」，同昷昷、㾪㾪、嫋嫋，音「烏烏」，形容煙氣繚繞上升。「絪縕」，音「因暈」，天地間陰陽二元氣交互作用的狀態，義同造化。語出《周易‧繫辭下傳》：「天地絪縕，萬物化醇。」《昭明文選》劉孝標（四六二～五二一）〈廣絕交論〉：「絪縕相感，霧涌雲蒸。」（唐）孟郊（七五一～八一四）〈秋懷詩‧十六首之五〉：「㾪㾪一線命，徒言繫絪縕。」

四　「朝暾」，音「昭吞」，朝日，晨曦的意思。暾，早晨剛出來的太陽。

五　「巍巍」，崇高偉大的樣子；「蕩蕩」，廣遠無限的樣子。（魏）王弼（二二六～二四九）注曰：「蕩蕩，無形無名之稱也。」。語出《論語‧泰伯》篇，子曰：「大哉，堯之爲君也！巍巍乎，唯天爲大，唯堯則之！蕩蕩乎，民無能名焉！巍巍乎，其有成功也！煥乎，其有文章！」

六　「嚴嚴」（或作「巖巖」），高聳充滿威嚴的樣子；「赫赫」，明顯盛大的樣子。在祠廟殿宇建築學上，「赫赫」的位置稱爲「左日門」，「嚴嚴」的位置稱爲「右月門」，「嚴嚴」與「赫赫」二辭出於《詩經‧小雅‧節南山之什‧節南山》：「節彼南山，維石巖巖；赫赫師尹，民具爾瞻。」意謂：一個受尊敬的人，像南山一樣的高不可測，像巖石一樣的巍峨莊嚴；像顯赫的太師伊尹，受萬人的瞻望。因此，「嚴嚴」與「赫赫」二辭用於祠廟殿宇的場合時，可借指其建築的神聖性和莊嚴氣氛，以及神明靈威顯盛，故進出時應保持虔誠肅穆的心態。

七　《孫子》曰：「將者，智、信、仁、勇、嚴也。」先總統蔣公（中正，介石，一八八七～一九七五）解釋此五者，爲軍人之武德。「智者，知也。以先天之聰明，與後天之見識合而爲一者也。凡天下之事物，莫不有理，能以我之聰明，我之見識，而求其故，使吾心之是非，曉然於內，吾身之應付，充裕於外，舉措得宜，從違得當，此智之效也。」蔣公曰：「軍人之智，在乎別是非，明利害，識時勢，知彼己，根本上又須合乎道義。」信者，誠也。孔子（丘，公元前五五一～前四七九）曰：「言忠信，行篤敬，雖蠻貊之邦，行矣；言不忠信，行不篤敬，雖州里行乎哉。」能忠者必信，能信者必忠。無忠不足以成信，無信不足以明忠。人能充其誠實懇摯之忠，則躬行實踐、而信不可勝用矣。蔣公曰：「信是軍人武德中的基本綱目。我們要修養偉大的革命人格，就要從這個信字做起。」仁者，人也。孔子曰：「無求生以害仁，有殺身以成仁。」殺身以成仁，即無私愛之謂也。無私愛，則所受者，在於公矣。在於公，則天下有不被吾愛者，吾之責有未盡也。軍人以救國爲事者也，其所爲正與志士仁人同也。蔣公曰：「我們軍人是行仁而生，亦即爲行仁而死，能實現三民主義，以成救國救世之仁，就是我們軍人偉大的成功。」勇者，不懼也。夫勇有血氣之勇，與義理之勇之別。所謂以一朝之忿，忘其身以及其親，與夫思以一毫挫於人，若撻之於市朝者，皆血氣之勇也。若夫「我生則國死，我死則國生」。當生則生，當死則死，此義理之勇也。軍人以一身之生死，關係於一國之生死，故生有重於泰山，死有輕於鴻毛者也。蔣公曰：「軍人必須明生死之辨，然後可以發揮軍人之大勇。有大勇，然後有最大的決心，蹈仁赴義，捨命不渝。」嚴者，尊也，敬也。威儀整肅謂之嚴，有威可畏謂之嚴。是故，惟嚴而後軍紀可肅，軍紀肅而後軍威可壯，此古今之言治軍者，莫不主乎嚴也。蔣公曰：「軍人之嚴，對己言，爲負責、盡職、靜肅、嚴密，與戒慎、自律。對人言，則爲公正、光明、誠懇、謙和，與中節、合度。我曾經認定嚴字就是禮的準則，亦就是法的張本。但嚴字最重要的意義，卻是必先嚴以律己，然後纔可以進而嚴以肅眾。」綜上武德之義，蔣公總結爲：「在軍人爲『機智』、『信義』、『仁愛』、『勇敢』、『嚴重』，五者兼備。」此爲軍人必具之精神，亦爲軍人應賦之靈魂也。

八　「崇禮尚義，天道入門。明廉知恥，國士歸根」，以上四句，以「禮義廉恥」四維分說；以下「智謀識斷，信敬推恩。仁者無敵，大勇獨尊。鋼鐵意志，霜雪精神。律己肅眾，節度乾坤」八句，則以武德之「智信仁勇嚴」五德，分別解說。

九　「掄」，音「輪」，挑選、選拔之義。〔東漢〕許慎（約五八～一四七）《說文解字》：「掄，擇也。」《周禮．山虞》篇：「凡邦工入山林而掄材不禁。」《國語．晉語》：「君掄賢人之後。」

一〇　「鼎新革故」，舊指朝政變革或改朝換代，現泛指除舊布新。語出《周易．雜卦傳》：
「〈革〉，去故也；〈鼎〉，取新也。」

一一　「烈祖」，功業顯赫的祖先。語出《詩經．商頌．烈祖》：「猗嗟嗟烈祖，有秩斯祜。申錫無疆，及爾斯所。既載清酤，賚我思成。亦有和羹，既戒既平。……」意謂：偉大我先祖，有大洪福。無止境賞賜，至今恩澤仍在。祭祖已倒清酒，保佑我成功。再把肉羹調製好，五味齊備適中。眾人禱告不出聲，沒有爭執。「雲孫」，從本身算起的第九代孫，亦泛指遠孫。《爾雅．釋親》：「仍孫之子爲雲孫。」〔東晉〕郭璞（二七六～三二四）注：「言輕遠如浮雲。」〔宋〕陸游（一一二五～一二一〇）〈鏡湖西南有山作短歌〉：「雲孫相遇不相識，笑問塵世今何年。」〔清〕紀昀（一七二四～一八〇五）《閱微草堂筆記．槐西雜志二》曰：「當年始祖初遷地，此日雲孫再造家。」

二二　「斑斑」，指明顯的痕跡，如「斑斑可考」、「血淚斑斑」、「斑斑點點」等皆是。「歷歷」，就是清楚明白，分明可數，如「歷歷可辨」，可以清清楚楚的辨別；「歷歷可考」，可以清清楚楚的找到依據所在；「歷歷可見」，可以讓人看得清清楚楚；「歷歷在目」，清清楚楚的呈現在眼前；「歷歷如繪」，描寫、陳述得清楚，就像畫面呈現眼前一般。

九　中華民國一〇三年（二〇一四）

紀念革命先烈暨春祭忠烈殉職人員典禮祭文

維

中華民國一〇三年三月二十九日，恭值紀念革命先烈、春祭忠烈殉職人員暨死難同胞令辰，總統　馬英九敬設大典，敦請烈士遺族代表，並躬率文武百官以及民意代表，謹掬悃忱，昭告

英靈曰：

盛衰治亂，無妄有常。安樂顛沛，興替更張。
斑斑史冊，歷記存亡。國基邦本，豪傑濟匡。
迍邅清季，世變蜩螗。十次革命，志帥花崗。
前仆後繼，起義武昌。共和民主，翡翠璉璋。
討袁護法，征伐鬩牆。勦匪抗日，憂患慟殤。

漫天赤燄，塗炭炎黃。風雲海峽，莊敬自強。
調鈞鼎鼐，燮理陰陽。愼謀決斷，德業化光。
精魂偉魄，璀璨輝煌。凜然浩氣，典型流芳。
追思懷念，神永明堂。中孚乾祐，大畜泰康。

虔誠　謹告。

附註

一　中華民國一〇三年（二〇一四）「中樞紀念革命先烈暨春祭忠烈殉職人員典禮」，三月二十九日上午十時在臺北市大直圓山「國民革命忠烈祠」隆重舉行，馬英九（一九五〇～）總統親臨主祭，吳敦義（一九四八～）副總統、行政院院長江宜樺（一九六〇～）、立法院院長王金平（一九四一～）、司法院院長賴浩敏（一九三九～）、考試院院長關中（一九四〇～）及監察院院長王建煊（一九四一～）陪祭。總統由總統府秘書長楊進添（一九四一～）陪同，於崇戎樂聲中抵達忠烈祠。典禮開始，鐘鼓齊鳴，主祭、陪祭、與祭人員就位，奏國歌，隨後總統向國民革命烈士之靈位上香、獻花；在恭讀祭文後，總統率同陪祭、與祭人員行三鞠躬禮。典禮結束後，總統向烈士遺族代表慰問致意。今日與祭人員包括中央與地方文武官員、三軍部隊、警察、消防及遺族代表等。

二　「掬」，音「局」，用兩手捧取，表示誠心敬意。「悃忱」，音「綑陳」，誠懇、忠誠之意。〔東漢〕班固（三二～九二）《白虎通德論・三教》：「忠形於悃忱，……；敬形於祭祀，……；文形於飾貌，……。」

三　「無妄」，即不虛妄、眞實之意。《易經》第二十五卦名曰「天雷〈无妄〉」，義通於此。

四　「安樂」，取義於《孟子・告子下》：「然後知生於憂患，而死於安樂也。」意謂人在憂患中能發憤圖強而得以生存，處於順境則易沉湎於安樂而招致滅亡。〔南宋〕陸九淵（一一三九～一一九二）〈與蘇宰書〉引之而論曰：「屯難困頓者，乃所以成君子之美也，故曰：『生於憂患，而死於安樂。』」「顚沛」，比喻遭受挫折，生活困迫不安。語出《詩經・大雅・蕩》：「人亦有言，顚沛之揭。」《論語・里仁》篇：「子曰：『……君子去仁，惡乎成名？君子無終食之間違仁，造次必於是，顚沛必於是。』」

五　「歷記存亡」，本於〔東漢〕班固（三二～九二）《漢書・藝文志》曰：「道家者流，蓋出於史官，歷記成敗，存亡禍福，古今之道，然後知秉要執本，清虛以自守，卑弱以自持，此君人南面之術，合於堯之『克讓』，《易》之『嗛嗛』，一謙而四益，此其所長也。」

六　「濟匡」，即「匡濟」，爲協韻腳，故倒爲詞。「匡濟」，匡正救濟，形容挽救目前的困難，使情勢轉危爲安。語出《南齊書・高帝紀》曰：「匡濟艱難，功均造物。」

七　「迍邅」，音「諄沾」，原作「屯邅」，語出《易經》第三卦名曰「雲雷〈屯〉」之六二爻辭：「屯如邅如，乘馬班如。」形容形勢處境艱險而前進困難，有「國步迍邅」與「國事迍邅」二詞，均形容國家的實力或形勢處境艱險，前進困難。「蜩螗」，音「條唐」，蟬之別名，天氣悶熱時蟬叫聲頻繁，比喻喧鬧、紛擾不寧，故有「國事（世務）蜩螗」之詞。

八　「志帥」，本於《孟子．公孫丑上》：「夫志，氣之帥也；氣，體之充也。夫志至焉，氣次焉。故曰：『持其志，無暴其氣。』」先總統蔣公（中正，介石，一八八七～一九七五）曾據此以四句話解釋「心」，便是「無聲無臭，惟虛惟微，至善至中，寓理帥氣。」「花崗」爲「黃花崗」之省詞，意指民國前一年（一九一一）「三二九黃花崗之役」，共有七十二烈士英勇殉難，此爲國父（孫中山，一八六六～一九二五）發起第十次革命，雖然失敗，其後乃促成武昌起義之成功，終於創建中華民國。

九　「仆」，跌倒伏地之意。「前仆後繼」，形容不顧生死，不怕犧牲，奮勇向前。清末黃遵憲（一八四八～一九〇五）《近世愛國志士歌．序》曰：「有志之士，前仆後起，踵趾相接，視死如歸。」革命先烈秋瑾（一八七五～一九〇七）女士〈弔吳烈士樾〉詩，末二句云：「前仆後繼人應在，如君不愧軒轅孫！」茲迻錄全詩於後，提供參考憑弔：「崑崙一脈傳驕子，二百餘年漢聲死。低頭異族胡衣冠，腥膻污人祖宗恥。忽地西來送警鐘，漢人聚哭崑崙東。方知今日豚尾子，不是當年本漢風。裂眥齧指爭傳檄，大叫同胞聲激烈。積恥從頭速洗清，毋令黃冑終淪滅。大江南北群相和，英雄爭挽魯陽戈。盧梭文筆波蘭血，拼把頭顱換凱歌。年年歲月駒馳隙，有漢光復總無策。志士備呼東海東，胡兒虎踞北京北。名曰同胞意未同，徒勞流血歎無功。提防家賊計何酷？憤起英雄聲皖中。皖中志士名吳樾，百煉剛腸如火熱。報仇直以酬祖宗，殺賊計先除羽翼。爆裂同拼殲賊臣，男兒愛國已忘身。可憐懵懵天竟瞽，致使英雄志未伸。電傳噩耗風潮聳，同志相顧皆色動。打破從前奴隸關，驚回大地繁華夢。死殉同胞剩血痕，我令痛哭爲招魂。前仆後繼人應在，如君不愧軒轅孫！」

一〇 「翡翠」，爲玉的一種，顏色呈翠綠色者稱爲「翠」，紅色者稱爲「翡」，合稱「翡翠」；另爲鳥名，羽毛非常鮮艷，雄性的羽毛呈紅色，名「翡鳥」，雌性的羽毛呈綠色，名「翠鳥」，合之亦稱「翡翠」。「璉」，宗廟中盛黍稷的器皿，語出《論語・公冶長》曰：「何器也？」曰：「瑚璉也。」「璋」，古代一種玉器，形狀像半個圭，語出《書經・顧命》：「秉璋以酢。」《周禮・人宗伯》：「以赤璋禮南方。」《禮記・祭統》：「大宗執璋。」此以二句形容人才之傑出，國運之昌興。

一一 「討袁護法」，指國父（孫中山，一八六六～一九二五）於民國成立之後，再度領導之「討伐袁世凱」與「護衛《中華民國臨時約法》」第二、三次革命運動。

一二 「征伐」，指國民革命軍之「東征」與「北伐」；「鬩牆」，語本《詩經・小雅・常棣》：「兄弟鬩於牆，外禦其侮。」比喻兄弟相爭，引申爲國家或集團內部的爭鬥。

一三 「漫天赤燄」，係形容抗戰勝利之後，國民政府與中國共產黨的軍事鬥爭，神州烽火數年，最終國府戰敗，大陸淪陷，國府撤守臺灣，痛定思痛，勵精圖治，兩岸分治，以迄於今。

一四 塗炭，抹上泥土與炭灰。比喻身陷於泥土與炭火之中，極端困苦的處境，以此形容百姓身處於水深火熱之中。語出《書經・仲虺之誥》：「有夏昏德，民墜塗炭。」《晉書・苻丕載記》：「先帝晏駕賊庭，京師鞠爲戎穴，神州蕭條，生靈塗炭。」

一五 調，音「條」；「調鈞」，即「調和」，因「和」字已見於前文，爲避複重，故改作「鈞」。鼎、鼐，古代烹調器。鼐，音「耐」，大鼎，《詩經・周頌・絲衣》：「鼐鼎及鼐。」〔秦漢〕毛亨（生卒年不詳）傳：「大鼎謂之鼐。」《爾雅・釋器》：「鼎絕大謂之鼐。」〔東晉〕郭璞（二七六～三二四）注：「最大者。」鼎鼐，古時爲傳國重器，用來代表國家。「調鈞（和）鼎鼐」，即烹飪鼎鼐，比喻治理國家、處理國家大事，就如同在鼎鼐中調味一般。〔北宋〕歐陽脩（一〇〇七～一〇七二）〈又回富相公謝書〉曰：「三接之際，群心以安。出納樞機，雖爲於要任，調和鼎鼐，當正於鴻鈞。始塞輿談，實非私論。」

一六　「燮」，音「謝」，調和；「理」，治理。「陰陽」，相對立的事。「燮理陰陽」，原指大臣輔佐天子調和治理國家大事；此藉以比喻調和國內的一切措施，是爲政者的最高政治技術。典出《尚書・周書・周官》：「立太師，太傅，太保。茲惟三公，論道經邦，燮理陰陽。」

一七　「璀璨」，主要是形容光彩奪目，非常絢麗的人或事物。語出〔東漢〕王延壽（生卒年不詳）〈魯靈光殿賦〉：「汨磑磑以璀璨，赫燡燡而爥坤。」「輝煌」，意謂光彩耀眼、燦爛奪目，顯著非凡的樣子。

一八　「凜然浩氣」，浩然之氣令人敬畏。「凜然」，嚴肅，令人敬畏的樣子。「浩氣」，即正氣，剛直正大的精神。典出《孟子・公孫丑上》曰：「我知言，我善養吾浩然之氣。」「敢問何謂浩然之氣？」曰：「難言也。其爲氣也，至大至剛，以直養而無害，則塞於天地之閒。其爲氣也，配義與道；無是，餒也。是集義所生者，非義襲而取之也。行有不慊於心，則餒矣。」

一九　此以「明堂」指光明莊嚴之「忠烈祠」。「明堂」，本爲中國先秦時帝王會見諸侯、進行祭祀活動的場所，《禮記》中有一篇「明堂位」，記載明堂的樣式和禮儀。其後，即爲天子理政、百官朝拜所在之專名，舉凡朝會、祭祀、慶嘗、選士諸大典，都在此堂舉行。風水中的明堂，指穴前群山環繞，眾水朝謁，生氣聚合之場。明堂可分爲小明堂、中明堂、大明堂，又有內明堂、外明堂之別。明堂以藏風聚氣爲要，必須諸水朝拱，即或無朝聚之勢，亦須水口關攔，鎖結重重。〔明〕劉基（一三一一～一三七五）〈堪輿漫興〉二詩故云：「明堂食邑宜寬廣，諸水朝來富可知。更愛灣環并方正，還期交鎖及平夷。」「明堂最怕形勢長，又怕有槍刺穴場。去水捲簾財自散，觀天坐井嗣難昌。」

二〇　「中孚」爲《易經》第六十一卦「風（〈巽〉上）澤（〈兌〉下）」〈中孚〉，意謂「誠於中，而形於外也」，故〈中孚·彖傳〉曰：「柔在內，而剛得中，說（悅）而巽（入），孚（信）乃化邦也。……〈中孚〉以利貞，乃應乎天也。」「乾祐」即「天祐」，以「乾」代「天」，因「天」字已見於前，爲免同字重複，故改作「乾」；此以《易經》第十四卦「火（〈離〉上）在天（〈乾〉下）上」〈大有〉之上九爻辭：「自天祐之，吉无不利。」並暗取〈大有·彖傳〉：「柔得尊位，大中而上下應之，曰〈大有〉。其德剛健而文明，應乎天而時行，是以元亨。」以喻天人神靈之間感應通會之情狀。「大畜」之「畜」，音「蓄」，同「蓄」，亦以《易經》第二十六卦「天（〈乾〉下）在山（〈艮〉上）中」〈大畜〉，義取〈大畜·彖傳〉：「剛健篤實，輝光日新。其德剛上而尚賢，能止健，大正也。不家食吉，養賢也；利涉大川，應乎天也。」「泰康」之「泰」，係取《易經》第十一卦「天（〈乾〉下）地（〈坤〉上）交」〈泰〉，而兼取其〈大象傳〉與〈彖傳〉爲喻，〈大象

〈象傳〉曰：「天地交，〈泰〉；后以財成天地之道，輔相天地之宜，以左右民。」〈彖傳〉曰：「〈泰〉，『小往大來，吉亨』，則是天地交而萬物通也，上下交而其志同也。內陽而外陰，內健而外順，內君子而外小人，君子道長，小人道消。」

十　中華民國一〇三年（二〇一四）

秋祭忠烈暨殉職人員典禮祭文

維

中華民國一〇三年九月三日，秋祭忠烈暨殉職人員令辰，總統　馬英九敬設大典，恭率中央與地方高級文武官員、民意代表，並敦請烈士遺族代表暨軍警公務人員，謹掬悃忱，昭告英靈曰：

麗天蕃地，白日青岑。風和水秀，虎嘯龍吟。
材盈殿宇，志豁胸襟。蘭薰桂馥，碧血丹心。
成仁取義，徽潤德霖。光昭氣壯，震古鑠今。
感時驚世，漢影雲琛。雄謀遠略，沛筑虞琴。
權衡利害，損益糾尋。舊剝新復，三省六箴。
出豫作解，籌帷縱擒。求觀聚萃，樂比與臨。

星移物換，雨霽神欽。公忠體國，香遶醴斟。
道途坦坦，松柏森森。有孚顒若，聲範雅音。
虔誠　謹告。

附註

一　據中華民國一〇三年（二〇一四）八月二十七日，中央社記者黃名璽臺北電：國防部自緬北迎回十萬遠征軍官兵英靈入祀忠烈祠，負責執行任務的國防部黃情少將表示，今天順利圓滿把當年陣亡的「老英雄」迎回臺灣。國防部長嚴明（一九四九～）下午在圓山國民革命忠烈祠迎接約十萬遠征軍官兵英靈，並擔任入祀典禮主祭，立委、官員、當時參戰官兵代表及戰史學者等陪祭。入祀典禮結束後，國防部人事參謀次長室人事勤務處處長黃情少將受訪表示，他這次擔任到緬甸執行中華民國遠征軍陣亡將士迎靈領隊小組的組長，今天把這些陣亡的「老前輩、老英雄」迎回臺灣，入祀國民革命忠烈祠，永享崇祀。由於中華民國與緬甸並無邦交，黃情說，這次計畫時就非常低調，到當地後，與僑胞與遠征軍的後裔、寺廟內的高僧，協商、研討、說明這一次來的目的，也特別向他們報告，中華民國的總統與國防部長非常重視這件事，在這種情況下，順利圓滿完成迎靈任務。他表示，這次前往緬甸總共去了三個地方，最主要是在遠征地的墓園進行祭祀法會，招魂引靈；另外也到了埋葬部分遠征軍遺體的地方與附近的小學，同樣進行招魂，這三個地方是「老前輩」被埋葬最主要的地方。對於仍在海外尚未迎回的英靈，黃情說，會繼續協調相關部門，共同執行尚未迎回的任務。有關三軍儀隊擔任的儀仗隊，在入祀典禮都掛上黑色槍穗，並倒揹槍，黃情說，這是為了隆重與慎重。

二　中華民國一〇三年（二〇一四）中樞秋祭忠烈殉職人員典禮，九月三日上午十時在臺北市大直圓山「國民革命忠烈祠」隆重舉行，馬英九（一九五〇～）總統親臨主祭，吳敦義（一九四八～）副總統、行政院院長江宜樺（一九六〇～）、立法院院長王金平（一九四一～）、司法院院長賴浩敏（一九三九～）、考試院院長伍錦霖（一九四七～）及監察院院長張博雅（一九四二～）陪祭。總統由總統府秘書長楊進添（一九四一～）陪同抵達忠烈祠。典禮開始，鐘鼓齊鳴，主祭、陪祭、與祭人員就位，奏國歌，隨後總統向國民革命烈士之靈位上香、獻花；在恭讀祭文後，總統率同陪祭、與祭人員行三鞠躬禮，典禮莊嚴隆重。另，國防部甫於八月二十七日迎回在緬甸漂泊七十多年的國軍十萬英靈入祀忠烈祠，為感念國軍於民國三十一年（一九四二）在緬甸作戰，因馳援盟軍而為國犧牲奉獻之精神，現場也播放緬甸戰史及迎靈紀實影片；典禮後，總統並向烈士遺族代表慰問致意。今日與祭人員包括中央與地方文武官員、三軍部隊、警察、消防及遺族代表等。

三　「掬」，音「局」，用兩手捧取，表示誠心敬意。「悃忱」，音「綑陳」，誠懇、忠誠之意。〔東漢〕班固（三二～九二）《白虎通德論．三教》：「忠形於悃忱，……；敬形於祭祀，……；文形於飾貌，……。」

四　中華民國三十三年（一九四四）五月至九月十三日，在雲南騰衝發生的「騰衝戰役」，是抗日戰爭滇西、緬北戰役之一，在兵力、火力的絕對優勢與盟國空軍強大支援下，經過重大死亡後，才消滅孤立無援的日軍，是成功的攻堅戰。騰衝成爲抗日戰爭以來，國民革命軍收復的第一個有日軍駐守的縣城。中華民國一〇三年（一九四四）八月二十九日，國防部陸軍司令部舉行「騰衝戰役殉職烈士總牌暨故任景讓、陳暄少將入祀典禮」，特祭以文：「維　中華民國一〇三年八月二十九日，國防部陸軍司令部二級上將嚴德發謹率陸軍官兵代表，敬具鮮花，致祭於騰衝戰役殉職烈士暨故任景讓、陳暄少將牌位之靈曰：巍巍烈士，典型流芳。桓桓忠魂，沛乎穹蒼。抗戰衛國，勳績孔彰。義肝忠膽，貫日凌霜。英靈顯赫，默佑旂常。軫念忠烈，肅奠國殤。神其戾止，式飲式嘗。尙　饗。」

五　「麗天蓄地」，檃栝《周易・離・彖傳》曰：「〈離〉，麗也。日月麗乎天，百穀草木麗乎土。重明以麗乎正，乃化成天下。柔麗乎中正，故亨。」以及《文子・上德》篇曰：「日出於地，萬物蕃息；王公居民上，以明道德。日入於地，萬物休息；小人居民上，萬物逃匿。雷之動也，萬物啓；雨之潤也，萬物解。大人施行，有似於此；陰陽之動有常節，大人之動不極物。雷動地，萬物緩；風搖樹，草木敗。大人去惡就善，民不遠徙，故民有去就也，去尤甚，就少愈。風不動，火不出；大人不言，小人無跡。火之出也必待薪，大人之言必有信。有信而眞，何往不成？」

六　本文凡偶數句，皆通押「下平聲：十二侵」韻，以寓收翕涵蘊之聲情。「青岑」，青翠的高峰，指青山。語出（唐）杜甫（七一二～七七〇）〈課伐木〉詩曰：「秋光近青岑，季月當泛菊。報之以微寒，共給酒一斛。」〈風疾舟中伏枕書懷三十六韻奉呈湖南親友〉詩，曰：「水鄉靄白屋，楓岸疊青岑。」

七 「虎嘯龍吟」，比喻關聯事物的互相感應，以及同類事物相感而際遇得時。其義取自《周易・乾・九五・文言傳》：「子曰：『同聲相應，同氣相求；水流濕，火就燥；雲從龍，風從虎，聖人作，而萬物睹。』」〔戰國・楚〕屈原（公元前三四〇～前二七八）《楚辭・七諫・謬諫》曰：「虎嘯而谷風至兮，龍舉而景雲往。音聲之相和兮，言物類之相感也。」〔西漢〕劉安（公元前一七九～前一二二）《淮南子・天文》篇曰：「虎嘯而谷風至，龍舉而景雲屬。」

八 「材盈殿宇，志豁胸襟」，「材」指棟樑之材，「志」指匡濟之志，兼喻忠烈國士與文武百官。

九 「薰」、「馥」，皆指香氣濃郁，久久不散。「蘭薰桂馥」其義有三：（一）比喻德澤長留人間。（二）比喻世德流芳，歷久不衰。（三）形容良好子孫旺盛家業。語出〔唐〕駱賓王（六四〇～六八四）〈上齊州張司馬啓〉：「常山王之玉潤金聲，博望侯之蘭薰桂馥。」「玉潤金聲」，比喻文章氣韻優美。典出〔東漢〕班固（三二～九二）〈東都賦〉：「莫不優游而自得，玉潤而金聲。」劉師培（一八八四～一九一九）〈文說〉：「金聲玉潤，繡錯綺文，賦體之正宗也。」

一〇 「碧血」，指爲正義死難而流的血，即烈士的血。語出《莊子・外物》：「萇弘死於蜀，藏其血，三年而化爲碧。」後因以「碧血」稱忠臣烈士所流之血。〔元〕鄭元祐（一二九二～一三六四）〈汝陽張御史死節歌〉：「孤忠既足明丹心，三年猶須化碧血。」〔明〕邊貢（一四七六～一五三二）〈謁文山祠〉詩：「黃冠日月胡雲斷，碧血山河龍馭遙。」〔清〕

魏禧（麟）徵（一六四四～？）〈于忠肅祠〉詩：「丹心縱死還如鐵，碧血長埋未化燐。」又指爲國犧牲的精神。〔清〕陳維崧（一六二六～一六八二）〈減字木蘭花‧題山陰何奕美小像〉詞：「傳家碧血，怕聽子規啼夜月。」〔清〕陳夢雷（一六五〇～一七四一）〈擬古十九首序〉：「歌以當哭，留碧血於他年；古直作今，續騷魂於後代。」

一一　「成仁」，殺身以成仁德；語出《論語‧衛靈公》：「子曰：『志士仁人，無求生以害仁，有殺身以成仁。』」意指君子不會因爲保全自己生命而放棄「仁」，反而會因爲保全「仁」而放棄生命。至於「取義」，則爲捨棄生命以取得正義，意即爲正義而犧牲生命；出自《孟子‧告子上》：「孟子曰：『魚，我所欲也；熊掌，亦我所欲也。二者不可得兼，舍魚而取熊掌者也。生，亦我所欲也；義，亦我所欲也。二者不可得兼，舍生而取義者也。』」意謂魚與熊掌都是我所希望得到者，但是如果不可兼得，就放棄魚而追求熊掌；生命與道義都是我所希望得到者，但是如果不可兼得，就放棄生命而追求道義。「成仁」與「取義」都含有爲求道德而放棄生命的意思，於是後世用於指稱爲求道德的死亡，即爲正義事業而犧牲。《宋史‧文天祥傳》記載他在獄中寫下〈衣帶贊〉，其辭曰：「孔曰成仁，孟云取義，惟其義盡，所以仁至。讀聖賢書，所學何事？而今而後，庶幾無媿（愧）。」

一二　「光昭氣壯」，即「光昭日月，氣壯山河」之縮語。如抗戰名將何應欽（一八九〇～一九八七）將軍題〈雲南騰衝國殤墓園聯〉曰：「氣壯山河，成仁取義；光昭日月，生榮死哀。」

一三　「震古鑠金」，形容事業或功業的偉大，可以震驚古人，誇耀今世。「鑠」，同「爍」，光彩奪目。

一四　「漢影雲琛」，本應作「漢影雲根」，因「根」爲「上平聲：十三元」韻，與此文通押之「下平聲：十二侵」韻不叶，故改作「琛」字以協韻。「琛」，本爲美玉之屬，而以爲寶，蘊產於深山之中、長河之內，故《說文新附》曰：「琛，寶也。」《詩經·魯頌·泮水》曰：「來獻其琛。」〔東漢〕張衡（七八～一三九）〈東京賦〉曰：「獻琛執贄。」其義引申可通於「根」字。筆者服預備軍官役於金門時，嘗親訪憑弔「漢影雲根」摩崖石刻，原爲晚明監國魯王朱以海（字巨川，號恆山，別號常石子，一六一八～一六六二）退困金門時，因平日喜遊古崗湖，以湖之南獻臺山上巨石，手書鐫刻此四字，以託感慨。蓋南明風雨飄搖，如同大漢華夏之分影，雲根爲深山高遠雲起之處，故書此寓寄明室之國運不絕，其分支必堅守其根據地，再造風雲。另有一說，謂雲根如雲漂泊無根，意指明室之分支至此，飄搖零落，如雲之無根可繫。魯王遙望故國，形影相弔，感懷身世，深有亡國哀痛之慨，於是揮翰題刻以抒懷感世。詳參卓克華：〈金門魯王「漢影雲根」摩崖石刻新解〉，刊於《中山大學共同科學報》，一九九九年創刊號。

一五　「沛筑虞琴」，〔唐〕虞世南（五五八～六三八）〈奉和幸江都應詔〉詩曰：「南國行周化，稽山秘夏圖。百王豈殊軌，千載協前謨。肆覲遵時豫，順動悅來蘇。安流進玉軸，戒道翼金吾。……虞琴起歌詠，漢筑動巴歈。多幸沾行葦，無庸類散樗。」「虞琴」，典出《孔子家語》卷八第三十五篇〈辯樂解〉引《帝王世紀》曰：「昔者，舜彈五絃之琴，造〈南風〉之詩，其詩曰：『南風之薰兮，可以解吾民之慍兮。南風之時兮，可以阜吾民之財兮。』」其義謂：禮樂如和煦的南風，可以消除人民心中的怨憤；禮樂如適時而至的南風，可以豐富人民的財產；好的音樂可以使民心向善，可以深切地感動人們的心靈，可以移風易俗。「沛筑」，本應作「漢筑」，爲免與前「漢影雲琛」重字，故改作「沛」，典出《史記·高祖本紀》：「高祖過沛，擊筑，自爲歌曰：『大風起兮雲飛揚，威加海內兮歸故鄉，安得猛士兮守四方？』」〈大風歌〉是漢高祖劉邦（公元前二五六～前一九五）在稱帝後第七年返回故鄉沛縣時所創作。〔唐〕林寬（生卒年不詳）〈歌風臺〉詩曰：「蒿棘空存百尺基，酒酣曾唱大風詞。莫言馬上得天下，自古英雄盡解詩。」劉邦作爲一位馬上得天下的開國君主，〈大風歌〉正是他英雄本色的顯露。詩中既有對往昔「大風起兮雲飛揚」戎馬生涯的追憶，又有對今日「威加海內兮歸故鄉」的無限感慨，更有「安得猛士兮守四方」的深沉思謀。簡單三句，二十三個字，將這位雄才大略開國君主的複雜情懷表達得淋漓盡致。

一六　「損益糾尋」，語本譚嗣同（一八六五～一八九八）《譚嗣同全集》〈石菊影廬筆識·思篇五十〉，曰：「有利必有害，有損必有益，相糾相尋，至於無盡。」

一七　「舊剝新復」，義取《周易》〈剝〉〈復〉二卦爲喻，〈剝〉極而〈復〉，萬象更新，故〈復·象傳〉末贊曰：「〈復〉，其見天地之心乎！」何謂天地之心？《禮記·禮運》稱：「人者，天地之心也。」〈繫辭下傳〉於「三陳憂患九卦」稱：「〈復〉，德之本也。」「〈復〉，小而辨於物。」「〈復〉以自知。」此句意在期望：不論國家與個人都能在低迷混亂的時候，返歸天地之本心，進而除舊布新，〈否〉極〈泰〉來，扭轉〈乾〉〈坤〉。

一八　「三省」，省，音「醒」，典出《論語·學而》篇第四章，曾子（參，公元前五〇五～前四三五）曰：「吾日三省吾身：爲人謀而不忠乎？與朋友交而不信乎？傳不習乎？」意謂曾子每天會反省自己三件事情：（一）「忠」——爲人謀事，是否忠誠而竭盡心力？（二）「信」——與朋友互相交往，是否有違背信用的地方？（三）「勤」——由老師傳授得知的課業，是否時常複習？故（唐）韓愈（七六八～八二四）〈進學解〉曰：「業精於勤，荒於嬉；行成於思，毀於隨。」而「六箴」，謂六項勸戒之言，本文引據寓義有二：（一）指「視、聽、好、學、進德、崇儉」六戒。典出《宋史．吳充傳》：「充作〈六箴〉以獻，曰視，曰聽，曰好，曰學，曰進德，曰崇儉。仁宗命繕寫賜皇族，英宗在藩邸，書之坐右。」（二）指「清、公、勤、明、和、愼」六戒。典出（南宋）王應麟（一二二三～一二九六）《小學紺珠．儆戒．六箴》：「清、公、勤、明、和、愼，余襄公靖，從政六箴。」

一九　「出豫作解」，義隱栝自《周易．解．彖傳》曰：「〈解〉，險以動；動而免乎險，〈解〉。……天地解而雷雨作，雷雨作而百果草木皆甲坼。〈解〉之時用，大矣哉！」《解．大象傳》曰：「雷雨作，〈解〉；君子以赦過宥罪。」以及《周易．豫．大象傳》曰：「雷出地奮，〈豫〉；先王以作樂崇德，殷薦之上帝，以配祖考。」

二〇　「籌帷」，即「運籌帷幄」之縮語，原指擬定作戰策略，此引申爲籌畫、指揮之義。籌，計謀、謀劃；帷幄，古代軍中帳幕。語出（西漢）司馬遷（約公元前一四五～前九〇）《史記．高祖本紀》：「夫運籌帷幄之中，決勝千里之外，吾不如子房。」「縱擒」，義指政策謀略收放運用自如之義。

二一　「求觀聚萃，樂比與臨」，以上二句，分別引用自《周易．雜卦傳》：「〈臨〉〈觀〉之義，或與或求。」「〈比〉樂，〈師〉憂。」「〈萃〉聚，而〈升〉不來。」〈臨〉貴與，以我臨物，由上視下，爲臨下治理，故曰「與」，〈臨·大象傳〉曰：「澤上有地，〈臨〉；君子以教思无窮，容保民无疆。」《周易·序卦傳》：「〈臨〉者，大也。」〈臨〉者以上臨下，以大臨小，皆大人之事，故稱爲大。〈觀〉喜求，物來觀我，人神相感，君民相應，故曰「求」。〈觀·大象傳〉曰：「風行地上，〈觀〉；先王以省方，觀民設教。」〈比〉爲親比之義，故〈大象傳〉曰：「地上有水，〈比〉；先王以建萬國，親諸侯。」澤上於地爲〈萃〉，凝聚之義，故〈彖傳〉曰：「〈萃〉，聚也，順以說，剛中而應，故聚也。王假有廟，致孝享也。利見大人亨，聚以正也。用大牲吉，利有攸往，順天命也。觀其所聚，而天地萬物之情可見矣！」舉此〈觀〉〈萃〉〈比〉〈臨〉四卦，以寓執政謀國之士，內外上下之必要情操與作爲。

二二　「星移」，星辰移位；「物換」，景物變幻。「星移物換」亦作「物換星移」，景物改變了，星辰的位置也移動了，比喻時間的變化。語出〔唐〕王勃（六五〇～六七六）〈秋日登洪府滕王閣餞別序〉：「閑雲潭影日悠悠，物換星移幾度秋。」

二三　「霽」，音「濟」，《說文解字》：「霽，雨止也。」指雨過天晴後，清風明月的景象。比喻胸懷寬廣，心地坦白，成語「光風霽月」或「霽月光風」可表此義。

二四　「香」，指「明德惟馨」與「德昭馨香」。典出《尚書·君陳》：「至治馨香，感於神明。黍稷非馨，明德惟馨。」《國語》卷一《周語·上·內史過論神》曰：「……國之將興，其君齊明、衷正、精潔、惠和，其德足以昭其馨香，其惠足以同其民人。神饗而民聽，民神無怨，故明神降之，觀其政德而均布福焉。國之將亡，其君貪冒、辟邪、淫佚、荒怠、麤穢、暴虐；其政腥臊，馨香不登；其刑矯誣，百姓攜貳。明神不蠲而民有遠志，民神怨痛，無所依懷，故神亦往焉，觀其苛慝而降之禍」。是以或見神以興，亦或以亡。昔夏之興也，融降於崇山；其亡也，回祿信於聆隧。商之興也，檮杌次於丕山；其亡也，夷羊在牧。周之興也，鸑鷟鳴於岐山；其衰也，杜伯射王於鄗。是皆明神之志者也。」「遶」，同「繞」，取圍繞縈迴之義；「醴」，音「禮」，美酒、甜酒也。

二五　「道途坦坦」，取義自《周易．履．九二》爻辭曰：「履道坦坦，幽人貞吉。」「松柏森森」，則取義自〔唐〕杜甫（七一二～七七〇）〈蜀相〉詩：「丞相祠堂何處尋？錦官城外柏森森。映階碧草自春色，隔葉黃鸝空好音。三顧頻煩天下計，兩朝開濟老臣心。出師未捷身先死，長使英雄淚滿襟。」「柏森森」鋪陳莊嚴肅穆的氣氛，而「松柏森森」更體現出忠烈國士之精神，如松柏之長青，霜雪彌茂，迍邅勁新。

二六　「有孚顒若」，語出《周易．觀》卦卦辭：「盥而不薦，有孚顒若。」〈彖傳〉曰：「大觀在上，順而巽，中正以觀天下。〈觀〉，盥而不薦，有孚顒若，下觀而化也。觀天之神道，而四時不忒，聖人以神道設教，而天下服矣。」盥，祭祀時進爵灌地降神之禮；薦，向神獻饗之禮。盥而不薦，即觀盥則不必觀薦。孚，信也，誠信也；顒，敬也，仰望也。顒若，敬肅仰望之貌。卦辭取觀仰祭祀爲喻，說明觀畢初始之盛禮，即使不觀其後之細節，心中信敬之情，已油然萌生。故〔東漢〕馬融（七九～一六六）注曰：「盥者，進爵灌地以降神也。祭祀之盛，莫過初盥降神。孔子曰：『禘自既灌而往者，吾不觀之矣。』以下觀上，見其至盛之禮，萬民敬信，故曰有孚顒若。」〈觀〉卦象徵觀仰之意，居高位者，道尊德美，足以示人，而為人所觀仰。觀仰之道，應取其最盛美者觀之；其次，則可略而不觀。猶如祭祀時，在觀仰初始進爵灌地以降神之禮後，誠敬之心，已肅然而生，故其後之獻饗薦神之禮，則可免之。百姓在觀仰尊者之盛美，均深受教化而肅然生誠敬之心。因此，〈觀〉卦乃說明在下萬民，觀仰至高無上之美德，皆能領受美好的教化。〈觀〉卦大義，正是闡發觀仰美盛事物，可以感化人心之道理。

二七 「聲範」，為「樹聲貽範」之縮語，義指「樹聲往代，貽範將來」。「雅音」，義同「德音」與「徽音」，美好的聲譽，高貴的情操，偉大的志氣，故《詩．小雅．南山有臺》曰：「樂只君子，德音不已。」

十一　中華民國一〇四年（二〇一五）紀念革命先烈暨春祭忠烈殉職人員典禮祭文

維

中華民國一〇四年三月二十九日，恭值紀念革命先烈、春祭忠烈殉職人員暨死難同胞令辰，總統　馬英九敬設大典，敦請烈士遺族代表，並躬率文武百官以及民意代表，謹掬悃忱，昭告

英靈曰：

陽春朗潤，生暢意昂。仁風義氣，至大至剛。
文忠武烈，挺曜珪璋。博愛惇信，德溥澤芳。
雝雝肅肅，正正堂堂。翔翔濟濟，穆穆皇皇。
精誠熱血，俊傑輝光。鴻謨遠慮，開國建邦。
感時濺淚，徹骨梅香。殷憂啓聖，患樂興亡。

緬懷英概，追步俊良。山河日月，壯昭無疆。
涓綿志業，世道滄桑。持恆不餒，繼踵隆昌。
神州寶島，命脈淵長。同心四海，寰宇達航。
斑斑史冊，彪炳門牆。九如天保，戩穀烝嘗。

虔誠　謹告。

附註

一　「掬」，音「局」，用兩手捧取，表示誠心敬意。「悃忱」，音「綑陳」，誠懇、忠誠之意。〔東漢〕班固（三二～九二）《白虎通德論·三教》：「忠形於悃忱，……；敬形於祭祀，……；文形於飾貌，……。」

二　「生暢意昂」，即「生意暢昂」，謂天地生物氣象，暢旺昂揚。本文偶數句，通押「下平聲：七陽韻」，取其聲情宏大明朗之意。

三　「至」，最，極。「至大至剛」，極其正大、剛強。典出《孟子·公孫丑上》：「其爲氣也，至大至剛，以直養而無害，則塞於天地之間。其爲氣也，配義與道；無是，餒也。是集義所生者，非義襲而取之也。行有不慊於心，則餒矣。」這是一種充滿正義、充滿仁義道德的正氣、骨氣。這種氣，陽剛而氣壯山河，氣貫長虹，氣沖霄漢，「富貴不能淫，貧賤不能移，威武不能屈。」孟子（軻，公元前三七二～前二八九）一生倡導仁政，在與諸侯王公交往中不卑不亢，這源於他擁有充塞天地的浩然正氣，這種對眞理的追求和做人的修養，深深影響著後人，故以此寓英烈志士之德行節操。

四 「文忠武烈」，爲互文倒序，即「文武忠烈」之意。

五 「挺曜珪璋」，比喻高尚的人品或出色的人材。典出《後漢書·黨錮傳·劉儒》：「郭林宗常謂儒口訥心辯，有珪璋之質。」〔南朝·齊〕王儉（四五二～四八九）〈褚淵碑文〉：「公稟川嶽之靈暉，含珪璋而挺曜。」《晉書·陸機、陸雲傳論》：「觀夫陸機、陸雲，實荊衡之杞梓，挺珪璋於秀實，馳英華於早年，風鑒澄爽，神情俊邁。」

六 「博愛」二字，始於帝嚳（公元前二四三六～前二三六七）。〔西漢〕賈誼（公元前二〇〇～前一六八）《新書·修政語上》引帝嚳曰：「德莫高於博愛人，而政莫大於博利人。」於數千年前，聖賢已用「博愛」兩字作爲人類德行之模範，要彼此關愛，實現社會和諧。國父孫中山（文，逸仙，一八六六～一九二五）先生特別崇尚「博愛」精神，他認爲「博愛仁者，爲公愛而非私愛」，國父主張人類應該要互助互愛，努力消除人與人之間的矛盾及貧富的差別，實現人類的和諧——「博施濟衆，慈善仁愛」。「惇」爲「敦」的本字，敦厚、篤實之意。「惇信」，引自《尚書·武成》：「惇信明義，崇德報功，垂拱而天下治。」

七 「雝雝」，同「雍雍」，本指鳥和鳴聲，引申爲一切之和諧。語出《詩經·邶風·匏有苦葉》：「雝雝鳴鴈，旭日始旦。」《毛傳》：「雝雝，鴈聲和也。」〔明〕李東陽（一四四七～一五一六）〈畫禽〉詩：「雝雝在何樹，此鳥衆所悅。」「肅肅」，義出《詩經·國風·

周南・兔罝》：「肅肅兔罝，椓之丁丁。赳赳武夫，公侯干城。肅肅兔罝，施於中逵。赳赳武夫，公侯好仇。肅肅兔罝，施於中林。赳赳武夫，公侯腹心。」肅肅，〔唐〕孔穎達（五七四～六四八）疏曰：「敬也。」〔南宋〕朱熹（一一三〇～一二〇〇）注曰：「整飭貌。」「雝雝肅肅」，意謂和樂、和洽而嚴肅恭敬。《詩經・周頌・雝》：「有來雝雝，至止肅肅。」〔東漢〕鄭玄（一二七～二〇〇）箋：「雝雝，和也。」《漢書・揚雄傳上》：「陑於穆之緝熙兮，過〈清廟〉之雝雝。」〔唐〕顏師古（五八一～六四五）注：「《周頌・清廟》之詩云：『於穆清廟，肅穆顯相。』……言漢德之盛，皆過之也。」旁考《詩經・大雅・思齊》：「雝雝在宮，肅肅在廟。」《毛傳》：「肅肅，敬也。」以及《詩經・小雅・黍苗》：「肅肅謝功，召伯營之。」鄭玄箋：「肅肅，嚴正之貌。」〔南宋〕王明清（一一二七～？）《揮麈後錄》卷二：「聽雝雝之下集，觀肅肅以高飛。」

八　「正正堂堂」，即「堂堂正正」，以押韻故改詞序，堂堂，盛大的樣子；正正，整齊的樣子。形容強大嚴整的樣子，也形容光明磊落、正直宏大，或身材威武，儀表出眾之意。語出《孫子・軍爭》：「無要（邀）正正之旗，勿擊堂堂之陳（陣），此治變者也。」〔唐〕杜佑（七三五～八一二）注：「正正者，整齊也；堂堂者，盛大之貌也。」

九　「翔翔濟濟，穆穆皇皇」，形容美好壯盛、端莊恭敬，或儀容言語和美。語出《詩經・大雅・文王》：「穆穆文王，於緝熙敬止。」《毛傳》：「穆穆，美也。」《詩經・大雅・假樂》：「假樂君子，顯顯令德。宜民宜人，受祿于天。保右命之，自天申之。干祿百福，子孫千億。穆穆皇皇，宜君宜王。不愆不忘，率由舊章。威儀抑抑，德音秩秩。無怨無惡，率由群匹。受福無疆，四方之綱。之綱之紀，燕及朋友。百辟卿士，媚于天子。不解于位，民之攸塈。」大德者必受命，故《尚書．舜典》曰：「賓於四門，四門穆穆。」《爾雅．釋訓》：「穆穆，敬也。」《荀子．大略》云：「言語之美，穆穆皇皇。朝廷之美，濟濟翔翔。祭祀之美，齊齊皇皇。車馬之美，匪匪翼翼。鸞和之美，肅肅雍雍。」《大戴禮記．五帝德》：「亹亹穆穆，爲綱爲紀。」

一〇　「感時濺淚」，語出〔唐〕杜甫（七一二～七七〇）〈春望〉詩：「國破山河在，城春草木深。感時花濺淚，恨別鳥驚心。烽火連三月，家書抵萬金。白頭搔更短，渾欲不勝簪。」

一一　「徹骨梅香」，化用〔唐〕黃檗希運（？～八五〇）《宛陵錄》：「塵勞迥脫事非常，緊把繩頭做一場。不經一番寒徹骨，爭得梅花撲鼻香？」

一二　「殷憂啓聖，患樂興亡」，義兼取於「殷憂啓聖，多難興邦」，「生於憂患，死於安樂」與〔北宋〕歐陽脩（一〇〇七～一〇七二）〈伶官傳序〉：「憂勞可以興國，逸豫足以亡身。」

一三　「緬懷」，指遙想追念。「英概」，指英雄氣概。典出〔東晉〕陶潛（約三六五～四二七）〈扇上畫贊〉：「緬懷千載，托契孤遊。」〔南宋〕葉紹翁（一一〇〇～一一五一）《四朝聞見錄．岳侯追封》：「緬懷英概，申畀湣章。」〔明〕林鴻（約一三四〇～？）〈感秋〉詩：「緬懷古哲人，信與大運並。」

一四　「山河日月，壯昭無疆」，取義於何應欽（一八九〇～一九八七）將軍題〈雲南騰衝國殤墓園聯〉：「氣壯山河成仁取義，光昭日月生榮死哀。」

一五　「涓綿」，涓涓滴滴、綿延不斷之意。語出《孔子家語．觀周》：「涓涓不壅，終爲江河；綿綿不絕，或成網羅。」「滄桑」，比喻世事變化無常。

一六　「持恆不餒」，即「持志以恆，永不氣餒」的縮語。「繼踵」，即接踵，前後相接，也形容人多。《晏子春秋．雜下九》：「臨淄三百閭，張袂成陰，揮汗成雨，比肩繼踵而在，何爲無人？」〔唐〕皇甫湜（七七七～八三五）〈編年紀傳論〉：「自漢至今，代以更八，年幾歷千，其間賢人摩肩，史臣繼踵。」

一七　「斑斑史冊，彪炳門牆」，形容偉大的功績，流傳千秋萬代。出處〔南朝．梁〕鍾嶸（四六八～五一八）《詩品》卷中：「晉弘農太守郭璞詩，憲章潘岳，文體相輝，彪炳可玩。」「彪炳」，亦作「彪昺」，文彩煥發的樣子。《西京雜記》卷六：「文章璀璨，彪炳渙汗。」〔東晉〕葛洪（二八四～三六三）《抱朴子．行品》：「文彪昺而備體，澄獨見以入神者，聖人也。」〔唐〕李白（七〇一～七六二）〈酬殷明佐見贈五雲裘歌〉：「文章彪炳先陸離，應是素娥玉女之所爲。」亦解爲輝耀、照耀之意。〔南朝．宋〕鮑照（約四一五～四七〇）〈學劉公幹體〉詩之四：「彪炳此金塘，藻耀君王池。」〔清〕梁紹壬（一七九二～？）《兩般秋雨盦隨筆．陳恪勤詩》：「陳恪勤公文章事業，彪炳一代。」「門牆」，爲「門牆桃李」縮語。門牆，指師長之門；桃李，比喻後進者、學生，或稱他人的學生。典出《論語．子張》：「夫子之牆數仞，不得其門而入，不見宗廟之美，百官之富。」〔西漢〕韓嬰（約公元前二〇〇～前一三〇）《韓詩外傳》卷七：「夫春樹桃李，夏得陰其下，秋得食其實；春樹蒺藜，夏不可采其葉，秋得其刺焉。」以此喻栽培的後輩代有薪傳。

一八 「九如天保」，即「天保九如」，語出《詩經．小雅．天保》，詩中連用了九個「如」字，有祝賀福壽延綿不絕之意。於此祝福國泰民康，長治久安。原詩如下：「天保定爾，亦孔之固。俾爾單厚，何福不除？俾爾多益，以莫不庶。天保定爾，俾爾戩穀。罄無不宜，受天百祿。降爾遐福，維日不足。天保定爾，以莫不興。如山如阜，如岡如陵，如川之方至，以莫不增。吉蠲爲饎，是用孝享。禴祠烝嘗，於公先王。君曰：卜爾，萬壽無疆。神之弔矣，詒爾多福。民之質矣，日用飲食。群黎百姓，遍爲爾德。如月之恆，如日之升。如南山之壽，不騫不崩。如松柏之茂，無不爾或承。」

一九 「戩穀」，福祿、吉祥。語出《詩經．小雅．天保》：「天保定爾，俾爾戩穀。罄無不宜，受天百祿。」《毛傳》：「戩，福；穀，祿也。」《爾雅．釋詁下》：「戩，福也。」又謂盡善、至善。〔西晉〕陸雲（二六二～三〇三）〈張二侯頌〉：「神之聽思，俾我戩穀。」「烝嘗」，本指秋冬二祭，後亦泛稱祭祀。典出《詩．小雅．楚茨》：「絜爾牛羊，以往烝嘗。」〔東漢〕鄭玄（一二七～二〇〇）箋：「冬祭曰烝，秋祭曰嘗。」〔東漢〕蔡邕（一三三～一九二）〈文範先生陳寔仲弓銘〉：「立廟舊邑，四時烝嘗，歡哀承祀，其如祖禰。」〔明〕宋濂（一三一〇～一三八一）〈故秦母夫人金氏墓誌銘〉：「烝嘗賓燕，悉中條序。」章炳麟（一八六九～一九三六）《社會通詮商兌》：「宗法者，敬宗而嚴父，寢廟烝嘗，以爲大典。」

十二　中華民國一〇四年（二〇一五）

秋祭忠烈暨殉職人員典禮祭文

維

中華民國一〇四年九月三日，秋祭忠烈暨殉職人員令辰，總統　馬英九敬設大典，恭率中央與地方高級文武官員、民意代表，並敦請烈士遺族代表暨軍警公務人員，敬掬悃忱，昭告英靈曰：

千秋忠烈，一脈榮光。犧牲奉獻，德業輝煌。
前仆後起，正氣昂揚。開來繼往，壯志偉張。
丹心革命，碧血黃崗。民國肇建，辛亥武昌。
討袁護法，匡濟俊良。征東伐北，邦統中央。
安內攘外，世變滄桑。八年抗戰，七秩流芳。
臺澎歸復，行憲辨章。百齡深奠，豐泰顯藏。

斑斑史蹟，纍纍縑緗。江山萬古，泱泱蒼蒼。

恫瘝懷抱，憂樂康莊。感時應物，涵遠華堂。

虔誠　謹告。

附註

一　「掬」，音「局」，用兩手捧取，表示誠心敬意。「悃忱」，音「綑陳」，誠懇、忠誠之意。〔東漢〕班固（三二～九二）《白虎通德論．三教》：「忠形於悃忱，……；敬形於祭祀，……；文形於飾貌，……。」

二　本文凡偶數句，皆通押「下平聲：七陽」韻。

三　「德業輝煌」，義取於《周易．繫辭上傳》第一章：「可久則賢人之德，可大則賢人之業。」第五章：「顯諸仁，藏諸用，鼓萬物而不與聖人同憂，盛德大業至矣哉。富有之謂大業，日新之謂盛德。」

四　「前仆後起」，亦作「前仆後繼」，爲避免「繼」復見於後「開來繼往」，故改用「起」字。原義謂作戰時前面的人倒下，後繼者繼續往前衝。形容不怕犧牲，奮勇向前。〔清〕黃遵憲（一八四八～一九〇五）〈近世愛國志士歌〉：「黨獄橫興，株連甚眾，而有志之士，前仆後起。」《清史稿》卷四一三〈曾國荃傳〉：「賊環攻六晝夜，彭毓橘等乘其乏出擊，破賊營四。賊悉向東路，塡壕而進，前仆後繼。」〔清〕秋瑾（一八七五～一九〇七）〈弔吳烈士樾〉詩：「前仆後繼人應在，如君不愧軒轅孫。」《中國近代史資料叢刊・辛亥革命・武昌起義》：「本都督誓師宣志，有進無退，眾軍士破釜沉舟，前仆後繼。」

五　爲叶平仄，「繼往開來」改作「開來繼往」，一般合以「承先起（啓）後」爲對句。意謂繼承前人的事業，開闢後人未來的道路。〔明〕王守仁（一四七二～一五二九）《傳習錄・三》：「文公（韓愈）精神氣魄大，是他早年合下便要繼往開來。」〔清〕李寶嘉（一八六七～一九〇六）《官場現形記》第一回：「將來昌明聖教，繼往開來，舍我其誰？」

六　「丹心」，赤誠的心；一般用於形容對國家和民族的忠誠。〔南宋〕文天祥（一二三六～一二八三）〈過零丁洋〉：「人生自古誰無死，留取丹心照汗青。」「革命」，意指國父孫中山（文，逸仙，一八六六～一九二五）先生領導之十次革命。

七　「碧血」，指爲正義死難而流的血，烈士的血。語出《莊子・雜篇・外物》：「萇弘死於蜀，藏其血，三年而化爲碧。」後因以「碧血」稱忠臣烈士所流之血。此外，「碧血」又指爲國犧牲的精神。「黃崗」爲「黃花崗」的縮語，意指民國前一年（一九一一）四月二十七日，在廣州起義（即黃花崗起義）中遇害後，葬於廣州市東北郊（現越秀區）「黃花崗七十二烈士墓」的革命黨仁人志士。

八　「匡濟」，匡正救助，爲「匡時濟世」的略語；形容挽救目前的困難，使情勢轉危爲安。《南齊書・高帝紀》：「匡濟艱難，功均造物。」

九　「征東伐北」，即「東征北伐」。「東征」，特指民國十四年（一九二五）二月，先總統蔣中正（介石，一八八七～一九七五）率領黃埔軍校師生三千人的「國民革命軍」，成功東征進攻陳炯明（一八七八～一九三三）叛軍。「北伐」則指國民革命軍於民國十五年至十七年間（一九二六～一九二八），由中國國民黨領導的國民政府爲統一中國，而向北洋軍閥發動的一次重要軍事行動，最終勝利而統一中國。

一〇　「滄桑」，爲「滄海桑田」的縮語，比喻世事變化無常。

一一　「八年抗戰，七秩流芳」，意指八年抗戰，浴血勝利，至今爲七十週年紀念，亙古流芳。

一二　「臺澎歸復，行憲辨章」，此二句指涉民國三十四年（一九四五）抗戰勝利，臺灣、澎湖回歸光復；民國三十六年（一九四七）十二月二十五日正式公布行憲，至民國三十八年（一九四九）戡亂遷臺，遂創造自由民主憲政於反共基地的臺灣寶島。

一三　中華民國已經創建一〇四年，百年基業深奠，展望未來，期望祝願——「國泰民安，物阜民豐」。「顯藏」，義取於《周易．繫辭上傳》第五章：「顯諸仁，藏諸用。」〔東晉〕韓康伯（生卒年不詳）注云：「衣被萬物，故曰『顯諸仁』。日用而不知，故曰『藏諸用』。」〔唐〕孔穎達（五七四～六四八）疏云：「『顯諸仁』者，言道之爲體，顯見仁功，衣被萬物，是『顯諸仁』也。『藏諸用』者，謂潛藏功用，不使物知，是『藏諸用』也。」

一四　「縑緗」，指供書寫用的細絹，多借指書冊。〔唐〕柳宗元（七七三～八一九）〈上河陽烏尚書重允欲獻文啓〉：「小子久以文字進身，嘗好古人事業，專當具筆札，拂縑緗，贊揚大功，垂之不朽。」又有「縑緗黃卷」一詞，則指供書寫用的淡黃色細絹，亦多借指書冊。

《幼學瓊林》卷四〈文事類〉：「縑緗黃卷，總謂經書。雁帛鸞箋，通稱簡札。」

一五　「江山萬古」，係襲引改自〔唐〕杜甫（七一二～七七〇）〈戲爲六絕句·其二〉「不廢江河萬古流」句，原七絕全詩如下：「王楊盧駱當時體，輕薄爲文哂未休。爾曹身與名俱滅，不廢江河萬古流。」意謂你們（守舊文人），在歷史中本微不足道，因此只能身名俱滅，而四傑（指「王楊盧駱」四位詩人，又稱「初唐四傑」——王勃、楊炯、盧照鄰、駱賓王）卻如江河不廢，萬古流芳。「當時體」，指初唐時的文體。「輕薄」，膚淺的人。「哂」，譏笑。「爾曹」，你們這一夥人，指譏笑四詩人的人們。原詩意思是：王、楊、盧、駱四位詩人的文體是當時的風尚，某些輕薄的人寫文章譏笑他們，喋喋不休。你們這些譏笑別人的人早已銷聲匿跡、湮沒無聞了；而四位詩人的詩，卻像長江大河萬古長流一樣，流傳久遠，絕不因爲你們的誹謗而受到什麼影響。「爾曹身與名俱滅，不廢江河萬古流」這兩句詩，比喻那些反對眞理、破壞倫理，企圖誹謗歷史文化者，到頭來必定徹底失敗，身敗名裂；而正義事業，必將如長江大河，以排山倒海之勢，滌蕩一切污泥濁水，而奔流不息，滾滾向前。而「泱泱蒼蒼」，「泱泱」形容「水長」，「蒼蒼」形容「山高」，意即像山一樣的高聳，像水一樣的長流。比喻人品高潔，垂範久遠。語出〔北宋〕范仲淹（九八九～一〇五二）〈桐廬郡嚴先生祠堂記〉：「雲山蒼蒼，江水泱泱。先生之風，山高水長。」

一六　「恫瘝」，音「通官」，病痛、疾苦。「恫瘝懷抱」即「恫瘝在抱」，亦作「恫瘝在身」，意謂將民眾的疾病苦痛，當作是自己的疾病苦痛；借此以形容愛民殷切。因此，引申用來勸戒爲政者要盡力爲人民解除疾苦，對人民的疾苦必須感同身受。典出《尙書·康誥》：「恫瘝乃身，敬哉！」〔南宋〕蔡沈（一一六七～一二三〇）《書集傳》曰：「恫，痛；瘝，病也。視民之不安，如疾痛之在乃身。」

一七 「憂樂」，係取義於〔北宋〕范仲淹（九八九～一〇五二）〈岳陽樓記〉：「不以物喜，不以己悲，居廟堂之高，則憂其民；處江湖之遠，則憂其君。是進亦憂，退亦憂；然則何時而樂耶？其必曰：『先天下之憂而憂，後天下之樂而樂歟！』」「康莊」，即「康莊大道」的縮語，意謂寬闊平坦，四通八達的大路；比喻美好的前途。《爾雅．釋宮》：「四達謂之衢，五達謂之康，六達謂之莊。」

十三　中華民國一〇五年（二〇一六）

革命先烈馬幼伯烈士靈位入祀國民革命忠烈祠典禮祭文

維

中華民國一〇五年三月二十三日，行政院內政部常務次長邱昌嶽，謹率內政部同仁、烈士遺族代表，敬具鮮花，致祭於革命先烈　馬幼伯烈士牌位，謹掬悃忱，昭告英靈曰：

雲南大理，士節無雙。革命三傑，龍騰虎驤。
民國創建，壯志恢張。討袁護法，正正堂堂。
北伐滇靖，魂斷故鄉。百年德業，炳煥昭彰。
典型今古，澤潤道光。虔誠謹告，伏維尚享。

附註

一　案：馬幼伯（一八七六年八月十六日至一九二二年八月二十八日），名驤，字幼伯，以字行，雲南大理人。同盟會會員，畢生追隨孫中山（文，逸仙，一八六六～一九二五）先生，爲革命奔走呼號，是辛亥革命時期，與楊振鴻（一八七四～一九〇九）、黄毓英（一八八五～一九一二）合稱的「雲南革命三傑」之一。在辛亥革命、護國討袁、護法戰爭、孫中山先生領導的第一次北伐中，作出了積極貢獻，孫中山先生委爲大元帥府參議官、雲南民軍總司令。中華民國十一年（一九二二），因執行孫中山先生的革命任務，組織秘密機關反對唐繼堯（一八八三～一九二七），事泄被捕，八月二十八日與鄢仕周、劉古愚、崔文英、李梧、李成武，同時遇難於昆明，孫中山先生發傳電報弔唁。國民政府成立後，民國十七年（一九二八）行政院批准從優議卹，並准入祀忠烈祠。中華民國一〇四年（二〇一五）九月一日，家住雲南昆明已六十九歲的馬幼伯先生外孫李開林先生，特別致函內政部申請將馬幼伯烈士牌位入祀忠烈祠：「馬幼伯是中央政府批准的革命烈士，應當在忠烈祠中有個牌位，現將當年行政院批准馬幼伯爲烈士的檔案，以及國民黨中央編撰的黨史書籍中，記載的馬幼伯事蹟材料寄呈內政部，請求首長審閱批准，將馬幼伯烈士牌位入祀忠烈祠。」經內政部批准核定，並安排於中華民國一〇五年（二〇一六）三月二十三日，舉行革命先烈馬幼伯烈士靈位入祀國民革命忠烈祠典禮，並由筆者代擬祭文。

二　「掬」，音「局」，用兩手捧取，表示誠心敬意。「悃忱」，音「綑陳」，誠懇、忠誠之意。〔東漢〕班固（三二～九二）《白虎通德論．三教》：「忠形於悃忱，……；敬形於祭祀，……；文形於飾貌，……。」

十四　中華民國一〇五年（二〇一六）

紀念革命先烈暨春祭忠烈殉職人員典禮祭文

維

中華民國一〇五年三月二十九日，恭值紀念革命先烈、春祭忠烈殉職人員暨罹難同胞令辰，總統　馬英九敬設大典，敦請烈士遺族代表，並躬率文武百官以及民意代表，謹掬悃忱，昭告

英靈曰：

三山五嶽，四海九垠。千秋萬世，大一天鈞。
文韜武略，翠岫芳茵。集英拔萃，曜煜迎晨。
忠心烈骨，盡義葆眞。壯節慷慨，道履德新。
憂憂樂樂，子子親親。私無違志，公不辱身。
恫瘝在抱，憤悱生民。社稷良佐，國家藎臣。

利物貞固，嘉會體仁。存誠定命，善美聖神。崇儀隆禮，攸敘彝倫。含章光化，精粹灝淳。蜩螗擾攘，剝復亨迍。虎嘯蒼莽，龍躍雲津。顒顒仰仰，蔚蔚彬彬。磅礴正氣，享祀青春。

虔誠　謹告。

附註

一　中華民國一〇五年（二〇一六）「中樞紀念革命先烈暨春祭忠烈殉職人員典禮」，三月二十九日上午十時在臺北市大直圓山「國民革命忠烈祠」隆重舉行，馬英九（一九五〇～）總統親臨主祭，行政院院長張善政（一九五四～）、立法院院長蘇嘉全（一九五六～）、司法院院長賴浩敏（一九三九～）、考試院院長伍錦霖（一九四七～）及監察院院長張博雅（一九四二～）陪祭。總統由總統府秘書長曾永權（一九四七～）及國家安全會議秘書長高華柱（一九四六～）陪同，於崇戎樂聲中抵達忠烈祠。典禮開始，鐘鼓齊鳴，主祭、陪祭、與祭人員就位，奏國歌，隨後總統向國民革命烈士之靈位上香、獻花；在恭讀祭文後，總統率同陪祭及與祭人員行三鞠躬禮，典禮莊嚴隆重。今日與祭人員包括中央與地方文武官員、三軍部隊、警察、消防及遺族代表等。

二　「掬」，音「局」，用兩手捧取，表示誠心敬意。「悃忱」，音「綑陳」，誠懇、忠誠之意。〔東漢〕班固（三二～九二）《白虎通德論．三教》：「忠形於悃忱，……；敬形於祭祀，……；文形於飾貌，……。」

三　「三山五嶽」，分別指中國境內的名山，亦泛指神州大陸的錦繡山川。此詞源出於〔清〕曹寅（一六五八～一七一二，曹雪芹祖父）〈舟中望惠山舉酒調培山〉：「三山五嶽渺何許？雲煙汗漫空谽谺。」「三山」原指傳說中的蓬萊、瀛洲與方丈三仙山；現今一般認為「三山」是指聞名的旅遊勝地——黃山、廬山與雁蕩山。「五嶽」，則是東嶽泰山、西嶽華山、南嶽衡山、北嶽恆山、中嶽嵩山。

四　本文偶數句，通押「上平聲：十一眞」韻，取其聲情含蓄、格調蘊藉之意。「四海九垠」，為國家天下的代稱。「九垠（音「銀」）」，猶九州。〔唐〕柳宗元（七七三～八一九）《貞符．詩序》曰：「環四海以為鼎，跨九垠以為爐。」以上二句「三山五嶽」與「四海九垠」，皆形容中國神州錦繡河山，空間的壯麗美妙；以下「千秋萬世」，則表述時間無限、歷史永恆，藉此以表彰忠貞先烈們「光昭日月，氣壯山河」的胸襟懷抱。

五　「大一」與「天鈞」，都是「道」的別稱，故《莊子．齊物論》曰：「是以聖人和之以是非，而休乎天鈞。」此以「大一大鈞」總結「三山五嶽，四海九垠。千秋萬世」以上三句，表寓自然宇宙的生命義涵。「大一」，即「太一」，又作「太乙」、「泰一」，原是中國古代天文學中的星名，即北極星，後成為先秦兩漢民間信仰的最高神明，奉為天帝，相當於上帝。知識份子則把「大一」哲學化，想像為永恆不變的法則，即「道」，或宇宙的本源。在先秦兩漢士人的想像中，「大一」就是「元氣」，是宇宙本源，開闢天地，又是宇宙法則——「道」。故一九九三年十月出土，一九九八年公布的戰國中期《郭店楚簡．太一生水》曰：「天地者，太一之所生也。」《呂氏春秋．大樂》曰：「道也者，至精也，不可爲形，不可爲名，強爲之名，謂之太一。」莊子把「太一」視作絕對的虛無精神，即是「道」，故《莊子．天下》曰：「建之以常無有，主之以太一。」

六　「岫」，音「秀」，本義爲山穴，引申爲峰巒；「翠岫」，喻指「國民革命忠烈祠」，山景秀麗、風水地理佳勝。「茵」，本義爲車墊子，引申爲鋪墊的東西；「芳茵」，喻指祭奠之鮮花挹芬揚芳。

七　「集英拔萃」，比喻傑出人才薈萃集聚。「拔萃」，形容人才特出，超出眾人之上。典出《孟子．公孫丑上》：「聖人之于民，亦類也。出於其類，拔乎其萃，自生民以來，未有盛於孔子也。」此即「出類拔萃」成語的來源，皆用以形容才能特出，超越眾人。

八　「曜」，同「耀」，本義爲日光，引申爲光明照耀。《詩經．檜風．羔裘》：「羔裘如膏，日出有曜。豈不爾思？中心是悼。」〔東漢〕劉熙（生卒年不詳）《釋名．釋天》：「曜，耀也，光明照耀也。」「煜」，音「育」，本義爲照耀、光耀，引申爲明亮。因此，「曜煜」，即輝耀，光彩照射。

九　「盡義」，取意於〔南宋〕民族英雄文天祥（一二三六～一二八三）〈衣帶贊〉絕筆：「孔曰成仁，孟云取義，惟其義盡，所以仁至。讀聖賢書，所學何事？而今而後，庶幾無愧！」「葆」，古通「保」；「葆眞」，保持眞性，典出《莊子．田子方》：「緣而葆眞，清而容物。」

一〇　「憂憂樂樂」，取義於〔北宋〕范仲淹（九八九～一〇五二）〈岳陽樓記〉：「不以物喜，不以己悲，居廟堂之高，則憂其民；處江湖之遠，則憂其君。是進亦憂，退亦憂；然則何時而樂耶？其必曰：『先天下之憂而憂，後天下之樂而樂歟！』」

一一　「子子親親」，取義於《禮記‧禮運‧大同篇》：「大道之行也，天下爲公，選賢與能，講信修睦。故人不獨親其親，不獨子其子，使老有所終，壯有所用，幼有所長，鰥、寡、孤、獨、廢疾者，皆有所養，男有分，女有歸。貨惡其棄於地也，不必藏於己；力惡其不出於身也，不必爲己。是故謀閉而不興，盜竊亂賊而不作，故外戶而不閉，是謂大同。」

一二　「恫瘝」，音「通官」，病痛，比喻疾苦；「在抱」，在胸懷中。「恫瘝在抱」，意即把人民的疾苦放在心裏。語出《尚書‧康誥》：「恫瘝乃身，敬哉！」〔南宋〕蔡沈（一一六七～一二三〇）傳：「恫，痛；瘝，病也。視民之不安，如疾痛之在乃身。」

一三　「憤」，鬱結於心而發奮圖強。「悱」，音「匪」，抑鬱於心而未能表達的樣子。此取義於《論語‧述而‧第七》，子曰：「不憤不啓，不悱不發。舉一隅不以三隅反，則不復也。」

一四　「社稷良佐，國家藎臣」，此二句以比喻革命先烈與殉職忠烈，皆爲國家民族難得的人才。化用自《墨子‧尚賢上‧第八》：「此固國家之珍，而社稷之佐也，亦必且富之貴之，敬之譽之，然後國之良士，亦將可得而衆也。」「藎臣」，本謂王所進用之臣，後引申指忠誠之臣。語出《詩經‧大雅‧文王》：「王之藎臣，無念爾祖。無念爾祖，聿修厥德。永言配命，自求多福。」〔南宋〕朱熹（一一三〇～一二〇〇）《詩集傳》：「藎，進也，言其忠愛之篤，進進無已也。」

一五　「利物貞固，嘉會體仁」，檃栝《周易·乾·文言傳》詮釋「元亨利貞」四德：「元者，善之長也；亨者，嘉之會也；利者，義之和也；貞者，事之幹也。君子體仁足以長人，嘉會足以合禮，利物足以和義，貞固足以幹事。君子行此四德者，故曰：『〈乾〉：元亨利貞。』」

一六　「存誠」，取義於《周易·乾九二·文言傳》：「庸言之信，庸行之謹，閑邪存其誠，善世而不伐，德博而化。」「定命」，並取義於《周易·乾·彖傳》：「〈乾〉道變化，各正性命，保合太和，乃利貞。」〔唐〕孔穎達（五七四～六四八）《周易正義》，疏曰：「命者，人所稟受。」《周易·說卦傳·第一章》：「和順於道德，而理於義；窮理盡性，以至於命。」〔東晉〕韓康伯（生卒年不詳）注曰：「命者，生之極。」《春秋左氏傳·成公十三年》：「民受天地之中以生，所謂命也。是以，有動作禮義威儀之則，以定命也。」〔唐〕孔穎達《周易正義》，疏曰：「命雖受之天地，短長有本，順理則壽考，逆理則夭折。是以，有動作禮義威儀之法則，以定此命。言有法，則命之長短得定；無法，則夭折無恆也。」

一七　「善美聖神」，則檃栝取義於《孟子·盡心下》曰：「可欲之謂善，有諸己之謂信，充實之謂美，充實而有光輝之謂大，大而化之之謂聖，聖而不可知之之謂神。」

一八　「攸敘彝倫」，即「彝倫攸敘」，典出《尚書·洪範》：「天乃錫禹洪範九疇，彝倫攸敘。」「彝倫」，常理、常道；亦可引申爲表率、典範。「攸敘」，有所次第、安排與條理。〔明清之際〕顧炎武（一六一三～一六八二）《日知錄．卷二．彝倫條》：「彝倫者，天地人之常道。如下所謂『五行、五事、八政、五紀、皇極、三德、稽疑、庶徵、五福六極』（案：此即《尚書．洪範．九疇》），皆在其中，不止孟子之言人倫而已。能盡其性，以至能盡人之性，盡物之性，則可以贊天地之化育，而彝倫敘矣。」「彝」，本義爲古代盛酒的器具，亦泛指古代祭祀時常用的禮器的總稱，引申爲「常」，即常理、常道。《詩經．大雅．烝民》：「天生烝民，有物有則；民之秉彝，好是懿德。」

一九　「含章」，包含美質。典出《易經．坤六三》爻辭：「含章，可貞。」〔唐〕孔穎達（五七四～六四八）《周易正義》，疏曰：「章，美也。」〔西晉〕陳壽（二三三～二九七）《三國志．魏志．管寧傳》：「含章素質，冰絜淵清。」「光化」，光大教化，取義於「光照寰宇，教化四方」的寓意。

二〇　「精粹」，精細淳美、精美純粹，精華、精髓，最好的意思。此取義於〔東漢〕班固（三二～九二）《漢書．刑法志》：「夫人肖天地之貌，懷五常之性，聰明精粹，有生之最靈者也。」「灝淳」，「灝」，通「浩」，廣大；「淳」，通「純」，純粹。〔東漢〕王符（約八五～一六三）《潛夫論．本訓》：「夫欲歷三正之絕迹，臻帝、皇之極功者，必先原元而本本，興道而致和，以淳粹之氣，生敦龐之民，明德義之表，作信厚之心，然後化可美而功可成也。」〔唐〕魏徵（五八〇～六四三）《隋書．經籍志》：「至於道者，精微淳粹，而莫知其體。」

二一　「蜩螗」，音「條唐」，本指蟬鳴聲，在此指紛擾不寧。典出《詩經．大雅．蕩》：「如蜩如螗，如沸如羹。」指如蟬鳴和沸湯翻滾，都表示紛擾不寧的意思。「擾攘」，煩亂、紛亂、騷動，意同「蜩螗」也是紛擾不寧。

〔三〕「剝復迍（屯，音「諄」）」，爲《易經》三個卦。〈坤〉下〈艮〉上爲〈剝〉，表示陰盛陽衰；〈震〉下〈坤〉上爲〈復〉，表示陰極而陽復。〈剝〉卦陰盛陽衰，〈復〉卦陰極而陽復；後因謂盛衰、消長爲「剝復」，並以喻「物極必反」、「〈否〉極〈泰〉來」。成語「〈剝〉極而〈復〉」，亦作「〈剝〉極則〈復〉」、「〈剝〉極必〈復〉」。嚴復（一八五四～一九二一）〈原強〉：「物強者死之徒，事窮者勢必反，天道剝復之事，如反覆手耳。」革命先烈陳其美（一八七八～一九一六）〈致黃克強書〉：「〈剝〉極必〈復〉，〈否〉極必〈泰〉，循環之理，不減毫髮。」《易經．屯》卦辭：「元亨利貞，勿用有攸往，利建侯。」〈六二〉爻辭：「屯如邅如，乘馬班如，匪寇婚媾。」故有「屯（迍）邅」一詞，意謂處境艱險，前進困難。「屯」字義有三層面：困難、停留，積聚。首先爲「難」，生命開始，有面對成長的困難。其次，因爲困難而停頓，故有停留、駐留之意。其三，停留之後開始累積能量，即積聚之義，通囤。因此，〈屯〉卦是面對困難，停下腳步，以積聚能量的意思。《周易．序卦傳》：「有天地，然後萬物生焉，盈天地之間者唯萬物，故受之以〈屯〉。〈屯〉者，盈也；〈屯〉者，物之始生也。」〈屯〉卦象外〈坎〉內〈震〉，動藏險中。外〈坎〉即外面有危險、挑戰；內〈震〉即藏動於內，伺機而動之義。動藏於內，則外〈坎〉就是天險、屏障；但若不安於內，貿然而行，那麼〈坎〉就成爲難以突破的實質危險。筮得〈屯〉卦，雖面對困難，但困難只是挑戰，不等同於事情之不可爲，應著重實力的累積，養精蓄銳，是最佳對策。處〈屯〉之時，行動固然危險，但單純守靜亦難有所成，動靜之間的最佳平衡，應該在於在原地努力，致力於鞏固根基，培養實力，但不可輕易主動出擊，因此卦辭說「利貞」，「勿用有攸往」，「利建侯」。但〈屯〉亦有亨通之道，只不過需要時間累積。〈屯〉卦的吉道，在於足夠的抗壓性與積極的執行力，處事的陽剛與果決，否則難以濟〈屯〉難局勢。反之，如果處事柔弱，抗壓不夠，那麼〈屯〉卦將成實質的凶卦。故〔魏〕王弼（二二六～二四九）《周易略例》曰：「此一卦皆陰爻求陽也。〈屯〉難之世，弱者不能自濟，必依於彊，民思其主之時也。故陰爻皆先求陽，不召自往；馬雖班如，而猶不廢；不得其主，无所馮（案：同「憑」）也。初體陽爻，處首居下，應民所求，合其所望，故大得民也。」

一三　「虎嘯蒼莽，龍躍雲津」，比喻國家雄傑人才輩出，聲勢浩大壯盛。「雲津」，借指天河、銀河。典出〔南朝．宋〕劉義慶（四〇三～四四四）《世說新語．賞譽》：「君兄弟龍躍雲津，顧彥先鳳鳴朝陽，謂東南之寶已盡，不意復見褚生。」以此而有成語「龍躍鳳鳴」，象龍在騰躍，鳳凰在高鳴；比喻才華出眾。

一四　「顒顒仰仰」，原作「顒顒卬卬」，比喻崇仰嚮慕品質高尚、氣宇軒昂的國家有用人才。典出《詩經．大雅．卷阿》：「顒顒卬卬，如圭如璋，令聞令望。豈弟君子，四方爲綱。」〔東漢〕鄭玄（一二七～二〇〇）箋：「王有賢臣，與之以禮義相切磋，體貌則顒顒然敬順，志氣則卬卬然高朗，如玉之圭璋也。」《爾雅．釋訓》曰：「顒顒、卬卬，君之德也。」「顒」，本義爲大頭，引申爲抬頭仰望或溫和嚴正的樣子；如《易經．觀》卦辭曰：

「盥而不薦，有孚顒若。」

二五　「蔚蔚」，草木茂盛，比喻人才眾多。〔三國．魏〕張揖（生卒年不詳）《廣雅．釋訓》：「蔚蔚，茂也。」「彬彬」，美盛、萃集；引申爲文雅，文質兼備，後用以形容人的行爲文雅有禮。典出《論語．雍也》，子曰：「質勝文則野，文勝質則史。文質彬彬，然後君子。」

二六　「磅礴正氣」，即「正氣磅礴」。「正氣」是一種主持正義、光明正大的氣概；「磅礴」是廣大而充滿的樣子。「正氣磅礴」，形容一個人充分表現光明正大的氣質，充滿了強烈正義感，令人望而生畏，不敢侵犯。取義於〔南宋〕民族英雄文天祥（一二三六～一二八三）〈正氣歌〉：「天地有正氣，雜然賦流形。下則爲河嶽，上則爲日星。於人曰浩然，沛乎塞蒼冥。……是氣所磅礴，凜烈萬古存。當其貫日月，生死安足論？地維賴以立，天柱賴以尊。三綱實繫命，道義爲之根。……哲人日已遠，典型在夙昔。風檐展書讀，古道照顏色。」

十五　中華民國一〇五年（二〇一六）

秋祭忠烈暨殉職人員典禮祭文

維

中華民國一〇五年九月三日，秋祭忠烈暨殉職人員令辰，總統　蔡英文敬設大典，恭率中央政府文武官員，並敦請烈士遺族代表暨軍警公務人員，敬掬悃忱，昭告

英靈曰：

秋聲曠遠，雅樂清玄。仁心義氣，沛盛無邊。

元勳革命，勇往直前。國英奉獻，任重身先。

神州血淚，寶島瑚璉。三軍百姓，追步比肩。

守成不易，創業惟艱。緬懷忠烈，志貫情牽。

政權輪替，時代變遷。自由綠地，民主藍天。

堂堂文武，亹亹俊賢。敬誠憂患，夕惕朝乾。

經營擘劃，損益針砭。蒸蒸晉日，懋懋豐年。
市廛鄉野，海角山巔。繁榮樂利，柢固磐堅。
厚生正德，道濟萬千。孚弘顯應，惠祐昭緜。

虔誠　謹告。

附註

一　「掬」，音「局」，用兩手捧取，表示誠心敬意。「悃忱」，音「綑陳」，誠懇、忠誠之意。〔東漢〕班固（三二～九二）《白虎通德論．三教》：「忠形於悃忱，……；敬形於祭祀，……；文形於飾貌，……。」

二　本文偶數句通押「下平聲：一先」韻，取其聲情含蓄蘊藉、雋永深遠。

三　「瑚璉」，比喻特別有才能，可以擔當大任的幹才。古代宗廟祭祀，必將剛採收的糧食供奉祖先，馨香祝禱，以示不忘其本；其中盛放黍稷的尊貴祭器，夏朝名「瑚」，殷商稱「璉」，而周代則稱爲「簠簋」。典出《論語．公冶長》篇，子貢問曰：「賜也何如？」子曰：「女（汝）器也。」曰：「何器也？」曰：「瑚璉也。」

四　「亹亹」，音「偉偉」，形容孜孜不倦。語出《周易．繫辭傳》：「成天下之亹亹。」《詩經．大雅》：「亹亹文王，令聞不已。」《禮記．禮器》：「天時雨澤，君子達亹亹焉。」

五　「夕惕朝乾」，爲協韻故，即成語「朝乾夕惕」之倒裝。乾，即健，自強不息；惕，小心謹慎。「朝乾夕惕」，形容從早到晚勤奮謹慎，沒有一點疏忽懈怠。典出《周易・乾・九三》爻辭：「君子終日乾乾，夕惕若，厲，無咎。」

六　以上兩句，「蒸蒸晉日」嵌入《周易・晉》卦，爲「進」的意思。《周易・晉・彖傳》：「〈晉〉，進也。」《周易・序卦傳》：「〈晉〉者，進也。」「懋懋豐年」，嵌入《周易・豐》卦，爲「大」的意思。《周易・豐・彖傳》：「〈豐〉，大也。明以動，故〈豐〉。『王假之』，尚大也。『勿憂，宜日中』，宜照天下也。日中則昃，月盈則食，天地盈虛，與時消息，而況於人乎？況於鬼神乎？」

七　市廛（音「蟬」），市中店鋪，代指城市。語本《孟子・公孫丑上》，孟子曰：「尊賢使能，俊傑在位，則天下之士皆悅而願立於其朝矣。市廛而不徵，法而不廛，則天下之商皆悅而願藏於其市矣。關譏而不徵，則天下之旅皆悅而願出於其路矣。耕者助而不稅，則天下之農皆悅而願耕於其野矣。廛無夫里之布，則天下之民皆悅而願爲之氓矣。信能行此五者，則鄰國之民仰之若父母矣。率其子弟，攻其父母，自生民以來，未有能濟者也。如此，則無敵於天下。無敵於天下者，天吏也。然而不王者，未之有也。」〔東漢〕趙岐（一〇八～二〇一）註：「廛，市宅也。」

八　「厚生」，厚民之生；厚，富裕；生，民眾。充分發揮物的作用，使民眾富裕。「正德」，正人、正物之德。此句乃節引《尚書・大禹謨》：「正德，利用，厚生，惟和。」利用，盡物之用。《尚書》將利用與正德、厚生並爲三事，正德、利用、厚生三件大事的協調運行，乃平治天下的首要謀略。正德與厚生，相輔相成，「民生厚而德正，用利而事節」（《左傳》）。平治天下三件大事，「正德」置於首位，是「利用」、「厚生」的前提，既正人德，又正物德，方能利用自然資源，以達人民生活富足之目的。

十六　中華民國一〇六年（二〇一七）

紀念革命先烈暨春祭忠烈殉職人員典禮祭文

維

中華民國一〇六年三月二十九日，致祭先祖暨忠烈殉職人員令辰，總統　蔡英文敬設大典，恭率中央政府文武官員，並敦請烈士遺族代表暨軍警公務人員，敬掬悃忱，昭告英靈曰：

金雞玉鳳，躍馬飛鴻。巾幗壯士，大盈若沖。
永錫不匱，精魂傑雄。袍澤手足，血密情融。
捐軀捨命，跨海凌空。繼志承烈，義勇仁忠。
赴湯蹈火，一貫始終。超凡兼善，博愛至公。
慈悲惠濟，聖業神功。古型今範，懷念感衷。
風行草偃，道貴恩崇。憂樂天下，盡瘁鞠躬。

三軍統帥，百姓元戎。肝膽相照，戮力協同。
自由寶島，民主錦虹。維新日進，國泰政通。
豪情浩氣，勁節蒼崧。千秋萬代，德沛禮隆。

虔誠　謹告。

附註

一　「掬」，音「局」，用兩手捧取，表示誠心敬意。「悃愊」，音「綑陳」，誠懇、忠誠之意。〔東漢〕班固（三二～九二）《白虎通德論．三教》：「忠形於悃愊，……；敬形於祭祀，……；文形於飾貌，……。」

二　「金雞玉鳳，躍馬飛鴻」，今年歲屬丁酉，生肖金雞，金雞蛻變，昇華而為玉鳳，故以為喻；躍馬與飛鴻，皆用以象徵人才卓絕。本文凡偶數句，通押「上平聲：一東」韻；此韻綿遠悠揚，雅穆恢宏，雄渾圓融。

三　「大盈若沖」，典出《道德經．第四十五章》：「大成若缺，其用不弊；大盈若沖，其用不窮。」盈，滿盈；沖，謙沖。意思是：最充盈的東西，好似空虛一般，但是它的作用不會窮盡。大器已成之人，返樸歸真，與宇宙合一，面對浩瀚的宇宙，總感智慧不足；這種人生追求所產生的作用，才對自己、對社會沒有危害。本文在此引喻為：浩然正氣充盈體內，卻虛懷若谷，這種功夫的作用，無窮不盡。

四　「永錫不匱」，爲「孝思不匱，永錫爾類」縮語，可表現愼終追遠、薪傳祖德之意涵。

五　「風行草偃」，典出《論語．顏淵》篇：「君子之德，風；小人之德，草；草上之風，必偃。」比喻在上位者以道德文教，感化人民。

六　「憂樂天下」，化用自《孟子．梁惠王》下篇：「樂民之樂者，民亦樂其樂；憂民之憂者，民亦憂其憂。樂以天下，憂以天下，然而不王者，未之有也。」以及〔北宋〕范仲淹（九八九～一〇五二）〈岳陽樓記〉：「不以物喜，不以己悲，居廟堂之高，則憂其民；處江湖之遠，則憂其君。是進亦憂，退亦憂；然則何時而樂耶？其必曰：『先天下之憂而憂，後天下之樂而樂歟！』」從《孟子》「樂以天下，憂以天下」的「與民同樂同憂」，到范仲淹「先天下之憂而憂，後天下之樂而樂」，的確注入了更爲強烈的使命感與自我犧牲的精神，故爲人們傳誦至今。

七　「盡瘁鞠躬」，以押韻故，爲「鞠躬盡瘁」的倒裝。鞠躬，恭敬、謹愼的樣子；瘁，勞累；盡瘁，竭盡勞苦。指恭敬謹愼，竭盡心力。在此用以形容小心謹愼、兢兢業業、不辭辛勞的貢獻自己的全部精力，直到死去。典出〔三國．蜀〕諸葛亮（一八一～二三四）〈後出師表〉：「臣鞠躬盡瘁，死而後已！至於成敗利鈍，非臣之明所能逆睹也。」這正是諸葛亮一生忠心耿耿的寫照。

十七　中華民國一〇六年（二〇一七）

秋祭忠烈暨殉職人員典禮祭文

維

中華民國一〇六年九月三日，秋祭忠烈暨殉職人員令辰，總統　蔡英文敬設大典，恭率中央政府文武官員，並敦請烈士遺族代表暨軍警公務人員，謹掬悃忱，昭告

英靈曰：

盛德大業，清奏崇戎偉章；

忠烈神魂，昭格典雅華堂。

拋頭顱，灑熱血，皆是國士賢良；

救苦難，扶傾危，盡爲豪傑俊芳。

元首中樞，敬禮棠棣節剛；

遺族眷屬，默擎箕裘心香。

舟濟相親，同胞一體，正氣至情耀梓鄉；
率性立命，興復繼絕，光風霽月盈宇疆。
自由，平等，博愛，民主共和政隆昌；
天賦，人權，法治，世界通達道康莊。
美麗之島，婆娑之洋，山川物產郁蒼蒼；
經綸之材，憂樂之志，楨幹棟梁蔚泱泱。

伏維　虔告，庇佑吉祥。

附註

一　「掬」，音「局」，用兩手捧取，表示誠心敬意。「悃愊」，音「綑陳」，誠懇、忠誠之意。〔東漢〕班固（三二～九二）《白虎通德論．三教》：「忠形於悃愊，……；敬形於祭祀，……；文形於飾貌，……。」

二　「盛德大業」，語出《周易．繫辭上傳》第五章：「顯諸仁，藏諸用，鼓萬物而不與聖人同憂，盛德大業，至矣哉。富有之謂大業，日新之謂盛德，生生之謂易，成象之謂〈乾〉，效法之爲〈坤〉，極數知來之謂占，通變之謂事，陰陽不測之謂神。」此章重贊天地陰陽德業之妙，聖人作《易》德業之由也。

三 「光風」，雨後初晴時之風；「霽」，音「濟」，雨雪停止。「光風霽月」，形容雨過天晴時，萬物明淨之景象；後以喻胸懷坦蕩、品格高潔。典出〔宋〕黃庭堅（一〇四五～一一〇五）《豫章集・濂溪詩序》：「舂陵周茂叔，人品甚高，胸懷灑落，如光風霽月。」《宋史》卷四二七〈道學傳一・周敦頤傳〉：「人品甚高，胸懷灑落，如光風霽月。」

十八　中華民國一〇七年（二〇一八）

紀念革命先烈暨春祭忠烈殉職人員典禮祭文

維

中華民國一〇七年三月二十九日，致祭各民族歷代先祖暨文武忠烈殉職人員令辰，總統蔡英文敬設大典，恭率副總統、五院院長，以及中央政府文武官員，並敦請烈士遺族代表暨軍警公務人員，謹掬悃忱，昭告

祖靈英魂曰：

春風寶島，海山雄，濟濟欣欣開物。
族裔融和，千百載，俯仰乾坤珠璧。
世代薪傳，宗功祖德，慎追光鴻雪。
丹心英烈，古今文武豪傑。

霑溉仁澤神恩，顯揚忠孝盡，芬芳榮發。
國治家齊，天下平，磐柢深基難滅。
民主自由，恆堅貞定守，切身膚髮。
浮生非夢，典型顏色昭月。

虔誠　謹告。

附註

一　「掬」，音「局」，用兩手捧取，表示誠心敬意。「悃忱」，音「綑陳」，誠懇、忠誠之意。〔東漢〕班固（三二～九二）《白虎通德論・三教》：「忠形於悃忱，……；敬形於祭祀，……；文形於飾貌，……。」

二　本文據〔北宋〕蘇軾（一〇三七～一一〇一）〈念奴嬌・赤壁懷古〉詞牌，出其韻式而作。雙調一百字，前後闋各四仄韻，用律十分規正，一韻到底，常用入聲韻。

十九　中華民國一〇七年（二〇一八）

秋祭忠烈暨殉職人員典禮祭文

維

中華民國一〇七年九月三日，秋祭忠烈暨殉職人員令辰，總統　蔡英文敬設大典，恭率中央政府文武官員，並敦請烈士遺族代表暨軍警公務人員，敬掬悃忱，昭告

英靈曰：

圓山貝塚滄桑，草萊開闢疏鑿手。
端凝大直，成仁取義，典型新舊。
文武精忠，光風霽月，壯懷昂首。
計經綸德業，藎心彪炳，
丹青照、三不朽！

郁郁彬彬泰斗，菊蘭松、皦瑩霄宙。
民國碧血，鯤瀛勁節，承先啓後。
一貫薪傳，思齊仰止，天長地久。
志澄清攬轡，貞元鼎革，樂千秋壽！

虔誠　謹告。

附註

一　「掬」，音「局」，用兩手捧取，表示誠心敬意。「悃忱」，音「綑陳」，誠懇、忠誠之意。〔東漢〕班固（三二～九二）《白虎通德論・三教》：「忠形於悃忱，……；敬形於祭祀，……；文形於飾貌，……。」

二　本文據詞牌〈水龍吟〉（亦稱〈龍吟曲〉、〈莊椿歲〉、〈海天闊處〉、〈水龍吟慢〉）而作，取其「龍行帶雨，風生水起」之意。此詞爲雙調，上闋十一句四仄韻，共五十二字；下闋十一句五仄韻，共五十字，總一〇二字，「上聲：二十五有」、「去聲：二十六宥」二韻通押。

三　「圓山貝塚」，遺址位於臺北市北區瀕臨基隆河俗稱「圓山仔」之小山，山上及周圍有全臺規模最大之史前時代貝塚，以及十分豐富精緻之考古標本；不僅爲臺灣考古最早發掘之史前時代遺址之一，也因其多元之遺址內容帶動早期臺灣考古學研究之蓬勃發展，至今仍爲西太平洋區有名之考古遺址。本文開宗明義，藉此原始文化考古遺址，以示臺灣本土歷史之淵遠流長。

四 「滄桑」，「滄海桑田」縮語，意謂大海變成桑田，而桑田變成大海，比喻自然界變化之大；或世事多變，人生無常。

「草萊」，原指荒地雜草，此喻荒蕪未墾之田野。「開闢」，開拓也。意謂開地墾荒，窮盡地力。「疏鑿手」，詞見金、元之際元好問（一一九〇～一二五七）《論詩絕句三十首》之第一首：「漢謠魏什久紛紜，正體無人與細論。誰是詩中疏鑿手？暫教涇渭各清渾。」疏鑿，疏通開鑿之意。此以「疏鑿手」代喻「篳路藍縷，以啓山林」、「體國經野，以民爲極」之志士仁人、英傑俊賢。

五 「大直」，位於臺北市基隆河北岸，本爲凱達格蘭族北投社原住民所居之處，後移民至此之漢人將此地改稱「大直庄」，其名沿用至今。日本時代境內劍潭山附近，設有「臺灣神社」（大宮町，今「圓山大飯店」址）與「臺灣護國神社」（今「國民革命忠烈祠」址）。此外，此處「大直」亦取義於《周易．坤．六二》爻辭：「直方大，不習无不利。」〈坤六二．文言傳〉曰：「直，其正也；方，其義也。君子敬以直內，義以方外，敬義立而德不孤。『直方大，不習无不利』，則不疑其所行也。」

六 「成仁」，殺身以成仁德；語出《論語．衛靈公》：「志士仁人，無求生以害仁，有殺身以成仁。」「取義」，爲正義而犧牲生命；語出《孟子．告子上》：「生，亦我所欲也；義，亦我所欲也，二者不可得兼，舍（捨）生而取義者也。」

七　「典型」，即模範，意指具有典範性之人物。如〔南宋〕文天祥（一二三六～一二八三）〈正氣歌〉：「哲人日已遠，典型在夙昔。風簷展書讀，古道照顏色。」

八　「光風」，雨後初晴時之風；「霽」，音「濟」，雨雪停止。「光風霽月」，形容雨過天晴時，萬物明淨之景象；後以喻胸懷坦蕩、品格高潔。典出〔宋〕黃庭堅（一〇四五～一一〇五）《豫章集・濂溪詩序》：「舂陵周茂叔，人品甚高，胸懷灑落，如光風霽月。」《宋史》卷四二七〈道學傳一・周敦頤傳〉：「人品甚高，胸懷灑落，如光風霽月。」

九　「經綸」，整理絲縷、理出絲緒，編絲成繩；引申爲學識、謀略，或籌劃治理國家大事。《周易・屯・大象傳》：「雲雷〈屯〉，君子以經綸。」〔唐〕孔穎達（五七四～六四八）疏：「經謂經緯，綸謂綱綸，言君子法此〈屯〉象有爲之時，以經綸天下，約束於物。」《禮記・中庸》：「唯天下至誠，爲能經綸天下之大經，立天下之大本，知天地之化育。夫焉有所倚？肫肫其仁，淵淵其淵，浩浩其天。苟不固聰明聖知，達天德者，其孰能知之？」「德業」，即「進德修業」，增進道德與建立功業。典出《周易・乾九三・文言傳》：「君子進德修業。忠信，所以進德也；修辭立其誠，所以居業也。知至至之，可與幾也；知終終之，可與存義也。是故，居上位而不驕，在下位而不憂。」〔唐〕孔穎達疏：「德謂德行，業謂功業。九三所以終日乾乾者，欲進益道德，修營功業，故終日乾乾匪懈也。」〔西晉〕張華（二三二～三〇〇）〈勵志詩〉：「進德修業，暉光日新。」〔北宋〕秦觀（一〇四九～一一〇〇）〈君子終日乾乾論〉：「故凡乘勢以應變，因時以立功，雖一聽於自然，而進德修業，未始不以自彊不息爲主。」

一〇　《爾雅．釋詁》：「藎，進也。」《詩經．大雅．文王》：「王之藎臣，無念爾祖。」〔唐〕孔穎達（五七四～六四八）疏：「藎，忠愛之篤，進進無已也。」後引申爲忠愛精誠。「彪炳」，原形容文采煥發；如《昭明文選．左思．蜀都賦》：「符采彪炳，暉麗灼爍。」〔南朝．梁〕劉勰（約四六五～五二一）《文心雕龍．原道》：「然後能經緯區宇，彌綸彝憲，發輝事業，彪炳辭義。」此指功勳顯著輝耀；如〔清〕梁紹壬（一七九二～？）《兩般秋雨盦隨筆．陳恪勤詩》：「陳恪勤公文章事業，彪炳一代。」

一一　「丹青」，泛指史籍。「丹」，丹冊，記載功勳；「青」，青史，記錄史事。〔南宋〕文天祥（一二三六～一二八三）〈過零丁洋〉：「辛苦遭逢起一經，干戈寥落四周星。山河破碎風飄絮，身世浮沉雨打萍。惶恐灘頭說惶恐，零丁洋裏歎零丁。人生自古誰無死，留取丹心照汗青。」

一二　「三不朽」，指立德、立功、立言。典出《左傳．襄公．二十四年》：「太上有立德，其次有立功，其次有立言。雖久不廢，此之謂不朽。」〔唐〕孔穎達（五七四～六四八）疏：「立德，謂創制垂法，博施濟眾；……立功，謂拯厄除難，功濟于時；……立言，謂言得其要，理足可傳。」胡適（一八九一～一九六二）曾在〈不朽——我的宗教〉一文中，將「三不朽」稱爲「三W主義」。「三W」即指英文「Worth」、「Work」、「Words」，此三詞涵義與「立德、立功、立言」相近。胡適進而提出「社會的不朽」論：「我這個現在的『小我』對於那永遠不朽的『大我』的無窮過去，須負重大的責任，對於那永遠不朽的『大我』的無窮未來，也須負重大的責任。」「『小我』雖然會死，但是每一個『小我』的一切作爲，一切功德罪惡，一切言語行事，無論大小，無論是非，無論善惡，——都永遠留存在那個『大我』之中。」此論旨在把每個人一己之行爲與人類歷史發展關聯在一起，賦予有限之個體生命以永恆之意義，人之一言一行、所作所爲，無論是非功過、積德造孽，都要被歷史記上一筆。

一三 「郁郁」，文章興盛美好。典出《論語·八佾》：「周監於二代，郁郁乎文哉，吾從周。」「彬彬」，形容內心與外在修養良好，文質兼備，優雅有禮，具君子風度。典出《論語·雍也》：「質勝文則野，文勝質則史；文質彬彬，然後君子。」「泰斗」，泰山、北斗之簡稱，意同「翹楚」；泰山爲五嶽之首，北斗星爲眾星中最明亮之星。比喻德高望重、成就卓越，而爲眾人所敬仰之士。典出《新唐書·卷一七六·韓愈傳·贊》曰：「自愈沒，其言大行，學者仰之如泰山、北斗云。」

一四 「菊蘭松」，在此隱栝「歲寒三友」——松（後凋於歲寒）、竹（虛心而有節）、梅（香自苦寒來），以及「四君子」——梅、蘭（馨香淡雅）、竹、菊（臨秋而傲寒），因其自強不息，清華其外，分別具備「清、靜、直、節」之特點，而被賦予高潔、清逸、氣節、澹泊之人格品性與堅貞之操守。

一五 「皦瑩霄宙」，此句取義於〔唐〕王勃（六四九～六七九）〈七夕賦〉：「於是光清地岊（音「節」，山之角落），氣斂天標；霜凝碧宙，水瑩丹霄。」「皦」，〔南朝·梁〕顧野王（五一九～五八一）《玉篇·白部》：「皦，珠玉白貌。」古同「皎」，潔白、明亮；《詩經·王風·大車》：「謂予不信，有如皦日。」「瑩」，本義珠光明潔，此指輝耀、潤澤；「霄宙」，同「天宙」、「宇宙」，凡四面八方者，宇也；古今往來者，宙也。故宇宙者，所居之世也，舉凡質、能皆存焉。古代對「宇宙」之定義，有〔西漢〕劉安（公元前一七九～前一二二）《淮南子．齊俗》：「往古來今謂之宙，四方上下謂之宇。」（《文子．自然》同）《尸子》曰：「上下四方曰宇，往古來今曰宙。」而二字連用，始見於《莊子．齊物論》：「旁日月，挾宇宙，爲其吻合。」廣義之「宇宙」定義爲「萬物」之總稱，亦是時間與空間之統一。狹義之「宇宙」定義是地球大氣層以外之空間與物質。

一六　「碧血」，烈士爲正義死難而流之血；此指烈士忠貞堅強，爲國犧牲之精神。語出《莊子．外物》：「萇弘死于蜀，藏其血，三年而化爲碧。」〔元〕鄭元佑（元祐，一二九二～一三六四）〈汝陽張御史死節歌〉：「孤忠既足明丹心，三年猶須化碧血。」

一七　「鯤瀛」，代喻寶島臺灣。「勁節」，謂堅貞之節操；竹木枝幹分杈處稱「節」，以其質地堅實，故稱「勁節」。〔南朝．梁〕范雲（四五一～五〇三）〈詠寒松〉：「凌風知勁節，負雪見貞心。」〔唐〕柳宗元（七三～八一九）〈植靈壽木〉詩：「柔條乍反植，勁節常對生。」〔北宋〕王安石（一〇二一～一〇八六）〈景福殿前柏〉詩：「知君勁節無榮慕，寵辱紛紛一等看。」

一八　「思齊」，爲「見賢思齊」之縮語，意謂見到德才兼備之賢士，就要向他（她）看齊。典出《論語．里仁》篇，子曰：「見賢思齊焉，見不賢而內自省也。」「仰止」，仰慕之意。典出《詩經．小雅．甫田之什．車舝》：「高山仰止，景行行止。」〔西漢〕司馬遷（公元前一四五～前九〇）《史記．孔子世家》：「《詩》有之：『高山仰止，景行行止。』雖不能至，然心嚮往之。」〔東漢〕鄭玄（一二七～二〇〇）注解「高山仰止，景行行止」曰：「古人有高德者則慕仰之，有明行者則而行之。」〔南宋〕朱熹（一一三〇～一二〇〇）則另有一番解說：「仰，瞻望也。景行，大道也。高山則可仰，景行則可行。」

一九　「天長地久」，意謂天地永恆無窮之存在，後用以形容時間之悠遠長久。語出《老子．第七章》：「天長地久。天地所以能長且久者，以其不自生，故能長生。是以聖人後其身而身先，外其身而身存。非以其無私耶？惟其無私，故能成其私。」

二〇　「澄清」，平治天下。「攬轡」，拉住馬韁。後來常用「攬轡澄清」一詞，表示在亂世革新政治，澄清天下之抱負——「胸懷攬轡澄清志，腹滿經綸濟世才」。〔南朝．宋〕范曄（三九八～四四五）《後漢書．黨錮傳．范滂》：「滂登車攬轡，慨然有澄清天下之志。」〔清〕龔自珍（一七九二～一八四一）〈己亥雜詩〉：「少年攬轡澄清意，倦矣應憐縮手時。」

二一　「貞元」，取「貞下起元」之意，語出《周易．乾》卦辭：「元亨利貞。」古以元亨利貞喻春夏秋冬，故借指時令之周而復始，以及天道人事之循環往復、周流不息，也象徵生生不息、氣運通達。〔南宋〕朱熹（一一三〇～一二〇〇）《周易本義》曰：「元者物之始生，亨者物之暢茂，利則向於實也，貞則實之成也。實之既成，則其根蒂脫落，可復種而生矣，此四德之所以循環而無端也。然而四者之間，生氣流行，初無間斷，此元之所以包四德而統天也。」〔明〕張居正（一五二五～一五八二）〈賀冬至表〉：「紀貞元而應度，按時令以承禧。」〔清〕葉廷琯（一七九二～一八六九）〈梅孫以甲乙元旦詩見示依韻和之〉：

「世事偶然成剝復，天心於此見貞元。」尚秉和（一八七〇～一九五〇）注：「元亨利貞，即春夏秋冬，即東南西北，〈震〉元、〈離〉亨、〈兌〉利、〈坎〉貞，往來循環，不忒不窮。」高亨（一九〇〇～一九八六）注：「〈乾〉，卦名，天也。元，善也。亨，美也。利，利物也。貞，正也。天有善、美、利物、貞正之德。……《文言》謂君子亦有此德。」「鼎革」，即「〈鼎〉故〈革〉新」之意，意謂「變革老做法，創造新思路；變革老制度，建立新機制；變革老方法，開創新局面」。典出《周易．雜卦傳》：「〈革〉，去故也；〈鼎〉，取新也。」「鼎故」是不斷實驗，推陳出新；「革新」是去舊迎新，付諸實踐。火風〈鼎〉卦，《易經》六十四卦之第五十卦，上〈離〉下〈巽〉。上卦爲〈離〉，象徵火；下卦爲〈巽〉，象徵風，五行中屬木。卦象是以木燃火、炊煮食物、轉生爲熟之意。引申來說，〈鼎〉卦象徵體制內之改革。故國家政權存在之意義，在於設定體制，使得改革能順利進行。澤火〈革〉卦，《易經》六十四卦之第四十九卦，上〈兌〉下〈離〉。上卦爲〈兌〉，象徵混濁之沼澤；下卦爲〈離〉，象徵光明之烈火。濁水下澆而清火上騰，在澤火相爭之中，萬物激烈變化、生滅交替。故激烈而重大之改革稱爲「革命」。〈彖傳〉：「革而當，其悔乃亡。天地革，而四時成。湯武革命，順乎天而應乎人。〈革〉之時大矣哉。」

二十　中華民國一〇八年（二〇一九）敬向先祖暨忠烈殉職人員致祭祭文

維

中華民國一〇八年三月二十九日，致祭各民族歷代先祖暨文武忠烈殉職人員令辰，總統蔡英文敬設大典，恭率副總統、五院院長，以及中央政府文武官員，並敦請烈士遺族代表暨軍警公務人員，謹掬悃忱，昭告

祖靈英魂曰：

春暖花開，氣呑宇宙，根深葉茂家邦。

先賢烈祖，篳縷啓洪荒。

戮力耕耘鼎革，經綸展、憲政維綱。

臺灣好，山川靈秀，毓國士無雙。

思齊、心仰止，高風亮節，德業芬芳。
念天地悠悠，日月同光。
血脈傳承久遠，新時代、再造故鄉。
懷恩義，生生永續，樂土壽無疆。

虔誠　謹告。

附註

一　「掬」，音「局」，用兩手捧取，表示誠心敬意。「悃忱」，音「綑陳」，誠懇、忠誠之意。〔東漢〕班固（三二～九二）《白虎通德論．三教》：「忠形於悃忱，……；敬形於祭祀，……；文形於飾貌，……。」

二　本祭文借用雙調〈滿庭芳〉詞牌，上闋四十八字，下闋四十七字，共計九十五字，各十句，各通押「下平聲：七陽」四韻，一韻到底，以抒發昂揚奮發、壯闊悠長的情志。

三　「氣呑宇宙」，猶氣呑山河。形容氣魄、氣象盛大，充滿於天地之中。

四　「烈祖」，此代指開創家族、國邦的「列祖列宗」。出於《詩經．商頌》：「嗟嗟烈祖，有秩斯祜。申錫無疆，及爾斯所。既載清酤，賚我思成。亦有和羹，既戒既平。鬷假無言，時靡有爭。綏我眉壽，黃耇無疆。約軧錯衡，八鸞鶬鶬。以假以享，我受命溥將。自天降康，豐年穰穰。來假來饗，降福無疆。顧予烝嘗，湯孫之將。」（語譯：「讚歎偉大我先祖，大吉大利有洪福。永無休止賞賜厚，至今恩澤仍豐足。祭祖清酒杯中注，佑我事業得成功。再把肉羹調製好，五味平和最適中。眾人禱告不出聲，沒有爭執很莊重。賜我平安得長壽，長壽無終保安康。車衡車軸金革鑲，鑾鈴八個鳴鏗鏘。來到宗廟祭祖上，我受天命自浩湯。平安康寧從天降，豐收之年滿囤糧。先祖之靈請尚饗，賜我大福綿綿長。秋冬兩祭都登場，成湯子孫永祭享。」）

五　「篳縷」，即「篳路藍縷」，形容創業的艱苦。篳路，柴車；藍縷，破衣服。出自《左傳．宣公．十二年》：「篳路藍縷，以啓山林。」意謂：駕著簡陋的車，穿著破爛的衣服，去開闢山林。洪荒，指混沌蒙昧的狀態，此特指遠古時代的洪荒世界。

六　「鼎革」，「〈鼎〉新〈革〉故」。舊指朝政變革或改朝換代，今形容破舊立新。意出《周易．雜卦傳》：「〈革〉，去故也；〈鼎〉，取新也。」

七　「經綸展」，即大展經綸。經綸，整理絲縷、理出絲緒並編絲成繩；比喻籌劃治理國家大事，也借指抱負與才幹。《周易．屯．大象傳》：「雲雷〈屯〉，君子以經綸。」〔唐〕孔穎達（五七四～六四八）疏：「經謂經緯，綸謂綱綸；言君子法此〈屯〉象有爲之時，以經綸天下，約束於物。」《禮記．中庸》：「唯天下至誠，爲能經綸天下之大經，立天下之大本，知天地之化育。」

八　「毓國士無雙」，毓同育，「國士無雙」語出〔西漢〕司馬遷（約公元前一四五～前九〇）《史記．淮陰侯列傳》，係蕭何（公元前二五七～前一九三）評價韓信（公元前二三〇～前一九六）之語：「諸將易得耳，至如信者，國士無雙。」

九 「思齊」，取義於《論語・里仁》：「見賢思齊焉，見不賢而內自省也。」見到賢能的人，就應該主動向他學習、看齊；見到不賢能的人，就應該自我反省有沒有與他相類似的錯誤。

一〇 心仰止，語出〔西漢〕司馬遷（約公元前一四五～前九〇）《史記・孔子世家》：「《詩》有之：『高山仰止，景行行止。』雖不能至，然心嚮往之。」「高山」，比喻道德崇高，用以形容孔子的崇高德行；景行，大路，比喻行為光明正大。司馬遷讚揚孔子有高尚德行而令人仰慕，又有光明正大的行為，可作為人們行為的準則。〔東漢〕鄭玄（一二七～二〇〇）注曰：「古人有高德者則慕仰之，有明行者則而行之。」而〔南宋〕朱熹（一一三〇～一二〇〇）注曰：「仰，瞻望也。景行，大道也。高山則可仰，景行則可行。」此句「高山仰止，景行行止」，後縮略成「高山景行」此一成語。

一一 「高風亮節」，形容人的品格高尚，氣節堅貞。高風，高尚的品格；亮節，堅貞的節操。又作「高風峻節」，出自〔南宋〕胡仔（一一一〇～一一七〇）《苕溪漁隱叢話・後集》卷一：「余謂淵明高風峻節，固已無愧於四皓，然猶仰慕之，尤見其好賢尚友之情也。」「高風亮節」係由「高風」及「亮節」二語組合而成。「高風」見於《後漢書》卷二十八下〈馮衍傳〉，其賦云：「沮先聖之成論兮，名賢之高風。」馮衍（生卒年不詳）雖然傷己不能遇到堯舜這樣的明君，但自己依然保持著高尚的志節，不苟同於世俗之見。「亮節」則見於〔西晉〕陸雲（二六二～三〇三）〈晉故豫章內史夏府君誄〉：「越殷自周，紹膺遺祉，亮節三格，侯服千祀，悠悠訖茲，徽烈不已。」敘述好友生前美好的德行、偉大的功業，並以

「亮節」形容故友的堅貞節操。

一二　「芬芳」，比喻美好的德行或名聲。〔東漢〕崔瑗（七七～一四二）〈座右銘〉：「行之苟有恆，久久自芬芳。」

一三　「念天地悠悠」，語出〔唐〕陳子昂（六六一～七〇二）〈登幽州臺歌〉：「前不見古人，後不見來者。念天地之悠悠，獨愴然而涕下。」意謂：前面望不見古人，後面看不見將來的人。想到天地的無窮無盡，不覺獨自悲傷的掉下淚來。

一四　「日月同光」，與日月同樣光明，語出〔戰國·楚〕屈原（公元前三四〇～前二七八）《楚辭·九章·涉江》「與天地兮同壽，與日月兮同光」，全辭如下：「余幼好此奇服兮，年既老而不衰。帶長鋏之陸離兮，冠切雲之崔嵬。被明月兮佩寶璐。世混濁而莫余知兮，吾方高馳而不顧。駕青虬兮驂白螭，吾與重華游兮瑤之圃。登崑崙兮食玉英，與天地兮同壽，與日月兮同光。哀南夷之莫吾知兮，旦余濟乎江湘。」

一五　「樂土壽無疆」，「樂土」指不受剝削壓迫的快樂之地，語出《詩經·魏風·碩鼠》：「碩鼠碩鼠，無食我黍！三歲貫女，莫我肯顧。逝將去女，適彼樂土。樂土樂土，爰得我所？碩鼠碩鼠，無食我麥！三歲貫女，莫我肯德。逝將去女，適彼樂國。樂國樂國，爰得我直？碩鼠碩鼠，無食我苗！三歲貫女，莫我肯勞。逝將去女，適彼樂郊。樂郊樂郊，誰之永號？」「壽無疆」，即萬壽無疆之意，語出《詩經·豳風·七月》：「躋彼公堂，稱彼兕觥，萬壽無疆。」《詩經·小雅·天保》：「烝嘗於公先王。君曰卜爾，萬壽無疆。」

二十一　中華民國一〇八年（二〇一九）

秋祭忠烈暨殉職人員典禮祭文

維

中華民國一〇八年九月三日，秋祭忠烈暨殉職人員令辰，總統　蔡英文敬設大典，恭率中央政府文武官員，並敦請烈士遺族代表暨軍警公務人員，敬掬悃忱，昭告

英靈曰：

朗朗映天心，灼灼日輝月。
浩氣精忠先導，俊英長發。
豐盈德業，壯志乾坤一。
遠謀略，豁胸襟，楨榦石。
崇隆禮樂，弘毅神人席。

奉獻犧牲不歆，碧血滂勃。
崢嶸風骨，鑄史沕丹碣。
憂患深，大慈悲，礪莫忽。

虔誠　謹告。

附註

一　「掬」，音「局」，用兩手捧取，表示誠心敬意。「悃忱」，音「綑陳」，誠懇、忠誠之意。〔東漢〕班固（三二～九二）《白虎通德論．三教》：「忠形於悃忱，……；敬形於祭祀，……；文形於飾貌，……。」

二　本文據詞牌〈千年調〉（亦稱〈相思會〉）而作，此詞爲雙調，仄韻入聲。

三　「朗朗」，光明亮潔的樣子。於本文形容志士仁人高潔的人格與精神。「天心」，此指「天地生物之心」。宋儒朱熹（一一三〇～一二〇〇）把宇宙本體解釋爲「生」，即生命精神與生長之道。他在〈仁說〉曰：「蓋仁之爲道，乃天地生物之心，即物而在；情之未發而此體已具，情之已發而其用不窮。誠能體而存之，則眾善之源，百行之本，莫不在是。」也就是說，天地之「心」要使萬物生長化育，它賦予每一件事物以生的本質，從而生生不息。這個統一的生命就謂之爲仁。它是天地之心，眾善之源，百行之本，世界是統一於「生」。

四　「灼灼」，明亮、鮮明、明白、彰著、盛烈的樣子。出自〔西晉〕傅玄（二一七～二七八）〈明月篇〉：「皎皎明月光，灼灼朝日暉。」於此彰顯革命先烈與忠烈殉職人員光昭日月的榮耀事蹟。

五　「長發」，典出《詩經．商頌．長發》：「濬哲維商，長發其祥。」意謂英明睿智大商始祖，永久興發福澤禎祥。此以喻指長久（經常）有俊傑英豪之士出現。

六　「乾坤一」，意謂〈乾〉〈坤〉天地合和為一體之義，融〈乾〉天之高明與〈坤〉地之博厚於一爐，也就是「開張天岸馬，奇逸人中龍」的〈乾〉健〈坤〉順「龍馬」精神。《周易．乾．彖傳》曰：「大哉〈乾〉元！萬物資始，乃統天。……〈乾〉道變化，各正性命。……保合太和乃利貞。」《周易．坤．彖傳》曰：「至哉〈坤〉元！萬物資生，乃順承天。」〈乾〉〈坤〉共同作用，實現了萬物的化與生。

二十二　中華民國一〇九年（二〇二〇）

敬向先祖暨忠烈殉職人員致祭祭文

維

中華民國一〇九年三月二十九日，致祭各民族歷代先祖暨文武忠烈殉職人員令辰，總統蔡英文敬設大典，恭率副總統、五院院長，以及中央政府文武官員，並敦請烈士遺族代表暨軍警公務人員，謹掬悃忱，昭告

祖靈英魂曰：

飲水思源，勿忘前修，
戴德銘衷。
仰典型夙昔，凌霜正氣；
風操自在，傲骨精忠。
創業維艱，守成不易，

紹繼齊賢盡善功。
葳蕤萃，綻繽紛世界，
化毓無窮。

山青野茂天工，美麗島、
融和一體同。
創宏謀萬策，雄材四海；
勤勤兢兢，亹亹崇崇。
赤手胼胝，丹心汗瀝，
遠矚高瞻國運隆。
乾坤朗，效祖宗先烈，
成濟始終。

虔誠　謹告。

附註

一　「掬」，音「局」，用兩手捧取，表示誠心敬意。「悃忱」，音「綑陳」，誠懇、忠誠之意。〔東漢〕班固（三二～九二）《白虎通德論．三教》：「忠形於悃忱，……；敬形於祭祀，……；文形於飾貌，……。」

二　本祭文借用雙調〈沁園春〉詞牌，上闋五十六字，下闋五十八字，共計一一四字。上闋四平韻，下闋五平韻，通押「上平聲：一東」韻，一韻到底；上闋四五句、六七句、八九句，下闋三四句、五六句、七八句，均要求對仗，以抒發感念先祖賢宗、精忠英烈開創國家的德澤、豐功與偉業。

三　「前修」，即「前賢」，敬稱前代修德之先祖、賢士。典出《楚辭．離騷》：「謇吾法夫前修兮，非世俗之所服。」

四　「戴德銘衷」，爲「戴德感恩」與「銘感五衷」二詞之縮語。五衷，即「五內」，爲五臟之意；銘感五衷，比喻非常感激。

五　「典型夙昔」，化用〔南宋〕文天祥（一二三六～一二八三）〈正氣歌〉：「哲人日已遠，典型在夙昔。風簷展書讀，古道照顏色。」

六　「創業維艱，守成不易」，出自〈國旗歌〉歌詞：「山川壯麗、物產豐隆。炎黃世冑，東亞稱雄。毋自暴自棄、毋故步自封。光我民族，促進大同。創業維艱，緬懷諸先烈。守成不易，莫徒務近功。同心同德，貫徹始終，青天白日滿地紅。同心同德，貫徹始終，青天白日滿地紅！」

七 「紹繼」，紹承繼續；「齊賢」，爲「見賢思齊」縮倒語。

八 「葳蕤」，形容枝葉茂盛，一片欣欣向榮之景象。

九 「化毓」，同「化育」。語出〔南宋〕羅泌（一一三一～一一八九）《路史．序》：「人者天地之英，而聖人之道與天地竝。春生夏長，天地有不至，聖財成焉。賞善罰惡，天地有不及，聖相輔焉。其所以贊天地之化毓者，至矣。」

一〇 「天工」，天然形成之工巧，或天然形成之高超技藝。在此指臺灣山川秀麗，田豐野沃。

一一 「融和」，指融化和合。融合，側重於指完全合而爲一；融和，則側重於指合成一體，共生同存。

一二 「勤勤兢兢」，即「勤勤懇懇」、「兢兢業業」二詞之縮語，本作「兢兢勤勤」，語出〔北宋〕歐陽脩（一〇〇七～一〇七二）〈會聖宮頌〉：「故其兢兢勤勤，不忘前人，是以根深而葉茂。」

一三 「亹亹」，音「偉偉」，勤勉不倦之意。語出《周易．繫辭傳》「成天下之亹亹」與《詩經．大雅．文王》「亹亹文王，令聞不已」。「崇崇」，崇高偉大之意。語出〔唐〕李翺（七七二～八四一）〈雜說〉：「昔管仲以齊桓霸天下，攘夷狄，華夏免乎被髮左衽，崇崇乎功亦格天下，溢後世。」

一四 「赤手」，即空手、徒手，此爲「赤手空拳」之縮語，意指空無所有。「胼胝」，音「駢枝」，手腳上磨出之老繭，形容經常辛勤勞動。語出《荀子・子道》：「耕耘樹藝，手足胼胝以養其親。」

一五　「丹心」，爲「赤膽丹心」之縮語，化用（南宋）文天祥（一二三六～一二八三）〈過零丁洋〉：「人生自古誰無死，留取丹心照汗青。」「汗瀝」，指血汗淋漓、嘔心瀝血，即竭誠盡心、坦誠相待、忠貞不二之意。

一六　「乾坤朗」，爲「乾坤朗朗」、「朗朗乾坤」之縮語，形容政治清明，天下太平。〈乾〉〈坤〉是《周易》首二卦，借指天地、世界等。朗朗，明朗、清亮。

一七　「成濟」，成〈既濟〉定，即完成天地、人生德業之意。

二十三　中華民國一〇九年（二〇二〇）

秋祭忠烈暨殉職人員典禮祭文

維

中華民國一〇九年九月三日，秋祭忠烈暨殉職人員令辰，總統　蔡英文敬設大典，恭率中央政府文武官員，並敦請烈士遺族代表暨軍警公務人員，敬掬悃忱，昭告英靈曰：

秋水盈盈，幽菊挹香，翠巒西東。
值安寧澹泊，光風霽月；
鳴謙龍鳳，國士雄弓。
藎愛芬芳，丹心戮力，
鐵血精神萃勁松。
三不朽，履乾坤健順，允執厥中。

陰陽仁義親功，立道命、天人登極峰。
贊茂材俊傑，澄清攬轡；
圓山炳蔚，煥奕德容。
器度弘深，先憂後樂，
進退喜悲效范公。
康莊道，獻畢生志業，博愛大同。

虔誠　謹告。

附註

一　「掬」，音「局」，用兩手捧取，表示誠心敬意。「悃忱」，音「綑陳」，誠懇、忠誠之意。〔東漢〕班固（三二～九二）《白虎通德論・三教》：「忠形於悃忱，……；敬形於祭祀，……；文形於飾貌，……。」

二　本祭文借用雙調〈沁園春〉詞牌，上闋五十六字，下闋五十八字，共計一一四字。上闋四平韻，下闋五平韻，通押「上平聲：一東、二冬」韻，二韻互用終篇，以抒發感念精忠英烈開創國家的德澤、豐功與偉業。

三　挹，音「邑」，舀取、牽引、抒發之意。

四　「光風霽月」，也作「光霽」，原指雨過天晴後的明淨景象，比喻爲政治清明、時世太平的局面。後亦比喻人的胸懷坦蕩、品格高潔。典出《宋史》卷四二七〈道學傳一·周敦頤傳〉：「人品甚高，胸懷灑落，如光風霽月。」「霽」，音「濟」，雨雪停止，天氣放晴。

五　「鳴謙」，謂謙德表著於外，語出《周易·謙·六二》爻辭：「鳴謙，貞吉。」〔魏〕王弼（二二六～二四九）注：「鳴者，聲名聞之謂也。得位居中，謙而正焉。」〔唐〕孔穎達（五七四～六四八）疏：「鳴謙者，謂聲名也，處正得中，行謙廣遠，故曰鳴謙。」

六　「國士」，指國中才能最優秀的人物。出自《左傳·成公·十六年》：「皆曰：國士在，且厚，不可當也。」

七　「藎」，忠愛、忠誠。義見《詩經·大雅·文王》：「王之藎臣，無念爾祖。」

八　「三不朽」，指立德、立功、立言。典出《左傳·襄公·二十四年》：「太上有立德，其次有立功，其次有立言，雖久不廢，此之謂不朽。」〔唐〕孔穎達（五七四～六四八）疏：「立德，謂創制垂法，博施濟眾；……立功，謂拯厄除難，功濟于時；立言，謂言得其要，理足可傳。」

九　「乾坤健順」，語出《周易·乾坤·大象傳》：「天行健，君子以自強不息。地勢〈坤〉（順），君子以厚德載物。」《周易·繫辭下傳·第九章》亦云：「夫〈乾〉，天下之至健也，德行恆易以知險。夫〈坤〉，天下之至順也，德行恆簡以知阻。能說諸心，能研諸侯之慮，定天下之吉凶，成天下之亹亹者。」

一〇　「允執厥中」，也作「允執其中」，指不偏不倚，無過與不及。語出《書經．大禹謨》：「人心惟危，道心惟微；惟精惟一，允執厥中。」〔明〕方孝孺（一三五七～一四〇二）〈夷齊〉：「聖人之道，中而已矣！堯、舜、禹三聖人爲萬世法，一『允執厥中』也。」

一一　「陰陽仁義」，此爲「陰陽剛柔仁義」縮語，語出《周易．說卦傳．第二章》：「昔者，聖人之作《易》也，將以順性命之理，是以立天之道，曰陰與陽；立地之道，曰柔與剛；立人之道，曰仁與義，兼三才而兩之，故《易》六畫而成卦，分陰分陽，迭用柔剛，故《易》六位而成章。」〔東漢〕荀悅（一四八～二〇九）《申鑒．政體》曰：「陰陽以統其精氣，剛柔以品其群形，仁義以經其事業，是爲道也。故凡政之大經，法教而已。教者，陽之化也；法者，陰之符也。仁也者，慈此者也；義也者，宜此者也；禮也者，履此者也；信也者，守此者也；智也者，知此者也。」「親功」，原作「剛柔」，因此句需押韻，故改之。「親功」，語出《周易．繫辭上傳．第一章》：「〈乾〉知大始，〈坤〉作成物。〈乾〉以易知，〈坤〉以簡能。易則易知，簡則易從，易知則有親，易從則有功，有親則可久，有功則可大，可久則賢人之德，可大則賢人之業。易簡而天下之理得矣，天下之理得，而成位乎其中矣。」上文中「易、知、親、久、德」諸字，皆指「〈乾〉，陽、剛、健」之性體；「簡、從、功、大、業」諸字，皆指「〈坤〉，陰、柔、順」之性體，故宋儒陸九淵（子靜，象山，一一三九～一一九三）云「易簡工夫終久大」，「親功」即「〈乾〉〈坤〉」德業之體現。

一二　「立道命」，語出《周易・說卦傳・第一章》：「昔者，聖人之作《易》也，幽贊于神明而生蓍，參天兩地而倚數，觀變于陰陽而立卦，發揮于剛柔而生爻，和順于道德而理于義，窮理盡性以至于命。」道、命之義，檃栝於此章。

一三　「茂材」，指才德優異之士。

一四　「澄清」，平治天下。攬轡（音「沛」），拉住馬韁。此二句表示刷新政治，澄清天下的抱負。也比喻人在負責一件工作之始，即立志要刷新這件工作，把它做好。國立臺南第一高級中學校史室內，還留有已故李昇（斯中，一九一七～二〇〇四）校長書寫的一副竹刻楹聯：「心存攬轡澄清志，腹滿經綸濟世才。」

一五　「炳蔚」，本形容文采鮮明華美，此指環境秀美絢麗。語出《周易・革・九五・上六・小象傳》：「大人虎變，其文炳也。」「君子豹變，其文蔚也。」〔唐〕孔穎達（五七四～六四八）疏：「損益前王，創制立法，有文章之美，煥然可觀，有似虎變，其文彪炳。」「君子豹變」，形容君子遷善去惡，更見其美德。

一六　「煥奕」，光彩煥發。

一七　「先憂後樂」，語出宋朝名臣范仲淹（希文，九八九～一〇五二）〈岳陽樓記〉「先天下之憂而憂，後天下之樂而樂」，成爲傳頌千古、膾炙人口的名言。原文是：「不以物喜，不以己悲，居廟堂之高，則憂其民；處江湖之遠，則憂其君。是進亦憂，退亦憂；然則何時而樂耶？其必曰：『先天下之憂而憂，後天下之樂而樂』歟！」

一八　「進退喜悲」，承前注范仲淹（九八九～一〇五二）〈岳陽樓記〉全文義旨。范公，即范仲淹，謚號「文正」。

一九　「康莊」，平坦暢達的大道，也比喻人生的坦途。

二〇　「博愛」，爲　國父孫中山（文，逸仙，一八六六～一九二五）先生喜歡手書的傳統文化思想，博大豪邁、氣勢恢宏。「博愛」是孫中山先生理解中國傳統「仁愛」思想後，又融入自己的理解，體現其革命信念中——救世、救人、救國三者的「仁」。「大同」，語出《禮記．禮運．大同篇》：「大道之行也，天下爲公。選賢與能，講信修睦。故人不獨親其親，不獨子其子；使老有所終，壯有所用，幼有所長，鰥寡孤獨廢疾者，皆有所養。男有分，女有歸。貨惡其棄於地也，不必藏於己；力惡其不出於身也，不必爲己。是故謀閉而不興，盜竊亂賊而不作，故外戶而不閉，是謂大同。」

二十四　中華民國一一〇年（二〇二一）

敬向先祖暨忠烈殉職人員致祭祭文

維

中華民國一一〇年三月二十九日，致祭各民族歷代先祖暨文武忠烈殉職人員令辰，總統蔡英文敬設大典，恭率副總統、五院院長，以及中央政府文武官員，並敦請烈士遺族代表暨軍警公務人員，謹掬悃忱，昭告祖靈英魂曰：

玉山飛白雪，翠嶺綻寒櫻。萬物春風潤，乾坤氣象榮。
宗功千載盛，祖德萬年興。寶島丹青耀，神州碧血凝。
勇仁皆國士，忠烈俱俊英。慎終知追遠，垂範鑄復生。
四海同舟濟，全民共命膺。心心相印道，法法並傳燈。
理想成天職，精神化永恆。芬芳文武備，炳烺志情弘。

徹地藏龍虎，通天毓傑靈。衷腸歌詠頌，肺腑骨鐫銘。

虔誠　祈謹告，本固世邦寧。

附註

一　「掬」，音「局」，用兩手捧取，表示誠心敬意。「悃忱」，音「綑陳」，誠懇、忠誠之意。〔東漢〕班固（三二～九二）《白虎通德論．三教》：「忠形於悃忱，……；敬形於祭祀，……；文形於飾貌，……。」

二　本祭文採五言排律詩體式，兩兩成雙對仗，通押「下平聲：八庚、九青、十蒸」三陽聲韻，藉以抒發感念先祖賢宗、精忠英烈與勇仁文武開創國家的德澤、豐功與偉業。正文二十四句，總一二〇字，以象徵一年二十四節氣；結語二句，虔誠祈禱祝告，鞏固根本，世界和平，國泰民安。

三　「玉山飛白雪，翠嶺綻寒櫻」，此二句藉臺灣最高峰玉山飛雪，以象徵「凌霜雪而彌勁」的精神；並以翠茂野嶺遍地春櫻葳蕤綻放的美景，以象徵寒盡冬去，春暖花開的美好時光。

四　「萬物春風潤，乾坤氣象榮」，此二句以春風潤澤萬物，開啓天地欣欣向榮的生生不息氣象。

五　「宗功千載盛，祖德萬年興」，此二句表彰「祖德源流千載盛，宗功世澤萬年興」的尊祖敬宗精神，因平仄押韻之故，文字稍加交錯減縮，而實質意義仍舊不變。

六　「丹青」，泛指典籍，如〔南宋〕文天祥（一二三六～一二八三）〈正氣歌〉：「時窮節乃見，一一垂丹青。」「碧血」，一指爲正義死難而流的鮮血，即烈士的血，語出《莊子．外物》篇：「萇弘死於蜀，藏其血，三年而化爲碧。」又指爲國犧牲的精神，如〔清〕陳夢雷（一六五〇～一七四一）〈擬古十九首序〉：「歌以當哭，留碧血於他年；古直作今，續騷魂於後代。」此二句意味開國先烈與忠義勇士，在大陸神州與臺灣寶島都能芬芳史冊、精神不朽。

七　「勇仁皆國士，忠烈俱俊英」，此二句形容爲國家奮鬥犧牲的忠烈、勇仁義士，都是國家的棟樑砥柱、俊傑英雄。

八　「終」，指父母之喪；「遠」，指祖先；「愼終追遠」，指依禮愼重辦理父母喪事，祭祀要誠心的追念遠祖，語出《論語．學而》篇：「愼終追遠，民德歸厚矣。」後亦指愼重從事，追念前賢。各民族歷代先祖暨文武忠烈殉職人員形體雖已遠逝，而精神永恆不朽，後生紹承，宛如復活。

九　「四海同舟濟，全民共命膺」，此二句意指世界各國應該懷抱同舟共濟的精神，互相支援合作；全國人民亦應懷抱崇高志向，勇於承擔、完成國家賦予的神聖使命。

一〇　「心心相印」，本指佛家禪宗修行者，師徒間不須經由文字、言語的表達，即能相互契合，了悟禪理妙機，參見黃檗山斷際禪師（黃檗希運，？～八五〇）《傳心法要》。以此比喻彼此心靈互通，情意相合。「法法並傳燈」，則化用釋迦牟尼（約公元前五六三～前四八三）佛傳法予摩訶迦葉（生卒年不詳）尊者時的偈語：「法本法無法，無法法亦法。今付無法時，法法何曾法？」此偈蘊含了佛法最究竟的中道實相之理，皆可考見於宋代《景德傳燈錄·卷第一》、《傳法正宗記·卷第一》、《五燈會元·卷第一》，元代《佛祖歷代通載·卷第一》、《釋氏稽古略》，明代《指月錄》，清代《五燈全書·卷第一》。

一一　「理想成天職，精神化永恆」，此二句指爲國家犧牲奉獻，即志士仁人的理想天職；而其戮力奮鬥的精神，成爲不朽永恆。

一二　「炳烺」，「烺」音「朗」，光耀鮮明。此二句意味文武兼備的忠烈義士，其氣節芬芳與志趣情操，都能傳播弘揚於世界人間。

一三　「徹地藏龍虎，通天毓傑靈」，此二句比喻到處都有「臥虎藏龍」的特異人才，以及「鍾靈毓秀」的英俊豪傑。

一四　「衷腸」，猶心曲，即內心的情感；「肺腑」，本指五臟六腑，借喻內心深處。此二句意指眞誠詠歌讚頌，刻骨銘心於情感極深之處。

一五　「本固邦寧」，含義指人民安居樂業，則國家太平。典出《尚書·五子之歌》：「民惟邦本，本固邦寧。」《孔傳》：「言人君當固民以安國。」此二句虔誠祈禱鞏固國家根本，自然國泰民安。

二十五　中華民國一一〇年（二〇二一）

秋祭忠烈暨殉職人員典禮祭文

維

中華民國一一〇年九月三日，秋祭忠烈暨殉職人員令辰，總統　蔡英文敬設大典，恭率中央政府文武官員，並敦請烈士遺族代表暨軍警公務人員，敬掬悃忱，昭告英靈曰：

燕鴻歸去，苦甘盡，天地生人成物。
宇宙無邊，襟抱遠，共命同舟化碧。
傲骨嶙峋，冰心偉岸，勁節凌霜雪。
存亡圖畫，浩然昭代雄傑。

忠烈仁義英年，滿腔情未了，精神煥發。

立懦廉頑，霑溉深，繼絕安邦興滅。
叱吒崢嶸，當今其舍我？纓冠被髮。
眞情至性，春華光霽秋月。

虔誠　謹告。

附註

一　「中華民國一一〇年秋祭忠烈殉職人員典禮」九月三日上午十時，在臺北大直圓山「國民革命忠烈祠」舉行，總統蔡英文（一九五六～）親臨主祭，向國民革命烈士靈位獻花。以下是中央社記者溫貴香報導，蘇龍麒編輯：今天是九三軍人節，總統蔡英文上午主持「中華民國一一〇年秋祭忠烈殉職人員典禮」，蔡總統向國民革命烈士靈位獻花後率同陪祭、與祭人員行三鞠躬禮，典禮莊嚴隆重。「中華民國一一〇年秋祭忠烈殉職人員典禮」上午十時，在臺北市大直圓山「國民革命忠烈祠」隆重舉行，總統蔡英文親臨主祭，副總統賴清德（一九五九～）、行政院院長蘇貞昌（一九四七～）、立法院院長游錫堃（一九四八～）、司法院院長許宗力（一九五六～）、考試院院長黃榮村（一九四七～）、監察院院長陳菊（一九五〇～）陪祭。總統在總統府秘書長李大維（一九四九～）陪同下，在崇戎樂聲中抵達忠烈祠。典禮開始，鐘鼓齊鳴，主祭、陪祭、與祭人員就位，奏國歌，隨後總統向國民革命烈士的靈位獻花；在恭讀祭文後，總統率同陪祭及與祭人員行三鞠躬禮，典禮莊嚴隆重；典禮後，總統並向烈士遺族代表慰問致意。今天與祭人員包括中央文武官員及遺族代表等。

二 「掬」，音「局」，用兩手捧取，表示誠心敬意。「悃忱」，音「綑陳」，誠懇、忠誠之意。〔東漢〕班固（三二～九二）《白虎通德論・三教》：「忠形於悃忱，……；敬形於祭祀，……；文形於飾貌，……。」

三 本祭文步韻〔北宋〕蘇軾（子瞻，東坡居士，一〇三七～一一〇一）〈念奴嬌・赤壁懷古〉，詞牌〈念奴嬌〉（又名〈百字令〉、〈酹江月〉、〈大江東去〉），雙調百字，上闋四十九字，下闋五十一字，共計一百字。上下闋皆四仄韻，通押「入聲：物、月、屑、陌」諸韻終篇；上闋韻腳「物、碧、雪、傑」，下闋韻腳「發、滅、髮、月」，音節高亢，利於抒寫豪壯感情，表達雄深雅健、沉鬱頓挫意趣，藉以感念、詠讚精忠英烈奉獻犧牲、繼往開來的德澤高行、豐功偉業。

四 「燕鴻歸去」，燕子春天自南方來，鴻雁春天往北方飛，秋去春回，此時秋高氣爽，雁字南飛，秋空萬里，壯闊明朗，藉此表達時光雖消逝，而生命循環生生不息、人生際遇闊達之意；同時也抒發對世事滄桑、盛衰變化的慨歎。

五 「苦甘盡」，《月令・七十二候》曰「玄鳥歸」，玄鳥就是燕子，春分時來，秋分將至，涼風裊裊，露重枝濕，就此離去。又云「鴻雁來」，鴻爲大，雁爲小，鴻雁二月北飛，八月南飛。萬物在安靜大化中，孕育著離傷與新生，山楂紅了，柿子掛滿樹；燕鴻春歸秋去，象徵艱難、困頓的生活，終將度過而結束，漸入佳境，苦盡甘來。

六　「天地生人成物」，道生天地，天地生人與萬物，自當令其相親相愛，而不當令其相賊相害。意謂自身有所成就，也要使自身以外的一切有所成就，故《禮記．中庸》三致其言，曰：「自誠明，謂之性；自明誠，謂之教。誠則明矣，明則誠矣。唯天下至誠，爲能盡其性；能盡其性，則能盡人之性；能盡人之性，則能盡物之性；能盡物之性，則可以贊天地之化育；可以贊天地之化育，則可以與天地參。」「誠者，自成也，而道自道也。誠者，物之終始，不誠無物，是故君子誠之爲貴。誠者，非自成己而已也，所以成物也。成己，仁也；成物，知也。性之德也，合外內之道也，故時措之宜也。故至誠無息，不息則久，久則徵，徵則悠遠，悠遠則博厚，博厚則高明。博厚，所以載物也；高明，所以覆物也；悠久，所以成物也。博厚配地，高明配天，悠久無疆。如此者，不見而章，不動而變，無爲而成。」「唯天下至誠，爲能經綸天下之大經，立天下之大本，知天地之化育。夫焉有所倚？肫肫其仁！淵淵其淵！浩浩其天！苟不固聰明聖知達天德者，其孰能知之？」

七　「襟抱遠」，胸懷與抱負高遠宏大。〔南宋〕樓鑰（大防，一一三七～一二一三）〈讀范吏部三高祠堂記〉云：「前身陶朱今董狐，襟抱磊落吞江湖。瑰詞三章妙天下，大書深刻江水隅。」全詩錄下供參：「三高之風天與高，三高之靈或可招。小山以後無此作，具區笠澤空寥寥。幾從垂虹盪雙槳，寓目滄浪獨怊悵。筆端不倒三峽流，欲遽招之恐長往。前身陶朱今董狐，襟抱磊落吞江湖。瑰詞三章妙天下，大書深刻江水隅。我來誦詩凜生氣，若有人兮在江水。扁舟獨釣膾鱸魚，茶灶筆床歸甪里。先生固是丘壑人，只今方迫功與名。謝公捉鼻恐未免，便看林藪生風雲。他年事業滿彝鼎，乞身歸來坐佳境。不嫌俗士三斗塵，容我漁蓑理煙艇。」

八 「共命同舟」，比喻共同經歷患難，命運與共，利害一致。「化碧」，鮮血化作碧玉，多用以稱頌忠臣、志士。典出《莊子・雜篇・外物》：「外物不可必，故龍逢誅，比干戮，箕子狂，惡來死，桀、紂亡。人主莫不欲其臣之忠，而忠未必信，故伍員流於江，萇弘死於蜀，藏其血三年，化而爲碧。人親莫不欲其子之孝，而孝未必愛，故孝己憂而曾參悲。」（唐）成玄英（子實，生卒年不詳）疏：「碧，玉也。子胥、萇弘，《外篇》已釋。而言流江者，忠諫夫差，夫差殺之，取馬皮作袋，爲鴟鳥之形，盛伍員屍，浮之江水，故云『流於江』。萇弘遭譖，被放歸蜀，自恨忠而遭譖，遂刳腸而死。蜀人感之，以匱盛其血，三年而化爲碧玉，乃精誠之至也。」（元）鄭元祐（明德，尚左生，一二九二～一三六四）《僑吳集》卷三〈汝陽張御史死節歌〉：「孤忠既足明丹心，三年猶須化碧血。」全歌錄下供參：「張御史，罵賊死，國忠臣，家孝子。忠義國家培植來，白日照耀黃金臺。此身許國誓不二，不信白骨生青苔。近者汝陽妖賊起，揮刀殺人丹汝水。侯指頭上獬豸冠，掌柱乾坤立人紀。侯頸可斷身可捐，義不與賊同戴天。眥裂齒碎加憤怒，髮直上指目炯然。賊刀入口鉤侯舌，舌斷含糊罵不絕。孤忠既足明丹心，三年猶須化碧血。顏平原，張睢陽，一日雖短千載長。人誰不死死忠義，汗簡至今名字香。朝廷易名賜廟食，人誰無心應感激？坐令忠義銷凶邪，鑿井耕田歌帝力。」

九 「傲骨嶙峋」，形容人高傲不屈，剛毅正直；很有骨氣，不受世俗的左右。「傲骨」，高傲不屈的風骨，比喻高傲自尊、剛強不屈的性格。「嶙峋」，形容山石重疊不平或山勢高聳的樣子，比喻剛正不阿的態度。晚清中興名臣曾國藩（伯涵，滌生，一八一一～一八七二）於四十八歲時，曾寫過一幅對聯，曰：「養活一團春意思，撐起兩根窮骨頭。」也有「不生傲氣，不丟骨氣，不損志氣」的家訓名言。近代著名畫家徐悲鴻（一八九五～一九五三）的座右銘是：「人不可有傲氣，但不可無傲骨。」

一〇　「冰心」，如冰一般清潔純淨的心，形容志行品德高尚純潔，清廉正直；或性情淡泊，不求名利。語出〔盛唐〕王昌齡（少伯，六九〇～七五六）〈芙蓉樓送辛漸〉詩：「寒雨連江夜入吳，平明送客楚山孤。洛陽親友如相問，一片冰心在玉壺。」「偉岸」，形容相貌、氣度卓越非凡、高明特異，不同於常人。《宋史·韓世忠傳》：「風骨偉岸，目瞬如電。」也常喻指高超非凡的志向。

一一　「勁節」，節本指竹木枝幹分杈處，以其質地堅實，故稱「勁節」，比喻爲堅貞不屈的節操。〔南朝·梁〕范雲（彥龍，四五一～五〇三）〈詠寒松〉詩：「修條拂層漢，密葉障天潯。凌風知勁節，負雪見貞心。」〔初唐〕駱賓王（觀光，六四〇～六八四）〈浮槎〉詩：「昔負千尋質，高臨九仞峰。貞心凌晚桂，勁節掩寒松。忽值風飆折，坐爲波浪沖。摧殘空有恨，擁腫遂無庸。渤海三千里，泥沙幾萬重。似舟飄不定，如梗泛何從？仙客終難託，良工豈易逢？徒懷萬乘器，誰爲一先容？」〔初唐〕李嶠（巨山，六四四～七一三）〈松〉詩：「鬱鬱高巖表，森森幽澗陲。鶴棲君子樹，風拂大夫枝。百尺條陰合，千年蓋影披。歲寒終不改，勁節幸君知。」〔北宋〕王安石（介甫，半山，一〇二一～一〇八六）〈景福殿前柏〉：「香葉由來耐歲寒，幾經眞賞駐鳴鑾。根通御水龍應蟄，枝觸宮雲鶴更盤。怪石誤蒙三品號，老松先得大夫官。知君勁節無榮慕，寵辱紛紛一等看。」「凌霜雪」，就是

「凌霜傲雪」縮語，形容不畏嚴寒，傲然挺立於霜雪之中。比喻品行高潔，也指經過長期磨鍊，面對冷酷迫害或打擊毫不示弱，無所畏懼。〔南宋〕楊无咎（補之，一〇九七～一一七一）〈柳梢青〉詞有「傲雪凌霜，平欺寒力，攙借春光」句。

一二 「圖畫」，比喻壯麗的江山。也作動詞，爲圖謀、策畫之意，如〔西漢〕東方朔（曼倩，公元前一五四～前九三）〈非有先生論〉：「……使遇明王聖主，得賜清宴之間，寬和之色，發憤畢誠，圖畫安危，揆度得失，上以安主體，下以便萬民，則五帝三王之道，可幾而見也。……」

一三 「浩然」，「浩然之氣」省稱，形容廣闊盛大的樣子。〔南宋〕文天祥（履善，文山，一二三六～一二八三）〈正氣歌〉云：「天地有正氣，雜然賦流形。下則爲河嶽，上則爲日星。於人曰浩然，沛乎塞蒼冥。」「昭代」，意謂政治清明的時代，常用以稱頌本朝或當今時代。〔盛唐〕杜甫（子美，七一二～七七〇）〈奉留贈集賢院崔、于二學士（國輔、休烈）〉詩有「昭代將垂白，途窮乃叫閽」句。「雄傑」，指雄偉特出、才智出眾的人。

一四 「英年」，指青年、壯年，正當英氣風發的年齡。

一五 「精神煥發」，用來形容目光灼灼，神氣十足；步伐有力，奮發向上。「煥發」，光彩四射的樣子，形容精神振作、情緒飽滿。

一六 「立儒廉頑」，同「廉頑立儒」，使貪婪的人廉潔，使儒弱的人立志。指高尚的節操可以激勵人振奮向上，形容仁德之人對社會有很大的感化力量。語本《孟子．萬章下》：「故聞伯夷之風者，頑夫廉，儒夫有立志。」全文如下：「孟子曰：『伯夷，目不視惡色，耳不聽惡聲。非其君不事，非其民不使。治則進，亂則退。橫政之所出，橫民之所止，不忍居也。思與鄉人處，如以朝衣朝冠坐於塗炭也。當紂之時，居北海之濱，以待天下之清也。故聞伯夷之風者，頑夫廉，懦夫有立志。』」「伊尹曰：『何事非君？何使非民？』治亦進，亂亦進。曰：『天之生斯民也，使先知覺後知，使先覺覺後覺。予，天民之先覺者也；予將以此道覺此民也。』思天下之民、匹夫匹婦有不與被堯舜之澤者，若己推而內之溝中，其自任以天下之重也。」「柳下惠，不羞汙君，不辭小官。進不隱賢，必以其道。遺佚而不怨，阨窮而不憫。與鄉人處，由由然不忍去也。『爾爲爾，我爲我，雖袒裼裸裎於我側，爾焉能浼我哉？』故聞柳下惠之風者，鄙夫寬，薄夫敦。」「孔子之去齊，接淅而行；去魯，曰：『遲遲吾行也。』去父母國之道也。可以速而速，可以久而久，可以處而處，可以仕而仕，孔子也。」「孟子曰：『伯夷，聖之清者也；伊尹，聖之任者也；柳下惠，聖之和者也；孔子，聖之時者也。孔子之謂集大成。集大成也者，金聲而玉振之也。金聲也者，始條理也；玉振之也者，終條理也。始條理者，智之事也；終條理者，聖之事也。智，譬則巧也；聖，譬則力也。由射於百步之外也，其至，爾力也；其中，非爾力也。』」

一七　「霑溉深」，比喻惠澤後人深遠。「霑溉」，霑濡、灌溉。

一八　「繼絕安邦興滅」，使滅絕的重新振興起來，安定國家，延續下去。「安邦」，治理國家，使之安定。「興滅繼絕」，典出《論語．堯曰》：「興滅國，繼絕世。」全文如下：「堯曰：『咨！爾舜！天之曆數在爾躬。允執其中。四海困窮，天祿永終。』舜亦以命禹。曰：『予小子履，敢用玄牡，敢昭告于皇皇后帝：有罪不敢赦。帝臣不蔽，簡在帝心。朕躬有罪，無以萬方；萬方有罪，罪在朕躬。』周有大賚，善人是富。『雖有周親，不如仁人。百姓有過，在予一人。』謹權量，審法度，修廢官，四方之政行焉。興滅國，繼絕世，舉逸民，天下之民歸心焉。所重：民、食、喪、祭。寬則得眾，信則民任焉，敏則有功，公則說。」

一九 「叱吒」，音「赤炸」，怒喝聲。此指「叱吒風雲」，一聲呼喊、怒喝，可以使風雲翻騰起來，形容威力極大。「崢嶸」，山勢高峻的樣子，引申爲不凡、特出。此指「頭角崢嶸」，形容年輕人才華洋溢，能力出眾，出人頭地。「頭角」，比喻青年人顯露出來的才華。

二〇 「當今其舍我」，即「當今之世，舍（捨）我其誰」的縮語。意謂在當今這個世界上，除了我還有什麼人呢？即非我莫屬。形容自視甚高，敢於擔當，遇有該做的事，決不退讓。舍，通「捨」，捨棄，除了……之外。典出《孟子．公孫丑下》：「如欲平治天下，當今之世，舍我其誰也？」全文如下：「孟子去齊。充虞路問曰：『夫子若有不豫色然。前日虞聞諸夫子曰：「君子不怨天，不尤人。」』曰：『彼一時，此一時也。五百年必有王者興，其間必有名世者。由周而來，七百有餘歲矣。以其數則過矣，以其時考之則可矣。夫天，未欲平治天下也；如欲平治天下，當今之世，舍我其誰也？吾何爲不豫哉？』」

二一 「纓冠被髮」，即「被髮纓冠」，「被」通「披」，音「批」，意謂散著頭髮，來不及結好帽帶，形容急迫於去救助別人的樣子。典出《孟子．離婁下》：「今有同室之人鬭者，救之，雖被髮纓冠而救之，可也。」全文如下：「禹、稷當平世，三過其門而不入，孔子賢之。顏子當亂世，居於陋巷。一簞食，一瓢飲。人不堪其憂，顏子不改其樂，孔子賢之。孟子曰：『禹、稷、顏回同道。禹思天下有溺者，由己溺之也；稷思天下有飢者，由己飢之也，是以如是其急也。禹、稷、顏子易地則皆然。今有同室之人鬬者，救之，雖被髮纓冠而救之，可也。鄉鄰有鬬者，被髮纓冠而往救之，則惑也，雖閉戶可也。』」

〔三〕「春華」，即「春花」，本指春天的花，比喻青春年華。「秋月」，秋夜的月亮，比喻高風亮節。〔北宋〕程顥（伯淳，明道，一〇三二～一〇八五）〈秋月〉七絕云：「清溪流過碧山頭，空水澄鮮一色秋。隔斷紅塵三十里，白雲紅葉兩悠悠。」在這首詩中，明道先生借助於空靈明淨的秋山月夜之下，淙淙流淌的小溪，乾坤朗照，水天一色，幽靜脫俗，抒寫超脫塵世、閑適自在的情趣，流露出追求光明磊落、天人合一的思想情懷。「光霽」，爲「光風霽月」之省稱。「光風」，雨後初晴時的風；「霽」，音「濟」，雨雪停止。「光風霽月」，形容雨過天青時萬物明淨的景象，也比喻開闊、坦蕩、高尚的胸襟品格。「光風霽月」，亦用以比喻政治清明、時世太平的局面，如《大宋宣和遺事·元集》：「上下三千餘年，興廢百千萬事，大概光風霽月之時少，陰風晦冥之時多。」更多見以比喻光明磊落、胸懷坦蕩、品格高潔，如〔北宋〕黃庭堅（魯直，山谷，一〇四五～一一〇五）《豫章集·濂溪詩序》：「舂陵周茂叔，人品甚高，胸懷灑落，如光風霽月。好讀書，雅意材壑。……雖然，茂叔短於取名，而惠於求志；薄於徼福，而厚於得民；菲於奉身，而燕及煢嫠；陋於希世，而尚友千古。聞茂叔之餘風，猶足以律貪。」《宋史》卷四二七〈道學傳一·周敦頤傳〉據之以引入史，曰：「黃庭堅稱其『人品甚高，胸懷灑落，如光風霽月。廉於取名，而銳於求志；薄於徼福，而厚於得民；菲於奉身，而燕及煢嫠；陋於希世，而尚友千古。』」

三三 中華民國一一〇年（二〇二一）九月三日週五，殉職的空軍中校朱冠甍（一九九一～二〇二〇）與少校飛官潘穎諄（一九九三～二〇二一），今天由遺孀持奉靈位入祀臺東忠烈祠。空軍中校朱冠甍於民國一〇九年（二〇二〇）十月二十九日，駕駛F-5E型戰機執行飛訓任務，因發動機異常喪失部分推力，未能持續爬升高度，無視己身瀕危，仍奮命急駛遠離沿海民宅，至臺東外海緊急跳傘落海，不幸因公殉職，享年三十歲；空軍少校潘穎諄於一一〇年（二〇二一）三月二十二日，駕駛F-5E型戰機，執行對地炸射戰術任務，返航時遭遇突發危難，於飛機碰撞後第一時間無視己身瀕危，仍奮命操控及穩定機身，避免再次撞擊長機及僚機，不及緊急跳傘落海，因公殉職，得年二十九歲。兩位烈士靈位由遺孀持奉進入會場，再轉交憲兵進入忠烈祠安靈，臺東縣長饒慶鈴（一九六九～）與空軍第七飛行訓練聯隊長王家榮將軍、家屬及昔日同袍參與入祀典禮，場面莊嚴肅穆。

二十六　中華民國一一一年（二〇二二）

敬向先祖暨忠烈殉職人員致祭祭文

維

中華民國一一一年三月二十九日，致祭各民族歷代先祖暨文武忠烈殉職人員令辰，總統
蔡英文敬設大典，恭率副總統、五院院長，以及中央政府文武官員，並敦請烈士遺族代表暨軍
警公務人員，謹掬悃忱，昭告
祖靈英魂曰：

馥薰遍，陽春大塊郁華章。
頌欣榮炳蔚，根深葉茂情長。
尊祖敬宗崇祀盛，慎終追遠翼謀昌。
國家泰，百姓協和，積厚謙光。

忠良，盡龍鳳。日月昭明，氣節堂皇。
淬鍊雄渾，邁馳坦坦康莊。
取義成仁松柏碧，嘔心瀝血典型泱。
鴻鵠志，舞翥穹蒼，萬古流芳。

虔誠　謹告，護祐無疆。

附註

一　中央社記者溫桂香報導，趙蔚蘭編輯：總統　蔡英文（一九五六～）今天（二〇二二年三月二十九日）赴忠烈祠主持「一一一年向先祖暨忠烈殉職人員致祭典禮」，蔡總統主祭，副總統賴清德（一九五九～）、立法院院長游錫堃（一九四八～）、司法院院長許宗力（一九五六～）、考試院院長黃榮村（一九四七～）、監察院院長陳菊（一九五〇～）、行政院副院長沈榮津（一九五一～）陪祭，並慰問遺族代表。總統上午在總統府秘書長李大維（一九四九～）陪同下，崇戎樂聲中抵達忠烈祠。典禮開始，鐘鼓齊鳴，主祭、陪祭、與祭人員（包括遺族代表等）就位，奏國歌，隨後總統向各民族先祖及國民革命烈士之靈位獻花。在恭讀祭文後，總統率同陪祭及與祭人員行三鞠躬禮，典禮莊嚴隆重；典禮後，總統並向烈士遺族代表拱手致意。

二 「掬」，音「局」，用兩手捧取，表示誠心敬意。「悃忱」，音「綑陳」，誠懇、忠誠之意。〔東漢〕班固（三二～九二）《白虎通德論．三教》：「忠形於悃忱，……；敬形於祭祀，……；文形於飾貌，……。」

三 本祭文借用〈雪梅香〉詞牌，雙調九十四字，上闋九句四平韻，下闋十一句五平韻，通押「下平聲：七陽」韻，藉以抒發感念先祖賢宗、精忠英烈與勇仁文武開創國家的德澤、豐功與偉業，虔誠祈禱祝告，鞏固根本，世界和平，國泰民安。

四 時值陽春，奼紫嫣紅，葳蕤繽紛，花香盈溢，芬芳撲鼻，故融會化用盛唐詩仙李白（七〇一～七六二）〈春夜宴諸從弟桃李園序〉「陽春召我以煙景，大塊假我以文章」二句，作爲起首頌辭。

五 「欣榮」，爲「欣欣向榮」縮語，原指草木生長繁盛的樣子，後用以比喻事物蓬勃發展、繁榮興盛。「欣欣向榮」，語出〔東晉〕淵明先生陶潛（三六五～四二七）〈歸去來兮辭〉：「木欣欣以向榮，泉涓涓而始流。」「炳蔚」，形容文采鮮明華美，典出《易經．革．九五．小象傳》：「大人虎變，其文炳也。」意謂大人的變革像老虎紋一樣的文理煥發。虎變比喻君子的變革，有如老虎般威猛而讓人敬畏，而所建立起的文章制度，更有如虎皮一樣的條理分明而煥發，所以《革九五．小象傳》以「其文炳也」來形容。以及《革上六，小象傳》曰：「君子豹變，其文蔚也。」意謂君子變革有如豹一樣的敏捷而文章茂盛。蔚原指一種蒿草，生長相當茂盛，引申爲茂盛的樣子。君子豹變，君子的變革有如豹一樣；豹身形較虎略小，雖然威猛不如虎，但動作更爲敏捷迅速。而豹紋斑點則是繁多而茂盛，所以孔子以「其文蔚也」來形容。

六　「翼謀」，爲「燕翼貽謀」的縮語，意謂爲後嗣子孫作好打算。

七　「鴻鵠」，即天鵝，秋天南飛避寒，一飛千里。「鴻鵠志」，言像鴻鵠一舉千里般的壯志，比喻志向遠大。語出《呂氏春秋·士容論》：「夫驥驁之氣，鴻鵠之志，有諭乎人心者誠也。人亦然。誠有之則神應乎人矣，言豈足以諭之哉？此謂不言之言也。」

八　「舞翥」，飛舞翺翔之意；翥，音「住」，振翼高飛。「穹蒼」，即蒼天，《詩經·大雅·桑柔》：「靡有旅力，以念穹蒼。」（唐）孔穎達（五七四～六四八）疏：「穹蒼，蒼天，《釋天》云。李巡曰：『古時（詩）人質，仰視天形，穹隆而高，色蒼蒼然（其色蒼蒼），故曰穹蒼。』是也。」

二十七　中華民國一一一年（二〇二二）

秋祭忠烈暨殉職人員典禮祭文

維

中華民國一一一年九月三日，秋祭忠烈暨殉職人員令辰，總統　蔡英文敬設大典，恭率中央政府文武官員，並敦請烈士遺族代表暨軍警公務人員，敬掬悃忱，昭告英靈曰：

雄豪氣壯山河，忠烈死生，仁義甲戈。
民主自由，經綸法治，操斧伐柯。
臺澎金馬堅如磐石，士農工商密似網羅。
美惡唯阿，相去幾何？矢志靡它！

年華切莫蹉跎，滄海翠峰，福爾摩莎。

半畝方塘，源頭活水，沂舞弦歌。
黃花崗魂一心舍我，忠烈祠士全體利他。
萬古嵯峨，嘯傲江湖，激濁揚波。

虔誠　謹告，保合太和。

附註

一　「中華民國一一一年（二〇二二）秋祭忠烈暨殉職人員典禮」，於九月三日上午十時，總統蔡英文（一九五六～）主祭，副總統賴清德（一九五九～）、行政院院長蘇貞昌（一九四七～）、立法院院長游錫堃（一九四八～）、司法院院長許宗力（一九五六～）、考試院院長黃榮村（一九四七～）、監察院院長陳菊（一九五〇～）陪祭。總統在總統府秘書長李大維（一九四九～）陪同下，於崇戎樂聲中抵達忠烈祠。典禮開始，鐘鼓齊鳴，主祭、陪祭、與祭人員（包括遺族代表等）就位，奏國歌，隨後總統向國民革命烈士之靈位獻花。在恭讀祭文後，總統率同陪祭及與祭人員行三鞠躬禮，典禮莊嚴隆重；典禮後，總統並向烈士遺族代表拱手致意。

二　「掬」，音「局」，用兩手捧取，表示誠心敬意。「悃忱」，音「綑陳」，誠懇、忠誠之意。〔東漢〕班固（三二～九二）《白虎通德論．三教》：「忠形於悃忱，……；敬形於祭

祀，……；文形於飾貌，……。」

三　本祭文係追摹〔元〕「曲狀元」馬致遠（字千里，號東籬，一二五五～一三二一）〈蟾宮曲‧嘆世二首〉，每首五十四字，共計一〇八字。二首通押〔元〕周德清（號挺齋，一二七七～一三六五）《中原音韻‧歌戈開口呼》，上曲韻腳「河、戈、柯、羅、阿、何、它」，下曲韻腳「跎、莎、歌、我、他、峨、波」，結尾二句韻腳「和」，音韻和諧中正，美好動聽，藉此文字聲情以感念、詠讚精忠英烈奉獻犧牲、繼往開來的德澤高行、豐功偉業。

四　「雄豪」，即英雄豪傑；「氣壯山河」，形容氣勢如高山大河般雄壯豪邁，語本〔唐〕張說（字道濟，六六七～七三一）〈洛州張司馬集序〉與〔明〕王世貞（字元美，號鳳洲、弇州山人，一五二六～一五九〇）《鳴鳳記》第三十二齣。

五　「死生」，死而復生；又取義於《莊子‧齊物論‧第二》：「方生方死，方死方生。」事物自生之時，就開始慢慢走向死亡；反之，同理，事物死的時候也意味著生的開端。意即萬事萬物正在不斷地出生成長，也在不斷地死亡消失。

六　「甲戈」，即被（披）甲枕戈，意思是身穿堅甲，頭枕兵器，處於高度戒備狀態。

七　「經綸」，原義為整理絲縷、理出絲緒與編絲成繩，引申為籌劃治理國家大事，或指治理國家的抱負與才能。語出《易經‧屯‧大象傳》：「雲雷〈屯〉，君子以經綸。」〔唐〕孔穎達（字沖遠、仲達，五七四～六四八）疏：「經謂經緯，綸謂綱綸，言君子法此〈屯〉象有為之時，以經綸天下，約束於物。」《禮記‧中庸》：「唯天下至誠，為能經綸天下之大經，立天下之大本，知天地之化育。」

八　「操斧伐柯」，指執斧砍伐斧柄，比喻可以就近取法。語出《詩經・豳風・伐柯》：「伐柯伐柯，其則不遠。」

九　「美惡唯阿，相去幾何」，此二句實化用老子（聃，李耳，公元前六〇四～前五三一）《道德經・第二十章》：「唯之與阿，相去幾何？美之與惡，相去若何？人之所畏，不可不畏。」應諾與呵斥，相距有多遠？美好與醜惡，又相差多少？人們所畏懼的，不能不畏懼。「唯之與阿」：唯，恭敬地答應，這是晚輩回答長輩的聲音；阿，怠慢地答應，這是長輩回答晚輩的聲音。唯的聲音低，阿的聲音高，這是區別尊貴與卑賤的用語。「美之與惡」：美，一本作善，惡作醜解，即美醜、善惡。

一〇　「矢志」，意即發誓；「靡它」，義爲無其他想法。形容志趣專一，至死不變。

一一　「蒼海翠峰」，喻指臺灣四面環海，島內高山聳峙。

一二　「福爾摩莎」，音譯自拉丁文與葡萄牙文的「Formosa」，均爲「美麗」之意，也寫作「福爾摩沙」，現今常用做臺灣的代稱，傳說十六世紀葡萄牙人航海時發現臺灣，便說出：「Ilha formosa!」（Beautiful Island，美麗之島），因而得名。

一三　「半畝方塘，源頭活水」二句，化用（南宋）朱熹（字元晦，號晦庵、遯翁，一一三〇～一二〇〇）〈觀書有感〉：「半畝方塘一鑑開，天光雲影共徘徊。問渠那得清如許？爲有源頭活水來。」這是一首借景喻理的名詩，用以比喻事物發展的源泉與動力。全詩以方塘作比喻，形象地表達了一種微妙難言的讀書感受。池塘並不是一泓死水，而是常有活水注入，因此像明鏡一樣，清澈見底，映照著天光雲影。這首詩所表現的讀書有悟、有得時的那種靈氣流動、思路明暢、精神清新活潑，而自得自在的境界。這種感受雖然僅就讀書而言，卻寓意深刻，內涵豐富，特別是「問渠那得清如許？爲有源頭活水來」兩句，借水之清澈，是因爲有源頭活水不斷注入，暗喻人要心靈澄明，就得認眞讀書，時時補充新知識。因此，常常用來比喻不斷學習新知識，才能達到新境界。從這首詩中，可以得到啓發：只有思想永遠活躍，以開明寬闊的胸襟，接受種種不同的思想、鮮活的知識，廣泛包容，方能才思不斷，新水長流。

一四　「沂舞弦歌」，意謂知時處世，逍遙游樂。語本《論語．先進》：「莫（暮）春者，春服既成，冠者五六人，童子六七人，浴乎沂，風乎舞雩，詠而歸。」

一五　「黃花崗魂」，指黃花崗七十二烈士。「千秋萬代黃花崗，浩氣長存烈士魂」，廣州黃花崗七十二烈士之墓，烈士慷慨赴死之義，必將激勵千秋萬代。清宣統三年三月二十九日（一九一一年四月二十七日）由國父　孫中山（名文，字明德，號逸仙，一八六六～一九二五）先生領導，在黃興（字克強，一八七四～一九一六）等人率領下，於廣州黃花崗進行第十次起義，八十六位青年烈士爲國殉難（七十二人葬於廣州黃花崗），天地同悲！中華民國政府於民國三十二年（一九四三）明定每年三月二十九日爲「青年節」。民國三十七年（一九四八），中華民國總統　蔣中正（字介石，一八八七～一九七五）公布爲「革命先烈紀念日」，自此定爲「中華民國春殤」（秋殤爲九月三日軍人節）。

一六　「忠烈祠士」，指臺北大直圓山忠烈祠入祀的國民革命先賢先烈。忠烈祠是奉祀爲中華民國殉職，並有其重大忠貞事蹟，且足資矜式的國軍官兵、警察，以及人民的祠廟。中華民國政府對於有功於國家的烈士褒揚與紀念行動，最早可追溯至民國元年（一九一二），當時設有專責機構；但至民國二十二年（一九三三）九月十三日，才首次有紀念烈士的直接關係法令。到了民國二十五年（一九三六），國民政府軍事委員會訂定出「各縣設立忠烈祠辦法」，「忠烈祠」一詞才被廣泛使用。「忠烈祠」設立用意是政府經由建造坊塔，表彰、褒揚與紀念抗戰烈士的忠烈行動，藉以塑造國民典範、並建立國民共通歷史記憶。忠烈祠建物有正殿、牌位等設置，其入祀典禮以及祭祀，都會按照「國家祭典標準」舉行。

一七　「萬古」，猶萬代、萬世，形容經歷的年代久遠。嵯峨，原意是山勢高峻的樣子，在此喻指道德崇高、精神偉大。「萬古嵯峨」，意謂忠烈義士崇高的道德與偉大的精神，萬古長青，永垂不朽。

一八　「嘯傲」，放歌長嘯，傲然自得，形容曠達任性，不受拘束。「江湖」含義擴展，可喻指社會上任何行業的圈子，甚至可以用來指代「廟堂」，亦即官方政壇。「江湖」詞出《莊子》多篇，〈內篇．逍遙遊〉曰：「今子有五石之瓠，何不慮以爲大樽而浮乎江湖，而憂其瓠落而無所容？」〈內篇．大宗師〉、〈外篇．天運〉曰：「泉涸，魚相與處於陸，相呴以濕，相濡以沫，不如相忘於江湖。」〈內篇．大宗師〉又曰：「魚相忘於江湖，人相忘於道術。」〈外篇．至樂〉、〈外篇．達生〉曰：「夫以鳥養鳥者，宜棲之深林，游之壇陸，浮之江湖。」〈外篇．山木〉曰：「夫風狐雲豹，棲於深林，伏於巖穴，靜也；夜行晝居，戒也；雖饑渴隱約，猶旦胥疏於江湖之上而求食焉，定也；然，且不免於罔羅機辟之患。」皆具有寓言與啓示的意義。

一九　「激濁」，與「揚清」爲對詞，本指沖去污水，浮起清水，比喻批評過錯，表彰良善，揚善除惡。語出《尸子·君治》：「水有四德……，揚清激濁，蕩去滓穢，義也。」「揚波」，掀起波濤，引領風潮之意。

二〇　「保合太和」，保，保持，常存；合，合於、合乎，發而皆中節；「太和」，亦作「大和」，指宇宙自然原初、本來的和諧狀態，即自然與人文界普遍和諧相濟（心中常存著普遍和諧的天道，行動常合乎普遍和諧的天道）。語出《周易·乾·彖傳》：「〈乾〉道變化，各正性命，保合太和，乃利貞。」〔南宋〕朱熹（字元晦，號晦庵、遯翁，一一三〇～一二〇〇）《周易本義》曰：「變者化之漸，化者變之成。物所受爲性，天所賦爲命。太和，陰陽會合，中和之氣也。各正者，得於有生之初。保合者，全於已生之後。此言〈乾〉道變化，无所不利，而萬物各得其性命以自全，以釋利貞之義也。」

臺南延平郡王祠「前無古人」門樓
賴貴川攝於 2015 年 4 月 29 日

臺南延平郡王祠祭典會場
賴貴川攝於 2015 年 4 月 29 日

臺南延平郡王祠

上：白崇禧將軍題「忠肝義膽」牌坊

下：蔣中正先總統題「振興中華」匾額

賴貴川攝於 2015 年 4 月 29 日

臺南延平郡王祠中樞祭典程序表
賴貴川攝於 2015 年 4 月 29 日

臺南延平郡王祠祭典靈位
賴貴川攝於 2015 年 4 月 29 日

明延平郡王鄭成功開臺三四九週年紀念大典

內政部部長江宜樺主祭，中華民國九十九年。

明延平郡王鄭成功開臺三四九週年紀念大典

臺南市市長許添財點火，中華民國九十九年。

臺南延平郡王祠祭典賴清德市長致辭

賴貴川攝於 2015 年 4 月 29 日

臺南延平郡王祠祭典賴清德市長致祭

賴貴川攝於 2015 年 4 月 29 日

臺南延平郡王祠祭典中庭

賴貴川攝於 2015 年 4 月 29 日

臺南延平郡王祠祭典後臺南市賴清德市長與民眾合影

賴貴川攝於 2015 年 4 月 29 日

筆者胞兄賴貴川伉儷合影於臺南延平郡王祠園林

攝於 2015 年 4 月 29 日

臺南延平郡王祠祭典鄭成功文物館剪綵

賴貴川攝於 2015 年 4 月 29 日

臺南延平郡王祠祭典
鄭成功文物館塑像
賴貴川攝於 2015 年 4 月 29 日

臺南延平郡王祠鄭成功文物館
賴貴川攝於 2015 年 4 月 29 日

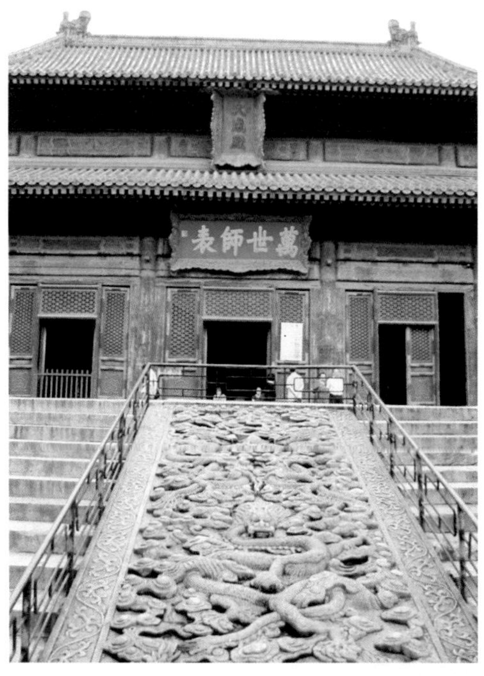

北京孔子廟

上：全景

下左：西側

下右：東側

攝於 2004 年 8 月 30 日

北京孔子廟

上為大成門；下為大成殿，攝於 2004 年 8 月 30 日。

北京國子監

上為辟雍正殿；下為辟雍前庭，攝於 2004 年 8 月 30 日。

北京國子監

上為辟雍側景；下為集賢門，攝於 2004 年 8 月 30 日。

北京孔子廟

上：大成殿與萬世師表匾額
下左：大成殿整修情景
下右：大成殿前庭
攝於 2005 年 11 月 6 日

韓國首爾成均館文廟釋奠秋祭盥洗位與執事位

攝於 2011 年 9 月 28 日

韓國首爾文廟春祭成均館大學校門

攝於 2012 年 5 月 11 日

韓國首爾成均館大學文廟春祭
上：大成殿內景
下左：大成殿
下右：大成殿中庭
攝於 2012 年 5 月 11 日

韓國首爾成均館大學文廟春祭

上：成均館大學校金峻永總長獻花

下左：「大成殿」匾額

下右：大成殿主祭奠桌

攝於 2012 年 5 月 11 日

韓國首爾成均館大學文廟春祭
上：李明博大統領獻花
下左：大門入口
下右：明倫堂
攝於 2012 年 5 月 11 日

韓國首爾成均館文廟春祭大成殿樂器
攝於 2012 年 5 月 11 日

韓國首爾成均館文廟春祭大成殿樂器

攝於 2012 年 5 月 11 日

韓國首爾成均館文廟春祭大成殿樂器

攝於 2012 年 5 月 11 日

韓國首爾成均館文廟春祭八佾舞
攝於 2012 年 5 月 11 日

韓國首爾成均館文廟春祭八佾舞

攝於 2012 年 5 月 11 日

韓國首爾成均館文廟春祭八佾舞

攝於 2012 年 5 月 11 日

韓國首爾成均館文廟春祭八佾舞

攝於 2012 年 5 月 11 日

韓國首爾成均館文廟春祭八佾舞
攝於 2012 年 5 月 11 日

韓國首爾成均館文廟春祭八佾舞

攝於 2012 年 5 月 11 日

韓國首爾成均館文廟春祭八佾舞

攝於 2012 年 5 月 11 日

韓國首爾成均館文廟春祭女禮祝

攝於 2012 年 5 月 11 日

韓國首爾成均館文廟春祭
明倫堂男女禮祝
攝於 2012 年 5 月 11 日

韓國首爾成均館文廟春祭釋奠

攝於 2012 年 5 月 11 日

韓國首爾成均館文廟春祭觀禮席

上為釋奠；下為觀禮席，攝於 2012 年 5 月 11 日。

韓國首爾成均館文廟春祭獻誠與盥洗位

上為獻誠函；下為盥洗位，攝於 2012 年 5 月 11 日。

賴貴三
韓國外大
臺灣師大
教授

崔鍾萬
유학대학원
사서학

芮知希
목삼동

韓國首爾成均館文廟春祭簽名

韓國首爾成均館文廟春祭禮成

韓國首爾成均館文廟春祭與
學長簡錦松教授合影
攝於 2012 年 5 月 11 日

韓國首爾成均館文廟春祭明倫堂前雄雌銀杏古樹

攝於 2012 年 5 月 11 日

韓國首爾成均館文廟春祭街景

攝於 2012 年 5 月 11 日

韓國濟州鄉校大成門

攝於 2012 年 6 月 19 日

韓國濟州大靜鄉校

攝於 2012 年 6 月 20 日

韓國濟州旌義鄉校

上為大成門；中為大成門入口；下為濟州鄉校明倫堂，
攝於 2012 年 6 月 19-20 日。

韓國濟州（上）與旌義（中、下）鄉校大成殿

攝於 2012 年 6 月 19-20 日

韓國濟州鄉校大成殿內景

攝於 2012 年 6 月 19 日

韓國濟州鄉校大成殿前與義工媽媽合影
攝於 2012 年 6 月 19 日

韓國濟州旌義鄉校東齋
攝於 2012 年 6 月 20 日

韓國全州鄉校

上為入口；下為入德門，攝於 2012 年 7 月 30 日。

韓國全州鄉校

上為筆者於入德門留影；下為大成殿全景，攝於 2012 年 7 月 30 日。

韓國全州鄉校
上：大成殿聖堂
下：大成殿匾額
攝於 2012 年 7 月 30 日

韓國全州鄉校

上：明倫堂

下：明倫堂匾額

攝於 2012 年 7 月 30 日

韓國全州鄉校

上為啟聖祠：下為萬化樓，攝於 2012 年 7 月 30 日。

韓國安東退溪李滉先生故居

上左為筆者於故居大門留影；上右為筆者於舊宅留影；下為舊宅故居，攝於 2012 年 10 月 16 日。

韓國安東退溪李滉先生故居

上為筆者與金培懿教授等拜訪其嫡裔孫合影；下為「秋月寒水亭」，攝於 2012 年 10 月 16 日。

韓國安東陶山書院

上為典教堂：下為「典教堂」教習會，攝於 2012 年 10 月 17 日。

韓國安東陶山書院

上為筆者與院長典教師合影；下為筆者與典教堂師生合影，
攝於 2012 年 10 月 17 日。

韓國安東陶山書院

上為「尚德祠」祭拜；下為博約齋，攝於 2012 年 10 月 17 日。

韓國安東陶山書院
上：「文化修練院」退溪李滉座像
下：退溪李滉先生故居
攝於 2012 年 10 月 17 日

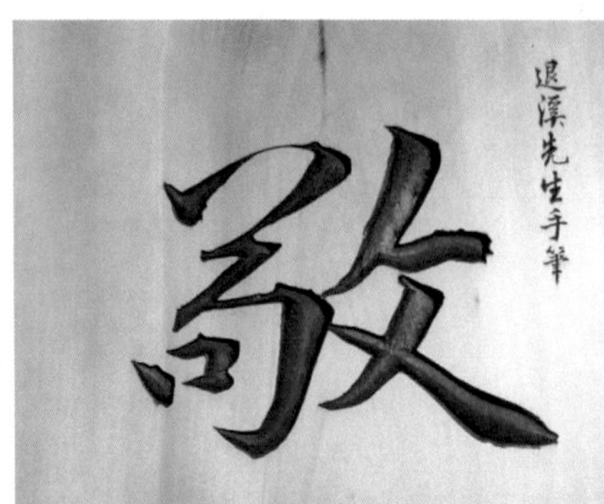

韓國安東陶山書院
上：文化修練院退溪先生手筆「敬」
中：文化修練院「道德立國」匾額
下：孔德成先生篆書「鄒魯之鄉」
攝於 2012 年 10 月 17 日

韓國濟州鄉校

上為大成門；下為鄉校內景，攝於 2015 年 6 月 25 日。

韓國濟州鄉校

上為杏壇；下為啟聖祠，攝於 2015 年 6 月 25 日。

韓國濟州鄉校

上為大成殿；下為大成殿匾額，攝於 2015 年 6 月 25 日。

韓國濟州鄉校

上為校內至聖先師紀念銅像：下為筆者與主委合影，
攝於 2015 年 6 月 25 日。

韓國濟州鄉校

上為明倫堂：下為明倫堂內景，攝於 2015 年 6 月 25 日。

韓國濟州鄉校
上：明倫堂門景
下：新安朱熹書「明倫堂」
攝於 2015 年 6 月 25 日

韓國濟州鄉校下馬碑
攝於 2015 年 6 月 25 日

濟南山東大學校園
「大哉孔子」塑像
攝於 2015 年 10 月 24 日

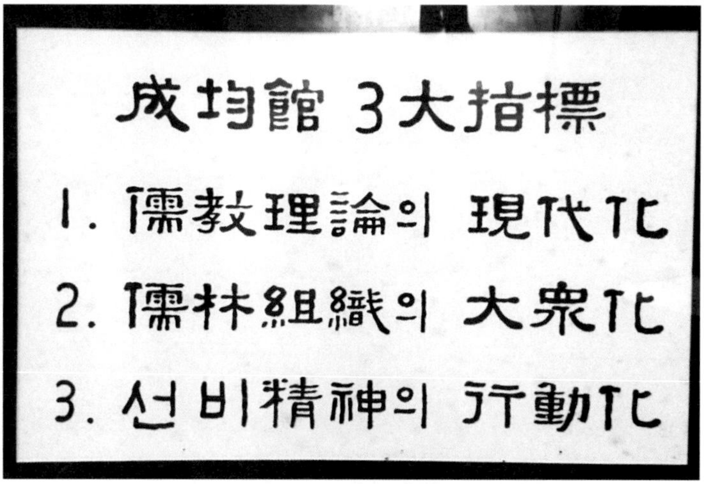

成均館 3大指標

1. 儒教理論의 現代化
2. 儒林組織의 大衆化
3. 선비精神의 行動化

韓國濟州鄉校「成均館三大指標」
攝於 2015 年 6 月 25 日

臺北大龍峒孔廟

上為筆者全家於大成殿合影；中為筆者全家於萬仞宮牆前合影；
下為筆者與子秉圻於大成殿合影，攝於 2016 年 4 月 5 日。

臺南孔子廟

上下為禮門、義路，賴貴川攝於 2016 年 4 月 29 日。

臺南孔子廟

上為入德之門；下為大成坊，賴貴川攝於 2016 年 4 月 29 日。

臺南孔子廟「全臺首學」入口
賴貴川攝於 2016 年 4 月 29 日

臺南孔子廟大成殿

賴貴川攝於 2016 年 4 月 29 日

臺南孔子廟

上為大成殿內景；下為大成殿匾額，賴貴川攝於 2016 年 4 月 29 日。

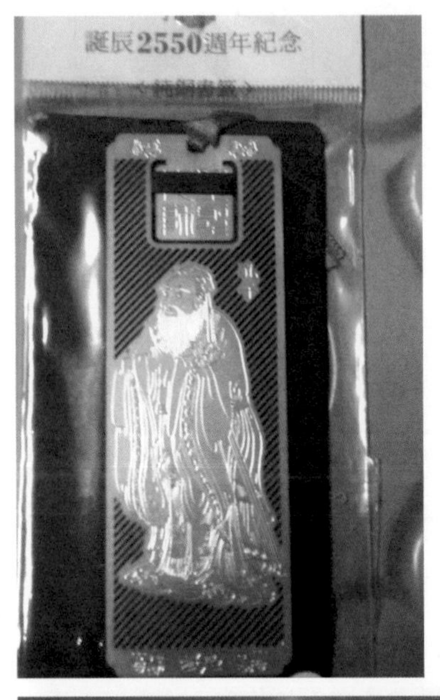

臺南孔子廟

上左為孔子誕辰 2550 年紀念品；上右為文昌閣；
下為大成殿至聖先師孔子神位，賴貴川攝於 2016 年 4 月 29 日。

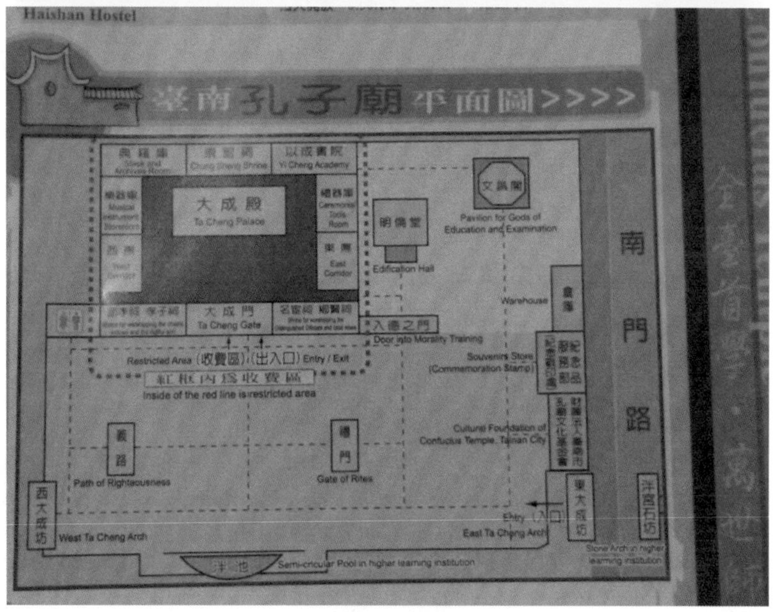

臺南孔子廟

上為全景；下為平面圖，賴貴川攝於 2016 年 4 月 29 日。

臺南文廟

上為以成書院；下為明倫堂，賴貴川攝於 2016 年 4 月 29 日。

臺南文廟晦翁朱熹「忠孝節義」

賴貴川攝於 2016 年 4 月 29 日

福建武夷山五夫鎮朱子雕像

上左為雕像落成典禮；上右為雕像；
下為揭幕儀式全景，攝於 2016 年 12 月 18 日。

福建武夷山五夫鎮朱子雕像

上左為筆者在雕像留影；上右為筆者與學長蔡根祥教授合影；下左為筆者與學長蔡根祥教授賢伉儷合影；下右為筆者與學長林安梧、四川師大蔡方鹿教授合影，攝於 2016 年 12 月 18 日。

韓國首爾成均館文廟

上為筆者於大成殿留影；中為筆者於明倫堂留影；
下為明倫堂匾額，攝於 2017 年 5 月 28 日。

山東曲阜孔廟

上為杏壇；下為「萬世師表」，攝於 2018 年 5 月 28 日。

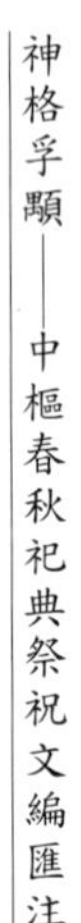

山東曲阜孔廟

上：筆者於「金聲玉振」牌坊留影
下：「金聲玉振」牌坊
攝於 2018 年 5 月 28 日

山東曲阜孔廟大成殿

攝於 2018 年 5 月 28 日

山東曲阜孔廟
上：筆者於大成殿前留影
下：大成殿全景
攝於 2018 年 5 月 28 日

山東曲阜孔廟大成殿祭臺

攝於 2018 年 5 月 28 日

山東曲阜孔廟

上為大成殿「生民未有」匾額；下為櫺星門，攝於 2018 年 5 月 28 日。

山東曲阜至聖林

上為大成至聖文宣王墓；下為筆者與韓、法、港學者於大成文宣王孔子墓前合影，攝於 2018 年 5 月 28 日。

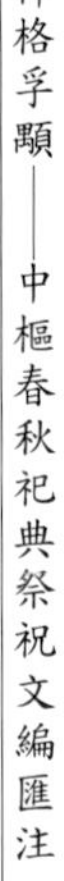

山東曲阜至聖林
上：子貢手植楷
下左：子貢手植楷遺跡
下右：子貢廬墓處
攝於 2018 年 5 月 28 日

山東曲阜至聖林

上：筆者於述聖墓前留影

下：述聖墓前景

攝於 2018 年 5 月 28 日

山東曲阜

上為至聖林牌坊；下為聖府，攝於 2018 年 5 月 28 日。

山東曲阜聖府

上為大廳；中為內室；下為內堂，攝於 2018 年 5 月 28 日。

山東曲阜聖府

上為聖人之門；下為戒貪圖，攝於 2018 年 5 月 28 日。

山東曲阜聖府

上為門聯；下為內廳，攝於 2018 年 5 月 28 日。

山東曲阜萬仞宮牆

攝於 2018 年 5 月 28 日

屏東中山公園「屏東書院 ‧ 孔子廟」

上為全景；中為大成殿：下為九仞宮牆，攝於 2019 年 1 月 2 日。

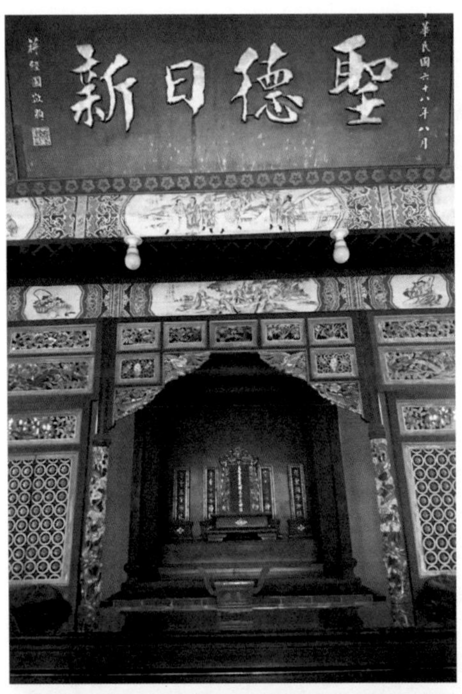

屏東中山公園
「屏東書院 · 孔子廟」
上：聖殿題匾
下左：大成殿匾
下右：聖殿
攝於 2019 年 1 月 2 日

福建福州螺洲孔廟

攝於 2019 年 8 月 23 日

福建福州螺洲孔廟

上：前庭全景

下左：大成殿聖像

下右：大成殿祭臺

攝於 2019 年 8 月 23 日

臺北孔廟

上為釋奠大典前夕；下為釋奠大典，攝於 2019 年 9 月 28 日。

臺北孔廟

上為祭典前；下為祭典後，攝於 2019 年 9 月 28 日。

臺北孔廟

上左為祭典；上右為祭典後大合影：下為六佾舞，攝於 2019 年 9 月 28 日。

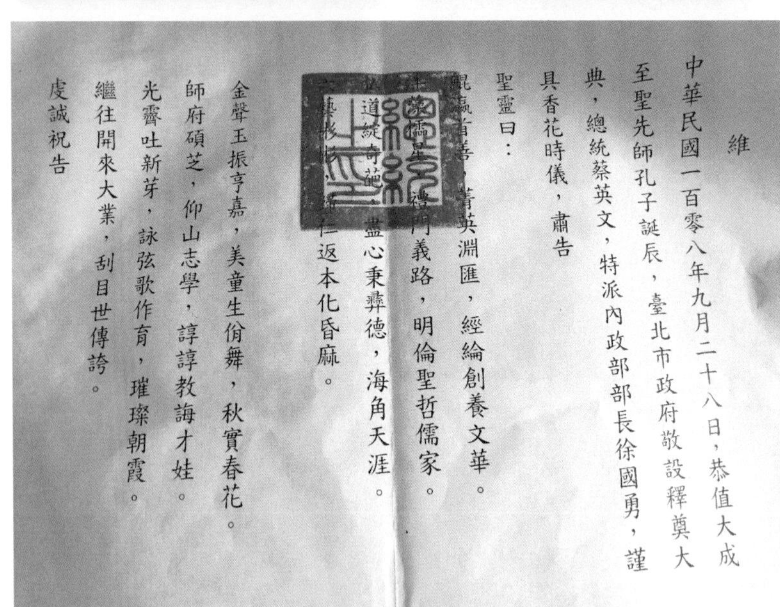

維
中華民國一百零八年九月二十八日，恭值大成
至聖先師孔子誕辰，臺北市政府敬設釋奠大
典，總統蔡英文，特派內政部部長徐國勇，謹
具香花時儀，肅告
聖靈曰：
鯤瀛首善，菁英淵匯，經綸創養文華。
士[illegible]儒生，禮門義路，明倫聖哲儒家。
弘道綻奇葩，盡心秉彝德，海角天涯。
[illegible]，[illegible]仁返本化昏麻。
金聲玉振亨嘉，美童生佾舞，秋實春花。
師府碩芝，仰山志學，諄諄教誨才娃。
光霽吐新芽，詠弦歌作育，璀璨朝霞。
繼往開來大業，刮目世傳誇。
虔誠祝告

臺北孔廟

上左為萬仞宮牆；上右為擊鼓禮生；下為釋奠大典總統祝文，
攝於 2019 年 9 月 28 日。

貴州大學中國文化書院

攝於 2019 年 10 月 11 日

貴州大學貴山書院

攝於 2019 年 10 月 11 日

貴州貴陽孔學堂聖像合照

攝於 2019 年 10 月 12 日

貴州貴陽孔學堂孔子聖像

攝於 2019 年 10 月 12 日

貴州貴陽孔學堂
複製孔子聖像
攝於 2019 年 10 月 12 日

貴州貴陽孔學堂櫺星門
攝於 2019 年 10 月 12 日

韓國外大孔子學院
攝於 2019 年 10 月 7 日

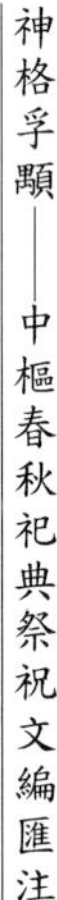

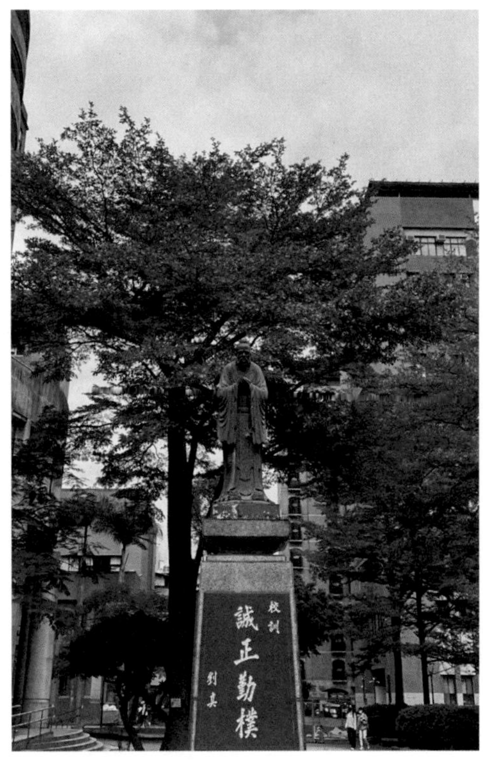

臺灣師範大學教育學院
孔子聖像與校訓
攝於 2023 年 2 月 15 日

博文約禮

孔德成

孔德成先生題「博文約禮」
輔仁大學文學院會議室，攝於 2019 年 12 月 18 日。

參　繼志承烈　革故鼎新　編

闢千古得未曾有之奇，洪荒留此山川，作遺民世界。
極一生無可如何之遇，缺憾還諸天地，是創格完人。
——〔清〕沈葆楨（一八二〇～一八七九）題臺南「延平郡王祠」聯

鄭成功（一六二四～一六六二）爲開臺聖王，雖然主張反清復明，實際上卻是將臺灣帶上國際舞臺，並發揚和平精神的一代豪傑。鄭成功開臺的意義在發揚文化精神，將開拓的精神、國際的精神與和平的精神，發揚光大。而鄭成功最大的貢獻，則在於將漢文化移入臺灣，將臺灣帶入多元世界文化，並成爲主流文化力量。

驅荷開臺的民族英雄鄭成功，於明永曆十五年（一六六一）率軍渡海，登陸鹿耳門，在九個月的海戰中，將荷蘭政權趕出臺灣，並簽訂和平條約，這是史上第一次，同時也是國際和平的精神展現；翌年，荷蘭人退出臺灣。不久，鄭成功病卒，享年僅三十九歲，一代國士豪傑，溘然與世長辭。依照《禮記．祭法》的儒家經典標準：「夫聖王之制祭祀也：法施於民則祀之，以死勤事則祀之，以勞定國則祀之，能御大菑則祀之，能捍大患則祀之。」開臺聖王廟與延平郡王祠的祀典雛形已然成立。臺灣歸清後，因有政治上的顧慮，民間便建鄭成功廟，尊稱為「開山王廟」，巧妙避開政治敏感神經。清同治十三年（一八七四）冬，欽差大臣沈葆楨（一八二〇～一八七九）依據臺灣府進士楊士芳（一八二六～一九〇三）之稟，奏准將原東安坊之「開山王廟」，改建為「延平郡王祠」；至中華民國五十二年（一九六三）拆除原福州式舊廟，改建為現今樣貌。筆者就讀「臺灣省立臺南第一高級中學」（臺南一中）三年（一九七七～一九八〇）期間，即經常憑弔拜謁，感觸良深。祠中重要的題聯除以上沈葆楨手題外，犖犖大者尚有：

忠節感穹蒼，大海忽將孤島現。經綸關運會，全山留與後人開。

——福建巡撫王凱泰（一八二三～一八七五）題聯

賜國姓，家破君亡，永矢孤忠，創基業在山窮水盡。復父書，詞嚴義正，千秋大節，享俎豆於舜日堯天。

——臺灣巡撫劉銘傳（一八三六～一八九六）題聯

天地間有大綱，耿耿孤忠，守正朔以挽虞淵，祇自完吾志節。
古今來一創局，芒芒荒島，啓沃壤而新版宇，猶思當日艱難。
——臺灣道夏獻綸（？～一八七九）題聯

獨奉聖朝朔，來開盤古荒。
——臺灣知府周懋琦（一八三六～一八九六）題聯

毗舍之間開一域，厓山而後失孤忠
——臺防同知袁聞柝（一八二一～一八八四）題聯

孤臣秉孤忠，五馬奔江，留取汗青垂宇宙。
正人扶正義，七鯤拓土，莫教成敗論英雄。
——抗日名將白崇禧（一八九三～一九六六）將軍題聯

仁人志士，史不絕書，類皆値民族危亡之際，保民社而莫能，獨天留椰風蕉雨之一島，延永曆正朔二十餘年，抱箕伯過墟之痛，宏虬髯創業之功，海外奠基，剖符建節，殊跡超於常軌，精忠感召後來，想像旌旗，有誰手轉乾坤，掃蕩九邊救世亂。
漢武唐宗，威行異域，然並當國家強盛之時，傾國力以從事，惟公提孤臣孽子之偏師，
復臺灣故土三萬方里，斷裹糧運械之援，攻堅壁待勞之寇，敵前登陸，張幕受降，遺烈
震於千秋，偉績遠逾先例，敬瞻廟貌，自是名垂宇宙，縱橫百代仰人豪。

——陸軍總司令孫立人（一九〇〇～一九九〇）將軍題聯

臺南「延平郡王」自清末成爲「奉旨祀典」的官廟之後，欽差大臣沈葆楨首開其端，寫下「遺民世界，創格完人」一聯後，後人競相獻立，展現各家才華，以聯取勝，其豐富內涵，美不勝收，值得觀覽拜謁。

臺南市政府從中華民國三十五年（一九四六）起，每年由官方舉辦延平郡王祭典；自民國五十二年（一九六三）起，行政院更改爲中樞祭典，由內政部部長擔任主祭。直到民國一〇六（二〇一七），內政部表示，爲落實地方自治，未來由地方首長擔任主祭；內政部部長也打破數十年慣例，未南下出席「明延平郡王鄭成功開臺三五六週年紀念大典」，改由當時的臺南市長賴清德（一九五九～）主祭，世界鄭氏宗親總會會長鄭傳興更因此拒絕出席祭典抗議。不過，兩年之後，民國一〇八年（二〇一九），內政部部長徐國勇（一九五八～）主動南下擔任「明延平郡王鄭成功開臺三五八週年紀念大典」主祭，臺南市長黃偉哲（一九六三～）、內政

部政務次長陳宗彥（一九六七～）等人陪祭，徐部長致詞時表示，鄭成功開始臺灣歷史重要一頁，象徵冒險犯難的開墾精神，時至今日，更成爲文化、宗教、觀光與國際交流的一部分；而值得觀察的是時任行政院發言人谷辣斯・尤達卡（Kolas Yotaka，一九七四～）卻透過臉書表示，主張「拒絕殖民史觀，取消中樞祭拜鄭成功」，對此徐國勇部長僅回應：「尊重她的多元歷史觀。」此後，也未聞中樞主祭此項祭典。

中華民國九十三年（二〇〇四），本系退休老師陳弘治（一九三九～）教授曾應內政部邀聘，代擬〈延平郡王復臺三四三週年紀念大典祭文〉，謹錄於下，提供參考：

維　中華民國九十三年四月二十九日，全國各界紀念明延平郡王鄭公成功復臺三四三週年大典，內政部部長蘇嘉全代表中樞，敬奉香花素果、清酌庶饈之儀，致祭於　鄭王之靈曰：

維我郡王，志氣高昂。命世奇才，隆武所賞。時值季明，天綱失衡。
北寇南侵，塗炭生民。吾王奮起，提振一旅。標舉大義，爲國馳驅。
會師鼓浪，大任肩當。誓殲豺狼，規謀重光。樓船遠征，直抵南京。
籌餉練兵，據守臺瀛。鹿耳登陸，荷夷屈服。華夏故土，倏然光復。
間關茹苦，設縣開府。整軍經武，屯田定賦。開拓臺灣，政教宏宣。

詩書禮樂，化及郊原。偉哉鄭公，振厲雄風。易名成功，效命全忠。
榮賜國姓，晉封延平。集結志士，復臺抗清。融合族群，再造乾坤。
光勳義烈，萬世長存。赤崁城樓，被服神庥。裨我家邦，江海安流。
尚饗。

此後，從中華民國九十四年（二〇〇五）起，即由筆者接續代擬「明延平郡王鄭成功開臺三四四週年紀念大典祭文」，直至中華民國一〇五年（二〇一六），代擬「明延平郡王鄭成功開臺三五五週年紀念大典祭文」後，因政治族群與文化認同問題，中央政府首長不再擔任此項祭典主祭，改由鄭氏宗親會與臺南市政府聯合主辦，十二年來代擬祭文的任務，至此就圓滿功成了。「明延平王鄭成功開臺中樞祭典」，每年都是由內政部部長代表出席主祭，典禮程序如下：

一、鐘鼓齊鳴。二、恭請主祭官（內政部代表）就定位。三、恭請陪祭官（臺南市長、金門縣政府代表）就定位。四、與祭官就定位（立法委員、市議員、日本平户市臺灣親善訪問團代表、世界鄭氏宗親總會代表、全國奉祀開臺聖王鄭成功聯合會代表、臺南市鄭氏宗親會代表、各級機關學校代表、其他貴賓代表）。五、典禮開始。六、上香（一拜、再拜、三拜、上香）。七、獻花（初獻花、再獻花、三獻花、進花）。八、獻果（初獻果、再獻果、三獻果、進果）。九、獻饌（初獻饌、再獻饌、三獻饌、進饌）。十、獻酒（初獻酒、再獻酒、三獻酒、進酒）。十一、恭讀祭文（祈求風調雨順、國泰民安、經濟成長、豐衣足食）。十二、三鞠躬禮（一鞠躬、再鞠躬、三鞠躬）。十三、禮成（鳴炮）。十四、致詞。

儀式進行井然有序，場面盛大，莊嚴肅穆，可說是一項意義深遠的文化祭典。保存文化資產除了是追念先人的智慧，同時也是展望未來，爲後世子孫保留追尋的歷史紀錄，作爲推動時代前進的無形潛在力量。

鄭成功與臺灣的歷史淵源可追溯至一六六一年四月，登陸臺南鹿耳門，設置了郡縣行政區域，漢人開墾臺灣便肇始於此。雖然，鄭成功在臺灣只有短短的十四個月即病歿，其子與孫三世統治臺灣二十二年，開創了臺灣歷史的新紀元。因此，爲了紀念鄭成功這位臺灣歷史上的重要人物，每年都會舉辦隆重的祭典，並由內政部部長代表中樞主祭，以示紀念鄭成功的開臺事蹟。歷年祭典更有遠從日本組團前來的鄭氏宗親會成員，不僅使遠來的外賓感受到鄭成功對臺灣歷史上的重要性，更同時喚醒全國民眾對鄭成功的緬懷感念。

附註

一　上聯的「五馬奔江」，用了《臺灣外紀》所載鄭氏故里「五馬奔江一馬回」的石井地理傳說，對以「七鯤拓土」，均能切合鄭成功（一六二四～一六六二）史實。據傳白崇禧（一八九三～一九六六）當年之原作爲：「孤臣秉孤忠，浩氣磅礴流千古；正人扶正義，莫教成敗論英雄。」民國五十三年（一九六四），經臺南市文獻委員黃典權（一九二七～一九九二）修改，仍保留了落款及時間（參見臺南市文獻委員會二〇〇六年所立牌坊遊說明牌）。可能是原作未用鄭成功典故，少了一點切題意味，添加這些元素並略修字句後，煥然改觀，成爲祠內名聯之一。

二　孫立人題聯以軍事家角度立論，上聯類舉歷史上「民族危亡之際」史實，揄揚鄭成功（一六二四～一六六二）事功，並藉此激勵後賢，期能「手轉乾坤」、「掃蕩九邊」。下聯則以軍事眼光，剖析登陸作戰之艱難，聯雖長而大氣磅礴，且對仗工整，的確是力作。此聯全文曾收錄於民國四十二年（一九五三）王國璠（一九一七～二〇〇九）所著《臺海搜奇錄》，但孫立人「出事」之後，聯被撤下。直到孫立人事件平反之後，又重新掛出，是很值得一讀的對聯。

三　關於「取消中樞祭拜鄭成功」一事，當時各方解讀，政府態度改變應該與原住民多次反映有關，即認爲鄭成功（一六二四～一六六二）屠殺原住民，不應舉辦中樞祭典；加上蔡英文（一九五六～）總統上任後，發動原住民轉型正義，內政部因而有不同作法。爲此，鄭氏宗親會相當不滿，揚言全面退出祭典，而在臺南的鄭氏祖廟另辦祭典。詳情請參閱中華民國一〇八年（二〇一九）四月三十日，《聯合報》記者修瑞瑩、陳熙文連線報導。

四　谷辣斯・尤達卡（Kolas Yotaka，一九七四～）透過臉書，對中樞祭拜鄭成功表示反對，指國民政府來臺之後，由「中樞」祭拜的對象有「黃帝」、「成吉思汗」、「鄭成功」等，年年參拜，歷史人物被黨國意識綁架。她並表示，鄭氏宮廟舉行的祭典，外人應尊重，地方有關鄭成功文化活動也應被包容，因爲是臺灣多元文化的一部分；但是她主張中樞不該每年派中央級的官員祭拜鄭成功，她還強調，這是她在休假日的發言，代表個人的意見，並非代表中樞。

一　中華民國九十四年（二〇〇五）

明延平郡王鄭成功開臺三四四週年紀念大典祭文

維

中華民國九十四年四月二十九日，全國各界紀念　明延平郡王鄭公成功開臺三四四週年大典，內政部部長蘇嘉全，謹代表中樞，敬奉香花素果、清酌庶饈之奠，致祭於

鄭王之靈，祝以文曰：

粵稽頌德褒功，往哲是與；降靈薦祉，先典攸高。伏念兌澤降自堯天，「禮樂衣冠第，詩書孔孟家」，生靈胥悅；巽風被於禹甸，「南山開壽域，東海釀流霞」，草木皆春。天與人歸，創征誅之大業；君偕臣瘁，仰孔孟之高懷。黃花青塚，寄先烈之忠魂；碧血丹心，昭中華之正氣。幸賴英靈福佑，今我寶島臺灣，勵精圖治，混車書於天下，同風教於域中；伸展民權，實施憲政；維新之命已開，匡復之功何遠？特頌以詩，以弔幽懷：

延明反滿思恢復，平生忠懷志未酬。
郡封開山興教化，王尊啓道策春秋。
前賢攬轡澄清士，無愧經綸濟世侯。
古往今來猶逝水，人文薈萃光瀛洲。

謹掬肫誠，伏維　靈鑒。尙　饗。

附註

一　本篇爲核定稿正文，初稿祭文稍長，刪削一些內容，原稿全文如下：

粵稽頌德褒功，往哲是與；降靈薦祉，先典攸高。伏念延平鄭王成功，明末南安人氏，初名森，字大木，唐王賜姓朱，桂王封爲延平郡王。繼志承烈，奠孔聖，焚儒服，易戎裝，思光復。初據南澳，嗣守金廈，進兵長江，克領鎮江，迫近南京，以援絕而敗。繼取臺灣，爲根據地，以圖反清復明。兑澤降自堯天，「禮樂衣冠第，文章孔孟家」，生靈胥悅；巽風被於禹甸，「南山開壽域，東海釀流霞」，草木皆春。天與人歸，創征誅之大業；君偕臣瘁，仰孔孟之高懷。怎奈時不我予，齎志以歿，「出師未捷身先死，長使英雄淚滿襟」。黃花青塚，寄先烈之忠魂；碧血丹心，昭中華之正氣。幸賴英靈福佑，今我寶島臺灣，勵精圖治，混車書於天下，同風教於域中；伸展民權，實施憲政；維新之命已開，匡復之功何遠？特以三詩，以弔幽懷——

安鎮龍門虎豹心，平波暗底劍長吟。古臺叱吒朱髮冠，堡壘湮消紅毛塵。殖利脂膏無厭多，民勞血汗有誰矜？殘牆斑駁存人史，影射蒼雲似淚痕。

赤番海渡啓機關，崁頂夷風已催帆。夕返霞天垂日暮，照臨蔚地掛嬋娟。餘情千古悠悠意，暉映當今皎皎弦。無盡滄桑人事去，限期況乃未遺傳。

延明反滿思恢復，平生忠懷志未酬。郡封開山興教化，王尊啓道策春秋。前賢攬轡澄清士，無愧經綸濟世侯。古往今來猶逝水，人文薈萃光瀛洲。

謹掬肫誠。伏維　靈鑒。尚　饗。

二　「粵稽」，查考、考證之意。粵，助詞，古與「聿」、「越」、「曰」通用，置於句首或句中。稽，考核。

三　臺南市開山路「延平郡王祠」內之「鄭成功文物館」地下室，藏有據傳爲鄭成功行草的五言絕句墨跡：「禮樂衣冠第，文章孔孟家。南山開壽域，東海釀流霞。」張菼〈鄭成功詩文箋註〉（《臺灣文獻》，第三十四卷第三期，一九八三年，頁一～二十），明白指出這首詩的來源是日本文獻《臺灣鄭氏紀事》（川口長孺撰，臺灣省文獻委員會，一九九五年）。該文內容節錄如下——〔箋〕：「此普通酬世之作，既未落款，則所壽者既爲何人不得而知，是否成功眞蹟亦未可知，惟日方既言爲眞蹟，當別有見地，因川口長孺考證素以精詳稱也。而由一詩之得，使黃門源由仰慕成功而令編次其傳記，亦云偉矣！詩取五言律詩中兩聯，正合截句體裁，作爲壽詩，此詩乃極得體，受者其爲藩主之流；由『南山』之語，當指南方之人，或即黃門源之祖先亦未可知。」川口長孺撰《臺灣鄭氏紀事》「卷之中」文字如下：「成功之詩，世不多傳，本藩藏其所自書詩曰：『禮樂衣冠第，文章孔孟家。南山開壽域，東海釀流霞。』其詩不書題，蓋似賀本邦人詩；書法亦飄逸可愛。」《臺灣鄭氏紀事》書首，有林衡道先生序言：「水藩黃門源公，敦學而好古，旁喜翰墨。偶獲明遺臣鄭成功眞蹟，想見其爲人，因欲盡其事。歷就明季、清初諸書檢尋之，則散見而層出，未盡其始末。」《臺灣鄭氏紀事》是由日本人川口長孺編撰，序言日期爲日本仁孝天皇文政十一年（清道光八年，西元一八二八年）。由於水藩黃門源公藏有鄭成功眞蹟，且仰慕鄭成功之忠義，於是命令川口長孺編撰鄭成功之史事，《臺灣鄭氏紀事》便成書。而黃門源公收藏的鄭成功眞蹟，便是「禮樂衣冠第，文章孔孟家。南山開壽域，東海釀流霞」這首詩。據此可以推測，「禮樂衣冠第」這首詩的眞跡，在一八二八年時是被收藏在日本水藩黃門源公之處，但現今不知下落何在。

四

「混車書於天下，同風教於域中」，二句化用（五代十國．後蜀）丞相歐陽彬（生卒年不詳）〈哀帝降表〉：「應一千年挺特之風，廣施王道。混車書於天下，走聲教於域中。」全文收錄於《全唐文》第九部卷八九。

二 中華民國九十五年（二〇〇六）

明延平郡王鄭成功開臺三四五週年紀念大典祭文

維

中華民國九十五年四月二十九日，全國各界紀念 明延平郡王鄭公成功開臺三四五週年大典，行政院內政部部長李逸洋，謹代表中樞，敬奉香花素果之儀、清酌庶饈之奠，致祭於鄭王之靈曰：

耿耿孤忠，命世英雄。籍貫南安，誕降東瀛。
初名諱森，大木翊憑。隆武賜姓，桂王始封。
繼志承烈，明夷抗清。文禱孔聖，淚焚儒徵。
國光啓振，變裝赴戎。初據南澳，嗣守閩東。
進兵長江，克領吳中。捷望建業，援絕垂成。
驅荷據臺，政教道弘。天不假年，抱憾以終。

詠史祝詩，弔慰仁風：

安鎮龍門虎豹心，平波暗底劍長吟。
古臺叱吒朱髮冠，堡壘湮消紅毛塵。
殖利脂膏無厭多，民勞血汗有誰矜？
残牆斑駁存人史，影射蒼雲似淚痕。

赤番海渡啓機關，崁頂夷風已催帆。
夕返霞天垂日暮，照臨蔚地掛嬋娟。
餘情千古悠悠意，暉映當今皎皎弦。
無盡滄桑人事去，限期況乃未遺傳。

謹掬肫誠，伏維　靈鑒。尚　饗。

附註

一　本文隱栝《清史稿》卷二二四〈列傳十一．鄭成功傳〉與廖漢臣《鄭成功傳》（臺北：益群書店，一九九六年一月十五日）史傳內容成韻（上平聲：一東）韻）。案：鄭成功（一六二四～一六六二），明末南安人。清兵入關，直搗江南，其父鄭芝龍（一六〇四～一六六一）兵敗降清。鄭成功身遭國破家亡之痛，毅然投筆從戎，退入南澳招兵抗清，桂王封為「延平郡王」。後率兵擊退佔據臺灣三十八年之久的荷蘭人。並以臺灣為抗清根據地，設置府縣，分兵屯墾，積極開發臺灣，在臺灣發展史上功不可沒。

三　中華民國九十六年（二〇〇七）

明延平郡王鄭成功開臺三四六週年紀念大典祭文

維

中華民國九十六年四月二十九日，全國各界紀念　明延平郡王鄭公成功開臺三四六週年大典，內政部部長李逸洋，謹代表中樞，敬奉香花素果之儀、清酌庶饈之奠，致祭於

鄭王之靈曰：

偉哉鄭公！文才懋英，武德勁松。一世俊雄，千古尊崇。
盛矣安平！臺江矯龍，蓬萊飛鴻。驅荷屯兵，繼統復興。
萬年政弘，國光道生，耿耿義忠。獨立海瀛，主體永憑。
天后啓明，關聖鎮東，孔廟仁風。首學顯榮，寶島昌隆。
億載金城，仰止蒸蒸。族群會融，蕃庶雝雝，大有和鳴。
整頓政經，民主樂成。弊絕風清，克始克終，泰賁康寧。

典範仰徵，穆穆中庸。物阜民豐，朝野會同，虔告神明。
謹掬肫誠，伏維　聖靈。尚　饗。

附註

一　「首學顯榮，寶島昌隆」，原作「臺南顯榮，臺灣昌隆」，爲避與前文「臺江」之「臺」字重複，故將「臺南」改作「首學」，以與前句「孔廟仁風」呼應，並示「臺南」爲「全臺首學」之義；又將「臺灣」改作「寶島」，更顯意義。

二　「仰止」，仰慕、嚮往。語出《詩經·小雅·車舝》：「高山仰止，景行行止。」「烝烝」，純一寬厚、興盛的樣子。

三　「蕃庶」，繁盛、眾多，滋生、繁衍。語出《易經·晉》卦卦辭：「康侯用錫馬蕃庶，晝日三接。」「雝雝」，也作「雍雍」，和諧的樣子。語出《詩經·大雅·思齊》：「雝雝在宮，肅肅在朝。」

四　「大有」，盛大豐有。《易經》第十四卦爲〈大有〉，上卦爲〈離〉，〈離〉爲火，下卦爲〈乾〉，〈乾〉爲天。〈大有〉卦由〈同人〉卦發展而來。〈序卦傳〉說：「與人同者，物必歸之，故受之以〈大有〉。」從卦爻結構看，這兩卦都是由一柔五剛組成。〈同人〉卦是「柔得位得中而應乎〈乾〉」，柔居下位之中，以一柔而應五剛，主動爭取與五剛和同；〈大有〉卦則是「柔得尊位，大中而上下應之」，柔上升到至尊的君位，奉行大中之道，贏得了上下五剛前來與之相應，從而以一柔而擁有五剛，所以稱之爲〈大有〉。下卦〈乾〉爲剛健，上卦〈離〉爲文明，象徵既有剛健有爲的堅強意志，又有文明洞察的理性精神。六五柔中之君與九二剛中之臣密切相應，配合默契，按照天時的客觀規律辦事，「應乎天而時行」，所以總體形勢大爲亨通。這種盛大豐有的大好形勢來之不易，因而六爻在各自的爻位上，如何盡倫盡職來共同維護這種大好形勢，就成爲〈大有〉卦所探討的主題。「和鳴」，鳥的鳴聲相應和，比喻音樂或歌唱聲調相諧。《左傳．莊公．二十二年》：「鳳皇（凰）于飛，和鳴鏘鏘。」《文選．嵇康．琴賦》：「遠而聽之，若鸞鳳和鳴戲雲中。」

五

「泰」，大也，通也，安定也。《易經》第十一卦〈泰〉，即大人君子的通達之道，〈泰〉卦卦象爲天地交〈泰〉，原本在地下的〈坤〉陰上行，天上的〈乾〉陽下降，天地之氣互相交合而通泰。〈泰．象傳〉曰：「〈泰〉，小往大來，吉亨。則是天地交，而萬物通也；上下交，而其志同也。內陽而外陰，內健而外順，內君子而外小人，君子道長，小人道消也。」

「賁」，音「必」或「墳」，爲黑白相雜的紋飾，引申爲文飾、修飾、裝飾的意思。《易經》第二十二卦〈賁〉，論述文與質的關係，以質爲主，以文調節。下〈離〉上〈艮〉相疊，〈離〉爲火，爲明；〈艮〉爲山，爲止。〈賁〉文明而有節制，內離明，外艮止，爲養聰明於內，君子藏其聰明而有所不爲，隱士之象也。

四　中華民國九十七年（二〇〇八）

明延平郡王鄭成功開臺三四七週年紀念大典祭文

維

中華民國九十七年四月二十九日，全國各界紀念　明延平郡王鄭公成功開臺三四七週年大典，行政院內政部李部長逸洋，謹代表中樞，敬奉清酌雅樂之儀，香花庶饈之奠，嚴嚴赫赫，穆穆淵淵，頌祝以文，致祭於

鄭王之靈曰：

臺瀛飛鴻，玉山凌空。民族俊英，歷史豪雄。

反清復明，時乘六龍。鎮海安平，蓬萊長青。

武略屯兵，文韜辟雍。圖治勵精，政教域中。

維新府城，戮力在躬。繼統創興，萬里鵬程。

盡瘁圖成，天年無恆。規模昌隆，賫志以終。

鄒魯儒風，禮樂龢雝。文化康豐，翠映黌宮。
道德恢宏，仁義彰榮。萬物生生，百業蒸蒸。
民主會通，族群調融。統攝朝宗，進臻大同。
頌德褒功，往哲是徵。薦祉降靈，先典攸崇。
朝野仰型，千秋萬烝。伏維聖聽，福祐蒼生。
謹掬肫誠，虔告神明。馨香尚饗，馨香尚饗。

附註

一 「辟雍」，音「必庸」，亦作「辟雝」，古時天子所設的大學（太學），此指臺南孔廟「全臺首學」。「辟」，通「璧」。本為西周天子所設大學，校址圓形，圍以水池，前門外有便橋。東漢以後，歷代皆有辟雍，除北宋末年為太學之預備學校（亦稱「外學」）外，均為行鄉飲、大射或祭祀之禮的地方。（東漢）班固（三二～九二）《白虎通（德論）．辟雍》：「天子立辟雍何？所以行禮樂宣德化也。辟者，璧也，象璧圓，又以法天，於雍水側，象教化流行也。」

二 「齎志以終」，即「齎志而歿」，亦作「賫志以歿」、「賫志以沒」，心願未能達成而死去。《封神演義》第九十九回：「方圖協力同心，忠義志堅，欲效股肱之願；豈意陽運告終，齎志而歿。」也作「齎志沒地」。齎，音「基」，挾抱、懷持。

三　「龢雝」，同「和雍」，溫和雍容。〔東晉〕陶淵明（三六五～四二七）《聖賢群輔錄・八顧》：「天下和雍郭林宗。」

四　「黌宮」，學校。《幼學瓊林・卷三・宮室類》：「黌宮膠序，乃鄉學之稱。」黌，音「宏」，學也。

五　「烝」，音義同「蒸」，本義火氣上行也，古代冬天祭祀亦名「烝」。此借代「祀」，與「年、歲、世、代、載」同義，「千秋萬烝」即「千秋萬世（代、年、歲）」。

六　筆者當年又同時擬一文稿，正文如下：

乾坤蒼蒼，碧海湯湯。源遠流長，日新輝光。肇祖聖王，薪傳炎黃。降福穰穰，德惠四方。民族禎祥，文化泱泱。生生自強，博濟煌煌。臺瀛星霜，落地飄香。枝葉茂張，樹育芬芳。絃歌悠揚，菁莪樂昌。富麗深藏，超邁原鄉。大塊文章，薈萃攸當。三才元良，典教彝常。燮理陰陽，庶事泰康。協和柔剛，百姓豐臧。民主殿堂，自由昭彰。法治安邦，經濟時匡。志業滂滂，道德昂昂。虔告心莊，國祚無疆。

案：「穰穰」，音「攘攘」，豐盛繁多的樣子。《詩經・周頌・執競》：「降福穰穰，降福簡簡。」《史記・卷一二六・滑稽傳・淳于髡傳》：「五穀蕃熟，穰穰滿家。」

五　中華民國九十八年（二〇〇九）

明延平郡王鄭成功開臺三四八週年紀念大典祭文

維

中華民國九十八年四月二十九日，全國各界紀念　明延平郡王鄭公成功開臺三四八週年大典，內政部部長廖了以，謹代表中樞，敬奉香花素果之儀、清酌庶饈之奠，致祭於鄭王之靈曰：

巍巍鄭公，民族英雄。滔滔偉業，碧史長青。
海濱鄒魯，仁孝義忠。德昭日月，寰宇尊崇。
韜略經緯，壯志恢宏。明心儼然，偉哉成功。
鯤瀛逐荷，寶島重光。開臺奠基，建設棟樑。
別裁卓識，經營堅強。開拓進取，貿易通商。
治興教化，古今頌揚。精神不朽，俎豆馨香。

繼往開來，團結繁榮。薪火相傳，啓迪生生。
承先啓後，國運昌隆。木本水源，一貫匯宗。
復興中華，紹繼文明。齊心協力，共進大同。

謹掬肫誠，伏維　靈鑒。尚　饗。

附註

一　「海濱鄒魯」，沿海文化昌盛之地，此指寶島臺灣，亦可專指臺南府城。語出著名北宋詩人陳堯佐（九六三～一〇四四）〈送王升及第歸潮陽〉：「休嗟城邑住天荒，已得仙枝耀故鄉。從此方輿載人物，海濱鄒魯是潮陽。」「鄒魯」，語出《莊子．天下》篇載：「其在於《詩》、《書》、《禮》、《樂》者，鄒魯之士，搢紳先生多能明之。」

六　中華民國九十九年（二〇一〇）

明延平郡王鄭成功開臺三四九週年紀念大典祭文

維

中華民國九十九年四月二十九日，全國各界紀念　明延平郡王鄭公成功開臺三四九週年大典，行政院內政部江宜樺部長，謹代表中樞，敬奉香花素果之儀、清酌庶饈之奠，致祭於

鄭王之靈曰：

大哉延平，千古士英。焚服效忠，集義抗清。
金廈操兵，武韜經營。遠交近攻，誓復大明。
聯結北征，勢破滬京。功敗垂成，轉進臺澎。
驅荷安寧，開化府城。屯田三瀛，利濟民生。
齎志憾終，遠略啓蒙。哲嗣鄭經，樽俎折衝。
克塽不聰，施琅逢迎。執辱北廷，汗顏祖宗。

清領披荊，絡繹墾丁。日治深耕，殖民欣蒸。
國府中興，寶島揚名。經貿繁榮，寰宇振聲。
文教昌隆，民主恢宏。將屆百齡，禮運大同。
緬懷鄭公，四海尊崇。碧史德青，百代聖雄。
謹掬肫誠，伏維　神靈。尚　饗。

附註

一　中華民國各界紀念「明延平郡王鄭成功」開臺三四九週年中樞祭典暨鄭成功（一六二四～一六六二）文化節——「薪火相船，航向未來」特展，於民國九十九年（二〇一〇）四月二十九日上午在延平郡王祠舉行，以發揚鄭成功向海洋開拓之創意與德業，並記錄先人智慧與現代人追尋歷史的過程。中樞祭典由內政部部長江宜樺主祭（一九六〇～），陪祭者由臺南市市長許添財（一九五一～）、全國各鄭氏宗親、市議員、日本國長崎縣平戶市市長、金門縣主任秘書、廈門思明區區長、泉州南安市書記等數百人參與祭典，場面莊嚴隆重。內政部部長江宜樺表示，臺南府城爲有悠久歷史、人文傳統與文化傳承的古都，更是充滿溫馨與熱情的好地方，兼具傳統與現代。

二　「哲嗣」，敬稱他人之子。鄭經（一六四二～一六八一），一名鄭錦，字賢之、元之，號式天，暱稱「錦舍」，福建省泉州府南安縣石井鎮人。延平王鄭成功（一六二四～一六六二）長子，臺灣明鄭時期的統治者，襲封其父延平王的爵位。鄭經曾經多次參與鄭成功的戰事，鄭成功病逝後，在陳永華（一六三四～一六八〇）的輔政下，撫土民，通商販，興學校，進人才，定制度，境內大治。晚年，縱情酒色，怠聞軍政，將臺灣事務均委與長子鄭克𡒉與大臣陳永華。康熙二十年（一六八一）三月十七日，鄭經於臺灣承天府去世，終年四十歲，謚號文王。

三　「樽俎折衝」，即「折衝樽俎」，意思是指不用武力，而在酒宴談判中，制敵取勝。出自《戰國策・齊策五》：「此臣之所謂比之堂上，禽將戶內，拔城於尊（樽）俎之間，折衝席上者也。」

四　「克塽」，鄭克塽（一六七〇～一七〇七），幼名秦，人稱秦舍，字實弘，號晦堂，鄭經（一六四二～一六八一）次子，鄭成功（一六二四～一六六二）之孫。康熙二十年（一六八一）鄭經與陳永華（一六三四～一六八〇）相繼去世，重臣立年僅十二歲的鄭克塽爲延平郡王。康熙二十二年（一六八三），清朝水師提督施琅（一六二一～一六九六）大破鄭軍艦隊，鄭克塽降清。隨後鄭克塽前往京師，特封爲公爵，隸漢軍正紅旗，賜府邸。康熙四十六年（一七〇七），鄭克塽病故。

五　施琅（一六二一～一六九六），字尊侯，號琢公，福建省泉州府晉江縣（今泉州市晉江市龍湖鎮衙口村）人，祖籍河南固始，康熙時領軍收復臺灣。施琅早年是鄭芝龍（一六〇四～一六六一）的部將，順治三年（一六四六）隨鄭芝龍降清。不久又加入鄭成功的抗清義旅，成爲鄭成功的得力助手。鄭成功手下曾德一度得罪了施琅，施琅借故殺曾德，而得罪了鄭成功，鄭成功誅殺了施琅父親與弟弟。由於親人被鄭成功殺害的大恨，施琅再次降清。施琅投降清朝後，被任命爲清軍同安副將，不久，又被提升爲同安總兵、福建水師提督。康熙二十年（一六八一），康熙帝採納了李光地（一六四二～一七一八）的意見，授施琅福建水師提督，施琅積極進行攻討臺灣的部署準備。康熙二十一年（一六八二），康熙帝決定攻臺，命施琅與福建總督姚啓聖（一六二三～一六八三）一起進取澎湖、臺灣。康熙二十二年（一六八三）六月，施琅指揮清軍水師獲得大勝。上疏籲請清廷在臺灣屯兵鎮守、設府管理，力主保留臺灣、守衛臺灣。因功授靖海將軍，封靖海侯。康熙三十五年（一六九六）施琅逝世，賜諡襄莊，贈太子少傅銜。

七　中華民國一〇〇年（二〇一一）

明延平郡王鄭成功開臺三五〇週年紀念大典祭文

維

中華民國一〇〇年四月二十九日，全國各界紀念　明延平郡王鄭公成功開臺三五〇週年大典，行政院內政部江宜樺部長，謹代表中樞，敬奉香花素果之儀、清酌庶饈之奠，致祭於鄭王之靈曰：

食菓拜樹，飲水思源。撫今追昔，緬懷聖賢。
棟樑大木，禮樂衣冠。履道坦坦，體仁謙謙。
興復繼絕，正氣浩然。乘風破浪，忠義勇擔。
文韜武略，攘擯荷蘭。篳路藍縷，斫莽屯田。
政教並轡，世代相傳。開物成務，建設臺灣。
鼎新革故，應人順天。德博敦化，功溥貞觀。

民主樂利，國慶百年。自強富庶，豐順泰安。
雄圖偉業，行健志堅。高瞻遠矚，裕後光前。
謹掬肫誠，幽贊神明。伏維英靈，尚饗昭盈。

附註

一 「食菓拜樹」，此句化用臺諺：「食菓子，拜樹頭。」

二 「棟樑大木」，此句意謂鄭成功（一六二四～一六六二）為「國族棟樑」，「大木」雙關鄭成功，原名森，字大木。

三 「禮樂衣冠」，此句暗嵌鄭成功（一六二四～一六六二）詩：「禮樂衣冠第，文章孔孟家。南山開壽域，東海釀流霞。」

四 「履道坦坦」，此句引用《周易．履卦．九二》爻辭：「履道坦坦，幽人貞吉。」

五 「體仁謙謙」，此句複合《周易．乾卦．文言傳》：「君子體仁，足以長人。」《周易．謙卦．初六》爻辭：「謙謙君子，卑以自牧。」

六 「篳路藍縷」，此句語出《春秋左氏傳．宣公．十二年》：「篳路藍縷，以啓山林。」

七 「開物成務」，此句語出《周易．繫辭上傳》：「夫《易》，開物成務，冒天下之道，如斯而已者也。」

八 「鼎新革故」，此句引用《周易．雜卦傳》：「〈革〉，去故也；〈鼎〉，取新也。」

九 「應人順天」，此句爲協韻，故將「順天應人」倒置爲「應人順天」，語出《周易·革卦·彖傳》：「湯武革命，順乎天，而應乎人。」

一〇 「德博敦化」，此句複合《周易·乾卦·九二·文言傳》：「『見龍在田，利見大人。』何謂也？子曰：『龍德而正中者也。庸言之信，庸行之謹，閑邪存其誠，善世而不伐，德博而化。』」《中庸》第二十九章：「如四時之錯行，如日月之代明，萬物並行而不相害，道並行而不相悖，小德川流，大德敦化，此天地之所以爲大也。」

一一 「功溥」之「溥」，音義同「普」；「貞觀」，語出《周易·繫辭下傳》：「天地之道，貞觀者也。」亦兼取唐太宗（李世民，五九八～六四九）「貞觀之治」史義。

一二 「豐順泰安」，此句以《周易》〈豐〉、〈泰〉二卦，寄寓「風調雨順，五穀豐登；國泰民安，百姓康寧」。

一三 「行健」並前「自強」，嵌用《周易·乾卦·大象傳》：「天行健，君子以自強不息。」

八　中華民國一〇一年（二〇一二）

明延平郡王鄭成功開臺三五一週年紀念大典祭文

維

中華民國一〇一年四月二十九日，全國各界紀念　明延平郡王鄭公成功開臺三五一週年大典，行政院內政部李部長鴻源，謹代表中樞，敬奉香花素果之儀、清酌庶饈之奠，致祭於

鄭王之靈曰：

不朽三名，立德上乘。建言樹功，體道履行。
蒼璧黃琮，鳳翥龍騰。國姓鄭公，寵錫延平。
貞節勁松，儒統武宗。抗清復明，匡濟臺瀛。
破浪御風，海晏宇澄。鼎革泰升，韜略仰崇。
仁義孝忠，志氣貫虹。孔孟服膺，游藝從容。
發軔啓蒙，郁郁蒸蒸。嚶鳴友聲，萬里鵬程。

寶島昌隆，物阜材豐。政教圓融，樂利康寧。
薪傳慧燈，弘化大通。位育中庸，和睦厚生。
至性肫誠，獻禱聖雄。伏維烈英，尚饗祠廳。

附註

一　「不朽三名，立德上乘」，此指立德、立功、立言三不朽。典出《春秋左氏傳．襄公．二十四年》：「太上有立德，其次有立功，其次有立言，雖久不廢，此之謂不朽。」（唐）孔穎達（五七四～六四八）疏：「立德，謂創制垂法，博施濟眾；……立功，謂拯厄除難，功濟于時；立言，謂言得其要，理足可傳。」

二　「蒼璧黃琮」，《周禮．春官．大宗伯》云：「以蒼璧禮天，以黃琮禮地。」蒼璧是祭天的禮器，黃琮是祀地的禮器；蒼璧圓形，象天的形狀；琮方柱形，中有圓孔，象地的形狀，也象徵天圓地方。《說文解字》曰玉的特質表現「仁義智勇潔」五德，中華先民相信美玉蘊含的「精氣」能夠溝通人神，所以就用來作爲祭祀崇高天地之神的祥瑞禮器。因此，「蒼璧黃琮」成爲人間獻給神的最高敬意，不僅是祭祀天地的禮器，也承載著天人合一的文化。

三　「鼎革泰升」，化用《易經》〈鼎〉取新、〈革〉去故、〈泰〉亨通、〈升〉騰達之義。

四　「嚶鳴友聲」，鳥相和鳴，比喻朋友同氣相求或意氣相投。典出《詩經．小雅．伐木》：「嚶其鳴矣，求其友聲。相彼鳥矣，猶求友聲；矧伊人矣，不求友生。神之聽之，終和且平。」

九　中華民國一〇二年（二〇一三）

明延平郡王鄭成功開臺三五二週年紀念大典祭文

維

中華民國一〇二年四月二十九日，全國各界紀念　明延平郡王鄭公成功開臺三五二週年大典，行政院內政部李部長鴻源，謹代表中樞，敬奉香花素果之儀、清酌庶饈之奠，致祭於

鄭王之靈曰：

江河行地，日月經天。詩書禮樂，孔孟聖賢。
忠肝義膽，智勇仁先。武功文治，裕後光前。
孤臣孽子，匡復志堅。俊士英烈，繼踵比肩。
驅荷靖海，建府開邊。鯤島底定，墾殖屯田。
胸懷坦蕩，正氣浩然。豐績偉業，户誦家絃。
安平赤嵌，斑駁史編。開物成務，溥濟陌阡。

經營擘劃，清流濁蠲。三臺化育，烝民懋遷。
蓬瀛閬苑，道宇神仙。民生樂利，四境芳妍。
千秋百世，薪火香煙。伏維德澤，祈饗萬年。

附註

一　本祭文凡偶數句，俱押「下平聲：一先」韻。「江河行地，日月經天」，本作「日月經天，江河行地」，爲押韻故，倒置語序。「日月經天，江河行地」，意謂太陽和月亮每天經過天空，江河永遠流經大地；比喻人或事物的永恆、偉大。典出《後漢書．桓譚馮衍傳》：「其事昭昭，日月經天，江海帶地，不足以比。」

二　「孤臣」，封建朝廷中孤立無援的遠臣；「孽子」，妾所生的庶子。「孤臣孽子」，比喻遭遇艱難困苦的人。典出《孟子．盡心上》：「獨孤臣孽子，其操心也危，其慮患也深，故達。」

三　「繼踵比肩」，原作「比肩繼踵」，爲押韻故，倒置語序。比，挨著；踵，腳跟。肩挨著肩，腳跟著腳；形容人很多，很擁擠。典出《晏子春秋．雜下》：「臨淄三百閭，張袂成陰，揮汗成雨，比肩繼踵而在，何爲無人？」

四　「鯤島」，臺灣的雅稱。所謂「鯤」，是古代一種很壯大威武的魚。《莊子．逍遙遊》描述鯤曰：「北冥有魚，其名爲鯤，鯤之大，不知其幾千里也。化而爲鳥，其名大鵬，鵬之背，不知其幾千里也。」大鵬遨翔天空，其神威令人心儀。鯤魚游於壯闊的大海，逍遙自在，亦令人神往，正如宋朝大詩人陸游（一一二五～一二一〇）詩：「時看雲海化鯤鵬。」臺灣島橫臥在太平洋的萬頃碧濤中，傲視四周蕞爾小島，故以「鯤島」稱之，十分傳神。過去臺江內海一帶，今臺南安平附近，有所謂的「一鯤鯓、二鯤鯓、……七鯤鯓」、臺南縣著名風景區馬沙溝附近，有所謂「青鯤鯓、南鯤鯓」，皆是指江海上的小島之意。

五　「戶誦家絃」，原作「家絃戶誦」，或作「家弦戶誦」，為押韻故，倒置語序。意謂家家都不斷歌誦，形容有功德的人，人人懷念；也形容詩文流傳很廣，典出〔清〕張祖廉（一八三七～一九二六）《定盦先生年譜外紀》卷上：「先生嘗寫文目一通，付子宣曰：『此家弦戶誦之文也。』」

六　「開物成務」，指通曉萬物的道理，並按這道理行事而得到成功。典出《周易．繫辭上傳》：「夫《易》，開物成務，冒天下之道，如斯而已者也。」〔唐〕孔穎達（五七四～六四八）疏：「言《易》能開通萬物之志，成就天下之務。」《南齊書．崔祖思傳》：「自古開物成務，必以教學為先。」〔宋〕蘇軾（一〇三七～一一〇一）〈《樂全先生文集》敘〉：「諸葛孔明不以文章自名，而開物成務之姿，綜練名實之意，自見於言語。至〈出師表〉簡而盡，直而不肆，大哉言乎。」〔清〕薛福成（一八三八～一八九四）〈論公司不舉之病〉：「泰西百工之開物成務，所以可富可強。」亦省作「開務」，《文選．左思．魏都賦》：「赫赫震震，開務有謐。」呂向（生卒年不詳）注：「皆開物成務，使天下清謐者也。」

七　「清流濁鐲」，原作「流清鐲濁」，為押韻故，倒置語序。比喻事物的良好開端，連帶的使發展與結局也有好的結果；或比喻身居高位的人清正，其屬下也自清正。語本《荀子．君道》：

「故械數者，治之流也，非治之原也。君子者，治之原也。官人守數，君子養原，原清則流清，原濁則流濁。」《韓詩外傳．卷五》：「君者民之源也，源清則流清，源濁則流濁。」亦作「源清流潔」、「源清流淨」。〔唐〕柳宗元（七七三～八一九）〈永州韋使君新堂記〉：「見公之作，知公之志：公之因土而得勝，豈不欲因俗以成化？公之擇惡而取美，豈不欲除殘而佑仁？公之蠲濁而流清，豈不欲廢貪而立廉？公之居高以望遠，豈不欲家撫而戶曉？」「流清」，「源清流清」之簡稱；水的源頭清澈，下游的水也就清淨。蠲，音「捐」，使清潔；「蠲濁」，清除污濁。《文選．張衡．思玄賦》：「湯蠲體以禱祈兮，蒙庬褫以拯民。」《晉書．卷五十一．皇甫謐傳》：「岐伯剖腹以蠲腸。」

八　「烝民」，即人民、百姓。「懋遷」，貿易、交易，意謂彼此交易，互通有無，使貨物流暢。典出《尚書．益稷》：「懋遷有無化居，烝民乃粒，萬邦作乂。」

九　「蓬瀛閬苑」，皆代指寶島臺灣。古代傳說的三神山是蓬萊、方丈、瀛洲，以蓬萊最著名，是歷代帝王所嚮往的仙境。史書記載：漢武帝（劉徹，公元前一五六～前八八）在渤海岸邊築城遙望，據說看到仙境，因而在此地築城，命名蓬萊。唐代在其地置縣，就是今山東省蓬萊縣。所謂仙境，實際上指在海邊看到天空出現的幻境；這些幻境包括宮室、樓臺、人物、車馬等等，見者疑幻疑眞；除了視作仙境，還有人以爲是由蜃吐氣所形成，稱爲「海市蜃樓」。而事實上，這不過是由於光線的折射，把遠處的景物顯現到空中，令人覺得奇異而已！唐宋以後，「蓬萊」或「海市」，成了詩人、畫家常用的題材。蓬萊又叫蓬山或蓬壺，唐人以這些名稱吟詩者數以百計，作者包括李白（七〇一～七六二）、杜甫（七一二～七七〇）、李商隱（八一三～八五八）。宋代的蘇軾（一〇三七～一一〇一）詠「海市」詩就很著名。自晉代起，道教人士就把蓬萊、瀛洲二仙山合稱「蓬瀛」，修道者且自稱「蓬瀛仙侶」。閬，音「朗」，空曠，寬闊；苑，園林，「閬苑」，即廣大的園林，傳說中的神仙住處，也指皇帝貴族的宮苑。

一〇 「道宇神仙」，承前句「蓬瀛閬苑」，意指臺灣寶島如道家（教）建構之理想世界宇宙，人人如神仙一般和平、安泰生活著。

十　中華民國一〇三年（二〇一四）

明延平郡王鄭成功開臺三五三週年紀念大典祭文

維
中華民國一〇三年四月二十九日，全國各界紀念　明延平郡王鄭公成功開臺三五三週年大典，行政院內政部陳部長威仁，謹代表中樞，敬奉香花素果之儀、清酌庶饈之奠，致祭於
鄭王之靈曰：

父游平户，母毓森娃。福松明儼，大木奇葩。
啓蒙深造，俊秀生涯。衣冠禮樂，孔孟士家。
内憂外患，國事棼麻。孤臣孺子，忠孝血花。
招討威遠，賜姓尊爺。抗清攻守，半壁分瓜。
一隅兩島，折戟沉沙。驅荷決戰，智勇無遮。
感時仗節，表率浮槎。正風勵俗，教化閑邪。

荒遺世界，創格敢誇。汗青成敗，缺憾何差？
山開壽域，海釀流霞。武德文華，吉應孚嘉。
自由寶島，民主騰拏。典型今古，澤潤道遐。

虔誠　謹告。

附註

一　本祭文凡偶數句，俱押「下平聲：六麻」韻。「平戶」，爲日本肥前國（今長崎）平戶島，「毓」同「育」，「森」爲鄭成功原名。鄭成功（一六二四～一六六二）父親鄭芝龍（一六〇四～一六六一）曾爲海盜，後爲海商兼海上走私集團領袖，受招安任南明水師將領；一生共有五位妻子，其中第二位田川氏爲日本人。史載：〔明〕天啓三年（一六二三），鄭芝龍至平戶貿易時，與當地女子田川氏結爲夫妻。一六二四年八月二十七日（〔明〕天啓四年七月十四日、日本寬永元年），鄭成功出生於平戶島上的川內浦千里濱。傳說中，田川氏在千里濱海灘撿拾海貝、海菜時，忽然腹痛難忍，便急忙走到一塊岩石上，生下長子鄭森，現在這塊「兒誕石」仍然豎立於平戶海邊以爲紀念。

二　鄭成功（一六二四年八月二十七日至一六六二年六月二十三日），幼名福松，譜名森，字明儼。一六四四年，鄭成功弱冠進入南京國子監深造，拜入江南名儒錢謙益（一五八二～一六六四）門下，錢師爲勉勵成功學志，特命其字爲「大木」。故此二句，係引用鄭成功幼名與二字，以喻名字正如其人之德。

三　鄭成功（一六二四～一六六二）出生於母親田川氏家鄉平戶，六歲之前隨母親居住於此；六歲後，因父親鄭芝龍（一六〇四～一六六一）受明廷招安任官，才被接回泉州府老家安平（原福建省晉江縣安平鎮，今安海鎮）居住讀書，該處現爲「安海成功小學」校址。一六三八年（〔明〕崇禎十一年），鄭成功考中秀才，又經考試成爲南安縣二十位「廩膳生」之一。一六四一年，迎娶福建泉州惠安進士禮部侍郎董颺先（生卒年不詳）姪女爲正室。

四　「衣冠禮樂，孔孟士家」，以上二句，檃栝自鄭成功（一六二四～一六六二）行草五言絕句：「禮樂衣冠第，文章孔孟家。南山開壽域，東海釀流霞。」此詩及其相關史料，記載於日本文獻川口長孺（一七七三～一八三五）所著《臺灣鄭氏紀事》（此書序言日期爲日本仁孝天皇文政十一年、〔清〕道光八年，時當西元一八二八年。此書收錄於臺灣省文獻委員會所編《臺灣文獻叢刊．第〇〇五種》（一九九五年），卷之中「二年己亥」（〔明〕永曆十三年、〔清〕順治十六年）條下：「……成功之詩，世不多傳，本藩藏其所自書詩曰：『禮樂衣冠第，文章孔孟家。南山開壽域，東海釀流霞。』其詩不書題，蓋似賀本邦人詩，書法亦飄逸可愛。觀此二首，亦可以知其槩略。」

五　「國事棼麻」，此句係結合「國事如麻」與「治絲益棼」二語而成。「棼」，音「焚」，紛亂之意。

六　「孤臣孺子，忠孝血花」，此二句檃栝以下典故出處：其一，鄭成功（一六二四～一六六二）

勸阻父親鄭芝龍（一六〇四～一六六一）降清不成，率領約二十餘人到孔廟祭拜先師云：「昔爲孺子，今爲孤臣，向背去留，各行其是，謹謝儒衣，祈　先師昭鑒。」遂出走金門，誓師反清。其二，一八八九年，劉銘傳（一八三六～一八九六）作楹聯以弔鄭成功，曰：「賜國姓，家破君亡，永矢孤忠，創基業在山窮水盡。復父書，詞嚴義正，千秋大節，享俎豆於舜日堯天。」

七　一六四五年，福王朱由崧（一六〇七～一六四六）弘光朝覆滅後，鄭芝龍（一六〇四～一六六一）、鄭鴻逵（一六一三～一六五七）兄弟於福州擁戴唐王朱聿鍵（一六〇二～一六四六）稱帝，於同年七月改元「隆武」；隆武政權成立後，鄭成功（一六二四～一六六二）得帝賞識，招討南北，威遠四方，封忠孝伯、御營中軍都督，賜「國姓」朱、改名「成功」、儀同駙馬，這就是世稱鄭成功「國姓爺」的由來。

八　鄭成功（一六二四～一六六二）反清復明，據領閩廈，南征北伐，歷經潮州、廈門、漳州、海澄、長江與南京諸役，勢力達於東南半壁。「分瓜」，即「豆分瓜剖」（亦作「豆剖瓜分」）之縮語，本謂如瓜被剖開，豆從莢裏裂出一樣，比喻國土被分割。典出〔南朝．宋〕鮑照（四一四～四六六）〈蕪城賦〉：「出入三代，五百餘載，竟瓜剖而豆分。」

九　鄭成功（一六二四～一六六二）據守東南一隅，以金廈、臺澎海島爲反攻基地，康熙（愛新覺羅．玄燁，一六五四～一七二二）嘗題贈鄭成功輓聯曰：「四鎮多貳心，兩島屯師，敢向東南爭半壁。諸王無寸土，一隅抗志，方知海外有孤忠。」故作「一隅兩島」句，並前句「半壁分瓜」，括引此聯以喻斯旨。「折戟沉沙」，折斷了的兵戟，沉沒在泥沙裏，形容失敗慘重；典出〔唐〕杜牧（八〇三～八五二）〈赤壁〉：「折戟沉沙鐵未銷，自將磨洗認前朝。東風不與周郎便，銅雀春深鎖二喬。」

一〇　一六六一年（〔明〕永曆十五年，〔清〕順治十八年），鄭成功（一六二四～一六六二）親率將士二萬五千員、戰船數百艘，自金門料羅灣出發，經澎湖向臺灣進軍。荷蘭當局於臺島西南建有兩大防禦要塞，一爲位於大員（今臺南市安平區）的熱蘭遮城（Fort Zeelandia，荷語Zeelandia即英語Sealand之意），二爲位於臺江內陸赤崁地方（今臺南市中西區）的普羅民遮城（Provintia，即英語Province之意）。同年陽曆四月十二日與二十二日，鄭成功兩次寫信給荷蘭大員長官揆一（Frederik Coyett，一六一五～一六八七），令其投降。陽曆四月三十日（農曆四月初一），鄭軍經由鹿耳門水道進入臺江內海，並於禾寮港（今臺南市北區開元寺附近）登陸，意圖先求取防禦薄弱的普羅民遮城。隨後，鄭軍在臺江海域與荷蘭軍艦展開海戰，擊沉荷軍艦赫克特（Hector）號，取得臺江內海控制權，並同時在北線尾地區擊敗荷蘭陸軍，以優勢兵力包圍普羅民遮城。不久，於陽曆五月四日（農曆四月初五）迫使普羅民遮城守軍出降。農曆五月初五，鄭成功改赤崁爲「東都明京」，設承天府及天興、萬年二縣。在取得普羅民遮城做爲據點之後，鄭軍隨即由海、陸兩面圍困熱蘭遮城。由於考慮到兩萬大軍的糧餉調度不易，鄭成功並沒有做持久戰的打算，一開始即對熱蘭遮城施壓，試圖脅迫荷蘭軍隊投降。遭荷蘭長官揆一拒絕其投降要求之後，鄭成功一度下令強攻熱蘭遮城，卻遭遇荷軍極頑強抵抗，鄭軍損失慘重。由於強攻不下，加之大軍糧食短缺，鄭成功被迫改變策略，派出大部分的軍隊至南北各地屯田、徵收錢糧，以解大軍乏糧的燃眉之急，對熱蘭遮城改採長期包圍的戰略。同年（一六六一年，〔明〕永曆十五年）農曆七月，荷蘭東印度公司從巴達維亞調遣的援軍抵達大員，除了六百多名士兵、十一艘軍艦以外，增援部隊亦為熱蘭遮城帶來大量補給品與火藥。時鄭成功的軍力仍分散臺灣各地實行任務，駐守於大員以及普羅民遮城的軍力預估不到三千，遂使荷蘭軍重新燃起反撲的希望。七月中旬，停泊於外海的荷蘭援軍遭遇強風侵襲，被迫離開大員海岸，前往澎湖躲避風雨；其中荷蘭軍艦烏爾克（Urck）號擱淺，船上人員皆遭鄭軍俘虜。此一變故，使鄭軍獲得整備的戰機，待荷蘭軍艦於八月回到大員海域時，鄭軍雖未能調回多數兵力，卻已然完成作戰的準備。八月中旬，荷、鄭兩軍於臺江內海展開激烈海戰，鄭軍大獲全勝，擊沉一艘荷蘭軍艦，並奪取船隻數艘，自此荷軍喪失主動出擊的能力。農曆十二月，日耳曼裔荷蘭士官漢斯·茹里安·拉德（Hans Jeuriaen Rade）叛逃，鄭成功在其提供之情報的幫助下，砲轟擊毀熱蘭遮城的烏特勒支（Utrecht）碉堡，攻克熱蘭遮城終成定局。一六六二年（陽曆一月二十八日、農曆十二月初八，〔明〕永曆十五年），荷蘭大員長官揆一修書予鄭成功，表示同意「和談」。幾經談判，荷蘭大員當局終於一六六二年（陽曆二月九日、農曆十二月二十日，〔明〕永曆十五年）向鄭成功屈服，退出臺灣。

二　「浮槎」，本指傳說中來往於海上與天河之間的木筏，以此比喻鄭成功（一六二四～一六六二）自金門、廈門渡海驅荷開臺；「槎」，音「查」，木船、木筏，此借指以船艦攻臺，開化寶島。一八七四年，清廷派遣欽差大臣沈葆禎（一八二〇～一八七九）來臺辦理海防事務，沈葆楨在該年底與其他官員聯名上奏，以鄭成功「感時仗節，移孝作忠」之義，應屬

「爲民表率」，而奏請皇帝准爲其建祠祭祀，此舉係有助於「正風勵俗，正化人心」之效。故根據前事，作「感時仗節，表率浮槎」二句，以表彰延平郡王之忠孝節義、驅荷開臺與設教敦化之功。

一二 「閑邪」，典出《周易．乾．九二．文言傳》：「九二曰：『見龍在田，利見大人。』何謂也？」子曰：「龍德而正中者也。庸言之信，庸行之謹，閑邪存其誠，善世而不伐，德博而化。《易》曰：『見龍在田，利見大人。』君德也。」「閑」，本義爲柵欄、木欄，〔東漢〕許慎（約五八～一四七）《說文解字》曰：「閑，闌（同「欄」）也。」比喻規範、法度，如《論語．子張》篇曰：「大德不踰閑，小德出入可也。」亦可解作防範、阻止，《書經．畢命》篇曰：「雖收放心，閑之惟艱。」〔唐〕劉禹錫（七七二～八四二）〈天論上〉云：「建極閑邪，人之能也。」以上「閑」字諸義，皆可用來解釋「閑邪」。

一三 「荒遺世界，創格敢誇」，此二句檃栝自〔清〕沈葆楨（一八二〇～一八七九）親題臺南市開山路「延平郡王祠」聯，曰：「開萬古得未曾有之奇，洪荒留此山川，作遺民世界。極一生無可如何之遇，缺憾還諸天地，是刱（同「創」）格完人。」「荒遺世界」，爲沈氏上聯「洪荒留此山川，作遺民世界」之縮語；「創格敢誇」，爲下聯「是刱格完人」之形容。

一四 「汗青成敗，缺憾何差」，檃栝自民國三十六年（一九四七）「二二八事件」之後，當時國民政府國防部長白崇禧（一八九三～一九六六）將軍訪臺撫民，題弔「延平郡王祠」聯曰：「孤臣秉孤忠，五馬奔江，留取汗青垂宇宙。正人扶正義，七鯤拓土，莫將成敗論英雄。」「汗青」，古人使用竹簡書寫，爲便利書寫與預防蟲蛀，製作竹簡時，先於火上烘烤，令竹油滲出如汗，經此加工過程而製成竹簡，稱爲「汗青」，而引申爲書冊之意，又廣泛用爲史冊之代稱，語出〔南宋〕民族英雄文天祥（一二三六～一二八三）〈過零丁洋〉詩：「辛苦遭逢起一經，干戈寥落四周星。山河破碎風飄絮，身世浮沉雨打萍。惶恐灘頭說惶恐，零丁洋裏嘆零丁。人生自古誰無死，留取丹青照汗青。」「缺憾何差」句，同檃栝自前注引沈葆楨（一八二〇～一八七九）親題「延平郡王祠」下聯「極一生無可如何之遇，缺憾還諸天地」之義。

一五　「山開壽域，海釀流霞」，此二句同前注，亦檃栝自鄭成功（一六二四～一六六二）行草五言絕句之後二句：「禮樂衣冠第，文章孔孟家。南山開壽域，東海釀流霞。」借此以喻開創臺灣歷史之新境界。

一六　「武德文華」，形容鄭成功（一六二四～一六六二）文武雙全之不凡。「吉應孚嘉」，典出於《周易．隨．九五》爻辭：「孚於嘉，吉。」「應」者，謂〈隨〉卦九五之君王與六二之臣民，陰陽和諧而剛柔並濟之意；「孚」者，信也；在《周易》中，「孚」字多用來表示愛、愛心、誠心，以及引中出來的忠心等義，亦常用來說明陰陽兩者所代表物件之間的一種良好關係。「嘉」字初文本義，左部爲「用力擊鼓」，右下爲「口」表示說話，二者會意則是「說出具有鼓舞人們作用的話語」，即「鼓勵」。本卦爻辭中，「嘉」字指外卦九五象徵的領導者或君主，對其臣民的嘉獎鼓勵，此時如果下卦之臣民能夠按照上級領導或君王的鼓勵行動，上下一致，於臣民與國家就會出現吉利的局面，故〈小象傳〉曰：「『孚於嘉，吉』，位正中也。」

一七　「自由」與「民主」爲現代寶島臺灣最爲珍貴的國家民族資產，感念鄭成功（一六二四～一六六二）開臺教化之功難得不易，更應飲水思源，善加珍惜並發揚光大。「騰拏」，拽拉騰空、牽引連綿貌，比喻突飛猛進、生生不息；「拏」，同「拿」，牽引之意。語本〔南宋〕陸游（一一二五～一二一〇）《老學庵筆記》卷三，曰：「處士李璞一日登樓，見淮灘雷雨中一龍騰拏而上。」近儒沈礪（一八七九～一九四六）〈再迭前韻示劍華〉詩，云：「青萍欲作騰拏勢，黃鵠何妨燕雀譏？」

一八　鄭成功（一六二四～一六六二）「忠肝義膽」（一九四七年，白崇禧將軍「延平郡王祠」祠前門額題詞），典型雖在夙昔，足爲從今以往志士仁人之模範榜樣。「澤潤」，恩澤普施之義；《莊子．大宗師》有「澤及萬世而不爲仁」之語，其文曰：「吾師乎！吾師乎！齏萬物而不爲義，澤及萬世而不爲仁，長於上古而不爲老，覆載天地、刻彫眾形而不爲巧。此所游已。」《史記．滑稽列傳第六十六．西門豹傳》有「澤流後世」之語，其文曰：「故西門豹爲鄴令，名聞天下，澤流後世，無絕已時，幾可謂非賢大夫哉！」「遐」，長久、久遠之義；「道遐」，以喻鄭成功「忠孝節義」之道德，山高水長，垂範流芳，千秋萬祀，旨參《詩經．小雅．天保》「降爾遐福，維日不足」之義，其文曰：

天保定爾，亦孔之固；俾爾單厚，何福不除？俾爾多益，以莫不庶。天保定爾，俾爾戩穀；罄無不宜，受天百祿；降爾遐福，維日不足。天保定爾，以莫不興；如山如阜，如岡如陵；如川之方至，以莫不增。吉蠲爲饎，是用孝享；禴祠烝嘗，于公先王；君曰卜爾，萬壽無疆。神之弔矣，詒爾多福；民之質矣，日用飲食；群黎百姓，徧爲爾德。如月之恆，如日之升；如南山之壽，不騫不崩；如松柏之茂，無不爾或承。

十一　中華民國一〇四年（二〇一五）明延平郡王鄭成功開臺三五四週年紀念大典祭文

維

中華民國一〇四年四月二十九日，全國各界紀念　明延平郡王鄭公成功開臺三五四週年大典，行政院內政部陳部長威仁，謹代表中樞，敬奉香花素果之儀、清酌庶饈之奠，致祭於鄭王之靈曰：

凌雲壯志，投筆從戎。復明反滿，絕世英雄。
文信正氣，武穆精忠。德昭寰宇，義烈關公。
開臺靖海，創業興功。承先啓後，慎始恆終。
滎陽胤裔，祖典宗風。根深葉茂，道大仁崇。
府城首肇，寶島鵬鴻。政經鼎革，社教賁蒙。
民主基地，自由碧穹。逍遙馳騁，利濟圓融。

玉峰聳峙，沃壤饒豐。樸實敦厚，物暢情通。
爭流競秀，剔透玲瓏。眞誠篤敬，靜雅淵沖。
聖神善化，顯應攸同。國族一體，祀禱昌隆。

虔誠　謹告。

附註

一　本祭文凡偶數句，通押「上平聲：一東」韻」。

二　「文信正氣，武穆精忠」，以上二句以（南宋）文天祥（文山，一二三六～一二八三）信國公〈正氣歌〉與岳飛（鵬舉，一一〇三～一一四二）武穆「盡忠報國」史事爲喻，藉以表彰延平郡王鄭成功（一六二四～一六六二）「文信武忠」的精神氣節。

三　「德昭寰宇，義烈關公」，以上二句，藉（漢末三國）關羽（雲長，?～二二〇）「義薄雲天」的忠義精神，以表彰延平郡王鄭成功「德昭義烈」的民族氣節。

四　「滎陽」，爲鄭氏郡望，以此喻海內外鄭氏宗親蒞臨與祭此一年度盛典。滎，音「型」，古代的沼澤名稱。

五　「政經鼎革，社教賁蒙」，以上二句藉《周易》「〈鼎〉取新，〈革〉去故」與「〈賁〉人文化成，〈蒙〉養正育德」，以喻自明鄭開臺，三百五十四年以來，臺灣在政治、經濟、社會與文化教育的不斷建設成長與茁壯。〈賁〉卦之「賁」，音「必」，本義是文飾，引申爲人文化成。

六　「爭流競秀，剔透玲瓏」，「爭流競秀」爲「萬壑爭流，千巖競秀」的縮語，本爲形容重山疊嶺，山水秀麗，互相比美；在此以喻臺灣人才輩出，良性競爭之意。典出〔南朝．宋〕劉義慶（四〇三～四四四）《世說新語．言語》：「千巖競秀，萬壑爭流，草木蒙籠其上，若雲興霞蔚。」「剔透玲瓏」即「玲瓏剔透」，本用以形容器物精緻通明，結構細巧；在此以喻人才精明靈活。

七　「聖神善化」，典出《孟子．盡心下》：「可欲之謂善，有諸己之謂信，充實之謂美，充實而有光輝之謂大，大而化之之謂聖，聖而不可知之之謂神。」以形容表彰延平郡王鄭成功（一六二四～一六六二）的至德大化。

十二　中華民國一〇五年（二〇一六）

明延平郡王鄭成功開臺三五五週年紀念大典祭文

維

中華民國一〇五年四月二十九日，全國各界紀念　明延平郡王鄭公成功開臺三五五週年大典，行政院內政部陳部長威仁，謹代表中樞，敬奉香花素果之儀、清酌庶饈之奠，致祭於

鄭王之靈曰：

聖生山野，王誕海陬。慈萱鞠潤，嚴椿顧游。
東瀛拊復，南安學修。英傑俊懋，博雅上流。
陵夷顛沛，匡濟誓收。無雙勁骨，不二鴻謀。
迍邅板蕩，敵愾同仇。征討奠固，卓立備求。
興滅繼絕，經營浹周。齎志憾歿，壯業難酬。
忠孝國士，威遠疆侯。憂勞盡瘁，節義千秋。

乾坤朗朗，宇宙悠悠。逆旅過客，位育神庥。
風雲詭譎，世局沉浮。智仁誠敬，健順剛柔。
親善惠化，民主自由。薪傳紹耀，德徹道逑。

虔誠　謹告。

附註

一　《中華日報》記者陳銀全臺南報導「鄭成功開臺三五五年，中樞大典隆重」：市府主辦的「全國各界紀念明延平王鄭成功」開臺三五五週年中樞祭典，四月二十九日上午在延平郡王祠舉行，由內政部部長陳威仁（一九五三～）擔任主祭官，市長賴清德（一九五九～）、金門縣政府秘書長黃景舜擔任陪祭官，場面莊嚴肅穆。今年包括馬來西亞檳城開山聖王鄭成功廟、大陸福建福清市等文化交流團隊、南市鄭成功祖廟、世界鄭氏宗親會、全國奉祀開臺聖王鄭成功聯合會、全臺各縣市鄭氏宗親會、日本長崎縣議員西川克己、以及每年來臺參加祭典已有二十九年的日本平戶市民，更由市長黑田成彥帶隊參加。祭典由陳威仁擔任主祭，儀式過程莊嚴隆重；祭典後，陳威仁致詞表示，臺灣是鄭成功（一六二四～一六六二）來臺後，政府體制以及稅收等制度才開始建立，希望大家緬懷先人先祖精神，繼續在臺的打拚；且臺南保有鄭成功留下來的歷史文化，所以是觀光客最喜歡來參觀並緬懷過去的地方，加上市府每年舉辦祭典活動及展覽，讓大家更加認識臺南古都歷史文化。

二　中央社記者楊思瑞臺南四月二十九日電：臺南市政府主辦鄭成功祭典暨開臺三五五週年系列活動，今天由內政部部長陳威仁、臺南市長賴清德等人主持中樞祭典，除了各地的鄭氏宗親會，日本平戶市代表也連續二十六年參加。二〇一六年鄭成功祭典暨開臺三五五週年系列活動，上午在延平郡王祠進行中樞祭典後揭開序幕；祭典由陳威仁擔任主祭，賴清德與金門縣政府秘書長黃景舜陪祭。祭典完成後，陳威仁等人於鄭成功文物館主持「道法萬象——道教信仰文化特展」開幕剪綵。陳威仁致詞時表示，鄭成功在三五五年前來臺，開墾荒地、建立政府體制，爲臺灣的繁榮進步打下基礎。鄭成功留下來的歷史文化，每年也爲臺南吸引很多觀光客，希望未來能有更多人來到臺南，認識古都文化。賴清德表示，除了來自各縣市的鄭氏宗親會之外，包括馬來西亞、中國大陸等許多地方的鄭氏宗親，也都派代表來到臺南參與系列活動。另外，相傳是鄭成功出生地的日本平戶市，已第二十六次派代表參加，今年由市長黑田成彥帶隊前來，顯示相當重視鄭成功文化。他說，臺南與許多其他國家都市因鄭成功而成爲親朋好友，希望以此爲基礎，並效法鄭成功精神，讓大家感情愈來愈好，臺南市也將組團前往平戶市參加鄭成功紀念活動。臺南市文化局指出，今年市府結合民間社團舉辦的「重返北汕尾——模仿鄭成功登陸」文化之旅，於明天登場；將重現鄭氏部隊集結、自鹿耳門溪口攻打普羅遮城（赤崁樓）的經過，以導覽解說帶領參與民眾體驗。

三　本祭文凡偶數句，通押「下平聲：十一尤」韻，藉以寄託悠思遠情。「聖生山野，王誕海陬」，分別取義於〔西漢〕司馬遷（約公元前一四五～前八六）《史記·孔子世家》：「（叔梁）紇與顏氏女野合而生孔子，禱於尼丘得孔子。」《清史稿．鄭成功傳》：「鄭成功初名森，字大木，福建南安人。父芝龍，明季入海，從顏思齊爲盜；思齊死，代領其眾。……芝龍嘗娶日本婦，是生森，入南安學爲諸生。」「陬」，音「鄒」，角落、偏遠之處。鄭成功（一六二四～一六六二）出生於母親平川氏故鄉平戶（日本肥前國平戶島，今日本長崎縣平戶市），據傳說指稱，田川氏是在平戶島上的川內浦千里濱撿拾海貝、海菜時，忽然感到腹痛難忍，便急忙走到一塊岩石上，而產下長子「鄭森」，因此這塊岩石被稱爲「兒誕石」，至今仍立於平戶海邊。

四　「慈萱」，爲母親的代稱；「嚴椿」爲父親的代稱。「鞠潤」，因慈母鞠養而溫潤；「顧游」，因嚴父照顧而游藝。「鞠」，養育；「顧」，照顧，俱取義於《詩經．小雅．蓼莪》：「父兮生我，母兮鞠我，拊我、畜我、長我、育我、顧我、復我、出入腹我。欲報之德，昊天罔極。」

五　「東瀛拊復」，意指鄭成功（一六二四～一六六二）六歲前，受到日本母親平川氏於故鄉平戶之撫育與庇護。「拊」，音「甫」，通「撫」，撫養、撫育；「復」，通借爲「覆」，庇護。亦取義於《詩經．小雅．蓼莪》。

六　《清史稿．鄭成功傳》：「入南安學爲諸生。」鄭成功（一六二四～一六六二）六歲時，其父鄭芝龍（一六〇四～一六六　）自長崎平戶接往福建故鄉南安安平鎭入學，及長則被送往南京國子監爲太學生。

七　「陵夷」，爲漸次衰頹；「顛沛」，本義爲偃仆，引申爲困頓挫折、動蕩變亂。語出《論語．

里仁》：「君子無終食之間違仁，造次必於是，顛沛必於是。」〔東漢〕王充（二七～九一）《論衡・定賢》：「鴻卓之義，發於顛沛之朝。」《東觀漢記・田邑傳》：「朝有顛沛之憂，國有分崩之禍。」

八　「匡濟」，匡正救助，形容挽救目前的困難，使情勢轉危爲安。《南齊書・高帝紀》：「匡濟艱難，功均造物。」

九　「迍邅」，音「諄沾」，本作「屯邅」，本義爲難行的樣子；引申爲處境艱險，前進困難；亦用以比喻人困頓不得志。典出《易經・屯・六二》爻辭：「屯如邅如，乘馬班如。」〔南朝・梁〕蕭統（五〇一～五三一）《昭明文選・左思・詠史》八首之六：「當其未遇時，憂在塡溝壑。英雄有屯邅，由來自古昔。」板、蕩，原是《詩經・大雅》中的二篇，諷刺周厲王無道、敗壞國家；後用作亂世的代稱。「愾」音「欬」，本義爲歎息、感慨，引申爲憤恨、憤怒。「敵愾同仇」，亦作「同仇敵愾」，全體一致痛恨敵人。典出《詩經・秦風・無衣》：「修我戈矛，與子同仇。」《左傳・文公・四年》：「諸侯敵王所愾，而獻其功。」

一〇　明亡後，弘光朝二年而覆滅（一六四四～一六四五）；鄭芝龍（一六〇四～一六六一）、鴻逵（一六一三～一六五七）兄弟隨即於福州擁戴唐王朱聿鍵（一六〇二～一六四六）稱帝，改元「隆武」（一六四五～一六四六）。鄭森得隆武帝賞識，封忠孝伯、御營中軍都督，賜「國姓」朱、改名「成功」、儀同駙馬。鄭成功於隆武二年（一六四六）於東南起兵抗清；隆武朝兩年而絕，桂王朱由榔（一六二三～一六六二）繼任，改元「永曆」（一六四六～一六六二）。永曆三年（一六四九），鄭成功有「潮州之役」；四至五年（一六五〇～一六五一），攻守廈門；五至六年（一六五一～一六五二），「漳州、海澄之役」；七年（一六五三），與清議和；九年（一六五五），設官改制；十二至十三年（一六五八～一六五九），「長江南京之役」；十五至十六年（一六六一～一六六二），攻取臺灣，以迄中道而卒，皆卓然獨立，整備自求。

一一 「興滅繼絕」，意謂復興滅亡的國家，延續斷絕的世代；也泛指使衰亡的事物重新興起。典出《論語・堯曰》：「興滅國，繼絕世，舉逸民，天下之民歸心焉。」

一二 「齎」，音「基」，本義爲持送，後引申爲懷抱著。成語「齎志以歿」，即謂心懷未遂的志願死去。典出〔南朝・梁〕江淹（四四四～五〇五）〈恨賦〉：「齎志沒地，長懷無已。」

一三 鄭成功（一六二四～一六六二）得隆武帝賞識，冊封「忠孝伯」；永曆帝即位後，晉封鄭成功爲「威遠侯」。

一四 以上四句所言「忠孝節義」，爲中華傳統四字道德準則。「忠」，〔南宋〕朱熹（一一三〇～一二〇〇）《論語集註》：「盡己之謂忠。」在當今社會，忠是指對國家的忠誠，自覺擁護和堅持履行自己應盡的義務和權利。「孝」，〔東漢〕許慎（約五八～一四七）《說文解字》：「孝，善事父母者。」孝是人可以從身邊之最近處做起的人間關係德目，被稱爲「百德之首，百善之先」，《孝經》中，子曰：「教民親愛，莫大於孝。」《孝經》所言的孝字，幾乎無所不包，無所不至。孝最基本的內涵是子女對父母的孝。《禮記》：「孝有三：大孝尊親，其次弗辱，其下能養。」孝最首要的含義是尊親，孟子：「孝子之至，莫大乎尊親。」子曰：「今之孝者，是謂能養。至於犬馬，皆能有養。不敬，何以別乎？」

現在說孝，往往指子女贍養父母、晚輩贍養長輩，其實，尊敬先於贍養。至於祭祀祖先，祭享之禮等等，也都是家庭宗族孝文化的延伸。「節」，《說文解字》：「節，操也。」《左傳・文公・十二年》注：「節，信也。」《周易・雜卦》：「〈節〉，止也。」《周易疏》：「〈節〉者，制度之名，節止之義，制事有節，其道乃亨。」「義」，子曰：「義者，宜也。」子曰：「君子之所謂義者，貴賤皆有事於天下。」「君子義以爲上。」「見利思義。」「不義而富且貴，於我如浮雲。」朱熹（一一三〇～一二〇〇）注：「義者，天理之所宜。」義者，理義、道義、正義、公義，凡是正正當當的行爲皆屬於義的範疇。

一五　「逆旅過客」，意謂天地的永恆、生命的短暫。取義於〔唐〕李白（七〇一～七六二）〈春夜宴從弟桃李園序〉：「夫天地者，萬物之逆旅也；光陰者，百代之過客也。」天地、光陰，代表時空永恆；萬物、百代，代表生命有限；逆旅、過客，則代表時空有限「暫時居住」。

一六　「位育」，天地各得其位，萬物自然發育。取義於《禮記・中庸》：「中也者，天下之大本也。和也者，天下之達道也。致中和，天地位焉，萬物育焉。」〔南宋〕葉適（一一五〇～一二二三）詮釋曰：「古之人，使中和爲我用，則天地自位，萬物自育。」亦即君子要用中和的態度改變現實，重建天地自然的秩序。「神庥」，神的庇蔭、保護。「庥」，音「休」，庇蔭、保護。

一七　「風雲詭譎」，形容局勢動盪、怪異多變。「風雲」，比喻變幻動盪的局勢；「譎」，音「決」，欺詐、詭譎、怪異。「世局沉浮」，同「世事浮沉」，世間的事有起有落，有發達的時候，也有落敗的時候；比喻任何事物的變幻，不是人所能掌控，應該學會淡看風雲，順應自然。「沉浮」，喻升降、盛衰、得失。「浮」為韻腳，以協韻，故音發「下平聲．十一尤韻」。《文選．王僧達詩》：「結游略年義，篤顧棄浮沉。」〔唐〕李善（？～六八九）注：「高誘《淮南子》注曰：『浮沉，猶盛衰也。』」〔唐〕劉復（生卒年不詳）〈出東城〉詩：「一為浮沉隔，會合殊未央。」

一八　「智仁誠敬，健順剛柔」，二句取義於儒家「仁智雙彰，敬義夾持，誠明並進」，以及《易經．乾坤》二卦「龍馬健順之德性，陰陽剛柔之氣質」。

一九　「親善」，本指親密友善之義；「親善」是所有交流的基礎，在此指「建立或重建和諧友好的關係」，通過建立親善關係，創造一種相互信任、相互滿意、相互合作和相互敞開心扉的人際互動。「惠化」，仁愛敦化；亦可謂仁愛的教化。《說文解字》：「惠，仁也。」《周書．謚法》：「愛民好與曰惠。柔質慈民曰惠。」化，變也；教行於上，則化成於下。

二〇　「德徹道逑」，德行通達、道義匹配。「徹」，通達、明白。「逑」，音「求」，匹配、聚合。

二一　民視新聞鄭博暉、林俊明臺南市報導——「鄭成功開臺三五五週年，陳威仁主持中樞大典」：鄭成功（一六二四～一六六二）開臺三五五週年，內政部部長陳威仁（一九五三～）親臨主持中樞祭典，隨後在臺南市長賴清德（一九五九～）的陪同下，「延平王鄭成功開臺」三五五週年的中樞祭典，莊嚴展開。隨後轉往參觀鄭成功文化館內，盛大舉辦的「道法萬象——道教信仰文化特展」，帶領民眾一窺道教信仰的豐富內涵。裏頭各式的道教法器，琳瑯滿目，其中一對年代久遠保費最高的紙塑神像，難能可貴的被保存至今，成爲珍貴的民俗文物典藏。政大研究中心教授李豐楙（一九四七～）：「一紙二十三木四石五鋼，那就是祂的材質，因爲紙塑的神尊，平常沒有隨便雕請，所以這非常特別。」而織繡的工藝作品，也是一絕。天壇副董事長徐國潤：「比較特殊的就是，已經有一百、兩百年歷史的桌裙，都保存很完整，讓我們的信眾大家參考。」至於傳統印象中道教用來改運的紙人，其實還有鉛製品和木製品的前身。而遠從隋朝保存至今的太上老君坐像，甚至可以看出，道教借用佛教形象的端倪。臺南市文化局長葉澤山：「去收驚改運用的稻草人紙人，其實它的功能是相同的，但是因爲時代不一樣，所以他所使用的這些文物，其實是有不一樣的。」這場道教文物展，讓民眾重新認識，已經滲入日常生活而不易感知的道法民俗，一窺道教文化的豐富內涵。

肆　尊師重道　振鐸裁菁　編

晨興拜謁成均館，肅穆明倫饗大成。
八佾嚶鳴文武獻，杏壇蒙育萃瓊英。
——賴貴三〈成均館文廟釋奠春祭〉（二〇一二年五月十一日）

孔子（公元前五五一～前四七九），名丘，字仲尼，春秋魯國人，生於昌平鄉陬邑，長在曲阜（今山東曲阜）。印度的釋迦牟尼（約公元前五六〇～前四八〇）、希臘的蘇格拉底（公元前四六九～前三九九）以及亞里士多德（公元前三八四～前三二二），與孔子先後降生於世，東西方皆有聖人同出，影響可謂深遠。春秋之時，禮崩樂壞，孔子曾棄官遊說各國，顛沛流離之中，一心盼望解決時弊；晚年致力於整理典籍：刪《詩》、《書》，訂《禮》、《樂》，贊《周易》，修《春秋》，其中影響最巨者爲史書《春秋》，由於執筆嚴峻無私，而亂臣賊子深以爲懼。

「學不厭，教不倦」是至聖先師孔子的基本教學態度，「有教無類，因材施教」爲其教育理念，中心思想則在於「行仁」，其生平學說見於《論語》、《易經》、《孝經》、《大學》與《中庸》諸書。孔子之道為立人、安邦、治國良策，其思想博大精深，不僅為中華文化兩千五百七十餘年來的礎石，也影響鄰近國家，在日本、韓國、越南與琉球（沖繩）等國，均享有崇高的地位；此外，對於西方十八世紀啓蒙運動與近代民主思潮，也有顯著的貢獻。

筆者於一〇〇學年度（二〇一一年九月一日至二〇一二年八月三十一日）客座講學於大韓民國首爾特別市韓國外國語大學校中國學部，客座期間多次走訪朝鮮王朝（一三九二～一九一〇）建構奉祀至聖先師之成均館「文廟」，以及朝鮮太祖李成桂（一三三五～一四〇八）故鄉之全羅北道全州鄉校與濟州特別自治道（濟州道）濟州、旌義、大靜三鄉校；此外，慶尚北道安東之「陶山書院」與「朝鮮朱子」退溪李滉（一五〇一～一五七〇）故居，江原道江陵之栗谷李珥（一五三六～一五八四）「烏竹軒．夢龍室」故居等，都曾是流連低迴久之的古蹟名勝，深刻感受到獨特濃厚而自成一格的朝鮮儒學文化傳統。

朝鮮王朝崇尚禮儀道德，並以嚴謹的儒家倫理整治國家秩序，如世宗大王（李祹，一三九七～一四五〇）即曾手書：「忠孝傳家，世守仁敬。」這種根本精神在五大法宮（景福宮、昌德宮、昌慶宮、慶熙宮與德壽宮），四大城門（東大門「興仁之門」、南大門「崇禮門」、西大門「敦義門」、北大門「弘智門」）與鐘閣（普信閣），三廟（宗廟、文廟、東廟）與雲峴宮之三堂——「老安堂」、「老樂堂」、「二老堂」等，都充分體現出樸素威嚴、收斂沈靜之美。

成均館文廟春秋釋奠大祭，是爲了祭奠孔子以博愛、仁愛與完美的人格追求理想政治的精神世界而舉行的祭禮。釋奠大祭在供奉著孔子牌位的成均館大學校文廟聖殿，於每年五月中旬、九月二十八日分別春秋兩季各舉行一次。祭禮程序大致有：奠幣禮、初獻禮、亞獻禮、終獻禮、分獻禮、飲福受胙禮、撤籩豆、望瘞禮與一般焚香。文廟奉享有五聖（至聖孔夫子，復聖顏子、宗聖曾子、述聖子思子、亞聖孟子）、孔門十哲（閔損、冉耕、冉雍、宰予、端木賜、冉求、仲由、言偃、卜商、顓孫師）、宋朝六賢（周惇頤、程顥、程頤、邵雍、張載、朱熹）、韓國十八賢（薛聰、崔致遠、安裕、鄭夢周、金宏弼、鄭汝昌、趙光祖、李彥迪、李滉、金麟厚、李珥、成渾、金長生、趙憲、金集、宋時烈、宋浚吉、朴世采）。祭禮樂章則有：凝安之樂，明安之樂，成安之樂；以及成安之樂，娛安之樂，凝安之樂。二〇一一年九月二十八日秋祭與二〇一二年五月十一日春祭，筆者適客座講學於首爾韓國外國語大學校，都特別親往觀禮，深刻體會到儒家思想與祭孔典禮的興仁敦化氣氛，彬彬蔚蔚，漪歟盛哉！

成均館文廟設有「尊經閣」，「尊經閣」一名由朝鮮第九代大王成宗（李娎，一四五七～一四九五）所賜，座落於成均館明倫堂之後。此閣之作用，據徐居正（剛中，四佳亭，一四二〇～一四八八）〈尊經閣記〉謂爲「恭謹保管經書之樓閣」。成宗爲協助成均館儒生研究學問，於成宗六年乙未（一四七五）三月設立此閣，作爲朝鮮時代最高教育機構成均館之圖書館，此閣後歷經多次火災與兵燹，又在近代化過程中，屢次經歷圖書遺失、轉移等諸多磨難，閣中原藏一部分歸藏成均館，多半已難知下落去向；今成均館大學六百週年紀念大樓四樓專設線裝古籍典藏書室——「尊經閣」，爲二〇〇〇年三月創立之「東亞學術院」下屬機構，致力於古書之收集、受贈、搜購等，成爲近代東亞學專業圖書館，現有線裝本古書七萬六千餘冊、韓文與外文圖書六萬餘冊，並擁有四十七萬餘片古書原文、書志數據庫一萬三千餘種，與東亞學相關之學術雜誌七百六十餘種、微縮膠捲一萬七千餘捲、光盤幾百餘張，其中善本有《陶隱先生文集》、《應制詩注》、《胎教新記》、《完營日記》等，價値連城。該閣「韓國經學資料系統」（http://koco.skku.edu）乃針對成均館大學校「大東文化研究院」自一九八八年開始編輯全套之《韓國經學資料集成》與續集，進行數碼處理後之專門知識信息資料庫，大有裨益於韓國儒學研究。

「成均館」是從高麗時代（九一八~一三九二）到朝鮮時代（一三九二~一九一〇），韓國最具代表性的教育機關，於高麗時代忠烈王（一二八九）時期所建立。「明倫堂」是「成均館」的講堂，爲朝鮮時代初期一三九八年間，與「大成殿」一起建造的成均館內的代表性建築物，爲當時儒生們的講堂。位處於現今的「成均館大學」內，可說是融合中世紀與近代的韓國第一個教育機關。朝鮮王朝以儒教治國，成均館也成爲儒學教育的中心，這裏不僅是國家最初的教育機構，也是韓國大學教育的發源地。如果從朝鮮王朝時代的成均館歷史開始算起，成均館大學的歷史已超過六百年，儘管時光流逝，謹守「仁義禮智，修己治人」校訓的成均館大學，現在仍是韓國儒學教育和東方哲學教育的龍頭學府。

成均館明倫堂與大成殿一起被登錄爲韓國國寶第一四一號，大成殿每年舉行祭祀孔子等聖賢之春秋兩期「釋奠大祭」，而後面的明倫堂則爲成均館的講堂。以這兩個地方爲中心的文廟，是供奉儒教聖人孔子及其他聖人的祠堂，最能反映出朝鮮政策下崇尚儒教的場所。明倫堂不僅獲選爲韓國千元紙幣的圖案，中庭還植有兩棵壽逾六百年歷史的雄雌銀杏樹，銀杏樹葉也成爲成均館大學的校徽。長久以來，成均館大學始終繼承韓國的民族精神，可說是眞正的民族大學。

韓國的祭孔大典稱爲「釋奠」、「文廟釋奠」或「釋奠大祭」，於每年陰曆二月及八月的上丁日（即第一個丁日）舉行，又分別稱爲「春期釋奠」及「秋期釋奠」。所謂的「釋奠」兩字，最早是根據《周禮》與《禮記》而來，意思是指「釋菜奠幣」，所以早期的韓國人又把「釋奠」稱爲「釋菜」，因爲一開始只祭拜蔬菜，並沒有魚肉等豐盛菜餚，更無樂器的演奏。

韓國的「釋奠」其實是從中國傳來，至於何時開始奉行，並無確切史料可考，據推測可能從三國時代設立「國學」（即後來的大學）後就開始了。新羅時代，武烈王金春秋（六〇三～六六一）於公元六四八年從中國唐朝參觀完釋奠儀式回國後，便積極推動「國學」的設置，最後於六八二年制度終於確立，而該年在中國唐朝也正式封孔子爲先聖、封顏回（子淵，公元前五二一～前四八一）爲先師來祭拜。之後七一七年，金守忠從唐朝模仿了孔子與孔門十哲，以及七十二弟子的畫像安奉在「國學」中供人膜拜；七三九年，孔子被封「文宣王」的諡號。到了明朝初期，朝鮮王朝建立，於是設立了文廟專門祀奉孔子，後來稱爲「大成殿」。

韓國高麗王朝（九一八～一三九二）時代，也在「國子監」設立了文宣王廟（又稱先聖廟）舉行「釋奠」；到了朝鮮時期，公元一三九八年成立「成均館」，專門承辦「釋奠」，一直沿用至今。目前除了首爾的「成均館」之外，在地方上更多達有兩百三十一個「鄉校」每年二次一起舉辦祭孔大典。因此，嚴格說起來，目前韓國的祭孔大典儀式，應該是由朝鮮時代定型而來。

由於韓國的祭孔大典來自於中國，基本上大同小異，沒有特別不一樣之處。不過，中國因歷代王朝的改變，祭孔大典的儀式也跟著有所變化，尤其到了清朝，更是連禮樂、拜禮法、服飾、樂器等都改爲滿族的模式，一直傳承至今，甚至目前臺灣與日本也都採用此儀式。至於韓國的祭孔大典，雖然也隨著時代有所修改，不過主要還是以宋朝爲主，一部份則遵循元或明朝的儀式來進行。如果把目前中韓的祭孔大典做一比較的話，可以整理爲下列幾點：

一、祭祀禮樂：中國演奏的是「平」樂，主要是讚頌當時清朝統一天下的偉大功績；韓國演奏的是「安」樂，是取自於《詩經》中治世之音的意思，初獻、亞獻、終獻中都是演奏雅部的「成安樂」，而這與宋朝大觀三年（一一〇九）所制訂的大晟樂府之釋奠樂章一致。

二、拜禮法：中國採用的是清朝特有的「三九拜」，而韓國則是以《朱子家禮》中記載的「四拜」禮爲主。

三、服裝：中國目前的祭禮服都在清朝時被改爲清式的服裝了，而韓國則仍然著宋朝時代的金冠祭服。

四、神主的稱號：清朝時代統一稱爲「至聖先師」，這是根據明嘉靖的制度而來；韓國則使用元朝的稱號，是爲「大成至聖文宣王」。

五、配享從祀：中國除了主享孔子，以及一些的配享是儒家外，很多非儒家的先賢也都被列在配享來從祀；相較之下，韓國則只以五聖、十哲、六君子以及東國十八賢視爲配享來祭拜。

六、祭器、祭羞（饈）、樂器等：也都有不一樣的地方。

總結而言，祭孔大典最早是周朝用來祭祀舜、禹、湯、文王等先聖的名稱，到了以儒教爲主的漢朝，才正式將孔子視爲先聖先師，並以文廟的主享來祭拜，於是有了現今祭孔的雛形。嚴格說起來，韓國確實是將宋朝時代的祭孔儀式保存得相當完整，比如上面提到的祭服（金冠朝服）、祭禮樂（凝安、明安、敘安、娛安、凝安樂）、廟號（大成殿）、拜禮法（四拜）等，都沿用了宋朝的儀式。不過，「大成至聖文宣王」這個諡號是採用元朝，「十二豆」與「八佾舞」則是繼承明朝成化（憲宗，一四六五～一四八七）年間的儀禮。另外，在韓國的

「大成殿」裏並無孔子的塑像，只有神主牌位，所以也沒有十二章服或十二冕旒。

由於韓國將古代中國的祭孔儀式保存得相當完整，所以包括在中國、臺灣以及四海的孔子後代，以及世界各地研究孔子、儒家人士，都會到韓國去考察觀禮，這也是韓國人非常自豪之處。

每年九月二十八日大成至聖先師孔子誕辰，臺北市孔廟都隆重舉辦釋奠祭典。臺北市孔廟所傳承的釋奠典禮，爲目前保存最完整的三獻古禮國家祭典，將整個儀式、祭品與人神之間，形成一種具層次性的對稱關係，象徵構成條理秩序的對稱性。釋奠典禮儀程分別爲以下三十七項：

一、典禮開始。

二、鼓初嚴：敲鐘擊鼓，行禮者虔誠恭敬以思慕孔子心情。

三、鼓再嚴：樂、佾、禮生依序出場，立於大成殿丹墀兩側。

四、鼓三嚴：正獻官及分獻官隨引贊至大成殿丹墀兩側，依序站立。

五、執事者各司其事：樂、佾、禮生依照建鼓五步一頓的節奏，分別移步就位。

六、糾儀官就位：糾儀官隨引贊至大成殿前丹墀就位。

七、陪祭官就位：陪祭官隨引贊至大成殿廣場南側前就位。

八、分獻官就位：東西配、東西哲及東西廡先賢、先儒、弘道祠鄉賢的分獻官隨引贊至陪祭官前方就位。

九、正獻官就位：正獻官隨引贊至分獻官前方就位。

一〇、啓扉：禮生分別開啓大成殿前「儀門」及儀門外的「櫺星門」。

一一、瘞毛血：禮生捧著太牢毛血盆至櫺星門外，將太牢血埋入土中，以回報大地，象徵萬物生生不息。

一二、迎神：樂長高唱「樂奏咸和之曲」，提燈爐禮生由大成殿出，與中庭執繖、扇、斧、鉞的禮生會合後，出儀門及櫺星門外，迎接孔子神靈。

一三、全體行三鞠躬禮：迎神隊伍回到大成殿前中庭，通贊高唱「一鞠躬、再鞠躬、三鞠躬」，全體參禮者同時行禮。

一四、進饌：樂長高唱「樂奏咸和之曲」，由執事者將神案上供饌的祭器，有蓋者先開蓋，側覆於旁，無蓋者稍稍移動位置後，復立於原位。

一五、上香：樂長高唱「樂奏寧和之曲」，正獻官隨引贊至孔子神位前上香，行三鞠躬禮；分獻官隨引贊至東西配、東西哲及東西廡先賢、先儒、弘道祠鄉賢神位前上香，行三鞠躬禮。

一六、行初獻禮：樂長高唱「樂奏寧和之曲」，麾生舉麾、節生舉節，樂、歌聲、佾舞並起，正獻官隨引贊至孔子神位前奠帛、獻爵，行三鞠躬禮。

一七、行初分獻禮：分獻官隨引贊分別至東西配、東西哲及東西廡先賢、先儒、弘道祠鄉賢神位前奠帛、獻爵，行三鞠躬禮。

一八、恭讀祭文：通贊高唱「全體肅立」後，禮生頌讀祝文。

一九、全體行三鞠躬禮：通贊高唱「一鞠躬、再鞠躬、三鞠躬」，全體參禮者同時行禮致敬。

二〇、行亞獻禮：樂長高唱「樂奏安和之曲」，麾生舉麾、節生舉節，樂、歌聲、佾舞並起，正獻官隨引贊再度至孔子神位前獻爵，行三鞠躬禮。

二一、行亞分獻禮：分獻官隨引贊再度至東西配、東西哲及東西廡先賢、先儒、弘道祠鄉賢神位前獻爵，行三鞠躬禮。

二二、行終獻禮：樂長高唱「樂奏景和之曲」，麾生舉麾、節生舉節，樂、歌聲、佾舞並起，正獻官隨引贊第三次至孔子神位前獻爵，行三鞠躬禮。

二三、行終分獻禮：分獻官隨引贊第三次至東西配、東西哲及東西廡先賢、先儒、弘道祠鄉賢神位前獻爵，行三鞠躬禮。

二四、總統（代表）上香：總統（代表）隨引贊至孔子神位前上香，行三鞠躬禮後，再隨引贊至大成殿香案前。

二五、恭讀總統祝文：讀祝生恭讀總統祝文。

二六、全體行三鞠躬禮：祝文讀畢後，通贊高唱「一鞠躬、再鞠躬、三鞠躬」，全體參禮者同時行禮致敬。

二七、奉祀官上香：奉祀官隨引贊至孔子神位前上香，行三鞠躬禮後，隨引贊回復原位。

二八、飲福受胙：正獻官隨引贊至大成殿香案前飲福酒、受福胙，接受孔子神靈的祝福。

二九、撤饌：樂長高唱「樂奏咸和之曲」，執事者各於神位前將神案上供饌之祭器，有蓋掀開者蓋回原位，無蓋者移回原位。

三〇、送神：樂長高唱「樂奏咸和之曲」，通贊高唱「全體肅立」，全體參禮者面向送神隊伍，準備恭送神靈離開。

三一、全體行三鞠躬禮：通贊高唱「一鞠躬、再鞠躬、三鞠躬」，全體參禮者同時行禮。

三二、捧祝帛詣燎所：禮生捧著祝文及帛至櫺星門外的燎所焚燒。

三三、望燎：樂長高唱「樂奏咸和之曲」，正獻官隨引贊至櫺星門外望燎。

三四、復位：正獻官隨引贊復位。

三五、闔扉：禮生一一關閉櫺星門及儀門。

三六、撤班：正獻官、分獻官、陪祭官、糾儀官隨引贊退位；禮、樂、佾生按建步鼓五步一頓的節奏，分別移步退位。

三七、禮成。

其中，「迎神、送神」儀式代表人、神交會的對稱，「進饌、撤饌」是祭品、祭器的對稱，「三獻禮與飲福受胙」爲儀式的核心，三獻代表其隆重性、飲福受胙代表獲得神的祝福。整體儀式由淺入深，進入高潮後逐漸撤除，形成一種條理秩序之美。

附註

一　筆者於二〇一一年十二月二十一日星期三冬雪午後，與北京師大客座韓國外大之周一民教授，相約散步位於首爾城北區的「世宗大王紀念館」，喜見壬子（一九七二）仲秋，韓山李寬求摹寫朝鮮世宗大王（李祹，一三九七～一四五〇）遺訓，其題記曰：「此八字出於全義李孝靖公慶壽詩集卷首，世宗大王寶墨無處奉覽，而何幸於此獲驗，搨摹片羽，使之影取以寫，攀慕之資云爾。」二〇一二年四月十三日星期五午後，適春櫻綻放如雪海佳節，筆者獨自前往首爾市廳對面之德壽宮、貞洞賞櫻之際，於宮牆外見無右臂藝師曹圭賢先生鐫刻有世宗遺訓木匾展售，遂以韓圜二十萬購藏此匾，攜回臺北，現懸掛於臺灣師大國文系八一〇研究室，以資懷想紀念。

二　北大門一般稱爲「肅靖門」，後增建「弘智門」，即可與「元亨利貞」與「仁禮義智」相應。

三　成均館大學校大東文化研究院收集出版之《韓國經學資料集成》，包括：《大學》、《中庸》、《論語》、《孟子》、《書經》、《詩經》、《易經》、《禮記》、《春秋》等共一百四十五冊，今已絕版。筆者因研究需要，於韓國外大總館印有三十七冊《易經》，花費一百餘萬韓圜；並親至該校出版中心洽購尚存之《詩經》、《禮記》、《春秋》三套全帙，喜獲八折優待，連運費寄回臺灣師大，計耗資一百二十六餘萬韓圜，已歸藏於本系研究所圖書室。臺灣地區僅有中央研究院、國立臺灣大學與國立成功大學圖書館典藏有該套集成，有興趣研究韓國經學者可資檢閱利用。

四　成均館大學建立於一九四六年，由韓國獨立運動家金昌淑（一八七九～一九六二）先生所創。其前身爲成均館，於朝鮮太祖七年（一三九八）創立，是朝鮮時代的最高國立學府，即負責培育國家人才的最高教育機構。

五　五聖：大成至聖文宣王，兗國復聖公顏子，郕國宗聖公曾子，沂國述聖公子思子，鄒國亞聖公孟子。孔門十哲：費公閔損，薛公冉雍，黎公端木賜，衛公仲由，魏公卜商；鄆公冉耕，齊公宰予，徐公冉求，吳公言偃，穎川侯（當作「潁川侯」）顓孫師。宋朝六賢：道國公周惇頤（通作「周敦頤」），洛國公程頤，郿伯張載；豫國公程顥，新安伯邵雍，徽國公朱熹。朝鮮十八賢：弘儒侯薛聰，文成公安裕，文敬公金宏弼，文正公趙光祖，文純公李滉，文成公李珥，文元公金長生，文敬公金集，文正公宋浚吉；文昌侯崔致遠，文忠公鄭夢周，文獻公鄭汝昌，文元公李彥迪，文正公金麟厚，文簡公成渾，文烈公趙憲，文正公宋時烈，文純公朴世采。

六 二〇一二年五月十一日午前十時，筆者獲贈之成均館文廟「孔夫子誕降二五六三年春期釋奠」典禮手冊最後一頁之「樂章」則是「凝安之樂」、「明安之樂」與「成安之樂」，以及「成安之樂」、「娛安之樂」與「凝安之樂」。各樂章樂文抄錄如下，提供參考：

（一）凝安之樂：大哉先聖！道德尊崇。維持王化，斯民是宗。典祀有常，精純并隆。神其來格，於昭聖容。（二）明安之樂：自生民來，誰底其盛？惟王神明，度越前聖。粢幣俱成，禮容斯稱。黍稷非馨，惟神之聽。（三）成安之樂：大哉聖王！實天生德。作樂以崇，時祀無斁。清酤惟馨，嘉牲孔碩。薦羞神明，庶幾昭格。（四）成安之樂：百王宗師，生民物軌。瞻之洋洋，神其寧止。酌彼金罍，惟清且旨。登歌維三，於喜成禮。（五）娛安之樂：犧象在前，籩豆在列。以享以薦，既芬既潔。禮成樂備，人和神悅。祭則受福，率遵無越。（六）凝安之樂：有嚴學宮，四方來宗。恪恭祀事，威儀雍容。歆茲惟馨，神馭還復。明禋斯畢，咸膺百福。

七 詳參〔明〕梅鷟（約一四八三～一五五三）：《南雍志》「祭孔釋奠大成樂章舞譜」，「南雍」指南京的辟雍，即南京國子監。《南雍志》是記載南京國子監的志書，全面反映明代國子監制度的沿革與發展。此外，亦可參考〔明〕李之藻（一五六五～一六三〇）：《頖宮禮樂疏》，「頖宮」同「泮宮」，原指西周諸侯所設的學宮，後泛指學宮。

八　詳參臺北市孔廟管理委員會：《臺北市孔廟與釋奠簡介》，一九七九年編印。案：二〇一二年五月十一日午前十時，筆者獲贈之成均館文廟「孔夫子誕降二五六三年春期釋奠」典禮手冊之儀式程序如下：

國民禮儀（十時　大成殿），釋奠奉行（十時十分　大成殿），一般焚香（十一時四十分　大成殿），午餐（十二時　儒林會館食堂）。其中，「釋奠奉行」分別爲八項成禮儀——（一）奠幣禮，（二）初獻禮，（三）亞獻禮，（四）終獻禮，（五）分獻禮，（六）獻茶禮，（七）飲福禮，（八）望瘞禮。

九　佾舞源自宗廟宮庭雅樂舞，舞者稱爲「佾生」，分祭天子、公侯、大夫、士，又有八佾、六佾、四佾、二佾之分。釋奠佾舞有文舞與武舞，跳文舞時右手執羽，常用雉尾，左手執籥，即短笛形的竹管，分別有立容、立聲之意。每個動作皆代表一個字，一節樂曲一組動作。武舞又稱干舞，武舞持干（盾牌）戚（斧鉞）而舞。釋奠佾舞共有三成，各三個樂章，每個樂章由四言八句（三十二字）的詩詞組成，總共有九十六個動作。佾舞自漢朝即有，但現今所存的佾舞舞譜只有明、清兩代。明朝的舞譜又有前期的《南雍志》與後期的《頖宮禮樂疏》，臺灣在滿清時期所用的佾舞是依乾隆年間的《重修臺灣縣志》與《重修鳳山縣志》中的文字譜。服飾今採明制，佾生爲黃袍墨綠腰帶黑靴，節生爲綠袍墨綠腰帶黑靴。臺北孔廟長期由大龍國小學生擔任，男女生皆可，採六六二十六的佾舞編制。由佾舞老師躬身教導後，學生須自行記憶所有舞步。

一 中華民國九十九年（二〇一〇）

孔子誕辰釋奠大典祝文

維

中華民國九十九年九月二十八日，恭值　大成至聖先師　孔子誕辰，臺北市政府敬設釋奠大典，總統　馬英九謹具香花時饈之儀，肅告

聖靈曰：

五嶽三江，山高水長。華夏泱泱，文明昂昂。
高古聖王，儀型作邦。天縱哲皇，秉彝弘光。
祖述憲章，再造玄黃。德侔道昌，峻邁崑崗。
深心淵藏，遠志鵬張。燮理陰陽，行健自強。
六藝目綱，化洽八荒。四書端常，風潤無疆。
國教師匡，濟濟上庠。競秀群芳，登崇俊良。

鯤瀛洋洋，物阜民康。禮樂湯湯，虎視龍驤。

甘露馨香，永發禎祥。魯殿獻觴，郁郁堂堂。

虔誠　謹告。

附註

一　總統　馬英九（一九五〇～）先生特別重視文化教育——重道崇文，因此在第十二任（二〇〇八～二〇一二）與第十三任（二〇一二～二〇一六）八年兩任總統期間，除民國一〇一年（二〇一二）另有重要公務，指派內政部李鴻源（一九五六～）部長代表出席外，都親自參加臺北孔廟釋奠大典。

二　本祭文全篇三十二句，文字力求不重複，每句俱押「下平聲：七陽」韻，借陽聲韻以寓恢宏昂揚之氣象。「五嶽三江」，泛指中國的錦繡河山，借寓爲國家的豐美壯盛。五嶽，東嶽泰山、西嶽華山、南嶽衡山、北嶽恆山、中嶽嵩山；三江，長江、珠江、黑龍江，或指黑龍江、黃河、長江；以及中國三大水系——長江，黃河，瀾滄江。

三　「山高水長」，意謂中國文化崇高，淵遠流長。典出〔宋〕范仲淹（九八九～一〇五二）〈桐廬郡嚴先生祠堂記〉：「雲山蒼蒼，江水泱泱。先生之風，山高水長。」

四　「華夏」，代指中國；「泱泱」，原指水深廣的樣子，引申形容爲氣勢宏大的樣子。語出《詩經・小雅・瞻彼洛矣》：「瞻彼洛矣，維水泱泱。」「華夏泱泱」，「泱泱大國」之意，即指中國國力強盛、氣度恢宏。

五　「文明昂昂」，即指中華文明（文化）高尚典雅、氣度恢宏之意。

六　「高古聖王」，意指「三皇五帝」，泛指黃帝、堯、舜、禹、湯、文、武等遠古聖王。

七　「儀型作邦」，儀、型，都是典範法式之意，即「治國規模」。典出《詩經・大雅・文王》：「儀刑文王，萬邦作孚。」借用爲歷代聖王創建國家，建立制度。

八　「天縱哲皇」，「天縱」爲「天縱之將聖」縮稱，「將聖」即「大聖」之意，曲阜孔廟有清朝同治御筆書頒「聖神天縱」匾額；典出《論語・子罕》：「大宰問於子貢曰：『夫子聖者與？何其多能也？』子貢曰：『固天縱之將聖，又多能也。』」「哲皇」，即「哲學家皇帝」，皆代指孔子（丘，仲尼，公元前五五一～前四七九）。

九　「秉彝弘光」，秉爲主持、掌握之意；彝，音「宜」，爲常道、常法之意。典出《詩經・大雅・烝民》：「天生烝民，有物有則。民之秉彝，好是懿德。」烝民，老百姓；物，一定的形體；則，依循的道理。整句詩義爲：「蒼天生育民眾，凡有事物，必有法則；人民所秉持的常性，就是喜好這美德。」

一〇　「祖述憲章」，爲「祖述堯舜，憲章文武」的縮稱，意謂孔子對於遠古聖人，則尊崇堯舜的十六字心傳，加以繼述弘布；對於近時的聖人，則恪守文王、武王的禮法，加以闡明發揚。典出《中庸》第三十一章：「仲尼祖述堯舜，憲章文武，上律天時，下襲水土。辟如天地之無不持載，無不覆幬，辟如四時之錯行，如日月之代明。」尼父，孔子謚號，父同甫。《禮記·檀弓》曰：「魯哀公誄孔丘曰：『天不遺耆老，莫相予位焉。嗚呼哀哉，尼父。』」〔東漢〕鄭玄（一二七～二〇〇）注：「尼父，因其字，以為之謚。」孔子刪《詩》、《書》，定《禮》、《樂》，為《周易》作《十翼》，因《魯史》而修《春秋》；刪書，即言孔子刪訂六經。

一一 「再造玄黃」，玄（黑）為天色，黃為地色，天地玄黃指天地初始的顏色。語出《周易·坤·文言傳》：「夫玄黃者，天地之雜也，天玄而地黃。」〔宋〕王應麟（一二二三～一二九六）《千字文》：「天地玄黃，宇宙洪荒。」此指孔子再造中華歷史文明的永恆輝光。

一二 「德侔道昌」，「侔」為相等、相當、相配之意，此句係櫽栝稱頌孔子「德侔天地，道貫古今」贊詞，表彰孔子偉大的德行與對中華文化的貢獻。

一三 「峻邁崑崙」，「峻」為崇高之意，「邁」為超越之意，「崑崙」即指崑崙山，此前句都是形容、稱頌孔子道德學養的高超卓越。

一四 「深心淵藏」，形容孔子發心淑世的理想，如深淵般的蘊藏無限。

一五 「遠志鵬張」，形容孔子高遠的經綸志業，如大鵬鳥一般萬里遠張。

一六 「燮理陰陽」，燮、調和，理、治理，原指大臣輔佐天子治理國事，此借喻孔子儒家仁義之道，可以調和國家各種事務。典出《尚書·周書·君奭》：「立太師，太傅，太保。茲惟三公，論道經邦，燮理陰陽。」

一七 「行健自強」，典出《周易·乾·大象傳》：「天行健，君子以自強不息。」

一八 「六藝目綱」，「六藝」指兩方面，一為小學之「六藝：禮、樂，射、御，書、數」，

「禮樂以養仁」，「射御以培勇」，「書數以長智」，即「智仁勇」三達德；一爲大學之「六藝：《詩》、《書》、《禮》、《樂》、《易》、《春秋》」，「《詩》以道志」、「《書》以道事」、「《禮》以道行」、「《樂》以道和」、「《易》以道陰陽」、「《春秋》以道名分」。「目」指《大學》之「八德目：格物、致知、誠意、正心、修身、齊家、治國、平天下」，「綱」指「三綱：君爲臣綱、夫爲妻綱、父爲子綱」。

一九　「化洽八荒」，「化」爲「大德敦化」之意，「洽」爲「融洽會通」之意，「八荒」即「八方」原指爲東、東南、南、西南、西、西北、北、東北八個方向，引申爲世界；意謂儒家六藝、八德與三綱，可以敦化融洽於世界各處地方。

二〇　「四書端常」，「四書」指《論語》、《孟子》、《大學》、《中庸》。「端」爲「四端：惻隱之心，仁之端也；羞惡之心，義之端也；辭讓之心，禮之端也；是非之心，智之端也」，語出《孟子·公孫丑上》。「常」指「五常：仁、義、禮、智、信」。凡此皆儒家重要經典與道德實踐的具體內容。

二一　「風潤無疆」，「風」取義於《論語·顏淵》：「君子之德，風；小人之德，草。草上之風，必偃。」「潤」，潤澤、朗潤之意。

二二　「國教師匡」，意指「國家教育須賴良師匡輔」，孔子作育英才，爲萬世師表。

二三　「濟濟上庠」，意謂教育成功，培英毓材，則濟濟多士，充實於大學，即爲國家所用。

二四　「競秀群芳」，即「群芳競秀」，因配合押韻，故倒裝爲句。國家教育發達成功，人材濟濟，均富有競爭力，能貢獻所長。

二五　「登崇俊良」，登崇，擢升序用；俊良，俊秀賢良之士。語出〔唐〕韓愈（七六八～八二四）〈進學解〉：「業精於勤，荒於嬉；行成於思，毀於隨。方今聖賢相逢，至具畢張。拔去凶邪，登崇俊良。」

二六　「鯤瀛洋洋」，「鯤瀛」借指臺澎金馬，「洋洋」寓指中國文教昌隆、政治清明、經濟發達。

二七　「物阜民康」，物產豐富，人民平安。

二八　湯湯，音「商商」，水勢盛大壯闊的樣子；引申其義，則形容氣勢雄壯、規模宏大。語出〔北宋〕范仲淹（九八九～一〇五二）〈岳陽樓記〉曰：「銜遠山，吞長江，浩浩湯湯，橫無際涯。」

二九　「虎視龍驤」，爲「龍驤虎視」的倒裝，意謂像龍馬高昂著頭、老虎注視著獵物；形容人的氣概威武，也比喻雄才大略。典出〔西晉〕陳壽（二三三～二九七）《三國志．蜀書．諸葛亮傳》：「亮之素志，進欲龍驤虎視，苞括四海。」

三〇　「甘露馨香」，「甘露」爲「甘露呈祥」省語，借指孔子學說思想，以及當今國家政策，如甘露法雨，降福於同胞百姓。「馨香」爲「俎豆馨香」省語，「俎豆」是古代祭享時，用以放置祭品的器具；「馨香」指芳香，用來比喻德化遠播；「俎豆馨香」是說受到後人永久的祭祀和緬懷。典出《尚書．周書．君陳》：「至治馨香，感于神明，黍稷非馨，明德惟馨。」

三一　「永發禎祥」，「永發」即「長發」，此取義於《詩經．商頌．長發》：「濬哲維商，長發其祥。」「長發其祥」，長久、經常有祥瑞的事情出現。

三二　「魯殿獻觴」，「魯殿」借指孔廟聖殿，「獻觴」爲呈獻祭酒表示禮敬之意。

三三　「郁郁堂堂」，「郁郁」爲文采興盛，《論語・八佾》：「周監於二代，郁郁乎文哉！吾從周。」亦指香氣馥盛，《楚辭・九章・思美人》：「紛郁郁其遠承兮，滿內而外揚。」「堂堂」形容人的容貌豐盛有威儀，《論語・子張》：「堂堂乎張也，難與並爲仁矣。」或指事物、典禮莊嚴壯觀之意；又形容志氣宏大，〔南宋〕岳飛（一一〇三～一一四二）〈題新淦古寺壁〉：「正氣堂堂貫牛斗，誓將貞節報君仇。」

二　中華民國一〇〇年（二〇一一）

孔子誕辰釋奠大典祝文

維

中華民國一〇〇年九月二十八日，恭值　大成至聖先師　孔子誕辰，臺北市政府敬設釋奠大典，總統　馬英九謹具香花時醴之儀，肅告於

聖靈曰：

禮樂衣冠，彬彬翩翩。鄒魯哲賢，赫赫嚴嚴。
貫侔制刪，薪盡火傳。思孟曾顏，裕後光前。
三才兩兼，栽成道宣。五倫周全，位育德安。
六藝聯編，體用一源。八德紹延，顯微無間。
仁樂靜山，遠矚高瞻。智怡動泉，貞下啓元。
浩浩淵淵，造化功參。煦煦謙謙，卓絕非凡。

聖誕麗天，萬古仰攀。國慶百年，四海騰歡。
桃李滿園，洋洋大觀。馥桂馨蘭，芬芳杏壇。

虔誠　謹告。

附註

一 「禮樂衣冠」，形容周代禮樂人文的盛美。此語節引自〔明〕鄭成功（一六二四～一六六二）草書墨寶，云：「禮樂衣冠第，文章孔孟家。南山開壽域，東海釀流霞。」

二 「彬彬」，「文質彬彬」的省文，形容人文質兼備，舉止文雅，態度端莊。語出《論語．雍也》：「子曰：『質勝文則野，文勝質則史。文質彬彬，然後君子。』」「翩翩」，「風度翩翩」的省文，形容文采風流雅致、舉止灑脫優美。

三 「鄒魯哲賢」，以喻孔子（丘，仲尼，公元前五五一～前四七九）、孟子（軻，子輿，公元前三七二～前二八九）二聖及其門生弟子諸賢。

四 在廟宇建築學上，「赫赫」的位置稱爲「左日門」，「嚴嚴」的位置稱爲「右月門」。「赫赫」與「嚴嚴」二辭，出於《詩經．小雅．節南山》：「節彼南山，維石嚴嚴（或作「巖巖」）。赫赫師尹，民具爾瞻。」赫赫，明顯盛大的樣子；嚴嚴，高聳充滿威嚴的樣子。因此，以「赫赫嚴嚴」借指孔廟聖殿建築的神聖性和莊嚴氣氛，以及孔孟靈威顯盛，民眾進出孔廟時心態應保持虔誠肅穆。

五 「貫侔制刪」，係節取孔子畫像贊語「道貫古今，德侔天地」之「貫」（通貫）、「侔」（等同），以及「制作《春秋》，刪述六藝」之「制」與「刪」，組合成句，以表彰孔子偉大的德行與對中華文化的貢獻。

六 「薪盡火傳」，即「薪火相傳」，或省作「薪傳」。本指柴薪燒盡了，而火種仍可留傳；語本《莊子．養生主》：「指窮於爲薪，火傳也，不知其盡也。」後以比喻師生授受不絕，或種族、血統、文化精神的傳承，綿延不盡，世代相傳。

七 「思孟曾顏」，即孔門四聖：述聖孔伋（字子思，孔子之孫，公元前四八一～前四〇二），亞聖孟軻（字子輿，公元前三七二～前二八九），宗聖曾參（字子輿，公元前五〇五～前四三六），復聖顏回（字子淵，公元前五二一～前四八一）。

八 「裕後光前」，即「光前裕後」，爲協韻而倒反，原意爲使祖宗增光而子孫得蔭，此取其引申義。

九 「三才兩兼」，原當作「兼三才而兩之」，爲協韻而倒反，語出《周易．繫辭下傳》：「有天道焉，有人道焉，有地道焉，兼三才而兩之。」以及《周易．說卦傳》：「立天之道曰陰與陽，立地之道曰柔與剛，立人之道曰仁與義，兼三才而兩之。」

一〇 「裁成」，節引出自《周易．泰．大象傳》：「天地交，〈泰〉；后以裁成天地之道，輔相天地之宜，以左右民。」

一一 「五倫」，出自《孟子．滕文公上》：「父子有親、君臣有義、夫婦有別、長幼有序、朋友有信。」

一二　「位育」，出自《禮記・中庸》：「致中和，天地位焉，萬物育焉。」

一三　「六藝」，可以指「小六藝」，即「禮樂」（仁）、「射御」（勇）、「書數」（智），爲「小學」的教育內容；也可以指「大六藝」，即「《詩》、《書》、《禮》、《樂》、《易》、《春秋》」，亦稱爲「六經」，爲「大學」的教學內容。

一四　「體用一源」與下對句之「顯微無間」，語出〔宋〕程頤（一〇三三～一一〇七）《伊川易傳・序》：「至微者，理也；至著者，象也。體用一源，顯微無間。」

一五　「八德」，即忠、孝、仁、愛、信、義、和、平。

一六　「仁樂靜山」及下對句之「智怡動泉」，語轉出自《論語・雍也》篇第六：「子曰：『知者樂水，仁者樂山。知者動，仁者靜，知者樂，仁者壽。』」「樂」，音「藥」，喜好、喜愛。

一七　「貞下啓元」，或作「貞下起元」，語出《周易・乾》卦卦辭：「元亨利貞。」《周易・文言傳》以爲「元亨利貞」其德爲「仁禮義智」，四者循環一體，可以貞定儒家孔孟思想的體用一貫性。

一八　「浩浩淵淵」，語出《禮記・中庸》第三十三章：「唯天下至誠，爲能經綸天下之大經，立天下之大本，知天地之化育。夫焉有所倚？肫肫其仁，淵淵其淵，浩浩其天。苟不固聰明聖知達天德者，其孰能知之？」本章是子思（述聖孔伋，孔子之孫，公元前四八一～前四〇二）闡明大德敦化之理。肫肫，音「諄諄」，誠懇的樣子；肫肫其仁，指「經綸天下之大經」而言。淵淵，深靜的樣子；淵淵其淵，指「立天下之大本」而言。浩浩，廣大的樣子；浩浩其天，指「知天地之化育」而言。

一九 「造化功參」，即「功參造化」之倒語，一般與「德配乾坤」相對。

二〇 「喣喣」，音「許許」，溫馨和氣的樣子；「謙謙」，語出《周易．謙初六．小象傳》：「謙謙君子，卑以自牧也。」

二一 「馥桂馨蘭」，爲「桂馥蘭馨」之倒語，所以爲協韻之故。形容氣味芳香，比喻恩澤長留，歷久不衰；後多用來稱人子肖孫賢。

三　中華民國一〇一年（二〇一二）

孔子誕辰釋奠大典祝文

維

中華民國一〇一年九月二十八日，恭值　大成至聖先師　孔子誕辰，臺北市政府敬設釋奠大典，總統　馬英九，特派內政部部長李鴻源，謹具香花時醴之儀，肅告於

聖靈曰：

天縱將聖，文宣素王。詩書禮樂，文武周邦。
志道據德，仁藝魯鄉。六經刪述，考鏡辨章。
孝弟忠信，典敘三綱。慎獨誠敬，秉懿五常。
明倫敦化，大至無疆。不朽徽澤，亙古傳芳。
春風時雨，藹吉溫良。英才作育，鳳舞龍翔。
忠恕一貫，義命對揚。蒙以養正，廣濟自強。

剛健篤實，日新輝光。萬世師表，八達康莊。
代聖世昌，炳蔚棟樑。金聲玉振，俎豆馨香。

虔誠　謹告。

附註

一　「天縱將聖」，語出《論語．子罕》篇：「大宰問於子貢曰：『夫子聖者與？何其多能也？』子貢曰：『固天縱之將聖，又多能也。』子聞之，曰：『大宰知我乎！吾少也賤，故多能鄙事。君子多乎哉？不多也。』」

二　公元元年，孔子始有封號，西漢平帝劉衎（公元前九～公元六）追封孔子爲公爵，稱「褒成宣尼公」。其後，孔子又屢次被尊封爲「文聖尼公」、「至聖文宣王」、「大聖先師」、「大成至聖文宣王」、「至聖先師」等。據《謚法》曰：「揚善賦簡曰聖」，「敬賓厚禮曰聖」，「經天緯地曰文」，「道德博文曰文」，「學勤好問曰文」，「慈惠愛民曰文」；「聖善周聞曰宣」。在漢代，孔子被經今文學家奉爲有德無位的「素王」。

三　「志道據德，仁藝魯鄉」，語出《論語．述而》篇曰：「志於道，據於德，依於仁，游於藝。」

四　「考鏡辨章」，原句當作「辨章學術，考鏡源流」，泛指對事物的源頭與發展過程進行仔細考證的過程或宗旨。語出東漢班固（三二～九二）《漢書・藝文志》與清儒章學誠（一七三八～一八〇一）《斠讎通義・序》：「校讎之義，蓋自劉向父子部次條別，將以辨章學術，考鏡源流；非深明於道術精微、群言得失之故者，不足與此。」

五　「三綱」與「五常」（綱常）是中國儒家倫理文化中的架構。源起於先王之學，經思孟五行闡發，歷漢朝，盛於宋、明、清三代。《韓非子・忠孝》首次提出：「臣事君，子事父，妻事夫，三者順，天下治；三者逆，天下亂。」三綱、五常來源於西漢董仲舒（公元前一七九～前一〇四）《春秋繁露》，相關思想基礎上溯至孔子。漢魏之際何晏（一九六～二四九）在《論語・爲政》「殷因於夏禮，所損益可知也」中，集解曰：「馬融曰：『所因，謂三綱五常也。』」這種名教觀念是儒家政治思想的重要組成，即通過上定名分來教化天下，以維護社會的倫理綱常、政治制度。「三綱」，三種人倫從屬關係：君爲臣綱，君不正，臣投他國；國爲民綱，國不正，民起攻之；父爲子綱，父不慈，子奔他鄉；子爲父望，子不正，大義滅親；夫爲妻綱，夫不正，妻可改嫁；妻爲夫助，妻不賢，夫則休之。

六　「五常」，五種儒家認定的人倫關係的原則：仁、義、禮、智、信——愛之仁，正之義，君之禮，哲思智，情同信，三綱與五常之間密不可分。

七　「大至無疆」，「大」指〈乾・彖傳〉曰：「大哉〈乾〉元，萬物資始，乃統天。雲行雨施，品物流形。大明終始，六位時成，時乘六龍以御天。〈乾〉道變化，各正性命，保合太和，乃利貞。首出庶物，萬國咸寧。」「至」指〈坤・彖傳〉曰：「至哉〈坤〉元！萬物資生，乃順承天。」意謂蓬勃盛大的〈乾〉元之氣，是萬物所賴以創始化生的動力資源，這種剛健有力、生生不息的動力資源是統貫於天道運行的整個過程之中；而含藏無盡的〈坤〉元，宇宙間一切物種都依託大地生長，功德廣闊無窮。

八　「春風」，春風吹拂，化育萬物。「時雨」，比喻教化的實行。「春風時雨」，適合草木生長的和風及雨水，亦用於比喻師長和藹親切的教導。「時雨之化」，語出《孟子‧盡心上》：「君子之所以教者五：有如時雨化之者，有成德者，有達財者，有答問者，有私淑艾者。」

九　「忠恕一貫」，語出《論語‧里仁》篇：「子曰：『參乎！吾道一以貫之。』曾子曰：『唯。』子出，門人問曰：『何謂也？』曾子曰：『夫子之道，忠恕而已矣！』」

一〇　「義」，是人對價值的要求，是人生的理想、應該做的事。「命」，是指生命中無法靠人力決定的內容，如死、生、富、貴、夭、壽、貴、賤。「命」是人生無法掌握，就坦然接受；但對於「命」的回應是個人的尊嚴，是否合理合義是自己掌握。孔子周遊列國遭到許多挫敗，這是「命」；但孔子還是知其不可而爲之，這是堅持他的理想，也就是「義」的表現。在「命」的限制下，做出應然的行爲，這是「即命顯義」，也就是「義命對揚」。

一一　「蒙以養正」，語出《周易‧蒙‧彖傳》：「〈蒙〉以養正，聖功也。」指從童年開始，就要施以正確的教育。

一二　「剛健篤實，日新輝光」，語出《周易‧大畜‧彖傳》：「剛健篤實，輝光日新。」爲協韻，故改易語序。

一三　「八達康莊」，語出《爾雅‧釋宮》：「一達謂之道路，二達謂之歧旁，三達謂之劇旁，四達謂之衢，五達謂之康，六達謂之莊，七達謂之劇驂，八達謂之崇期，九達謂之逵。」後人便把寬闊平坦、四通八達的大路稱作「康莊大道」，借以比喻美好的前途。

一四　「金聲玉振」，語出《孟子・萬章下》：「集大成也者，金聲而玉振之也。金聲也者，始條理也；玉振之也者，終條理也。始條理者，智之事也；終條理者，聖之事也。」以鐘發聲，以磬收韻，奏樂從始至終。比喻音韻響亮、和諧；也比喻人的知識淵博，才學精到。

一五　「俎豆」，古代祭享時，用以放置祭品的器具；「俎」，音「祖」。「馨香」，芳香，比喻德化遠播。「俎豆馨香」，受到後人永久的祭祀與緬懷。

四　中華民國一〇二年（二〇一三）

孔子誕辰釋奠大典祝文

維

中華民國一〇二年九月二十八日，恭值　大成至聖先師　孔子誕辰，臺北市政府敬設釋奠大典，總統　馬英九謹具香花時儀，肅告

聖靈曰：

太虛冥窅，禹域懋萌。江河匯海，鄒魯登瀛。

宗經履道，洙泗元亨。興仁崇禮，庠序嚶鳴。

紹伊尹任，步伯夷清。跡和柳惠，終始集英。

述而不作，私淑大成。信以好古，竊比老彭。

發憤樂忘，敦化生生。修講徙改，憂患盈盈。

四聖十哲，七二崢嶸。三千競秀，振鐸裁菁。

開蒙輔相，無息至誠。培源固本，教澤文明。

果行育德，揚名樹聲。莘莘學子，萬里鵬程。

弘毅重遠，啓運昇平。自強厚載，同軌八紘。

虔誠　謹告。

附註

一　「太虛冥窅」，天空混沌，玄遠縹緲。「太虛」，指天空，〔南朝．梁〕蕭統（五〇一～五三一）《昭明文選》錄〔東晉〕孫綽（三一四～三七一）〈游天臺山賦〉曰：「太虛遼廓而無閡，運自然之妙有。」「冥窅」，同「窅冥」，意謂玄遠縹緲；「窅」，音「窈」，〔西漢〕劉安（公元前一七九～前一二二）《淮南子．道應》篇曰：「西窮窅冥之黨，東開鴻濛之光。」

二　本文頌辭凡偶數句，皆叶用「下平聲：八庚」韻。「禹域」，指中國，古代傳說禹平水土，劃分九州，指定名山、大川爲各州疆界，後世因稱中國爲「禹域」。「楙」，音義同「茂」。

三　「鄒魯」，對文化昌盛之地的代稱。中國儒家文化的鼻祖孔子（丘，仲尼，公元前五五一～前四七九）與孟子（軻，子輿，公元前三七二～前二八九）的故鄉，分別是春秋時期的魯國與鄒國，因此後人就用「鄒魯」來指代文化禮儀發達的地區。《莊子．天下篇》載：「其在於《詩》、《書》、《禮》、《樂》者，鄒魯之士，搢紳先生多能明之。」「瀛」，代指寶島臺灣，〔東漢〕王充（二七～九七）《論衡．談天》篇曰：「九州之外，更有瀛海。」「登瀛」，意指孔孟儒家文化已登臨寶島臺灣，開枝散葉。今南投縣草屯鎮有〔清〕道光二十八年（一八四八）設立之三級古蹟「登瀛書院」，得名自「十八學士登瀛洲」的典故，相傳在仙境掌管人間各部門的有十八學士，稱「瀛洲十八學士」。

四

「洙泗」，代稱孔子及儒家。洙、泗都是河川的名稱，由於孔子曾在洙、泗之間聚徒講學，「洙泗之風」指儒家的風俗教化。古時二水自今山東省泗水縣北合流而下，至曲阜北，又分爲二水，洙水在北，泗水在南。春秋時屬魯國地。孔子在洙泗之間聚徒講學。《禮記．檀弓上》：「吾與女事夫子於洙泗之間。」〔南朝．梁〕任昉（四六〇～五〇八）〈齊竟陵文宣王行狀〉：「弘洙泗之風，闡迦維之化。」〔唐〕盧象（約七四一前後）〈贈廣川馬先生〉詩：「人歸洙泗學，歌盛舞雩風。」〔南宋〕葉適（一一五〇～一二二三）〈宋廄父墓誌銘〉：「余嘗考次洙泗之門，不學而任材者，求也。」〔明〕陳汝元（生卒年不詳）《金蓮記．構釁》：「接洙泗之淵源，擬徇千秋之擔。」〔清〕譚嗣同（一八六五～一八九八）《仁學．一》：「其在上者，亦莫不極崇宋儒，號爲洙泗之正傳。」「元亨」，義同「仁禮」，爲孔學核心，典出《周易．乾》卦辭：「元亨利貞。」〈文言傳〉釋之曰：「元者，善之長也。亨者，嘉之會也。利者，義之和也。貞者，事之幹也。君子體仁足以長人，嘉會足以合禮，利物足以和義，貞固足以幹事。君子行此四德者，故曰：『〈乾〉，元亨利貞。』」

五

「庠序」，古代地方所設的學校，培育人才、研究學術的機構。周代名「庠」（音「祥」），殷代稱「序」，後世因此通稱學校爲「庠序」。「嚶鳴」，鳥在叫著以尋求伴侶；典出《詩經・小雅・伐木》：「嚶其鳴矣，求其友聲。」「嚶鳴友聲」，比喻尋求志趣相投的至交朋友。

六

「紹伊尹任，步伯夷清。跡和柳惠，終始集英」，四句典出《孟子・萬章下・第一章》：「孟子曰：『伯夷，聖之清者也；伊尹，聖之任者也；柳下惠，聖之和者也；孔子，聖之時者也。孔子之謂集大成。集大成也者，金聲而玉振之也。金聲也者，始條理也；玉振之也者，終條理也。始條理者，智之事也；終條理者，聖之事也。智，譬則巧也；聖，譬則力也。由射于百步之外也，其至，爾力也；其中，非爾力也。』」以下是《孟子》分論「四聖」之德的原文：（一）「伯夷，聖之清者也」，「孟子曰：『伯夷，目不視惡色，耳不聽惡聲。非其君不事，非其民不使。治則進，亂則退。橫政之所出，橫民之所止，不忍居也。思與鄉人處，如以朝衣朝冠坐於塗炭也。當紂之時，居北海之濱，以待天下之清也。故聞伯夷之風者，頑夫廉，懦夫有立志。』」（二）「伊尹，聖之任者也」，「伊尹曰：『何事非君，何使非民。』治亦進，亂亦進，曰：『天之生斯民也，使先知覺後知，使先覺覺後覺。予，天民之先覺者也，予將以此道覺此民也。』思天下之民匹夫匹婦有不與被堯舜之澤者，若己推而內之溝中。其自任以天下之重也。」（三）「柳下惠，聖之和者也」，「柳下惠不羞汙君，不辭小官。進不隱賢，必以其道。遺佚而不怨，阨窮而不憫。與鄉人處，由由然不忍去也。『爾爲爾，我爲我，雖袒裼裸裎於我側，爾焉能浼我哉？』故聞柳下惠之風者，鄙夫寬，薄夫敦。」（四）「孔子，聖之時者也」，「孔子之去齊，接淅而行；去魯，曰：『遲遲吾行也，去父母國之道也。』可以速而速，可以久而久，可以處而處，可以仕而仕，孔子也。」

七　「述而不作，私淑大成。信以好古，竊比老彭」，除「私淑大成」句外，其餘三句義出《論語·述而第七》：「子曰：『述而不作，信而好古，竊比於我老彭。』」「私淑」，私爲私下；淑爲善，意指對自己所敬仰而不能從學的前輩的自稱，語出《孟子·離婁下》：「予未得爲孔子徒也，予私淑諸人也。」「大成」，典出前注《孟子·萬章下·第一章》：「孟子曰：『……孔子，聖之時者也。孔子之謂集大成。』」

八　「發憤樂忘」，此句檃栝自《論語·述而》篇曰：「葉公問孔子於子路，子路不對。子曰：『女奚不曰：其爲人也，發憤忘食，樂以忘憂，不知老之將至云爾。』」

九　「敦化」，典出《中庸·第三十一章》曰：「仲尼祖述堯舜，憲章文武，上律天時，下襲水土。辟如天地之無不持載，無不覆幬，辟如四時之錯行，如日月之代明。萬物並育而不相害，道並行而不相悖。小德川流，大德敦化。此天地之所以爲大也！」「生生」，典出《周易·繫辭上傳》曰：「一陰一陽之謂道，繼之者善也，成之者性也。仁者見之謂仁，智者見之謂智，百姓日用而不知，故君子之道鮮矣。顯諸仁，藏諸用，故萬物而不與聖人同憂，盛德大業至矣哉！富有之謂大業，日新之謂盛德，生生之謂《易》，成象之謂〈乾〉，效法之謂〈坤〉，極數知來之謂占，通變之謂事，陰陽不測之謂神。」

一〇　「修講徙改」，此句係檃栝自《論語·述而》篇：「子曰：『德之不修，學之不講，聞義不能徙，不善不能改，是吾憂也。』」德之不修，指不修天德；學之不講，指不修智慧；聞義不能徙，指沒有大擔當的氣度；不善不能改，指不能隨時調整自己。修行必須將這四項都做到，也就是修天德、修智慧、整氣度，隨時能調整自己，才有辦法踏入修行的第一步。第二步，要有像《孟子》所講惻隱、羞惡、辭讓、是非等四端之心，有了這些能量之後，心裏面就會有一股源頭活水。

一一　「四聖十哲，七二崢嶸。三千競秀」，三句意指孔門四聖、十哲、七十二賢、三千弟子。「四聖」爲宗聖子輿曾參（字子輿，公元前五〇五～前四三六）、復聖子淵顏回（字子淵，公元前五二一～前四八一）、述聖子思孔伋（字子思，孔子之孫，公元前四八一～前四〇二）、亞聖孟子軻（字子輿，公元前三七二～前二八九）。「十哲」則是根據《論語・先進》篇「孔門四科」十大弟子而得名，其文曰：「從我於陳、蔡者，皆不及門也。德行：顏淵、閔子騫、冉伯牛、仲弓。言語：宰我、子貢。政事：冉有、季路。文學：子游、子夏。」。唐玄宗開元八年（七二〇），塑孔門四科高弟十人坐像於孔廟，配享先聖，曰「十哲」。

一二　「振鐸裁菁」，振興教育，裁成菁英。「鐸」，古時宣布教令用的大鈴，金口金舌爲金鐸，金口木舌謂木鐸，《論語・八佾》篇曰：「天下之無道也久矣，天將以夫子爲木鐸。」「菁」，意指「菁菁者莪」，典出《詩經・小雅・南有嘉魚之什・菁菁者莪》：「菁菁者莪，在彼中阿。既見君子，樂且有儀。菁菁者莪，在彼中沚。既見君子，我心則喜。菁菁者莪，在彼中陵。既見君子，錫我百朋。汎汎楊舟，載沈載浮。既見君子，我心則休。」《毛詩・序》曰：「〈菁菁者莪〉，樂育材也。君子能長育人材，則天下喜樂之矣。」此詩讚美培育人材，後世遂用來比喻樂育英才。

一三　「開蒙」，義出《周易．蒙．象傳》：「〈蒙〉以養正，聖功也。」「輔相（音「象」）」，義出《周易．泰．大象傳》：「天地交，〈泰〉。后（君也）以財成天地之道，輔相天地之宜，以左右民。」〔北宋〕程頤（一〇三三～一一〇七）《伊川易傳》曰：「天地交而陰陽和，則萬物茂遂，所以泰也。人君當體天地通泰之象，而以財成天地之道，輔相天地之宜，以左右生民也。財成，謂體天地交泰之道，而財制成其施爲之方也。輔相天地之宜，天地通泰則萬物茂遂，人君體之而爲法制，使民用天時、因地利，輔助化育之功，成其豐美之利也。如春氣發生萬物，則爲播植之法；秋氣成實萬物，則爲收斂之法，乃輔相天地之宜，以左右輔助於民也。民之生必賴君上爲之法制，以教率輔翼之，乃得遂其生養，是左右之也。」

一四　「無息至誠」，即「至誠無息」，語出《中庸．第二十六章》曰：「故至誠無息。不息則久，久則徵。徵則悠遠。悠遠則博厚，博厚則高明。博厚，所以載物也。高明，所以覆物也。悠久，所以成物也。博厚配地，高明配天，悠久無疆。如此者，不見而章，不動而變，無爲而成。」第二十七章曰：「天地之道，可一言而盡也。其爲物不貳，則其生物不測。天地之道，博也、厚也、高也、明也、悠也、久也。今夫天，斯昭昭之多，及其無窮也，日月星辰繫焉，萬物覆焉。今大地，一撮土之多，及其廣厚，載華嶽而不重，振河海而不洩，萬物載焉。今夫山，一卷石之多，及其廣大，草木生之，禽獸居之，寶藏興焉。今夫水，一勺之多，及其不測，黿鼉蛟龍魚鱉生焉，貨財殖焉。《詩》云：『維天之命，於穆不已。』蓋曰，天之所以爲天也。『於乎不顯，文王之德之純。』蓋曰，文王之所以爲文也，純亦不已。」

一五　「果行育德」，語出《周易．蒙．大象傳》：「山下出泉，〈蒙〉；君子以果行育德。」意即以果斷的行動，培養高尚的道德。

一六　「莘莘學子」，眾多的學生。莘莘，音「深深」，眾多的樣子。

一七　「萬里鵬程」，即「鵬程萬里」，爲協韻，故改之。相傳鵬鳥能飛萬里路程，比喻前程遠大。典出《莊子．逍遙遊》曰：「鵬之徙于南冥也，水擊三千里，搏扶搖而上者九萬里。」

一八　「弘毅重遠」，檃栝自《論語．泰伯第八》曰：「曾子曰：『士不可以不弘毅，任重而道遠。仁以爲己任，不亦重乎？死而後已，不亦遠乎？』」

一九　「自強厚載」，典出《周易．乾、坤．大象傳》：「天行健，君子以自強不息。」「地勢〈坤〉，君子以厚德載物。」

二〇　「同軌八紘」，即「八紘同軌」，爲協韻，故改之，指天下一統。語出《晉書．武帝紀》曰：「廓清梁、岷，包懷揚、越，八紘同軌，祥瑞屢臻。」「同軌」，語出《禮記．中庸》：「今天下車同軌，書同文。」車軌相同，文字相同，比喻國家統一。「八紘」，指八方極遠之地，〔西漢〕劉安（公元前一七九～前一二二）《淮南子．地形》篇曰：「九州外有八澤，方千里。八澤之外，有八紘，亦方千里，蓋八索也。一六合而光宅者，並有天下而一家也。」

五　中華民國一〇三年（二〇一四）

孔子誕辰釋奠大典祝文

維

中華民國一〇三年九月二十八日，恭值　大成至聖先師　孔子誕辰，臺北市政府敬設釋奠大典，總統　馬英九，謹具香花時儀，肅告

聖靈曰：

乾坤並建，孔孟皆尤。純善大有，永祀春秋。
六藝時習，四科代優。文行忠信，誠敬浹周。
顯微體用，薈萃風流。中庸絜矩，敦厚溫柔。
知新溫故，好古敏求。窮理盡性，冠冕鰲頭。
教育國本，方略遠謀。平施稱物，寡益多裒。
培英毓秀，種播苗抽。智頤仁履，德晉業修。

下學上達，博取約收。經綸廣密，虎豹炳彪。
人才濟濟，子衿悠悠。玄同跡異，心盡道侔。
源通靜穆，更上層樓。俊士賢哲，神應志酬。

虔誠　謹告。

附註

一　「〈乾〉〈坤〉並建，兩端一致」，爲明清之際碩學鴻儒王夫之（船山，一六一九～一六九二）之《易》學命題與創見，取資源發於《易傳》。天地並存，相涵互納，而不能孤立，方能相得益彰，而生生不已。〈乾．彖傳〉：「大哉〈乾〉元，萬物資始，乃統天。」〈坤．彖傳〉：「至哉〈坤〉元，萬物資生，乃順承天。」〈乾〉謂資始，〈坤〉謂資生。〈乾〉爲先，爲健，主動者，故謂始，牟宗三（一九〇九～一九九五）先生謂之「創生原則」；〈坤〉爲後，爲順，隨從者，故謂生，牟先生謂之「終成原則」。〈乾．大象傳〉：「天行健，君子以自強不息。」〈坤．大象傳〉：「地勢〈坤〉，君子以厚德載物。」〈乾〉〈坤〉二卦在造化萬物過程中，一主一從，實爲相輔相成的關係。〈乾〉〈坤〉二卦陰陽相對，陰動變陽，陽動變陰，陰陽互變；〈乾〉中有動有靜，〈坤〉中也有動有靜，〈乾〉中有〈坤〉，〈坤〉中也有〈乾〉，故謂之「〈乾〉〈坤〉並建」。

二　本文凡偶數句，通押「下平聲：十一尤」韻。尤，特異、傑出之意；孔子（丘，仲尼，公元前五五一～前四七九）大成至聖，孟子（軻，子輿，公元前三七二～前二八九）奉祀亞聖，皆爲儒家最具代表性的思想人物，對於中華文化的影響與貢獻，深遠而宏大，故比列並頌。

三　「純善」與《大學》「止於至善」同義。「純善」，即至純至善，不矯揉，不刻意，自然流露表現本性；「純善」也是物質與精神的和諧統一，包容理解一切，溝通萬事萬物，亦即返本歸眞的過程。「大有」，取義爲《周易》第十四卦〈大有〉，卦辭曰：「元亨。」〈彖傳〉曰：「〈大有〉，柔得尊位，大中而上下應之，曰〈大有〉。其德剛健而文明，應乎天而時行，是以元亨。」〈象傳〉曰：「火在天上，〈大有〉；君子以遏惡揚善，順天休命。」故〈大有．六五〉爻辭曰：「厥孚交如，威如，吉。」〈小象傳〉曰：「厥孚交如，信以發志也；威如之吉，易而无備也。」〈大有．上九〉爻辭曰：「自天祐之，吉无不利。」故以〈大有〉卦爻義理，以寓孔聖之「德侔天地，道貫古今」。

四　「永祀春秋」，即「春秋永祀」，喻義孔聖祭祀永遠常存。「春秋」本指春、秋兩季，如《禮記．王制》：「春、秋教以《禮》、《樂》；冬、夏教以《詩》、《書》。」〔東晉〕陶潛（淵明，三六五～四二七）《陶淵明集．移居》詩之二：「春秋多佳日，登高賦新詩。」而古代先民極其重視春、秋兩季的祭祀，由此「春秋」亦指春秋兩季的祭祀，如《國語．楚語上》：「唯是春秋所以從先君者，請爲靈若厲。」〔三國．吳〕韋昭（二〇四～二七三）注曰：「春秋，言春秋禘、祫。」又泛指祭祀，如《左傳．僖公十三年》：「春秋窀穸之事。」王力（了一，一九〇〇～一九八六）指出，在商代與西周前期，一年只分爲春秋二時，所以後來稱春秋就意味著一年，常常用來表示一年、四季、四時，如《詩經．魯頌．閟宮》：「春秋匪解（同「懈」），享祀不忒。」（東漢）鄭玄（一二七～二〇〇）箋曰：「春秋，猶言四時也。」（東漢）張衡（七八～一三九）〈東京賦〉曰：「於是春秋改節，四時反覆運算。」其後衍生出更多的語言含義，指涉光陰、年齡、歲月、人生等，如《楚辭．遠遊》：「春秋忽其不淹兮，奚久留此故居？」《漢書．晁錯傳》：「刻於玉版，藏於金匱，曆之春秋，紀之後世，爲帝者祖宗，與天地相終。」《戰國策．楚策四》：「今楚王之春秋高矣，而君之封地，不可不早定也。」（北魏）楊衒之（？～五五五）《洛陽伽藍記．永寧寺》曰：「皇帝晏駕，春秋十九。」而中國自古以農業立國，春天是播種的季節，秋天是收穫的季節，古代歷史學家認爲歷史是由一系列事件所組成，而每個事件都有其原因與結果，一事件的起因常常是另一事件的結果，所以事件的起因相當於春播，事件的結果相當於秋收；本年度發生的某一事件的結果，也可以是次年一個事件的起因。所以，中國古代學者傾向於將「春秋」泛指歷史，亦特指孔子編輯述作之魯國《春秋》經。

五　「六藝」有二義：其一爲「小六藝」，「禮樂、射御、書數」，「禮樂」所以育仁，「射御」所以養勇，「書數」所以培智，此古者小學講究之事。其二爲「大六藝」，「《詩》《書》、《禮》《樂》、《易》、《春秋》」，此即後世通稱之「六經」，爲大學時習之教。「時習」，引自《論語．學而》篇開宗明義第一章首句：「學而時習之，不亦說（悅）乎？」〈坤．六二〉爻辭亦曰：「直方大，不習无不利。」

六　「四科」，爲孔門之德行、言語、政事與文學。取義於《論語．先進》篇，子曰：「從我於陳、蔡者，皆不及門也。德行：顏淵、閔子騫、冉伯牛、仲弓。言語：宰我、子貢。政事：冉有、季路。文學：子游、子夏。」此孔門十哲，又稱作「四科十哲」，皆爲孔子弟子，也是儒家早期十位代表性學者。唐玄宗開元八年（七二〇），塑孔門四科高弟十人坐像於孔廟，配享先聖，曰十哲；而曾參（公元前五〇五～前四三五）以孝聞名，特塑曾子像坐於十哲之次。其後，曾子列爲「宗聖」，與孟子（軻，公元前三七二～前二八九）「亞聖」、顏子（淵，公元前五二一～前四八一）「復聖」、子思（伋，孔子孫，公元前四八三～前四〇二）「述聖」並爲「四聖」，奉祀孔廟，即通稱之「四聖十哲」。而人才代出，後出轉精，青出於藍，故謂之「代優」。

七　「文信忠信」，語出《論語．述而》篇：「子以四教：文，行，忠，信。」文，文獻、古籍等；行，指德行，也指社會實踐方面的內容；忠，盡己之謂忠，對人盡心竭力；信，以實之謂信，誠實之意。本章主要講孔子教學的內容，孔子注重歷代古籍、文獻資料的學習，並且重視社會實踐活動，還要養成忠、信的德行，概括而言，就是書本知識、社會實踐與道德修養三個方面。

八　本師黃慶萱（一九三二～二〇二二）教授於〈《周易》縱橫談〉一文中，謂誠敬之教與天人合一、憂患意識、仁智之道、時中之用與寡過之效，都是儒家思想的重心。《周易．乾．九二．文言傳》：「『見龍在田，利見大人』，何謂也？子曰：『龍德而正中者也，庸言之信，庸行之謹，閑邪存其誠，善世而不伐，德博而化。』」《周易．坤．六二．文言傳》：「直，其正也；方，其義也。君子敬以直內，義以方外，敬義立而德不孤。『直方大，不習无不利』，則不疑其所行也。」《中庸》二十章之八曰：「誠者，天之道也；誠之者，人之道也。誠者，不勉而中，不思而得，從容中道，聖人也；誠之者，擇善而固執之者也。」凡此皆誠敬之教的內涵義蘊，存誠守敬，故宋儒程頤（一〇三三～一一〇七）謂：「涵養須用敬，進學則在致知。」「浹」，通「徹」，透入肌肉與骨髓，引申爲通達、理解之義，比喻感受深刻。「周」爲周普、周遍、周流之義。

九　「顯微體用」，引用《周易．繫辭傳下》：「夫《易》，彰往而察來，而微顯闡幽。」顯示細微之事，說明隱幽之理，使之顯見著明；以及〔北宋〕程頤（一〇三三～一一〇七）《伊川易傳．序》曰：「至微者，理也；至著者，象也。體用一源，顯微無間。」孔孟儒學，講究明體達用，內聖外王，以此則彰明較著。

一〇　「風流」，特指風采特異、才華出眾之士；亦喻風俗教化、風度儀表。如〔明〕唐順之（一五〇七～一五六〇）〈謁夷齊廟〉詩云：「爲仰風流百世希，長歌招隱坐漁磯。」〔明〕李贄（卓吾，一五二七～一六〇二）《藏書．儒臣傳八．蘇軾》：「古今風流，宋有子瞻，唐有太白，晉有東山（謝安），本無幾也。」

一一　「中庸絜矩」，係統合《中庸》與《大學》而言，《大學》爲《小戴禮記》第四十二篇，相傳爲宗聖曾子（參，公元前五〇五～前四三五）所作；《中庸》則爲第三十一篇，相傳爲述聖子思（孔伋，公元前四八三～前四〇二）所作。兩書皆論及天人合一，形而上的哲理，正代表儒門心傳不可或缺的哲理。《中庸》闡論「中庸」之道，《大學》探究「絜矩」之道，此與孔子倡導「忠恕」之道，先後相互輝映。《中庸》講論至中至正，不偏不倚的常理，也是講究發展天性（盡性）的書，此書以「誠」字一貫天下之道，因此只要「反求諸己」，便可證諸天道。《大學》，就是博大的學問，而大學之道包括「明明德、親民、止於至善」三大綱領，「止、定、靜、安、慮、得」六個修養程序，以及「格物、致知、誠意、正心、修身、齊家、治國、平天下」八個實踐條目；從內在的德智修養，到外發的建立功業，將一切做人的道理，闡發得詳明透徹，可謂熔儒家道德與政治哲學於一爐的博大學問。《大學》一書內容精粹，始論「明德」、「新民」，而「止於至善」，又兼及格、致、誠、正、修、齊、治、平之一貫大道。而《中庸》約有三重點：（一）首言道出於天，而道的本體備於己而不可離，遵此道而修是為教。（二）次言存養省察之要，重在戒愼恐懼以愼獨。（三）終言天地育養萬物，聖神功化之極的至高境界——無聲無臭。《中庸》是「體」，《大學》是「用」。《大學》是「德」，乃教人之事；《中庸》是「道」，乃學道之事。《中庸》以成己成物為依歸，《大學》以明德新民為宗旨。明德者，成己也；新民者，成物也。故《大學》與《中庸》乃互為體用。《大學》注重誠意，《中庸》以鬼神之奧妙來代表道。《大學》入手是格物致知，要先格除物慾才能生出智慧。《中庸》教人明白至善寶地，才能明善復初。《大學》以明明德於天下為究竟，世人之明德皆能明，則進入大同盛世，此乃最後之目的，也是最後之目標。《中庸》以贊天地之化育為目標，以達聖神大化之境，來去自如。而「絜矩之道」是一種「推己及人」的道德規範，儒家稱這個規範為「恕道」或「忠恕之道」，《大學》經傳曰：「所謂平天下在治其國者：上老老而民興孝，上長長而民興弟，上恤孤而民不倍，是以君子有絜矩之道也。所惡於上，毋以使下；所惡於下，毋以事上；所惡於前，毋以先後；所惡於後，毋以從前；所惡於右，毋以交於左；所惡於左，毋以交於右：此之謂絜矩之道。」因此，所謂「絜矩之道」，原指古時人們用拉線繩的辦法測量平面距離，便把這種測量叫「絜」。「絜矩之道」是指不斷地用調整的方法，以反覆測量以精確求得平面距離，因此可用於喻示正確的政策引導。

〔二二〕「敦厚溫柔」，即「溫柔敦厚」，爲協韻故，易其語序。「溫柔」，溫和柔順；「敦厚」，態度溫和，樸實厚道。語出《禮記．經解》：「溫柔敦厚，《詩》教也。」儒家，又稱儒學思想，以孔子爲先師；《說文解字》曰：「儒，柔也，術士之稱。从人，需聲。」儒家作爲一種普遍的標誌性信仰，「溫柔敦厚」之《詩》教更能體現其核心思想。《漢書．藝文志．諸子略》曰：「儒家者流，蓋出於司徒之官，助人君，順陰陽、明教化者也。游文於六經之中，留意於仁義之際，祖述堯舜，憲章文武，宗師仲尼，以重其言，於道最爲高。」儒家以六經爲聖經，遵循堯舜之道，以周文王、武王典章（《周禮》）爲典範，以孔子（丘，仲尼，公元前五五一～前四七九）爲宗師，以仁爲核心的思想體系，教化民眾。孔門四科十哲、二十二賢、七十二弟子，以及歷代名儒，均「從祀」於孔廟，每年舉辦春秋釋奠大典，以崇敬聖哲之德。

〔二三〕「知新溫故」，即「溫故知新」，「溫」，溫習；「故」，舊的。意謂：溫習舊的知，得到新的理解與體會；也指回憶過去，能更好地認識現在與未來。語出《論語．爲政》：「溫故而知新，可以爲師矣。」〔東漢〕班固（三二～九二）〈東都賦〉曰：「溫故知新已難，而知德者鮮矣。」〔南宋〕朱熹（一一三〇～一二〇〇）〈鵝湖寺和陸子壽〉詩云：「舊學商量加邃密，新知培養轉深沉。」義亦同於此。

一四　「好古敏求」，喜好古學而勤勉追求。語出《論語．述而》：「我非生而知之者，好古敏以求之者也。」

一五　「窮理盡性」，原指徹底推究事物的道理，透徹瞭解人類的天性；後泛指窮究事理。語出《周易．說卦傳》第一章曰：「昔者，聖人之作《易》也，幽贊於神明而生蓍，參天兩地而倚數，觀變於陰陽而立卦，發揮於剛柔而生爻，和順於道德而理於義，窮理盡性以至於命。」

一六　「冠冕」、「鰲頭」，都是第一、首位之美稱。「冠冕」，原指古代皇冠或官帽，後比喻受人擁戴或出人頭地。《三國志．蜀志．龐統傳》：「徽甚異之，稱統當為南州士之冠冕。」〔南朝．宋〕顏延之（三八四～四五六）〈蜀葵頌〉：「渝豔眾葩，冠冕羣英。」〔唐〕劉知幾（六六一～七二一）《史通．鑒識》：「蓋《尚書》古文，六經之冠冕也；《春秋左氏》，三傳之雄霸也。」《舊唐書．長孫無忌傳》：「茂績殊勳，冠冕列辟。」〔金〕王若虛（一一七四～一二四三）〈跋王進之墨本孝經〉：「孝悌百行之冠冕，《孝經》六藝之喉衿。」〔清〕梁章鉅（一七七五～一八四九）《退庵隨筆．讀史》：「歐公文章，冠冕有宋。」「鰲頭」，宮殿門前臺階上的鰲魚浮雕，科舉進士放榜時狀元站此迎榜；科舉時代指點狀元，比喻占首位或第一名，故謂之「獨占鰲頭」。〔元〕無名氏《陳州糶米》楔子：「殿前曾獻升平策，獨占鰲頭第一名。」

一七　「教育國本」，係引用國立臺灣師範大學校歌：「教育國之本，師範尤尊崇，勤吾學，進吾德，健吾躬。院分系別，途轍雖異匯一宗。學成期大用，師資責任重。吾儕相親相勉，終不負初衷。臺灣山川氣象雄，重歸祖國樂融融。教育會其通，世界進大同。教育會其通，世界進大同。」師大校歌誕生於民國三十七年（一九四八）草創時期，首任院長李季谷（一八九五～一九六八）特別親自爲校歌撰寫歌詞，並委請音樂專修科主任蕭而化（一九〇六～一九八五）譜曲，於民國三十七年（一九四八）三月核定公布。

一八　「平施稱物，寡益多裒」，原作「裒多益寡，稱物平施」，爲協韻故，倒易語序，典出《周易．謙．大象傳》：「地中有山，〈謙〉；君子以裒多益寡，稱物平施。」裒，音義同「掊」，減少，也解作聚集；益，增補。「裒多益寡」，拿多餘的一方，增加給缺少的一方；比喻多接受別人的意見，彌補自己的不足。稱，音「秤」，衡量物體的輕重。「稱物平施」，根據東西的輕重、多少，公平合理分給他人；比喻一樣對待，不分厚薄。

一九　「智頤仁履」，係取《周易．蒙．大象傳》：「山下出泉，〈蒙〉；君子以果行育德。」仁者樂山，智者樂水，以此喻「仁智雙彰」；並兼取〈頤〉卦「養正」，〈履〉卦「履行」之義。

二〇　「德晉業修」，即「進德修業」，以協韻故，改易語序。取義於《周易．乾．九三．文言傳》：「九三曰：『君子終日乾乾，夕惕若，厲，无咎。』何謂也？子曰：『君子進德修業。忠信，所以進德也；修辭立其誠，所以居業也。知至至之，可與幾也；知終終之，可與存義也。是故居上位而不驕，在下位而不憂，故乾乾因其時而惕，雖危无咎矣。』」

二一　「下學上達」，指學習人情事理，進而認識自然的法則。語出《論語．憲問》：「子曰：

『不怨天，不尤人，下學而上達。』」

二二 「博取約收」，即「博取以文，約收以禮」縮語。典出《論語．子罕》：「顏淵喟然歎曰：『仰之彌高，鑽之彌堅，瞻之在前，忽焉在後；夫子循循然善誘人：博我以文，約我以禮，欲罷不能。既竭吾才，如有所立，卓爾，雖欲從之，末由也已。』」這是師生之間責任與期許的最佳典範。

二三 「虎豹炳彪」，係取義於《周易．革．九五．小象傳》：「大人虎變，其文炳也。」《周易．革．上六．小象傳》：「君子豹變，其文蔚也。」炳，光明，顯著；彪，虎身上的斑紋，引申為有文采；炳彪為斑斕的虎紋，借指虎，此處亦同指豹。故炳彪、炳蔚、炳映、炳煥、炳耀，皆同義，可互用。

二四 「人才濟濟，子衿悠悠」，「人才濟濟」，形容人才眾多，陣容盛大；義引自《詩經．大雅．文王》：「濟濟多士，文王以寧。」「子衿悠悠」，語出《詩經．鄭風．子衿》：「青青子衿，悠悠我心。」「子衿」，在此以喻莘莘學子；悠悠，憂思貌；〔南宋〕朱熹（一一三〇～一二〇〇）《詩集傳》：「悠悠，思之長也。」原表達女子對心上人的牽掛，後出現於〔東漢〕曹操（一五五～二二〇）〈短歌行〉：「對酒當歌，人生幾何？譬如朝露，去日苦多。慨當以慷，憂思難忘。何以解憂？唯有杜康。青青子衿，悠悠我心。但為君故，沉吟至今。呦呦鹿鳴，食野之蘋。我有嘉賓，鼓瑟吹笙。明明如月，何時可掇？憂從中來，不可斷絕。越陌度阡，枉用相存。契闊談讌，心念舊恩。月明星稀，烏鵲南飛。繞樹三匝，何枝可依？山不厭高，海不厭深。周公吐哺，天下歸心。」表達出曹操對賢才的渴望。

二五　「玄同跡異」，借用魏晉玄學「玄冥跡象」思想理論，在此「玄」指聖哲之理，「跡」指體現聖哲之理的行爲與歷程。儒家道德教化，以成聖成賢爲終極之共同目標理想；而每一個人才性工夫不同，自我實現的途徑進路也也各不相同，此即《周易・繫辭下傳》所謂：「天下同歸而殊塗，一致而百慮。」

二六　「心盡道侔」，「心盡」即「盡心」之義，《孟子・盡心上》曰：「盡其心者，知其性也。知其性，則知天矣。存其心，養其性，所以事天也。殀壽不貳，修身以俟之，所以立命也。」「道侔」即「道侔天地」之縮語，《說文解字》：「侔，齊等也。从人，牟聲。」

二七　「圓通」，爲「圓融會通」之縮語；儒家講「中和」，道家講「太和」，佛家講「圓通」、「圓融」，皆符合《周易・乾・彖傳》「保合太和乃利貞」之「和合」妙詣。「靜穆」，爲安靜莊嚴之義。

二八　「神應志酬」，即聖神哲靈相互呼應而彼此應對，而豪傑英俊之士，其志業可以回報成就。義襲引自《周易・繫辭上傳》：「顯道，神德行，是故可與酬酢，可與佑神矣。」酬酢，猶應對也；運用《易》理，可以應對萬物之求。《周易正義》卷七，〔東晉〕韓康伯（生卒年不詳）注：「可以應對萬物之求，助成神化之功也，酬酢猶應對也。」〔唐〕孔穎達（五七四～六四八）疏：「若萬物有所求，爲此《易》道可與應答。」

六　中華民國一〇四年（二〇一五）

孔子誕辰釋奠大典祝文

維

中華民國一〇四年九月二十八日，恭值　大成至聖先師　孔子誕辰，臺北市政府敬設釋奠大典，總統　馬英九，謹具香花時儀，肅告

聖靈曰：

乾坤造化，萬物達生。屯蒙創毓，百姓開閎。

江山錦繡，今古哲英。隨時損益，歷代傳賡。

東西心理，新舊文明。一貫道統，千秋懋榮。

易涵六位，仁攝五行。詩書禮樂，修齊治平。

微言勝義，索隱正名。改過遷善，憂患元亨。

有教無類，振鐸明聲。諄誨不倦，樹德培菁。

忠恕絜矩，居敬履誠。青衿亹亹，濟濟學黌。

濡染醞釀，薈萃崢嶸。敦品勵志，厚執勤耕。

春風桃李，四海縱橫。宣贊澤潤，大莫與京。

虔誠　謹告。

附註

一　本文凡偶數句，通押「下平聲：八庚」韻。〈乾〉〈坤〉爲天地父母之義，藉此二卦以喻萬物生命通達。以下〈屯〉（音「諄」）〈蒙〉二卦，則寓生命開始、家國創造與教育蒙養之義，凡此《易經》前四卦，實等同於傳統「天地君親師」五字與《荀子．禮論》中「禮有三本」之說，義釋如下：「天地君親師」是中國傳統民間祭天地、祭祖、祭聖賢的綜合，充分表現出中國人民對天地的感恩、對君師的尊重、對長輩的懷念之情，同時體現出「敬天法地、孝親順長、忠君愛國、尊師重教」的價值取向，也充分彰顯了儒家「仁」、「孝」的思想。「天地君親師」思想發端於《國語》，形成於《荀子》。《國語》記載：「民性於三，事之如一。父生之，師教之，君食之。非父不生，非食不長，非教不知生之族也，故壹事之。」此文中沒有提到「天」與「地」，卻著重說明了「君」、「親」、「師」三者的意義。後來，《荀子．禮論》中記載：「天地者，生之本也；先祖者，類之本也；君師者，治之本也。無天地惡生？無

二 先祖惡出？無君師惡治？三者偏亡，則無安人。故禮，上事天，下事地，尊先祖而隆君師，是禮之三本也。」因此，著名國學大師錢穆（賓四，一八九五～一九九〇）先生曾指出：「『天地君親師』五字，始見《荀子》書中。此下兩千年，五字深入人心，常掛口頭。其在中國文化、中國人生中之意義價值之重大，自可想像。」

三 「隨時損益」，同時取義於《易經》〈損〉〈益〉二卦，以及《論語．為政第二》第二十三章：「子張問十世，可知也？子曰：『殷因於夏禮，所損益，可知也。周因於殷禮，所損益，可知也。其或繼周者，雖百世可知也。』」

四 「東西心理，新舊文明」，義㮚栝自末代皇帝溥儀國師陳寶琛（一八四七～一九三五）先生書贈哈佛大學燕京學社圖書館聯：「文明新舊能相益，心理東西本自同。」此聯讚歎了人類文明在時間（新舊）與空間（東西）上的傳承與交融。

五 「一貫道統」，係指中華文化五千年來，從「堯、舜、禹、湯、文、武、周公、孔子、孟子」以下，代代紹承，一脈相傳的道統。

六 「易涵六位」，指《易經》六十四卦，每卦都有六爻，同時指涉天、地、人三才。《周易．繫辭下傳》第十章曰：「有天道焉，有人道焉，有地道焉，兼三材而兩之，故六。六者非它也，三材之道也。」（唐）褚亮（五六〇～六四七）〈祭方丘樂章．舒和〉：「一德惟寧兩儀泰，三材保合四時邕。」（北宋）范仲淹（九八九～一〇五二）〈易兼三材賦〉：「《易》以設象，象由意通。兼三材而窮理盡性，重六畫而原始要終。」

「仁攝五行」，「五行」非指傳統所謂「陰陽五行」之「金木水火土」，而是特指儒家「仁義禮智信」五常之德行，而以「仁」總攝其義。

七　「微言勝義，索隱正名」二句，同時指涉到孔子（丘，仲尼，公元前五五一～前四七九）《春秋》與《論語》。「微言勝義」，即「微言大義」，「大義」改「勝義」，係爲避免「大」字與本文末句「大莫與京」復見。「微言大義」，即所謂「春秋筆法」或「春秋書法」，指寓褒貶於曲折的文筆之中。「春秋筆法」作爲中國歷史敘述的一個傳統，來源於據傳《春秋》。《春秋》，魯國史書，相傳爲孔子所修；經學家認爲《春秋》每用一字，必寓褒貶。「春秋筆法」是孔子首創的描述寫法，在敘事時暗含褒貶，委婉的表達作者主觀的看法。歷史上，左丘明（生卒年不詳）發微探幽，最先對這種筆法作了精當的概括：「《春秋》之稱，微而顯，志而晦，婉而成章，盡而不汙，懲惡而勸善，非賢人誰能修之？」《史記·孔子世家》曰：「孔子在位聽訟，文辭有可與人共者，弗獨有也。至於爲《春秋》，筆則筆，削則削，子夏之徒不能贊一詞。」《漢書·藝文志》云：「昔仲尼沒而微言絕，七十子喪而大義乖。」清儒錢大昕（一七二八～一八〇四）曰：「《春秋》，褒貶善惡之書也。」

八　「索隱」，爲「探賾索隱」之縮語。探，尋求、探測；賾，音「機」或「責」，幽深玄妙；索，搜求；隱，隱秘。意即探究深奧的道理，搜索隱秘的事情。典出《周易·繫辭上傳》：「探賾索隱，鉤深致遠，以定天下之吉凶，成天下之亹亹者，莫大乎蓍龜。」「正名」，指對一個事物，採用正當合理的名稱。「正名」一詞源出於《論語·子路》，子路曰：「衛君待子而爲政，子將奚先？」子曰：「必也正名乎！」子路曰：「有是哉，子之迂也！奚其正？」子曰：「野哉，由也！君子於其所不知，蓋闕如也。名不正，則言不順；言不順，則事不成；事不成，則禮樂不興；禮樂不興，則刑罰不中；刑罰不中，則民無所錯手足。故君子名之必可言也，言之必可行也。君子於其言，無所苟而已矣。」「正名」的基本含義，是讓事物的名和本來面目匹配，達到名實相符，做到符合正義。孔子明《春秋》大義，奉正朔，用周天子春秋而非諸侯春秋；正名分，吳、楚君自稱「王」，而《春秋》稱之曰「子」；齊、晉雖強，仍稱曰「侯」；宋、魯雖弱，仍稱曰「公」，這便是「正名」的原旨。

九　「改過遷善，憂患元亨」，取義於《論語．述而第七》：「德之不修，學之不講，聞義不能徙，不善不能改，是吾憂也。」充分體現出孔子時時學習實踐，勇於自我檢討的憂患意識。

一〇　「忠恕之道」是孔子認爲可以終身行之，又是「一以貫之」之道。《論語．衛靈公》篇載，子貢問：「有一言而可以終身行之者乎？」孔子回答說：「其恕乎！己所不欲，勿施於人。」〈里仁〉篇載曾參解釋孔子「吾道一以貫之」的話說：「夫子之道，忠恕而已矣。」〈雍也〉篇云：「夫仁者，己欲立而立人，己欲達而達人，能近取譬，可謂仁之方也已。」〈大學〉云：「是故君子有諸己而后求諸人，無諸己而后非諸人，所藏乎身不恕，而能喻諸人者，未之有也。」〈中庸〉云：「忠恕違道不遠，施諸己而不願，亦勿施於人。」可見「忠恕之道」，是孔門的至德要道。朱子（熹，一一三〇～一二〇〇）以「盡己之心爲忠，推己及人爲恕」，要推己及人，便首當盡己之心。因爲恕道是能近取譬之道，而最切近者，莫如近取諸身。心爲身之主，仁爲心之法，故所謂近取諸身，即是盡己之心，盡己之仁。本於仁而無自欺便是忠，推而行之便是恕。故恕道即行仁的方術，「能近取譬，可謂仁之方也已」，朱注云：「近取諸身，以己所欲，譬之他人，知其所欲亦猶是也，然後推其所欲以及於人，則恕之事，而仁之術也。」一己有欲立欲達之心而著實做去，便是忠，推一己有欲立欲達之心去立人達人，便是恕，故忠恕之道，有如持規矩以定方圓一樣。盡己之心爲矩，推己及人爲方。持矩以畫方，猶以忠而行恕一樣。故〈大學〉又稱「忠恕之道」爲「絜矩之道」。〈大學〉云：「所惡於上，毋以使下，所惡於下，毋以事上；所惡於前，毋以先後，所惡於後，毋以從前；所惡於右，毋以交於左，所惡於左，毋以交於右；此之謂絜矩之道。」〈中庸〉又云：「君子之道四，丘未能一焉：所求乎子以事父，未能也；所求乎臣以事君，未能也；所求乎弟以事兄，未能也；所求乎朋友，先施之，未能也。」「君子之道」即「絜矩之道」，亦即「忠恕之道」，而「忠恕之道」即是「仁道」。

二一　「青衿」，「青青子衿」之縮語，借指「學生」。「亹亹」，音「偉偉」，勤勉不倦；《大戴禮記．五帝德》：「（禹）敏給克濟，其德不回，其仁可親，其言可信；聲爲律，身爲度，稱以上士；亹亹穆穆，爲綱爲紀。」〔清〕王聘珍（生卒年不詳）解詁：「亹亹，勉也。穆穆，敬也。」「濟濟」，音「幾幾」，形容人才眾多，陣容盛大；義引自《詩經．大雅．文王》：「濟濟多士，文王以寧。」「黌」，音「弘」，義同「黌學庠序」，都是「學校」的別名。《晉書．戴邈傳》：「古之建國，有明堂辟雍之制，鄉有庠序黌校之儀，皆所以抽導幽滯，啓廣才思。」

二二　「濡染」，「耳濡目染，潛移默化」的縮語。「醞釀」，比喻孕育、薰陶，如〔東晉〕葛洪（二八三～三四三）《抱朴子．明本》：「道也者，所以陶冶百氏，範鑄二儀，胎胞萬類，醞釀彝倫者也。」〔清〕龔自珍（一七九二～一八四一）〈題王子梅盜詩圖〉詩：「菁英貴醞釀，蕪蔓宜抉剔。」

一三　「春風桃李」，「春風化雨」與「桃李滿天下」的縮語，比喻學生受到良師的諄諄教誨。

一四　「大莫與京」，大得無法相比。於此藉以贊頌宣揚至聖先師孔子，以及爲人師表者，都能以身作則——「教育之道無他，唯愛與榜樣而已」。莫，沒有誰；京，大。語出《左傳・莊公・二十二年》：「八世之後，莫之與京。」

七　中華民國一〇五年（二〇一六）

孔子誕辰釋奠大典祝文

維

中華民國一〇五年九月二十八日，恭值　大成至聖先師　孔子誕辰，臺北市政府敬設釋奠大典，總統　蔡英文，特派內政部部長葉俊榮，謹具香花時儀，肅告

聖靈曰：

天生聖化，理至情眞。陰陽太極，通變圓神。
詩書禮樂，六藝津津。經史子集，四部彬彬。
開蒙養正，解惑莘莘。傳道授業，攸敘彝倫。
孜孜矻矻，愛愛親親。盡心知命，忠恕達仁。
哲賢三統，鄒魯海濱。栽成樹本，世代鳳麟。
學前啓發，醞釀芳春。多元一貫，適性維新。

宏觀進取，積寶懷珍。黌宮庠序，博雅精醇。
自由獨立，濟育陶鈞。顯微體用，觸類引申。
頂尖國際，寰宇德鄰。遊泮萬仞，芹獻藻蘋。

虔誠　謹告。

附註

一　本文凡偶數句，通押「上平聲：十一眞」韻。此韻聲情含蓄蘊藉，眞誠懇切。「天生聖化，理至情眞」，以上二句指涉古語：「天不生仲尼，萬古如長夜。」這句話所表達的不是對孔子（丘，仲尼，公元前五五一～前四七九）個人重要性的事實上的理解，而是對孔子所繼承與光大的儒家道統的價值上的肯定。《孟子．公孫丑上》曰：「聖人之於民，亦類也；出於其類，拔乎其萃，自生民以來，未有盛於孔子也。」形容孔子才能出眾成就，教育事業空前絕後；意指有人類以來，還沒有全面超過孔子的人。據《朱子語類》卷九十三載：「『天不生仲尼，萬古如長夜。』唐子西嘗於一郵亭梁間見此語。」案：唐庚（一〇七〇～一一二〇），字子西，北宋詩人。人稱魯國先生，《宋史》有傳；《四庫全書》錄有《唐子西集》二十四卷。《論語．憲問》篇，孔子曰：「不怨天，不尤人。下學而上達。知我者，其天乎！」這裏的「天」即意謂由人的良善意志而來的文化意識，所開闢的一貫道統。

二　「陰陽太極，通變圓神」，此二句分別引用自相傳孔子贊述之《易傳》，以明「天人合一」妙旨。《周易．繫辭上傳》：「一陰一陽之謂道。」「通變之謂事，陰陽不測之謂神。」「廣大配天地，變通配四時，陰陽之義配日月，易簡之善配至德。」「是故，《易》有太極，是生兩儀，兩儀生四象，四象生八卦，八卦定吉凶，吉凶生大業。」《周易．繫辭下傳》：「《易》，窮則變，變則通，通則久。是以『自天祐之，吉無不利』。」《周易．繫辭上傳》「是故，蓍之德，圓而神；卦之德，方以知；六爻之義，易以貢。聖人以此洗心，退藏於密，吉凶與民同患。神以知來，知以藏往，其孰能與於此哉！」

三　「詩書禮樂」，即《詩》《書》《禮》《樂》《易》《春秋》之省稱，爲儒家教化之「六藝」，亦稱「六經」；「津津」，即「津津有味」，形容趣味濃厚或有滋味的樣子。

四　「經史子集」，中國古代傳統學術文化之總括，簡稱「四部」，基本上囊括了中國古代的所有書籍。《隋書．經籍志》曾明確指出：「夫仁義禮智，所以治國也；方技數術，所以治身也；諸子爲經籍之鼓吹，文章乃政化之黼黻，皆爲治之具也。」總體上說，經部爲中國傳統學術文化之根源主流，史部爲社會發展事實之紀錄，子部爲各家學派之內容，集部爲文學之作品。經爲根，史子爲幹，集則爲枝。根、幹、枝構成樹的整體，經史子集全面表明了中國古代學術文化的結構與體系。「彬彬」，形容文雅；典出《論語．雍也》：「質勝文則野，文勝質則史；文質彬彬，然後君子。」

五　「開蒙養正」，典出《周易．蒙．彖傳》：「〈蒙〉以養正，聖功也。」「莘莘」，眾多、茂盛的樣子，在此意指「莘莘學子」。「解惑」與下句「傳道授業」連用，典出〔唐〕韓愈（七六八～八二四）〈師說〉：「古之學者必有師，師者，所以傳道、授業、解惑也。」自古以來，中國夙有尊師重道的傳統。

六　「攸敘彝倫」，即「彝倫攸敘」，人情常理有所秩序安頓。典出《尚書・洪範》，〔南宋〕蔡沈（一一六七～一二三〇）《書集傳》：「彝，常也；倫，理也。」〔明清之際〕顧炎武（一六一三～一六八二）《日知錄・彝倫》：「彝倫者，天地人之常道。……不止孟子之言人倫而已。能盡其性，以至能盡人之性，盡物之性，則可以贊天地之化育，而彝倫敘矣。」

七　「孜孜矻矻」，勤勉不懈的樣子。語出〔唐〕韓愈（七六八～八二四）〈爭臣論〉：「自古聖人賢士皆非有求於聞用也，閔其時之不平，人之不乂，得其道，不敢獨善其身，而必以廉濟天下也，孜孜矻矻，死而後已。」「愛愛親親」，意謂親愛親人而仁愛百姓，仁愛百姓而愛惜萬物。引用自《孟子・盡心上》：「君子之於物也，愛之而弗仁；於民也，仁之而弗親。親親而仁民，仁民而愛物。」

八　「盡心」，語出《孟子・盡心上》篇，孟子曰：「盡其心者，知其性也。知其性，則知天矣。存其心，養其性，所以事天也。」「知命」，語出《周易・繫辭上傳》：「樂天知命，故不憂。」順應天意的變化，知其命數，樂其天然。《論語・堯曰》，孔子曰：「不知命，無以爲君子也；不知禮，無以立也；不知言，無以知人也。」「忠恕達仁」，此句引自《論語・里仁》，子曰：「參乎！吾道一以貫之。」曾子曰：「唯。」子出，門人問曰：「何謂也？」曾子曰：「夫子之道，忠恕而已矣。」關於「忠恕」之道的意涵，《論語・衛靈公》篇，子貢問曰：「有一言而可以終身行之者乎？」子曰：「其恕乎！己所不欲，勿施於人。」可知，

「恕」就是「己所不欲，勿施於人」。《論語．雍也》篇，子貢曰：「如有博施於民而能濟眾，何如？可謂仁乎？」子曰：「何事於仁！必也聖乎！堯舜其猶病諸！夫仁者，己欲立而立人，己欲達而達人。能近取譬，可謂仁之方也已。」「己欲立而立人，己欲達而達人」，即是推己及人。《論語．學而》篇載，曾子曰：「吾日三省吾身，爲人謀而不忠乎？與朋友交而不信乎？傳不習乎？」此句中「爲人謀而不忠乎」，即是反省自己爲別人打算是否做到了推己及人。然而「忠」即是「己欲立而立人，己欲達而達人」。（南宋）朱熹（一一三〇～一二〇〇）《論語集注》釋「忠恕」云：「盡己之謂忠，推己之謂恕。」其引程子（頤，一〇三三～一一〇七）曰：「以己及物，仁也；推己及物，恕也。」其實，「盡己」與「推己」，並無實質的差別。「盡己之謂忠」，而「忠」實亦是「推其（己）所欲以及於人」；「推己之謂恕」，而「恕」之「推己」實亦是「盡己」之意。「忠」與「恕」實只「一」道，故孔子說「吾道一以貫之」；在孔子的「一」道中，包含著「己欲立而立人，己欲達而達人」，「己所不欲，勿施於人」的統一而深刻的意涵。因此，只有把「忠」與「恕」統一起來，既做到「己欲立而立人，己欲達而達人」，又做到「己所不欲，勿施於人」，才是孔子的「一以貫之」的仁道。

九

「哲賢三統」，「三統」指的是「道統、政統、學統」，詳參牟宗三（一九〇九～一九九五）先生：《生命的學問》（臺北：三民書局，《三民文庫》，一九九七年三月增訂版八版），頁六〇～七一。宋儒王福清（生卒年不詳）《王著作集》卷五曰：「道無古今，惟人能弘，故堯以傳舜，舜以傳禹，禹以傳湯，湯以傳文武。或見而知，或聞而知。前聖後聖，若合符節，然非傳聖人之道，傳其心也。己之心無異聖人之心，廣大無垠，萬善皆備，盛德大業由此而成。故欲傳堯舜禹湯文武之道，擴充是心焉爾。」「鄒魯海濱」，即「海濱鄒魯」，指代臺灣爲中華文化的寶島基地。儒家文化的鼻祖孔子（丘，仲尼，公元前五五一～前四七九）與孟子（軻，子輿，公元前三七二～前二八九）的故鄉分別是春秋時期的魯國與戰國時期的鄒國，因此後人就用「鄒魯」來指代文化禮儀發達昌盛的地區。

一〇　「裁成」，語出《周易．泰．大象傳》：「天地交，〈泰〉；后以財成天地之道，輔相天地之宜，以左右民。」《漢書．律歷（曆）志上》引作「裁成」，義猶栽培，謂教育而成就之。「鳳麟」，鳳凰、麒麟，都是傳說中的珍禽異獸。鳳凰身上的羽毛，麒麟頭上的犄角，比喻珍貴、稀少的人或事物。

一一　「學前啓發，醖釀芳春」，以此二句形容臺灣學前幼兒教育的蓬勃盛況，適足以培元固本。

一二　「多元一貫，適性維新」，以此二句形容臺灣國小六年、國中三年、高中（職、工、商）三年，由九年國民義務教育，以至十二年多元一貫的教育理念與作爲目標，具有明確落實執行的能力指標與學習策略。而孔子倡導的「因材施教」，可說是「多元一貫，適性維新」教育最好的詮釋。

一三　「宏觀進取，積寶懷珍」，以此二句形容臺灣各級學校「宏觀進取」的教育理念、課程設計與學習方法，考量學生個別差異，善用適當教學方法，幫助學生有效學習，讓每個學生都能充分發揮其本賦和潛能，才符合教育本義。各級學校教育不僅要採取多元適性模式，以因應學生的需要，更應讓學生有機會跨科加廣選修學習，強化通識教育的需求，才能開啓學子

「宏觀進取」的無限潛能與視野。

一四　「黌宮」、「庠序」，皆古時學校之義。《說文解字》：「庠，禮官養老。夏曰校，殷曰庠，周曰序。」在此以喻現代化與國際化的臺灣各大學校院，一方面以通識博雅爲教育指標，一方面以精醇專業爲教育內涵，藉此以達到「大學之道，在明明德，在親民，在止於至善」的最高理想。

一五　「自由獨立」，在此純就追求學術眞理而言，並未指涉政治；係指一九二九年，陳寅恪（一八九〇～一九六九）先生於北京清華大學「海寧王靜安先生紀念碑」中，所揭示學人之兩大特質：「獨立之精神，自由之思想。」此二語亦成爲江西廬山植物園陳氏墓地前刻立之墓誌銘。「獨立之精神，自由之思想」，已成爲知識份子共同追求的學術精神與價值取向，而且一定會成爲現代化以後的的人生理想。

一六　「濟育」，即「濟民育物」之義；「陶鈞」，亦作「陶均」，原指製作陶器所用的轉輪，意指陶冶、造就，如《宋書·文帝紀》：「將陶鈞庶品，混一殊風。」在此則比喻天地造化、治國的大道。典出《晉書·樂志上》：「四海同風，興至仁。濟民育物，擬陶均。擬陶均，垂惠潤。皇皇羣賢，峨峨英雋。」嚴復（一八五四～一九二一）《原強》：「夫中國今日之民，其力、智、德三者，苟通而言之，則經數千年之層遞積累，本之乎山川風土之攸殊，導之乎刑政教俗之屢變，陶鈞爐錘而成此最後之一境。」

一七　「顯微體用」，係借用〔北宋〕程頤（一〇三三～一一〇七）《伊川易傳·序》：「至微者，理也；至著者，象也；體用一源，顯微無間。」於此以喻教育必須體用兼備，闡微顯幽，方能達到「人盡其才」的理想。「觸類引申」，即「引申觸類」，指從某一事物的原則，延展推廣到同類的事物。語出《周易．繫辭上傳》：「引而申之，觸類而長之。」這也是教育學習的重要方法。

一八　「頂尖國際」，此語係指政府教育當局以五年五百億，期以提升臺灣重要大學爲國際之頂尖學府，目前臺灣大學已進入世界百大，其他數所大學亦名躋五百大之列，學術走向世界，研究邁入頂尖。「德鄰」，語出《論語．里仁》：「德不孤，必有鄰。」

一九　「游泮萬仞」，此有二義，一指「思樂泮水」，一指「萬仞宮牆」。「游泮」，孔廟庭園前方有一座半圓形的水池，稱爲「泮池」；古時候，參與應試的秀才必須至此參拜孔子，然後出櫺星門到泮池繞一圈，並採擷池中之水芹插在帽子邊稱爲「遊泮」。典出《詩經．魯頌．泮水》篇：「思樂泮水，薄采其芹。……思樂泮水，薄采其藻。……思樂泮水，薄采其茆。……濟濟多士，克廣德心。」泮池是中國古代修建的一種水池的名稱，一般呈半圓形，功用爲具有防災、調節氣溫及風水的象徵意義；上架拱橋正式名稱爲泮橋。泮池意即「泮宮之池」，根據《周禮》，大子太學中央的學宮稱「辟雍」，四周環水；諸侯之學，只可南面泮水，故稱「泮宮」。因孔子在後世受封文宣王，因此以泮池爲規制，修建於孔廟大成門外。在古代，凡是新入學的生員，都需進行稱爲「入泮」的入學儀式。「萬仞」，即「萬仞宮牆」；「萬仞宮牆」爲孔廟建築體系中最南邊的正門。在臺北孔廟的正南邊，也可以看到一座高大的「萬仞宮牆」照牆。典出《論語．子張》篇，叔孫武叔語大夫於朝曰：「子貢賢於仲尼。」子服景伯以告子貢。子貢曰：「譬之宮牆，賜之牆也及肩，窺見室家之好。夫子之牆數仞，不得其門而入，不見宗廟之美，百官之富，得其門者或寡矣！夫子之云，不亦宜乎。」寓意孔夫子學問道德高深，若要求取上進，並無捷徑，唯有進黌門或泮宮（皆古代學校）潛心修習，才能窺其堂奧。

二〇 「芹獻」，舊時有人以戎菽、甘枲莖、芹萍子等爲美食，對鄉人稱揚；後以「芹獻」表示自謙所贈之禮不好，亦以芹菜作爲進獻之禮而表親近的情意。蘋、藻，皆水草名。古人常採作祭祀之用，泛指祭品，或用作祭祀的代稱。〔明〕李東陽（一四四一～一五一六）〈送衍聖公聞韶襲封還闕里〉詩：「魯郡山川歸舊國，孔林蘋藻薦新盤。」並可參見前引《詩經．魯頌．泮水》。

八　中華民國一〇六年（二〇一七）

孔子誕辰釋奠大典祝文

維

中華民國一〇六年九月二十八日，恭值　大成至聖先師　孔子誕辰，臺北市政府敬設釋奠大典，總統　蔡英文，特派內政部部長葉俊榮，謹具香花時儀，肅告

聖靈曰：

忠恕一貫，性命對揚，聖功哲慧賁文明；
仁智雙彰，體用無間，禮門義路晉元亨。
三不朽，五倫常，鴻教秉彝典範閎。
六藝綱，八德目，春風化雨桃李榮。

獨善兼善，自立自強，居敬行簡心廓清；

身誠意誠，成己成物，蒙育頤養道致平。

博觀而約取，厚積而薄發，悅集會通之大成；

溫故而知新，下學而上達，樂聞木鐸之廣鳴。

好古敏求，絜靜精微，莘莘霑溉崢嶸；

篤志近思，弘毅任重，郁郁鎔鑄瓊瑛。

虔誠謹祝，麗澤鯤瀛；薪盡火傳，永續生生。

附註

一　本篇內容，「忠恕一貫」與「體用一源，顯微無間」已釋於前；「仁智雙彰，性（義）命對揚」爲新儒家巨擘牟宗三（一九〇九～一九九五）先生所標舉，亦見於前文各注，茲不贅述。〈賁〉與〈晉〉各爲《易經》二卦，取其義理爲釋。

二　「三不朽」（立德、立功、立言）、「五倫常」（君臣、夫婦、父子、兄弟、朋友，仁、義、禮、智、信）、「六藝」（禮樂射御書數、《易》《書》《詩》《禮》《樂》《春秋》）、「八德」（孝悌忠信禮義廉恥，忠孝仁愛信義和平），皆耳熟能詳，義不再述。

三　「博觀而約取，厚積而薄發」，出自〔北宋〕蘇軾（一〇三七～一一〇一）〈稼說送張琥〉。

四　「薪盡火傳」，同「薪火相傳」，典出《莊子．養生主》：「指窮於爲薪，火傳也，不知其盡也。」原意柴燒盡，火種仍可留傳。古時候比喻形骸有盡，而精神不滅；後人用來比喻學問與技藝代代相傳。

五　「永續生生」，「永續」即「不息」，「生生之謂《易》」爲《周易．繫辭傳》之定義。「生生」即「一陰一陽之謂道」，方東美（一八九九～一九七七）《生生之德》（臺北：黎明文化事業股份有限公司，一九八七年）嘗詮釋爲「創造之創造性」（Creative Creativity），足可以統攝本篇「溫故知新」、「下學上達」、「好古敏求」、「篤志近思」、「任重道遠」與「絜靜精微」之聖道、《易》教與儒理了。

九　中華民國一〇七年（二〇一八）

孔子誕辰釋奠大典祝文

維

中華民國一〇七年九月二十八日，恭值　大成至聖先師　孔子誕辰，臺北市政府敬設釋奠大典，總統　蔡英文，特派內政部部長徐國勇，謹具香花時儀，肅告聖靈曰：

道貫德昭，海東鄒魯，集大成始終彰。
樹仁培智，山茂水流長。
仰杏壇新木鐸，觀美富、萬仞宮牆。
謹庠序，明倫善誘，頤泛浩摩蒼。
傳香，開境界；軒昂器宇，志學升堂。

洽菁莪樂育，桃李騰芳。
先進後生奮勵，鵬程遠、卓越輝煌。
臺灣好，博文約禮，蕩蕩貢泱泱。

虔誠　祝告。

附註

一　「觀美富」、「萬仞宮牆」，典故出自《論語．子張》篇，叔孫武叔語大夫於朝，曰：「子貢賢於仲尼。」子服景伯以告子貢。子貢曰：「譬之宮牆，賜之牆也及肩，窺見室家之好。夫子之牆數仞，不得其門而入，不見宗廟之美，百官之富。得其門者或寡矣。夫子之云，不亦宜乎！」寓意孔夫子學問道德高深，若要求取上進，並無捷徑，唯有進黌門或泮宮（皆古代學校）潛心修習，才能窺其堂奧。

二　「泛浩摩蒼」，即「泛海摩天」，形容文辭博大高深。出自〔唐〕杜牧（八〇三～八五二）〈冬至日寄小侄阿宜詩〉五言古詩：「……經書括根本，史書閱興亡。高摘屈宋豔，濃薰班馬香。李杜泛浩浩，韓柳摩蒼蒼。近者四君子，與古爭強梁。……」

三　「洽」，此取和睦、協調，以及廣博、周遍之義。「菁莪」，比喻英才。語本《詩經．小雅．菁菁者莪》：「菁菁者莪，在彼中阿。既見君子，樂且有儀。」後比喻培育許多優秀人才。

《詩序》曰：「菁菁者莪，樂育材也，君子能長育人材，則天下喜樂之矣。」「桃李」，比喻所栽培的學生後輩。語出《詩經．召南．何彼襛矣》：「何彼襛矣，華如桃李。」典出《韓詩外傳．卷七》，《韓詩外傳》卷七：「夫春樹桃李，夏得陰其下，秋得食其實。」「桃李騰芳」，即「芳騰桃李」，形容老師深受莘莘學子的愛戴。

四

「博文約禮」，廣博的研習典籍，並依禮來約束自己的行爲。語本《論語．雍也》：「君子博學於文，約之以禮，亦可以弗畔矣夫。」香港中文大學校訓即爲「博文約禮」，並釋義曰：「知識深廣謂之『博文』，遵守禮儀謂之『約禮』。『博文約禮』爲孔子之主要教育規訓，其言載於《論語》：『子曰：君子博學於文，約之以禮，亦可以弗畔矣夫。』本校教育方針爲德智並重，故採『博文約禮』爲校訓。」

五

「蕩蕩」，廣大。《論語．泰伯》：「蕩蕩乎民無能名焉，巍巍乎其有成功也。」〔南宋〕朱熹（一一三〇～一二〇〇）集註：「蕩蕩，廣遠之稱也。」「賁」，音「必」，文飾、修飾。《易經》第二十二卦山火〈賁〉卦，飾外揚質，文質合一；〈賁．彖傳〉曰：「〈賁〉，亨。柔來而文剛，故亨。分，剛上而文柔。……剛柔交錯，天文也。文明以止，人文也。觀乎天文以察時變，觀乎人文以化成天下。」論述文與質的關係，以質爲主，以文調節。「泱泱」，原指水流的聲音很大，形容深遠廣大、氣勢宏大的樣子。語出《詩經．小雅．瞻彼洛矣》：「瞻彼洛矣，維水泱泱。」《毛傳》：「泱泱，深廣貌。」《左傳．襄公．二十九年》：「美哉，泱泱乎！大風也哉！」〔南朝．梁〕何遜〈七召．治化〉：「蕩蕩薰風，泱泱大典。」〔北宋〕范仲淹（九八九～一〇五二）〈桐廬郡嚴先生祠堂記〉：「雲山蒼蒼，江水泱泱。」

十　中華民國一〇八年（二〇一九）

孔子誕辰釋奠大典祝文

維

中華民國一〇八年九月二十八日，恭值　大成至聖先師　孔子誕辰，臺北市政府敬設釋奠大典，總統　蔡英文，特派內政部部長徐國勇，謹具香花時儀，肅告聖靈曰：

鯤瀛首善，菁英淵匯，經綸創養文華。
泮藻櫺星，禮門義路，明倫聖哲儒家。
弘道綻奇葩，盡心秉彝德，海角天涯。
六藝彬彬，歸仁返本化昏庥。

金聲玉振亨嘉，美童生佾舞，秋實春花。

師府碩芝，仰山志學，諄諄教誨才娃。光霽吐新芽，詠弦歌作育，璀璨朝霞。繼往開來大業，刮目世傳誇。

虔誠　祝告。

附註

一　本文借用雙調〈望海潮〉詞牌，上闋五十三字，十一句，五平韻；下闋五十四字，十一句，六平韻，共計一〇七字，通押「下平聲：六麻」韻，一韻到底，以抒發含弘開闊、氣韻圓融的情思意趣。

二　「鯤瀛」，「臺灣」雅稱，亦名「鯤島」。所謂「鯤」，傳說是古代一種很壯大威武的魚，典出《莊子．逍遙遊》：「北冥有魚，其名爲鯤；鯤之大，不知其幾千里也。」「瀛」爲海，臺灣寶島橫臥在太平洋萬頃碧濤之中，傲視四周蕞爾小島，故以「鯤島」稱之，最爲傳神。「首善」，此爲首都「臺北」代稱，典出《史記．儒林列傳》：「故教化之行也，建首善自京師始，由內及外。」意謂實施教化自京師開始，京師爲四方的模範，後因以「首善」指首都。

三　「經綸」，本義爲整理絲縷、理出絲緒和編絲成繩；引申爲籌劃治理國家大事，亦指治理國家的抱負和才能。語出《周易．屯．大象傳》：「雲雷，〈屯〉；君子以經綸。」《禮記．中庸》：「唯天下之至誠，爲能經綸天下之大經，立天下之大本，知天地之化育。」

四　「泮」，音「判」，即「泮宮」，原爲古代學校之代稱，「泮池」則爲古代學宮前的水池。此指臺北孔廟「萬仞宮牆」之後的「泮池」，誠如〔南宋〕朱熹（一一三〇～一二〇〇）〈觀書有感〉：「半畝方塘一鑑開，天光雲影共徘徊。問渠哪得清如許？爲有源頭活水來。」「藻」，泛指水草，此代指文采才華，故〔北宋〕蘇轍（一〇三九～一一一二）〈簡學中諸生〉云：「泮水秋生藻荇涼，暮窗燈火亂螢光。圖書粗足惟須讀，菽粟才供且自強。羽籥暗催新節物，弦歌不廢近詩章。腐儒最喜南遷後，仍見西雝白鷺行。」「櫺」，音「靈」，通作「欞」，爲門或窗檻、欄杆上雕花的方格子。「櫺星」，指孔廟「櫺星門」。櫺星門在明代爲南郊、祭壇、學宮、文廟及親王府重要的大門；傳統孔廟建築中軸線上的第一座門是櫺星門，傳說櫺星是天上的文星，又稱「文曲星」，將孔子（丘，仲尼，公元前五五一～前四七九）比作文曲星，因此而得名。

五　「禮門義路」，意指君子應遵行的禮義之道。語出《孟子．萬章下》：「夫義，路也；禮，門也。惟君子能由是路，出入是門也。」孔廟在位於大成門與櫺星門間的圍牆上，有兩個小門作爲平常通行之用，朝東的稱爲「禮門」，朝西的稱爲「義路」，分別在孔廟的左右兩側，是孔廟主要殿堂的入口。其以禮義爲名，表示請求孔子之道，必須遵循禮義。孔廟以「大成殿」爲中心，平時大成門與櫺星門並不開啓，進入時須由位於大成門與櫺星門間的禮門、義路兩個路徑，才能進入孔廟的殿堂。從黌門進去，經過禮門就可通往櫺星門與泮池。由禮門、義路出入，表示爲人要循禮蹈義，亦暗示爲學須通五經，欲知孔子之道並無捷徑，因此期望著每個人時時都要遵循著禮義走向人生道路，具有鼓勵後勁自立自強的涵義。

六　「明倫」，出自《孟子．滕文公上》：「夏曰校，殷曰序，周曰庠，學則三代共之，皆所以明人倫也。」明倫為瞭解宗法制度概念下的人際關係，以及儒學對社會的認知。宗法制度是將建構早期社會的家庭血緣關係進一步制度化與神聖化，主要包括「尊尊、親親、賢賢、男女有別」四個人際的關係。孔子以為社會的構成主要包括社會的秩序性與社會的親和性兩個因素，而社會的秩序性必須建立在「尊尊、長長」等血緣的自然差別上，並以「親親」這種親子之愛作為社會親和的動力。「親親」為「仁」，具有秩序及親和的社會就是一種「禮」的表現。因此，明倫正是儒學的基礎，儒學體系的學校講堂也因而以明倫作為主要的名稱。孔廟旁設明倫堂，即相當於古時官辦學校的教室。儒家講究倫常，稱生員上課的教室為「明倫堂」。「明倫堂」為儒學講堂最常用的名稱，「全臺首學」臺南市孔子廟亦不例外。

七　「弘道」，除指弘揚道統之義外，亦指孔廟「弘道祠」。案：中華民國九十五年（二〇〇六），臺北市政府在儀門東側設置弘道祠，表彰對大臺北地區教育、文化有具體卓越貢獻、德術兼備者。原先入祀人選範圍廣闊，包括劉銘傳（一八三六～一八九六）、蔣渭水（一八九一～一九三一）、連橫（一八七八～一九三六），但該年五月二日市府決議侷限在教育、文化、孔子及儒學的範圍。該年九月二十三日，大龍峒士紳陳維英（一八一一～一八六九）首先入祠，由時任市長的馬英九（一九五〇～）擔任主祭官，教育局長吳清基（一九五一～）、文化局副局長李斌擔任陪祭官，鍾則良擔任奉神官，陳維英後代陳文德、陳澤南、陳錫說、陳俊良等擔任與祭官。

八　「盡心」，竭盡心思，此取義於《孟子．盡心上》：「盡其心者，知其性也。知其性，則知天矣。存其心，養其性，所以事天也。殀壽不貳，修身以俟之，所以立命也。」「彝」，音「宜」，古代盛酒的器具或宗廟常用的祭器；引申為常道、常法。「秉彝」，意指秉持執守常道、常法。「秉彝德」，典出《詩經．大雅．烝民》：「天生烝民，有物有則；民之秉彝，好是懿德。」

九　「海角天涯」，原用來形容偏僻或相距遙遠的地方。在此意指教育文化的作用與影響，即使相隔遙遠的地方，都能受到霑溉與潤澤。

一〇　「六藝」，一指禮樂射御書數，在於培養「仁（禮樂）、勇（射御）、智（書數）」三達德。一指《詩》《書》《禮》《樂》《易》《春秋》六經，意在培養文化道德充實圓全之君子。「彬彬」，形容文質兼備，後用以形容人的行為文雅有禮。語出《論語．雍也》：「質勝文則野，文勝質則史；文質彬彬，然後君子。」

一一　「歸仁」，回歸孔子（丘，仲尼，公元前五五一～前四七九）學說思想的核心——「仁」，此為所謂「攝禮歸仁」之意，以「仁」收攝一切道德原則，以達到「仁禮合一」的境界。孔子經過「攝禮歸義」與「攝禮歸仁」兩層思想的遞進，將「禮」從現實的制度意義，提升到了「仁義」的境界意義。所謂「攝禮歸義」，就是為「禮」確立一個價值標準，「禮」必須用「義」來證明自己的合法性。「禮」的進一步提升就是「攝禮歸仁」，即將這個判斷自己的標準再落實到自己的內心道德情感中，「禮」的「本」在於人的道德情感和思想中。至此，在孔子的思想體系中，就達到了「仁禮合一」，「禮」的形式與「仁」的情感完全溝通起來。

一二　「金聲玉振」，義爲以鐘發聲，以磬收韻，奏樂從始至終。比喻音韻響亮、和諧；也喻人的知識淵博，才學精到。典出《孟子．萬章下》：「集大成也者，金聲而玉振之也。金聲也者，始條理也；玉振之也者，終條理也。始條理者，智之事也；終條理者，聖之事也。」以此形容孔子（丘，仲尼，公元前五五一～前四七九）爲「集大成」之「聖之時者」，曲阜孔廟入口立有「金聲玉振」門坊，各地孔廟多模仿而設立。「亨嘉」，亨通美好的祭祀典禮，取義於《周易．乾．文言傳》：「亨者，嘉之會也。……嘉會，足以合禮。」

一三　「佾」，音「義」，隊伍的行列。「佾舞」，爲「釋奠佾舞」簡稱，又稱「丁祭佾舞」，祭祀大成至聖先師孔子（丘，仲尼，公元前五五一～前四七九）之佾舞。依不同編制又分六佾舞與八佾舞，是釋奠典禮的祭禮中所表演的舞蹈。

一四　「秋實春花」，爲協韻而顛倒詞序，原作「春華（花）秋實」，本義爲春天開花，秋天結果的自然景象。後世引申，產生兩種意義：一爲比喻文質，各擅其勝。「春華」喻文，多指文采，「秋實」喻質，多指內涵。二爲比喻努力與成果過程的因果關係，即有「春華」才有「秋實」之意。後多以此比喻人的文采和德行；又指因學識淵博，而明於修身律己，品行高潔。典出《後漢書》卷五十二〈崔駰列傳〉：「春發其華，秋收其實，有始有極，爰登其質。」（北齊）顏之推（五三一～五九一）《顏氏家訓．勉學》：「古之學者爲己，以補不足也；今之學者爲人，但能說之也。古之學者爲人，行道以利世也；今之學者爲己，脩身以求進也。夫學者猶種樹也，春玩其華，秋登其實；講論文章，春華也，脩身利行，秋實也。」

一五　「師府」，即俗稱之「老師府」，原爲「陳悅記祖宅」，乃清末大龍峒碩儒陳維英（一八一一～一八六九）之父陳遜言（一七六九～一八四七）所建，建於嘉慶十二年（一八〇七），爲臺灣北部典型的同安厝，由兩座四合院雙拼構成，也是臺北市內規模最大的古宅。「悅記」並非人名，而是陳家家譜的公業統號，其宅內有對聯曰：「悅心只在讀書會意，記憶勿忘創業維艱。」陳維英曾爲閩縣教諭，一生作育英才無數，鄉里百姓皆尊稱其爲「老師」，故其居所自然就是「老師府」了。因與孔廟同區，培育臺灣莘莘學子無數，故以之代表臺灣教育之先聲。「碩芝」，原爲清末大龍峒碩儒陳維英（一八一一～一八六九）之字，在此亦比喻其作育之英才，多爲臺灣早期如芝蘭之碩學鴻儒。

一六　「仰山志學」，可以直接望文生義；但在此，則隱含三義，爲「仰山書院」、「明志書院」與「學海書院」之縮語簡稱。清末大龍峒碩儒陳維英（一八一一～一八六九）對於臺灣最大的貢獻爲教育，曾在噶瑪蘭（宜蘭）創辦「仰山書院」，又曾任教於泰山「明志書院」，並任艋舺（萬華）「學海書院」院長，爲人師表，桃李滿門，正可與「萬世師表，至聖先師」之孔子（丘，仲尼，公元前五五一～前四七九），先後輝映。

一七　「光霽」，爲「光風霽月」的縮語。「霽」，音「濟」，雨雪停止。「光風霽月」，形容雨過天晴時萬物明淨的景象；比喻開闊的胸襟和心地；也比喻政治清明，時世太平的局面。語出〔北宋〕黃庭堅（一〇四五～一一〇五）《豫章集．濂溪詩序》：「春陵周茂叔，人品甚高，胸懷灑落，如光風霽月。」《宋史》卷四二七〈道學傳一．周敦頤傳〉：「人品甚高，胸懷灑落，如光風霽月。」

一八　「弦歌」，指禮樂教化、學習誦讀。《論語·陽貨》：「子之武城，聞弦歌之聲，夫子莞爾而笑曰：『割雞焉用牛刀？』子游對曰：『昔者，偃也聞諸夫子曰：君子學道則愛人，小人學道則易使也。』子曰：『二三子，偃之言是也，前言戲之耳。』」〔唐〕劉禹錫（七七二～八四二）〈國學新修五經壁記〉：「俾我學徒，弦歌以時。」〔明〕李東陽（一四四一～一五一六）〈九橋書屋爲京學陳教授作〉詩：「猶有弦歌遺業在，誤疑家塾是黌宮。」〔清〕劉大櫆（一六九八～一七七九）〈問政書院記〉：「弦歌以和其心，誦讀以探其義。」「作育」，爲「作育英才」、「作育菁莪」之縮語。意謂培養優秀的人才。

一九　「璀璨」，形容珠玉等光彩鮮明，非常絢麗；也用於人或事物。出自〔東漢〕王延壽（生卒年不詳）〈魯靈光殿賦〉：「汨磑磑以璀璨，赫燡燡而燭坤。」「朝霞」，日出時，太陽映照的雲彩。語出〔戰國·楚〕屈原（公元前三四〇～前二七八）〈遠遊〉：「餐六氣而飲沆瀣兮，漱正陽而含朝霞。」〔西晉〕張協（？～三〇七）〈雜詩〉十首之四：「朝霞迎白日，丹氣臨暘谷。」於此比喻欣欣向榮、蒸蒸日上的教育文化事業。

二〇　「刮目」，爲「刮目相待」、「刮目相看」之縮語。原指將眼前舊有的認識刮除，重新看待。後形容用新的眼光來看待人，含有重新評定、認識的意義。典出《三國志》卷五十四《吳書·周瑜魯肅呂蒙傳·呂蒙》〔南朝·宋〕裴松之（三七二～四五一）注引，三國時吳將呂蒙（一七八～二一九）「士別三日，即更刮目相待」的故事。於此形容臺灣教育日新月異，出類拔萃，令世界各國刮目相待。

十一　中華民國一〇九年（二〇二〇）

孔子誕辰釋奠大典祝文

維

中華民國一〇九年九月二十八日，恭值　大成至聖先師　孔子誕辰，臺北市政府敬設釋奠大典，總統　蔡英文，特派內政部部長徐國勇，謹具香花時儀，肅告

聖靈曰：

乾坤四海，志毅神凝。孔仁孟義，性命知能。

昭明日月，富美岡陵。川流敦化，道貫準繩。

禮崩樂壞，儒紹世仍。聖心三統，教育傳承。

彬彬史野，郁郁文燈。遷移播衍，寶島復興。

騂騮騏驥，鸞鳳鵾鵬。後生先進，楨幹股肱。

良師益友，高士遠朋。憂患安樂，臨履戰兢。

弗偏弗倚，不驕不矜。修德講學，善勸惡懲。

微顯幽闡，體精用弘。中庸誠敬，位育咸恆。

豐功煒煒，偉業層層。秋嘗膴膴，歲奠烝烝。

靈光殿立，大雅堂升。馨香俎豆，虔祝式憑。

附註

一　本文通押「下平聲：十蒸」韻，一韻到底，以抒發聲韻圓融、道志光大的文情氣象。總共十段，每段四句，每句四字，合計一六〇字。

二　「乾坤」，指稱天地。《周易．說卦傳》：「〈乾〉爲天，……〈坤〉爲地。」〔東漢〕班固（三二～九二）〈典引〉：「經緯乾坤，出入三光。」「四海」，古代認爲中國四周環海，因而稱四方爲「四海」，也泛指天下、世界各處。《尚書．禹貢》：「四海會同，六府孔修。」〔西漢〕賈誼（公元前二〇〇～前一六八）〈過秦論〉：「有席捲天下，包舉宇內，囊括四海之意。」

三　「性命」，指萬物的天賦與稟受。《周易．乾．彖傳》：「〈乾〉道變化，各正性命。」〔唐〕孔穎達（五七四～六四八）疏：「性者，天生之質，若剛柔遲速之別；命者，人所稟受，若貴賤夭壽之屬也。」〔南宋〕朱熹（一一三〇～一二〇〇）《周易本義》：「物所受爲性，天所賦爲命。」「知能」，此指良知、良能。人不經學習就能做的是「良能」，不用思考就知道的是「良知」；人的這種良知良能，要求實踐仁義。因此，要做人，就必須順從及實踐此一良知良能。語出《孟子．盡心上》：「人之所不學而能者，其良能也；所不慮而知者，其良知也。孩提之童，無不知愛其親者；及其長也，無不知敬其兄也。親親，仁也；敬長，義也。無他，達之天下也。」

四　「富美」，指「宗廟之美，百官之富」，形容孔子（丘，仲尼，公元前五五一～前四七九）之道精深艱難，入門一窺堂奧者少。典出《論語．子張》：「叔孫武叔語大夫于朝曰：『子貢賢于仲尼。』子服景伯以告子貢，子貢曰：『譬之宮牆，賜之牆也及肩，窺見室家之好。夫子之牆數仞，不得其門而入，不見宗廟之美，百官之富。』」「岡陵」，山岡與丘陵，因其連綿起伏，形容長久永恆。語出《詩經．小雅．天保》：「如山如阜，如岡如陵。」

五　「川流敦化」，即「小德川流，大德敦化」縮語。語出《中庸》：「萬物並育而不相害，道並行而不相悖。小德川流，大德敦化。此天地之所以爲大也。」萬物同時生長而不相妨害，日月運行、四時更替彼此不相違背。小的德行，好比河川分流，川流不息；大的德行，如敦厚化育，根深葉茂，無窮無盡。這就是天地之所以偉大的道理。

六　「禮崩樂壞」，指封建禮教的規章制度遭到極大的破壞。語出《論語．陽貨》：「三年之喪，期已久矣。君子三年不爲禮，禮必壞；三年不爲樂，樂必崩。」禮在中國古代是社會的典章制度和道德規範。此指周代封建制度的規章制度遭到極大的破壞，寓意社會制度和文化秩序遭遇重大變局，亟需內聖外王之人改進。「仍」，因襲、依舊、接續。《論語．先進》：「仍舊貫如之何？何必改作？」

七　「聖心」，德智完備的仁心。「三統」，指道統、政統與學統。「道統」，即中華文化主幹中最爲人們尊崇的信仰、倫理的傳統，這是中華民族之魂。「道統」，堯舜肇其端，孔子定其型，孟、荀張大之，至宋則二程（程顥、程頤）、朱子（熹，一一三〇～一二〇〇）、象山（陸九淵，一一三九～一一九三）豐富之，最後集大成於王陽明（守仁，一四七二～一五二九）。如果說「道統」是基因，「學統」則可以說是遺傳的途徑。「學統」爲了維護道統，會隨著時代、地域的改變而演化。十九世紀中葉，中華文化受到西學的衝擊，經過一段艱苦探索，形成了由熊十力（一八八五～一九六八）、馮友蘭（一八九五～一九九〇）、錢穆（一八九五～一九九〇）、方東美（一八九九～一九七七）、徐復觀（一九〇四～一九八二）、牟宗三（一九〇九～一九九五）、唐君毅（一九〇九～一九七八）等一系列學界翹楚建構的「新學統」。兩岸隔絕數十年，而當兩岸學者相會時發現，彼此「學統」之變大同小異，這有力證明中華「道統」之不可摧滅。此外，「政統」即政權延續、轉換的脈絡。值得注意的是，中華民族自古「政統」的變化，無礙於上述二「統」的發展進步，即使華夏陸沉，「道統」、「學統」依舊在，而經過痛苦的洗禮之後，還會煥發出更爲耀眼的光芒。

八　「彬彬史野」，典出《論語・雍也》第十六章，子曰：「質勝文則野，文勝質則史；文質彬彬，然後君子。」「質」，本質，指內在或先天的本質。「文」，文采，指外加或後天的文采。「野」，鄉野之人，指樸質如鄉野之人。「史」，掌文書的官員，指文采斐然，有如掌文書的官員；其人外表文雅，詞采華飾，然或有眞誠不足之失。「彬彬」，調配勻稱的樣子；「文質彬彬」，樸質與文采調適均衡。「質」是「文」的基礎，「文」是「質」的昇華，只有文質並茂，才是「君子」中庸之道的最高境界。

九　「郁郁」，文采豐富、盛美的樣子。語出《論語·八佾》：「周監於二代，郁郁乎文哉！吾從周。」〔北宋〕邢昺（九三二～一〇一〇）疏：「郁郁，文章貌。」

一〇　「驊騮」、「騏驥」，都是駿馬、良馬，用來比喻才華出眾、傑出的人才。語出《莊子·外篇·秋水》：「騏驥驊騮，一日而馳千里。」「鸞鳳」、「鵾鵬」，都是鳥名，比喻賢能的才俊之士。如《楚辭·賈誼·惜誓》：「獨不見夫鸞鳥之高翔兮，乃集大皇之野。」「鵾鵬」，傳說中的大鳥名。語本《莊子·逍遙遊》：「北冥有魚，其名爲鯤，鯤之大，不知其幾千里也。化而爲鳥，其名爲鵬。鵬之背，不知其幾千里也。」「鯤」，後訛爲「鵾」。後常以「鵾鵬」比喻才能卓異、志向高遠的人。如〔東晉〕葛洪（二八三～三四三）《抱朴子·守塉》：「鵾鵬戾赤霄以高翔，鶺鴒傲蓬林以鼓翼。」

一一　「楨榦」，古代築牆時所用的木柱，豎在兩端者爲「楨」，豎在兩旁者爲「榦」。後比喻作骨幹人員，或指重要起決定作用的人或事物。語出《尚書·費誓》：「峙乃楨榦。」〔西漢〕匡衡（生卒年不詳）〈上政治得失疏〉：「朝廷者，天下之楨榦也。」《三國志·吳志·陸凱傳》：「姚信、樓玄、賀邵、張悌、郭逴、薛瑩、……，皆社稷之楨榦，國家之良輔。」「股肱」，指腿與胳膊，意爲輔弼、襄贊之人。語出《尚書·虞書·益稷》，帝曰：「臣作朕股肱耳目。予欲左右憂民，汝翼。」

一二　「憂患安樂」，即「生於憂患，死於安樂」之意。出自《孟子·告子下》：「舜發於畎畝之中，傅說舉於版築之閒，膠鬲舉於魚鹽之中，管夷吾舉於士，孫叔敖舉於海，百里奚舉於市。故天將降大任於是人也，必先苦其心志，勞其筋骨，餓其體膚，空乏其身，行拂亂其所爲，所以動心忍性，曾益其所不能。人恆過，然後能改；困於心，衡於慮，而後作；徵於色，發於聲，而後喻。入則無法家拂士，出則無敵國外患者，國恆亡。然後知生於憂患，而死於安樂也。」

一三　「臨履戰兢」，即「臨深履薄，戰戰兢兢」，形容小心翼翼，唯恐稍一不慎就出問題。語出《詩經．小雅．小旻》：「戰戰兢兢，如臨深淵，如履薄冰。」比喻戒愼恐懼，十分小心。

一四　「弗偏弗倚」，即「不偏不倚」，原指儒家的中庸之道，現多指不偏袒或不偏向於任何一方，表示中立或公正。語出〔南宋〕朱熹（一一三〇～一二〇〇）《中庸章句》題注：「中者，不偏不倚，無過不及之名。」「不驕不矜」，不驕傲、不自大。如《國語．越語》：「天道盈而不溢，盛而不驕，勞而不矜其功。」

一五　「修德講學」，取義於《論語．述而》第七章，子曰：「德之不脩，學之不講，聞義不能徙，不善不能改，是吾憂也。」「善勸惡懲」，即「懲惡勸善」，也作「勸善懲惡」，意指對邪惡懲戒，以鼓勵人爲善。語本《左傳．成公．十四年》：「《春秋》之稱，微而顯，志而晦，婉而成章，盡而不汙，懲惡而勸善，非聖人誰能修之？」

一六　「微顯幽闡」，顯示細微之事，說明隱幽之理，使之顯見著明。語出《周易．繫辭下傳》：「夫《易》彰往而察來，而微顯闡幽。」

一七　「位育」，取義於「中和位育」，是儒家修養工夫之極致。「中和」是目的，不偏不倚，諧調適度；「位育」是手段，各守其分，適應處境。出自《中庸》開篇：「喜怒哀樂之未發，謂之中；發而皆中節，謂之和。中也者，天下之大本也；和也者，天下之達道也。致中和，天地位焉，萬物育焉。」「咸」、「恆」為《周易》下經第一、二卦，此取其「感通」與「永恆」之義理。

一八　「燁燁」，音「業業」，光鮮明亮的樣子。

一九　「秋嘗」，古代秋天的祭祀之一。《詩經・小雅・天保》：「禴祠烝嘗，于公先王。」「膴膴」，音「武武」，原指肥美，此形容豐美盛大的樣子。語出《詩經・大雅・綿》：「周原膴膴，堇荼如飴。」烝烝，音義同「蒸蒸」，原為盛美、豐富的樣子，此表祭典盛大、德業淳厚之義。語出《尚書・堯典》：「克諧以孝烝烝，乂不格姦。」《詩經・魯頌・泮水》：「烝烝皇皇，不吳不揚。」

二〇　「靈光殿」是西漢景帝之子魯恭王劉餘（約公元前一六〇～前一二八）在魯國曲阜建造的宮殿，其建築規模宏大，雄偉壯觀。東漢文學家王延壽（生卒年不詳？～？）曾作著名的〈魯靈光殿賦〉。後世人至曲阜觀光遊覽，憑弔古蹟，作詩寫賦之時，每每憶及「魯殿靈光」，因此也比喻為碩果僅存的人或事物。「大雅堂」，即「大雅之堂」，高雅的廳堂；在此比喻高雅完美的境界。

二一　「式憑」，也作「式凴」，依靠、依附。語見《明史・李賢傳》：「此堯舜之用心也，天地祖宗實式憑之。」連橫（雅堂，一八七八～一九三六）《臺灣通史・序》最後「實式憑之」一語同此。「式」通「軾」，本義是古代車前的「橫木」，供人在車廂內依托憑藉，以望向前方防止外跌之用，後引申為「法則」、「模範」、「儀式」或「規格」之意。

十二　中華民國一一〇年（二〇二一）

孔子誕辰釋奠大典祝文

維

中華民國一一〇年九月二十八日，恭值　大成至聖先師　孔子誕辰，臺北市政府敬設釋奠大典，總統　蔡英文，特派內政部部長徐國勇，謹具香花時儀，肅告

聖靈曰：

生生易簡，德業芬芳。歲時綿邈，日月同光。
工夫久大，宇宙心綱。新知培養，舊學商量。
聖賢經典，至道天常。不刊鴻教，作毓均庠。
居仁肅禮，廣樂含章。春風藹吉，化雨溫良。
海濱華胄，鄒魯肯堂。文開沈祖，創格鄭王。
思齊往哲，郁郁蒼蒼。陶鎔達士，濟濟鏘鏘。

薪傳紹繼，煥發隆昌。神通千古，志貫四方。
胸懷世界，攬轡玄黃。揚才適性，啓沃無疆。
彬彬蔚蔚，習習洋洋。朓朓浩浩，穆穆泱泱。
盡善盡美，禱祝馨香。

附註

一　本文通押「下平聲：七陽」韻，一韻到底，聲情含弘光大，韻致典雅圓融。主文總共九段，每段四句；結語一段二句，每句皆四字；合計一五二字。

二　「生生」，即是不息、永續，意謂生命繁衍，孳育不絕；也代表天地乾坤生生不息、永續發展之意。典出《周易．繫辭上傳．第五章》說：「天地之大德曰生」、「日新之謂盛德」、「生生之謂《易》」。〈乾坤．彖傳〉曰：「大哉〈乾〉元，萬物資始。」「至哉〈坤〉元，萬物資生。」都是《周易．繫辭傳》中的核心概念。「易簡」與「德業」，典出《周易．繫辭上傳．第一章》：「〈乾〉知大始，〈坤〉作成物。〈乾〉以易知，〈坤〉以簡能。易則易知，簡則易從。易知則有親，易從則有功。有親則可久，有功則可大。可久則賢人之德，可大則賢人之業。易簡而天下之理得矣。天下之理得，而成位乎其中矣。」因此，易、德即是〈乾〉天健，簡、業即是〈坤〉地順，以此指涉天地〈乾〉〈坤〉之盛德大業，在於化育萬物，綿延不已，生生不息，日新又新，自生自成。

三　「歲時」，即是歲月、時光之意。〔中唐〕韓愈（七六八～八二四）〈贈族侄〉詩：「歲時易遷次，身命多厄窮。」「綿邈」，即是悠遠之意，亦作「緜邈」，〔南朝·梁〕劉勰（四六〇～五二二）《文心雕龍·史傳》：「開闢草昧，歲紀綿邈，居今識古，其載籍乎？」「日月同光」，與日月同放光輝，形容人的精神品格，或所做的貢獻極其偉大。語出〔西漢〕劉安（公元前一七九～前一二二）《淮南子·俶眞訓》：「能遊冥冥者，與日月同光。是故，以道爲竿，以德爲綸，禮樂爲鉤，仁義爲餌，投之於江，浮之於海，萬物紛紛，孰非其有？」

四　「工夫久大」，乃化用〔南宋〕心學開山鼻祖陸九淵（一一三九～一一九三）〈鵝湖會詩〉：「墟墓興哀宗廟欽，斯人千古不磨心。涓流積至滄溟水，拳石崇成泰華岑。易簡工夫終久大，支離事業竟浮沉。欲知自下升高處，眞僞先須辨只今。」此詩重點在側重「尊德性」，力主發人之本心。強調人的心性古今不易，不應遠離本心，而窮究枝微末節的古書文句。「宇宙心綱」，則是化用陸九淵故事：傳說陸九淵三、四歲時，問其父「天地何所窮際」，父笑而不答，他就日夜苦思冥想。長大後讀古書至「宇宙」二字解說時，終於弄明白了其中奧妙。他說「四方上下曰爲宇，往來古今曰爲宙。元來無窮，人與天地萬物皆在無窮中者也。宇宙內事，乃己分內事；己分內事，乃宇宙內事。宇宙便是吾心，吾心即是宇宙。萬物森然於方寸之間，滿心而發充塞宇宙，無非如此。」陸九淵從小就聰穎好學，喜歡究問根柢，提出自己的見解。因此，他認爲客觀世界（宇宙）的規律與人的主觀思想（心）是同一的。

五　「新知培養，舊學商量」，二句化用〔南宋〕理學集大成朱熹（一一三〇～一二〇〇）〈鵝湖會詩〉：「德業流風夙所欽，別離三載更關心。偶攜藜杖出寒谷，又枉籃輿度遠岑。舊學商量加邃密，新知培養轉深沉。只愁說到無言處，不信人間有古今。」詩中除了問候的語句外，還聲明自己有好好消化鵝湖會上的各種意見，但仍然質疑對方「只重視不能言說的本心、甚至認爲古今的人世沒有差異」的看法。朱熹側重「道問學」，他認爲治學的方法，最好是「居敬」與「窮理」，二者相互把持運用。同時，朱熹強調「格物致知」，認爲「格物」就是窮盡事物之理；「致知」就是推致其知，以至其極。

六　「聖賢經典」，主要指歷代聖人、賢者所撰述與編撰的經典著作，如《十三經》等即是。「至道」，指最好的學說、道德或政治制度。語出《禮記．學記》：「雖有嘉肴（餚），弗食，不知其旨也；雖有至道，弗學，不知其善也。」又《禮記．表記》：「道有至，義有考。至道以王，義道以霸，考道以爲無失。」（宋元之際）陳澔（一二六〇～一三四一）《禮記集說》引應氏曰：「至道，即仁也。至道渾而無跡，故得其渾全精粹以爲王。」「天常」，指自然界的常規。

七　「不刊鴻教」，語出（南朝．梁）劉勰（四六〇～五二一）《文心雕龍．宗經》：「三極彝訓，其書曰經。經也者，恆久之至道，不刊之鴻教也。故象天地，效鬼神，參物序，制人紀，洞性靈之奧區，極文章之骨髓者也。皇世《三墳》，帝代《五典》，重以《八索》，申以《九丘》。歲歷綿曖，條流紛糅，自夫子刪述，而大寶咸耀。於是《易》張《十翼》，《書》標七觀，《詩》列四始，《禮》正五經，《春秋》五例。義既埏乎性情，辭亦匠於文理，故能開學養正，昭明有融。然而道心惟微，聖謨卓絕，牆宇重峻，而吐納自深。譬萬鈞之洪鐘，無錚錚之細響矣。」「作毓均庠」，「作毓」同「作育」，培養、造就，教育、培育之意。〔明〕李東陽（一四四七～一五一六）〈重建成都府學記〉：「雖道德勳業與時高下，而作育之效，磋切之益，皆不可誣。」「均庠」，皆指古代學校。均，成均，古之大學；亦泛稱官設的最高學府，如韓國「成均館」。庠，音「祥」，古代稱學校；庠、序，古代鄉學，泛指學校。

八 「居仁」，即「居仁由義」縮語，意謂用心於仁愛，行事遵循義理。典出《孟子．盡心上》：「居仁由義，大人之事備矣。」〔南宋〕陸游（一一二五～一二一〇）《老學庵筆記》卷三：「居仁由義吾之素，處順安時理則然。」「肅禮」，恭敬莊嚴行禮之意，已故著名文字學家魯實先（一九一三～一九七七）先生曾親書甲骨文字對聯，贈予本師黃慶萱（一九三二～二〇二二）教授：「肅禮先賢爲敦品之首，作毓後進在教學之餘。」「廣樂」，爲推廣、宏闊樂教之意；「含章」，包藏美質，語出《周易．坤六三》爻辭：「六三，含章可貞。或從王事，無成有終。」〈小象傳〉：「含章可貞，以時發也。或從王事，知光大也。」意謂有美德而不顯耀，懷才華而不顯露，含蓄處世，藏善，以待時機，施展自己。

九 「春風藹吉，化雨溫良」，比喻師長和藹親切的教導，良好的薰陶和教育；也意指教育生活和樂安詳。「春風化雨」，係由「春風」及「化雨」二語詞組合而成。「春風」，春風吹拂，化育萬物。典出〔西漢〕劉向（公元前七七～前六）《說苑》卷五〈貴德〉：「孟簡子相梁并衛，有罪而走齊，管仲迎而問之曰：『吾子相梁并衛之時，門下使者幾何人矣？』孟簡子曰『「門下使者有三千餘人。」管仲曰：『今與幾何人來？』對曰：『臣與三人俱。』仲曰：『是何也？』對曰：『其一人父死無以葬，我爲葬之；一人母死無以葬，亦爲葬之；一人兄有獄，我爲出之。是以得三人來。』管仲上車曰：『嗟茲乎！我窮必矣，吾不能以春風風人；吾不能以夏雨雨人，吾窮必矣。』」「化雨」，雨水灌育草木，典出《孟子．盡心上》，孟子曰：「君子之所以教者五：有如時雨化之者，有成德者，有達財者，有答問者，有私淑艾者。此五者，君子之所以教也。」

一〇　「海濱華冑，鄒魯肯堂」，化用母校臺南一中校歌「海濱華冑，鄒魯文風」詞句，指自中國大陸遷徙臺灣的子民，保留並發揚了孔孟中華文化。「華冑」，指中華後代子孫；「鄒魯」，孔子（丘，仲尼，公元前五五一～前四七九）爲魯人，孟子（軻，子輿，公元前三七二～前二八九）爲鄒人，故稱文教鼎盛的地方爲「鄒魯」。「肯堂」，爲「肯堂肯構」縮語，堂爲立堂基，構爲蓋屋；原來意謂兒子連房屋的地基都不肯做，哪裏還談得上肯蓋房子？後反其意而用之，比喻兒子能繼承父親的事業。典出《尙書．大誥》：「若考作室，既厎法，厥子乃弗肯堂，矧肯構？」以作室喻治政。父已致法，子乃不肯爲堂基，況肯構立屋乎？

一一　「文開沈祖，創格鄭王」，也是化用母校臺南一中校歌「思齊往哲，光文沈公。愛吾國，愛吾民。臺南一中，無負鄭成功」詞句。「文開沈祖」，指被譽爲「海東文獻初祖」臺灣先賢沈光文（文開，斯庵，一六一二～一六八八）。「創格鄭王」，指「開臺聖王」、「延平郡王」鄭成功（一六二四～一六六二）；「創格」，語出臺南延平郡王祠沈葆楨（一八二〇～一八七九）親寫一副對聯：「開萬古得未曾有之奇，洪荒留此山川，作遺民世界。極一生無可如何之遇，缺憾還諸天地，是刱（創）格完人。」

一二　「思齊往哲」，見賢思齊過往的聖哲，化用母校臺南一中校歌「思齊往哲，光文沈公」。「郁郁」，文采豐富、盛美的樣子。語出《論語・八佾》：「周監於二代，郁郁乎文哉！吾從周。」〔北宋〕邢昺（九三二～一〇一〇）疏：「郁郁，文章貌。」「蒼蒼」，茂盛、眾多的樣子。

一三　「陶鎔」，陶冶鎔鑄。「達士」，明智達理之士，也指見識高超、不同於流俗的人。《呂氏春秋・知分》：「達士者，達乎死生之分。」《後漢書・仲長統傳》：「至人能變，達士拔俗。」〔盛唐〕杜甫（七一二～七七〇）〈寫懷〉詩之一：「達士如弦直，小人似鉤曲。」「濟濟鏘鏘」，也作「濟濟蹌蹌」，《詩經・小雅・楚茨》：「濟濟蹌蹌，絜爾牛羊。」眾多而威武、莊敬而敬慎的樣子，也形容人多而容止有節。

一四　「薪傳紹繼」，薪火相傳，承先啓後，傳延繼承。「煥發隆昌」，光彩四射，隆盛興昌。

一五　「神通千古，志貫四方」，精神要通達古今，志向要貫徹四方，一指時間，一指空間。

一六　「胸懷世界，攬轡玄黃」，母校臺南一中典藏已故校長李昇（一九一七～二〇〇四）書聯：「胸懷攬轡澄清志，腹滿經綸濟世才。」「攬轡」，拉住馬韁。「攬轡澄清」，表示刷新政治，澄清天下的抱負；也比喻人在負責一件工作之始，即立志要刷新這件工作，把它做好。「玄黃」，天玄地黃，此指天地、世界之意。

一七　「揚才適性」，即「適性揚才」，「適性揚才」是現代教育的主流思潮，簡單來說就是讓孩子依循自己的特質、興趣、能力、志向等條件，提供適切的學習環境與資源，讓學習產生功效，進而讓孩子在適合的舞臺，展現才華並繼續學習。「啓沃」，啓，開啓；沃，灌沃。指竭誠開導，典出《尚書》卷十〈商書．說命上〉，商王武丁任用傅說爲相時，命之曰：「若歲大旱，用汝作霖雨。啓乃心，沃朕心，若藥弗瞑眩，厥疾弗瘳。」「無疆」，無窮盡之意。

一八　「彬彬」，調配勻稱的樣子；典出《論語．雍也．第十六章》，子曰：「質勝文則野，文勝質則史；文質彬彬，然後君子。」「質」，本質，指內在或先天的本質。「文」，文采，指外加或後天的文采。「野」，鄉野之人，指樸質如鄉野之人。「史」，掌文書的官員，指文采斐然，有如掌文書的官員；其人外表文雅，詞采華飾，然或有眞誠不足之失。「文質彬彬」，樸質與文采調適均衡。「質」是「文」的基礎，「文」是「質」的昇華，只有文質並茂，才是「君子」中庸之道的最高境界。「蔚蔚」，草木茂盛的樣子，引申爲文采華美。「習習」，原指微風和煦的樣子，引申爲盛多、清雅和諧的樣子。「洋洋」，本指水勢盛大、廣闊無邊的樣子，此引申作美善的樣子。《書經．商書．伊訓》：「聖謨洋洋，嘉言孔彰。」

一九　「肫肫」，音「諄諄」，精細緻密、誠懇之意。「浩浩」，原指水盛大，廣闊無邊的樣子，在此意謂胸懷開闊坦蕩。《禮記．中庸》：「夫焉有所依，肫肫其仁，淵淵其淵，浩浩其天。苟不固聰明聖知達天德者，其孰能知之？」「穆穆」，溫和、和諧，恭敬、肅穆，美好的樣子。「泱泱」，指水流的聲音很大，形容深遠廣大的樣子，引申爲氣魄宏大。

二〇　「盡善盡美」，形式優美，內容完好。語本《論語．八佾》，子謂〈韶〉：「盡美矣，又盡善也！」謂〈武〉：「盡美矣，未盡善也！」。後用「盡善盡美」形容事物的完善美滿已達極限。「禱祝」，禱告祝願；「馨香」，燒香。「禱祝馨香」，原指虔誠向神祈禱祝願，後引申指眞誠期望。如《尚書．酒誥》：「弗惟德馨香，祀登聞於天。」

十三　中華民國一一一年（二〇二二）

孔子誕辰釋奠大典祝文

維

中華民國一一一年九月二十八日，恭值　大成至聖先師　孔子誕辰，臺北市政府敬設釋奠大典，總統　蔡英文，特派內政部部長徐國勇，謹具香花時儀，肅告

聖靈曰：

孔子仲尼，至聖先師。千秋萬仞，六藝隨時。
崇文重道，禮樂書詩。儀型世範，教化民彝。
金聲玉振，賢哲九思。始終條理，忠恕修持。
中庸絜矩，誠敬德滋。順天居易，安命濟危。
雩風沂浴，志詠春熙。誨人不倦，汲引忘疲。
大成鄒魯，竹帛功垂。全臺首學，一脈連枝。

豐升德業，淬礪行知。菁莪作育，桃李仁施。
揚才適性，識變從宜。核心素養，按部循規。
青青校樹，灼灼蘭芝。無雙國士，四海揚眉。
嚴嚴赫赫，穆穆怡怡。虔誠謹祝，光顯在茲。

附註

一　本文通押「上平聲：四支」韻，一韻到底，聲情含蓄蘊藉，韻致齊和雍容。主文總共九段，每段四句；結語一段四句，每句皆四字，合計一六〇字。

二　「千秋萬仞」，分別爲「千秋萬代」與「萬仞宮牆」的縮語。「千秋萬代」，意謂世世代代；「萬仞」，原形容山勢很高，語出《舊唐書．卷一九〇．文苑傳上．王勃傳》：「孤峰絕岸，壁立萬仞。」「萬仞宮牆」原名仰聖門，是明代曲阜城的正南門，正對孔廟，門額題「萬仞宮牆」，語出《論語．子張》：叔孫武叔語大夫於朝曰：「子貢賢於仲尼。」子服景伯以告子貢。子貢曰：「譬之宮牆，賜之牆也及肩，窺見室家之好。夫子之牆數仞，不得其門而入，不見宗廟之美、百官之富，得其門者或寡矣。夫子之云，不亦宜乎？」其大意是說，叔孫武叔在朝上對大臣們說：「子貢比孔子的學問還要淵博。」子服景伯告訴了子貢。子貢說：「人的學問好比宮牆，我的這道牆不足肩頭高，別人很容易看到裏面的房舍有多好看。老師的牆有好幾仞高，只有找到了門，走進去，才能看到牆內雄偉的建築，可惜能找到門的人畢竟很少。所以叔孫大夫這樣評價老師的學問，不也是很正常嗎？」因此，後世多以「賜牆及肩」作為自認才疏學淺的自謙之語；又以「萬仞宮牆」形容孔子學問淵博，藉此讚揚孔子崇高的思想。臺北孔廟在酒泉街的南邊，也可以看到一座高大的照牆——「萬仞宮牆」，萬仞宮牆內側繪一隻麒麟，自古以來麒麟被視為仁獸，有麒麟送子的意思，而且腳下踩著書卷、印章、葫蘆與如意，分別象徵「知書達禮」、「官運亨通」、「福祿雙至」與「如意順心」之意。

三

「六藝」是中國古代儒家要求學生掌握的六種基本才能，也泛指中國古代高等教育的學科總稱。「六藝」的內涵有兩種不同的說法：一為「小學六藝」，指禮、樂（培養「仁」德）、射、御（培養「勇」德）、書、數（培養「智」德）等六種知能，是周代教育的主要內容；二為「大學六藝（經）」，指《易》、《書》、《詩》、《禮》、《樂》與《春秋》等六種經典，以及相關訓傳的總稱，此是漢代以後的說法。」「隨時」，取義於《易經．隨．彖傳》：「〈隨〉，剛來而下柔，動而說，〈隨〉。大亨貞，无咎，而天下隨時，〈隨〉時之義大矣哉。」〈隨〉卦之吉道在於「隨時」，因人所當追隨者莫大於天道，「隨時」即是隨順於天道，此即〈彖傳〉所說：「天下隨時，〈隨〉時之義大矣哉。」「時」是時間、時機，也是天道、自然，隨時就是隨著天道的法則、自然的推移而行動。

四

「崇文重道」，即「重道崇文」。臺南市北區臺南公園燕潭旁邊，豎立著一座市定古蹟，建於清嘉慶二十年（一八一五）歷史悠久的「重道崇文」石坊，用以表揚府城人士林朝英（一七三九～一八一六）樂善好施，修建臺灣縣學文廟。「禮樂書詩」，即「禮樂詩書」或「詩書禮樂」，為協韻故，故易其序，孔子「刪《詩》《書》，正《禮》《樂》」，主要是為了恢復周禮的政治理想，因此整理周朝的典章制度文獻爲《詩》《書》《禮》《樂》，並成爲「六藝」教材的主要教育內容，藉此以培養實踐國家政治理想的人才。延平郡王鄭成功（一六二四～一六六二）有傳世唯一草書五絕云：「禮樂衣冠第，文章孔孟家。南山開壽域，東海釀流霞。」

五　「儀型」，典範、楷模之意；「儀型世範」，成爲世人的楷模典範。「教化」，教育感化之意；教以效化，民以風化。教行於上，而化成於下。《禮記．經解》：「故禮之教化也微，其止邪也於未形。」《漢書．董仲舒傳》：「養士之大者，莫大虖（乎）太學；太學者，賢士之所關也，教化之本原也。」「民彝」，猶人倫，指人與人之間相處的倫理道德準則，就是人民的常規準則。語出《書經．康誥》：「不于我政人得罪，天惟與我民彝大泯亂。」《宋史．卷四二四．列傳．趙逢龍》：「爲政務寬恕，撫諭惻怛，一以天理民彝爲言，民是以不忍欺。」清初錢謙益（一五八二～一六六四）〈嘉議大夫南京工部右侍郎葉公墓誌銘〉：「公生平學問，躬行實踐，信心爲己，感民彝，痛國是。」

六　「金聲玉振」爲孟子稱讚孔子聖德兼備，正如奏樂，以鐘發聲，以磬收樂，集眾音之大成。語本《孟子．萬章下》：「孔子之謂集大成；集大成也者，金聲而玉振之也。金聲也者，始條理也；玉振之也者，終條理也。」後用以比喻才德兼備，學識淵博。金聲玉振坊，明嘉靖十七年（一五三八）建，爲進曲阜孔廟的起點，三間四柱式石坊，「金聲玉振」筆力雄勁，是明嘉靖著名書法家胡纘宗（一四八〇～一五六〇）題寫。

七　《論語．季氏》篇，孔子曰：「君子有九思：視思明，聽思聰，色思溫，貌思恭，言思忠，事思敬，疑思問，忿思難，見得思義。」意思是君子有九種事情要考慮：看要考慮是否看清楚了、聽要考慮是否聽清楚了、臉色要考慮是否溫和、表情要考慮是否謙恭、言談時要考慮是否忠誠、工作時要考慮是否敬業、疑問時要考慮請教、憤怒時要考慮後患、見到好處時要考慮道義。孔子所說的「九思」，全面概括了君子言行舉止的各個方面，講述了君子一言一行都需要自我思考與反省，而這也構成了孔子儒家道德修養學說。

八

「中庸」爲儒家的道德標準，待人接物不偏不倚，調和折中儒家的政治、哲學思想。主張待人、處事不偏不倚，無過無不及，執兩用中。《論語．雍也》：「中庸之爲德也，其至矣乎。」〔魏〕何晏（一九五～二四九）集解：「庸，常也，中和可常行之道。」而《禮記．中庸》是一篇論述儒家人性修養的哲學散文，原是《小戴禮記》第三十一篇，相傳爲孔子孫子思（孔伋，公元前四八一～前四〇二）所作，此篇是一部中國古代討論教育理論的重要論著。經北宋程顥（一〇三二～一〇八五）、程頤（一〇三三～一一〇七）極力尊崇，南宋朱熹（一一三〇～一二〇〇）作《中庸集注》，最終與《大學》、《論語》、《孟子》並稱爲「四書」。宋、元以後，《中庸》成爲學校官定的教科書與科舉考試的必讀書，對古代教育產生了極大的影響。「絜矩」，絜，音「協」，度量；矩，畫直角或方形用的尺子，引申爲法度、規則。儒家以「絜矩」象徵道德上的規範。絜矩之道實爲忠恕思想的一部分，言應當以己度人、體貼下屬，亦即以推己度人爲標尺的人際關係處理法則，內心公平中正，做事中庸合德。此言出自《大學》釋治國平天下的段落：「所謂平天下在治其國者，上老老，而民興孝；上長長，而民興弟；上恤孤，而民不倍。是以君子有絜矩之道也。所惡於上，毋以使下；所惡於下，毋以事上；所惡於前，毋以先後；所惡於後，毋以從前；所惡於右，毋以交於左；所惡於左，毋以交於右，此之謂絜矩之道。」絜矩之教講規矩，忠恕之教感情懷，中庸之教入正道。

九　「順天居易」，「順天」爲順天應人，典出《周易．革．彖傳》：「天地革而四時成，湯武革命，順乎天而應乎人，〈革〉之時大矣哉。」「居易」，意謂居心平正溫和，典出《禮記．中庸》：「君子素其位而行，不愿乎其外。素富貴，行乎富貴；素貧賤，行乎貧賤；素夷狄，行乎夷狄；素患難，行乎患難：君子無入而不自得焉。在上位不陵下，在下位不援上，正己而不求於人，則無怨。上不怨天，下不尤人。故君子居易以俟命，小人行險以徼幸。」「君子居易以俟命」，俟是等待，此句的意思是說，君子居心平正坦蕩，處於平易而無危險的境地，素位而行以等待上天使命，不欺凌弱小，不攀附權貴，不怨天，不尤人，這就是君子修身正己的德行。「安命濟危」，「安命」即是「安身立命」，安身而有容身之所，立命而精神安定，如此則生活有著落、精神有寄託。「濟危」，解救危難。

一〇　「雩風沂浴，志詠春熙」，係化用《論語．先進》篇典故：子路、曾皙、冉有、公西華侍坐。子曰：「以吾一日長乎爾，毋吾以也。居則曰：『不吾知也！』如或知爾，則何以哉？」子路率爾而對曰：「千乘之國，攝乎大國之間，加之以師旅，因之以饑饉；由也爲之，比及三年，可使有勇，且知方也。」夫子哂之。「求！爾何如？」對曰：「方六七十，如五六十，求也爲之，比及三年，可使足民。如其禮樂，以俟君子。」「赤！爾何如？」對曰：「非曰能之，願學焉。宗廟之事，如會同，端章甫，願爲小相焉。」「點！爾何如？」鼓瑟希，鏗爾，舍瑟而作。對曰：「異乎三子者之撰。」子曰：「何傷乎？亦各言其志也。」曰：「莫（暮）春者，春服既成。冠者五六人，童子六七人，浴乎沂，風乎舞雩，詠而歸。」夫子喟然歎曰：「吾與點也！」孔子（丘，仲尼，公元前五五一～前四七九）聚徒授學，閒暇時，常與幾位高足弟子談論政治、社會與個人生活情志。這篇正好記錄了孔子與學生子路（公元前五四二～前四八〇）、冉有（公元前五二二～？）、公西華（約公元前五〇九～？）與曾點（公元前五四六～？），「各言其志」的一次談話。而曾點的志向簡單樸實，生動活潑，寥寥數語，勾畫出一幅熙和春日裏的郊遊圖，呈現出生命的充實與歡樂，孔子聽後，讚嘆一聲說：「我贊同曾點的主張。」也鮮明表達出孔子的生活情趣，令人回味。

一一　「誨」，音「會」，教導、誘導；「倦」，厭煩。「誨人不倦」，耐心教導人而不知倦怠。語出《論語．述而》：「默而識之，學而不厭，誨人不倦，何有於我哉！」「汲引」，從井裏提水，比喻引薦提拔人才。「汲引忘疲」，引薦提拔人才而忘記了疲勞。語出〔初唐〕駱賓王（六四〇～六八四）〈上兗州刺史啓〉：「汲引忘疲，獎題不倦。」

一二　「大成」，可以是事功的大成就，義分見於《易經．井上六．小象傳》：「元吉在上，大成也。」《詩經．小雅．車攻》：「允矣君子，展也大成。」〔東漢〕鄭玄（一二七～二〇〇）箋曰：「大成，謂致太平也。」也可解作學問與道德的大成就，義分見於《禮記．學記》：「九年知類通達，強立而不反，謂之大成。」《孟子．萬章下》：「孔子之謂集大成。集大成也者，金聲而玉振之也。」〔東漢〕趙岐（一〇八～二〇一）注曰：「孔子集先聖知大道，以成己之聖德者也。」亦可解作完備之意，義見《老子．第四十五章》：「大成若缺，其用不弊。」孔子爲魯人，孟子爲鄒人，故稱文教鼎盛的地方爲「鄒魯」，《莊子．天下》：「其在於《詩》《書》《禮》《樂》者，鄒魯之士，搢紳先生，多能明之。」盛唐孟浩然（六九一～七四〇）〈書懷貽京邑同好〉詩：「維先自鄒魯，家世重儒風。」「竹帛」，古代寫字用的竹簡與白絹，借指典籍史冊；「垂」，流傳。「竹帛功垂」，或作「功垂竹帛」，同於「永垂竹帛」，意謂建立偉大功勳，名載青史，永遠傳於後世。出自〔戰國〕呂不韋（公元前二九一～前二三五）《呂氏春秋．情欲》：「故使莊王功蹟著乎竹帛，傳乎後世。」

一三　「全臺首學」係指臺灣地區歷史最悠久的臺南孔廟。臺南孔廟興建於明永曆十九年（清康熙四年，一六六五，時臺灣爲鄭成功之子鄭經統治）；其時諮議參軍陳永華（一六三四～一六八〇）任勇衛，於親歷南北督促諸鎮開墾，獲得豐衣足食之後，於是建議鄭經（一六四二～一六八一）：「開闢已就緒，屯墾略有成法，當速建聖廟，立學校。」經大悅，允陳永華所請，令擇地興建聖廟，設學校於承天府鬼仔埔上（今臺南市南門路）。臺灣歸清後，分巡臺廈道周昌（生卒年不詳）暨臺灣知府蔣毓英（生卒年不詳）於康熙二十四年（一六八五）重新改建，名爲臺灣府學；光緒十五年（一八八九）又改名臺南府學，而有「全臺首學」之稱，實顯出臺南孔廟在臺灣文教史上的崇高地位。「一脈連枝」，義同「一脈相承」，指文化、思想、學說之間的繼承關係，從同一血統、派別世代相承流傳下來。「一脈」，同一血脈，指聯絡貫通而成的一個系統。

一四　「豐升德業，淬礪行知」，〈豐〉、〈升〉，義取《周易》二卦，〈序卦傳〉：「〈豐〉者，大也。」〈豐．象傳〉曰：「〈豐〉，大也。明以動，故〈豐〉。……天地盈虛，與時消息。」〈序卦傳〉：「聚而上者謂之升，故受之以〈升〉。」〈升．大象傳〉曰：「地中生木，〈升〉。君子以順德，積小以高大。」「德業」，進德修業，義出於《易經・乾九三・文言傳》：「君子終日乾乾，夕惕若，厲无咎」，何謂也?子曰：『君子進德修業。忠信，所以進德也，修辭立其誠，所以居業也。知至至之，可與幾也；知終終之，可與存義也。是故居上位而不驕，在下位而不憂。故乾乾因其時而惕，雖危无咎矣。』」「淬礪」，本指磨鍊刀劍，後引申爲刻苦鍛鍊、進修。「淬」，鍛造時，將燒紅的金屬浸入水中，以增加硬度；「礪」，磨刀石。「行知」，透過行動的實踐而獲得知識，晚清陳用光（一七六八～一八三五）〈上翁學士書〉：「古之士，其知慕乎道者，未嘗不欲見賢俊之君子，而拔擢其心，以獲尊聞行知之益。」曾國藩（一八一一～一八七二）〈送唐先生南歸序〉：「博求萬物之理，以尊聞而行知。」

一五　「菁莪作育」，同「作育菁莪」、「樂育菁莪」，比喻樂於培育英材。語本《詩經・小雅・菁菁者莪・序》：「菁菁者莪，樂育材也。君子能長育人材，則天下喜樂之矣。」〔南宋〕朱熹（一一三〇～一二〇〇）〈白鹿洞賦〉：「樂菁莪之長育，拔儁髦而登進。」「桃李仁施」，發揮仁愛之心培育學生。「桃李」，比喻所栽培的學生後輩。

一六　「揚才適性」，同「適性揚才」，透過適性輔導，引導學生瞭解自我的性向與興趣，以及社會職場與就業結構的基本型態，作爲成就每一個孩子的國民教育目標。識變從宜，意謂認識事物的變化，靈活處理問題。

一七　「核心素養」是指一個人爲適應現在生活，以及未來挑戰，所應具備的知識、能力與態度。「核心素養」強調「終身學習」的意涵，注重學習歷程、方法與策略；「核心素養」的內涵涉及一個成功的生活與功能健全社會對人的期望。此外，「核心素養」的表述可彰顯學習者的主體性，不再只以學科知識爲學習的唯一範疇，而是觀照學習者可整合運用於「生活情境」，強調其在生活中能夠實踐力行的特質。「按部循規」，按部就班、循規蹈矩。按部就班，比喻做事依照一定的層次、步驟進行；循規蹈矩，遵守禮法，不踰越法度。「循規蹈矩」之循、蹈都有遵行、實踐的意思。規、矩則是指圓規和角尺，是訂定方圓的工具，引申爲標準、禮法。

一八　「青青校樹」，茂盛的學校樹木，比喻莘莘學子。〈青青校樹〉與〈驪歌〉是以前國小最常使用的畢業典禮的歌曲，其實這兩首都是蘇格蘭的歌謠。以前的小學畢業典禮中，畢業生唱〈青青校樹〉，五年級在校生，則高唱〈驪歌〉。「灼灼蘭芝」，比喻卓越優秀而嘉善的學生子弟。「灼灼」，明亮、鮮明、明白、彰著、盛烈之意。原出《詩經·周南·桃夭》：「桃之夭夭，灼灼其華。」「蘭芝」，蘭草與靈芝，比喻嘉善學生子弟。

一九　「無雙國士」，同「國士無雙」，國中獨一無二最優秀人的人才。典出〔西漢〕司馬遷（約公元前一三九～前八六）《史記·淮陰侯（韓信）列傳》：「諸將易得耳。至如信者，國士無雙。」「國士」，顧名思義，是指一國中最優秀、最出眾的棟樑之材。「四海揚眉」，在世界各國都能揚眉吐氣、爲國爭光。「四海」，可指全國各地，也可指世界各地（國）；「揚眉」，揚起眉頭，得意的神情。

二〇　「嚴嚴赫赫」，比喻孔廟的神聖莊嚴與聖靈顯盛，以及提醒進出孔廟時，應保持肅穆虔誠之心。典自《詩經·小雅·節南山》：「節彼南山，維石巖巖（嚴嚴）；赫赫師尹，民具爾瞻。」「嚴嚴」（巖巖），指高聳、充滿威嚴的樣子；「赫赫」，意謂明顯盛大的樣子。「穆穆怡怡」，形容深遠美好而安適自得的樣子。「穆穆」，美好，義出《詩經．大雅．文王》：「穆穆文王，於緝熙敬止。」威儀盛大的樣子，義出《禮記．曲禮下》：「天子穆穆，諸侯皇皇，大夫濟濟，士蹌蹌，庶人僬僬。」深遠的樣子，如「神思穆穆」；又爲平和恭敬的樣子，義出《書經．呂刑》：「穆穆在上，明明在下，灼于四方，罔不惟德之勤。」「怡怡」，和順而安適自得的樣子，義出《論語．子路》：「切切偲偲，怡怡如也，可謂士矣。」（曹魏）何晏（一九五～二四九）集解引馬融（七九～一六六）曰：「怡怡，和順之貌。」

二　「光顯在茲」，光明彰顯、發揚光大在此。「光顯」，光昭彰顯，發揚光大之義；「在茲」，在此，指孔廟，也可爲「斯文在茲」之意。語本《論語．子罕》：「文王既沒，文不在茲乎？天之喪斯文也，復死者不得與於斯文也。」

附錄

一　馬英九總統「八八水災全國追悼大會」致詞

據中華民國九十八年（二〇〇九）九月七日，中央社記者王淑芬高雄電：

「八八水災全國追悼大會」今天在高雄巨蛋舉行。總統　馬英九、副總統蕭萬長、五院院長及多位縣市首長出席，主要爲追悼在八八水災罹難的數百同胞，場面莊嚴肅穆。追悼大會委員會由總統　馬英九擔任主任委員，副主任委員是副總統蕭萬長及五院院長劉兆玄、王金平、賴英照、關中及王建煊，與會民眾有來自阿里山及南部林邊等地區的災民，其餘則是宗教及企業界代表。含災民、宗教及各界代表，這場追悼大會約有五千人參加。

再據中華民國九十八年（二〇〇九）九月七日，總統府新聞：

馬英九總統今天上午前往屏東縣林邊鄉、佳冬鄉，視察國軍及環保署執行災後復原工作以及林邊溪疏濬情形，除指示國軍繼續投入人力，幫助居民重建家園外，也耐心聽取災民訴求，要求相關單位協助配合，加速重建腳步。

隨後，總統出席在高雄市綜合體育館舉辦的「八八水災全國追悼大會」並致詞，代表政府及全國人民，對在這次水災中罹難的同胞表達追思與不捨。面對臺灣遭遇百年罕見的天災，總統除了感謝國人慷慨無私的捐輸，及國際社會不分國界的愛心義助，也鼓勵國人將承受的苦難化爲重生的力量，祈願未來光照臺灣，賜福永遠。

全國追悼大會於上午十時三十分開始，總統與全體與會者首先起立爲罹難者默哀八十八秒，象徵對往生者的不捨與感念。隨後，包括總統、副總統、五院院長、受災縣市地方首長及民間團體、宗教界代表等，分別上臺獻花，表達哀悼與追思之意。

總統致詞全文

今天，英九以萬分沉痛的心情，率領蕭副總統、五院院長、各部會首長與各縣市長，代表全國同胞共同追悼「八八水災」中所有無辜罹難的同胞。面對同胞罹難，就像失去我摯愛的親人一樣，英九此刻的心情，既哀傷又自責。

過去大家篳路藍縷、辛勤耕耘，開闢了美麗的家園。奈何百年罕見的超大豪雨所帶來的洪水與土石流，瞬間奪走了數百人寶貴的生命，這是我們心中永遠的傷痛。我知道，再多的補償與安慰，也無法撫平這種刻骨銘心的傷痛。

在這次「八八水災」中，國軍官兵、警消兄弟與全國寺廟教堂、志工團體都發揮「人溺己溺」的人道精神，參與各項救援、安置與重建工作，搶救、安置了數萬災民。但令人不捨的是，八月八日，臺東縣警察局的兩位員警許金次、江文祥在暴雨中外出救人，不幸被洪水沖走失蹤；八月九日，雲林縣口湖鄉青蚶村村長繆榮堂，爲了及時開啓排水閘門，執行防汛任務，在強風驟雨當中，不幸落水殉職；八月十一日，內政部空勤總隊直昇機飛行員張順發、王宗立及機工長黃鎂智，在惡劣的天候下毅然出勤救護任務，竟因失事而慷慨殉職；八月十四日，南投縣義消張瑞賢參與搜尋濁水溪失蹤災民時，也不幸在湍急的濁流中殉職。

各位鄉親，我們今天含著眼淚，感謝這七位勇士；感謝他們犧牲自己，保護百姓；感謝他們默默展現人性中最可貴的勇敢、奉獻與無私的精神！各位勇士：您們忠肝義膽的情操與事蹟，英九以及全國同胞都將在心中牢記一生。我們已將殉職者的英靈入祀忠烈祠，讓各位的精神光照臺灣、永垂不朽。

這次「八八水災」造成的一切災害，政府一定會深入檢討、痛加改進、並承擔責任。爲了加速災後重建腳步，政府制定了「莫拉克颱風災後重建特別條例」，編列一千二百億元的特別預算，行政院也成立重建推動委員會，由劉兆玄院長親自坐鎮高雄指揮重建工作。原先在學校、寺廟、教堂等臨時收容所的災民，目前九成二以上已經安置在國軍與退輔會等機關的營舍中或接受補助自行租屋，生活大致安定下來。各種慰助金的發放已達八、九成；沖毀的道路或橋樑，目前八成五已經搶通；淘空的堤防，全部搶修完成；淤積的河道，也開始疏通。慈濟、紅十字會、世界展望會等慈善團體與企業界並響應政府號召，將爲災民興建逾千座的永久屋，災後重建工作已經穩健上路。

英九深切瞭解到災後重建的路還很長，無論如何政府一定要盡最大努力，協助災民解決生活、就業、就學、就醫、就養、補償、輔導等種種問題，請鄉親們放心。英九願意傾聽每一位鄉親的需求和意見，以彌補政府的缺失與不足，政府一定會和大家站在一起，共同攜手重建家園。

對於過去政府該做而沒做好的水土保持、防洪工程及橋樑建設，政府會全面檢討，並嚴格督促改善。我們要儘速完成「國土計畫法」的立法工作，全面加強山林水土保持，建立一個不與山爭地、不與河爭地，與自然共生的國土規劃體系，希望提供鄉親同胞們安全的土地，重新過正常的生活。

最後，英九要再一次感謝參與這次「八八水災」救災與重建行列的政府、民間部門，包括國軍官兵、警消人員，以及來自全國各地的宗教團體與志工朋友們，更要感謝國人同胞和海內外人士慷慨解囊。謝謝您們！

英九還要藉此機會，感謝來自全球八十五個國家與中國大陸對「八八水災」災民提供的捐助、救援與關懷。其中，美國即時提供直昇機，直接投入救災工作。日本、新加坡、韓國和包括甘比亞在內的各友邦捐款賑災，共達新臺幣三億八千五百萬元。此外，大陸當局和大陸同胞踴躍捐輸，除了提供一千戶的組合屋和其他救災物資之外，大陸地區捐款至今已超過新臺幣五十億元，這是所有外來捐款中最大的一筆，展現兩岸人民「血濃於水」的民族感情，英九願在此表達由衷的謝忱，也希望兩岸未來在災難救助與重建方面，能相互學習經驗與合作，共同抵禦自然災害。

「八八水災」給臺灣帶來可怕的災難與創傷，但也帶來全球溫馨的關懷與善意，充分體現了地球村「守望相助」、「民胞物與」的博愛精神，我們深深的感動，也深深的感謝。

最後，英九要代表政府與全國同胞，在此告慰不幸罹難的英靈：請安息吧。政府會在最短的時間內，協助災民從廢墟中站起來，今天，英九以中華民國總統的身分，以最謙卑虔誠的心，向罹難英靈獻上鮮花，祈求您們繼續呵護庇佑這塊土地，讓每一位受災鄉親都堅強的站起來，化悲傷為力量，以信心重建美麗家園，展現出我們臺灣人民最強韌的生命力！

八八水災全國追悼大會總統追悼詞（修訂原稿）

——記取慘慟教訓，堅定生生信念，重建安樂家園

國立臺灣師範大學國文學系教授　賴貴三　擬訂

中華民國九十八年八月二十八日（星期五）

各位罹難同胞、救難殉職英雄家屬代表、各位貴賓：

今天，英九首先要對八八水災不幸罹難的同胞、救難殉職英雄，表達沈痛的哀悼，並對罹難同胞、救難殉職英雄的家屬，深致關懷之意。

今天，我們在這裏沉痛追悼「八八水災」罹難同胞與救難殉職英雄，必須深刻記取教訓，時時警惕，操危慮患，「凡事豫則立，不豫則廢」，防範未然，以備不虞，以濟缺失。

本來，大家引頸期盼，「大旱之望雲霓」八月七日（星期五），中度颱風莫拉克將挾帶豐沛雨量滋潤寶島，解除嚴重旱象；同時，「八八父親節」屆臨，大家將歡欣闔府團聚，共享天倫樂趣。不料，八月七日、八月八日兩天兩夜豪大雨的侵襲肆虐，竟然導致臺灣南部與東部縣市嚴重水患。雖然，政府如常成立中央及地方災害應變中心、災害防救委員會等防治機構，秉

持著兢兢業業的態度，「運籌帷幄，掌握機先」，同心協力為臺灣打造一個綿密的災害防護網；不幸的是，這場超越民國四十八年八月七日「八七水災」的災情，竟然超乎想像，慘不忍睹，造成許多同胞生命死傷、家園財產損失，美好佳麗的故鄉土地遭受空前劫難，如此境況，更加發人深省「敬天畏地，回歸自然；不與河爭道，不與林爭地，不超限利用」的亙古深意，在此我們不能不深切反省、徹底改善。

猶記，八月八日（星期六）上午六時五十分，屏東縣佳冬鄉與林邊鄉，即已開始淹水，隨著雨勢的加大延長，情況愈來愈嚴重，逐漸北移影響整個臺灣南部與東部各縣市，自此一發不可收拾。根據內政部消防署的統計，全臺人命傷亡：四百九十七人死亡、肢體六十六具（尚未確認身分）、一百二十七人失蹤、四十六人受傷，可謂前所未有，佳冬、林邊、霧臺、甲仙、六龜、桃源、那瑪夏、太麻里、知本、阿里山……，原來是多麼美好的家園，一時之間，家毀親亡，令人肝腸寸斷，傷慟不已。

對於以上同胞生命的無辜犧牲，英九在此謹深致哀慟之情及表達關懷之意。而政府在災害發生的第一時間，因為預報失準戒心鬆弛、災害資訊掌握不足，沒有做好事先完善的防災預備措施、災後救濟因應行動，飽受各界抨擊責難，英九在此代表政府執政團隊，深致歉疚並已積極督促善後復原。痛定思痛之後，亡羊補牢的及時作為，至今已然發揮功效，成績有目共睹。

惡水無情，人間有愛，五十年最慘的八八水災重創南臺灣，風災中有許多傷心、許多淚水，也有許多勇敢救災的感人事件，許多驚心動魄、振奮人心、感人肺腑的故事。其中，空勤總隊直昇機三名機組員張順發、黃鎂智、王宗立執勤墜機殉難，臺東縣太麻里鄉員警江文祥、許金次執勤落水失蹤，以及水利署測繪人員許于眞因公死亡，爲國爲民捐軀，英九十分感佩、慟心不忍。

尤其，擁有一身救難好本領的屏東霧臺鄉佳暮村四英雄——航特部涼山特勤隊員士官長徐仁輝、上士徐仁明兄弟，以及特種部隊退役的賴孟傳、柯信雄，徒步返鄉七小時，聯手拯救一百三十五名族人後；又再重新投入救援工作，協尋受災的同胞，希望貢獻自己的微薄力量。屏東縣有兩位擔任河川巡守員的新園鄉民林川義、張基萬，在颱風當天巡視魚塭時，發現馬路上竟然有魚，於是就沿著魚被沖出來的方向，走到堤防邊，發現堤防破了一個大洞，趕緊通知村長，出動三百個壯漢，合力用沙包堵住缺口，兩位機靈的巡守員救了整個新園鄉民。他們無畏的勇氣與機敏的智慧，讓災區少一點遺憾，帶給災民多一線希望，這就是臺灣人的愛鄉本色與義勇精神。

此外，苗栗縣劉政鴻縣長發願集資認養災區孩童生活就學，以及後龍鎭八十歲的江康富老先生，捧著一百萬元新臺幣積蓄到縣府，捐助莫拉克颱風受災戶，愛心不落人後，令人敬佩！嘉義樂野部落對外交通中斷，一千多位居民成立共同廚房，大家捐出家中物資，雞鴨青菜，全部集中烹煮料理，不但避免了斷糧危機，部落居民也能吃到熱騰騰的大鍋菜，充分發揮「互助合作，自救救人」的精神。而臺南縣大內鄉災區「六隻忠狗」死守果農張漢動、邱梅冠夫婦的故事，格外令人感動。雖然，八八水災重創臺灣，大水破壞了美好家園，但在災難中，我們看到許多人間溫情，同時也見證到了人性的溫暖，也更有勇氣面對未來困難的重建之路。

在這一個月災後期間，英九已經責成府院部會全力復建善後，並已擬訂補償、撫恤與重建等方案，在安定居家、教育就學、醫療防疫等方面，期盼大家共體時艱，甘苦共嚐，同心同德，在最短時間之內，妥善完成重建安樂家園的理想計畫與預期目標。

英九在此特別感謝國外友善仁道援助，國內各界義演、義賣、義診的慷慨捐獻，以及「走在最前，做到最後」的義務志工、救災人員、宗教團體、軍士官兵、義警義消……；尤其，國軍弟兄全心全力投入救災與復原，宵旰從公，戮力奉獻，英九在此謹向八八水災中的全體仁人義士、救難英雄致敬，表達由衷的欽佩與感謝！因著大家的無私與熱心，攜手互助，「路斷了，愛心不斷；橋毀了，希望不毀；家滅了，生命不滅」，記取永續發展的自然律則，必能撫平心靈傷痛，燃起無限希望；展望未來，大家既爲生命共同體，必須記取慘慟教訓，從一無所有的絕望中，堅定生生信念，才能重建安樂家園，享受應有盡有的幸福，惟有生者安居樂業，才能讓亡逝的親人在天安息。祈願國人都能秉持《周易》〈乾〉、〈坤〉兩卦「自強不息，厚德載物」以及〈大有〉卦「自天祐之，吉無不利」的智慧聖訓，重建家園，護衛寶島：天祐臺灣，神庇百姓——「國泰民安，風調雨順」。這是英九及國人共同的企盼與願景，誠摯祝福大家，平安順遂，成功如意，感恩謝謝！

二　畢寶魁教授〈孔子生年生日詳考〉

編者案：本文爲遼寧大學文學院畢寶魁（一九五二～）教授，發表於二〇一三年十月二十七日，兩岸儒學專家學者在臺北盛大舉辦之「孔德成先生逝世五周年紀念會」暨「儒學的理論與應用國際學術研討會」會議論文，蒙其同意，附錄於本編，提供學者參考。已故國學大師、本系（國立臺灣師範大學國文學系）前主任程發軔（一八九四～一九七五）教授學究天人、道貫古今，既專擅於古曆法與沿革地理，又精通《春秋》左氏之學。著作《春秋曆說》稿本末篇，嘗以古六曆、《授時曆》、《時憲曆》等各種曆法與節氣合算，詳述中華民國四十年（一九五一）推定孔子誕辰實爲國曆九月二十八日，考證大體如下：孔子誕生於魯襄公二十二年（公元前五五一）庚戌歲周正十月二十七日，即夏正八月二十七日，就三六五點二四二五日之歲實，換算國曆應爲九月二十八日，更正了民國二十三年（一九三四）根據夏曆逕自換算的國曆八月二十七日（此換算今亦爲大陸地區所採用），經專家學者認同，建請中央改訂孔子聖誕日期，爰於中華民國四十一年（一九五二）八月十八日明令公布：以九月二十八日爲孔子誕辰，並定是日爲教師節。

提要

目前通行的孔子誕辰九月二十八日是缺乏依據的，子夏傳授《公羊傳》和《穀梁傳》都有孔子生日的明確記載，兩傳所記實質也吻合，參照其他文獻，再參照天文學相關記載，可以確定孔子生年生日爲西曆西元前五五二年十月九日。其他說法應該摒棄。

關鍵詞：孔子，生日，三《傳》。

目前，國學很熱，孔子也再度熱起來，近來每年一度的祭孔大典都非常隆重，日子都是九月二十八日。但這個日子是缺乏依據的。關於孔子生日這樣非常實際而迫切的大問題，卻一直沒有非常權威可信的說法，令人困惑。如果沒有文獻可資考證，也無話可說，如果有文獻可以考證確定，則應該重新討論並確定之。因爲這關係到到底把哪一天作爲孔子誕辰紀念日的問題，故必須極其愼重。

就目前看，孔子生日主要說法有兩種，即周靈王二十一年十月二十七（即夏曆八月二十七日，本月朔日是九月八日），西曆則是西元前五五一年十月四日。或者說是周靈王二十年十一月二十一日，對應的西曆則是西元前五五二年十月三日。這兩種說法對應的西曆都不是九月二十八日。前說是最主要的說法，即農曆八月二十七日。西曆九月二十八日的說法如何得來實在不知道。目前大規模的紀念孔子活動都是此日。但這種說法實在令人懷疑，缺乏科學根據，因爲與孔子生日最早的記載完全不同，故難以令人信服。孔子的生日不是無法考證的，有很堅實的文獻資料可以推論考辨出來。下面我們便條分縷析地進行推論。

一　農曆生日就是錯的

孔子生日西曆爲九月二十八日，我始終無法知道這種說法起源於何時，是怎麼推算出來的。在費盡周折後，終於找到這種說法的源頭，但如何推論出來的卻依然茫然。

既然是西曆，就一定在推翻清朝後，因爲在民國以前採用農曆，不涉及西曆問題。既然採用西曆，就一定是辛亥革命後的民國年間。進入民國後第一次祭孔是在一九一三年九月二十八日，並且認爲這天就是孔子生日。是魯迅先生在日記中記載了這件事，魯迅是當事人，所記當然可信。《魯迅日記·上卷》：

九月二十八日。星期休息。又云是孔子生日也。昨，汪總長令部員往國子監，且須跪拜。衆已譁然。晨七時往視之，則至者僅三四十人。或跪或立，或旁立而笑。錢念敂從旁大聲出罵，頃刻間便草率了事，眞一笑話。聞此由夏穗卿主動，陰鷙可畏也。（註二）

據魯迅日記可知，時任教育總長的汪大燮策劃並組織給孔子過生日之活動，開創以此日祭孔之先河。但這個日子是如何得出的，未見明確的說法。魯迅先生只說「又云是孔子生日也」，有點不屑一顧的語氣，因此他也不加可否，更不談如何得來的。但一九一三年八月朔日是西曆九月一日。如果按照農曆二十七推衍，則是九月二十七日而不是二十八日。不知是推算之小誤，還是其他原因，而以九月二十八日爲孔子誕辰。但無論是如何推論出來的，都是錯誤的。因爲農曆八月二十七日這一前提就是錯的。

西曆之月日是在農曆基礎上換算出來的，故農曆之月日便是根，根錯則果不必談。那麼，農曆之月日是怎麼產生的呢？

孔子誕辰爲農曆八月二十七日，出自孔子五十一代孫金代孔元措的《孔氏祖庭廣記》（卷八），原文是「周靈王二十一年庚戌歲，即魯襄公二十二年，冬十月庚子日，先聖生，即今之八月二十七日。」而這一結論是大有問題的。

司馬遷《史記·孔子世家》：「魯襄公二十二年而孔子生」，「魯襄公二十二年」便是「周靈王二十一年」，但沒有記載月日。於是孔元措採用《春秋公羊傳》和《春秋穀梁傳》中「庚子」生的日期，將孔子的生日確定在「魯襄公二十二年十月」的「庚子」日，而此年「十月甲戌朔」，以此順推到庚子日，便是二十七。又，春秋時採用周曆，建子之月，而孔元措時已採用夏曆，爲建寅之月，那麼，春秋時的十月便等同于宋元時期（中國秦漢後絕大部分時間採用夏曆）的八月，這一點也沒有問題。這樣，孔元措便認定孔子生日爲夏曆「八月二十七」。

如前文所指，孔元措用兩傳記載的「庚子」日與司馬遷「魯襄公二十二年」的說法捏合在一起，是不符合實際的。因爲兩傳記載孔子生日的前提是「魯襄公二十一年」，與司馬遷的「二十二年」差一年，兩年農曆本來也不可能一致。簡言之，孔元措年代採用司馬遷的說法，即「二十二年」，而月日卻採用「二十一年」，焉能不錯？

二　最重要的文獻

學術考證好像法官斷案，要進行嚴密的推理，要注重證據以及證據間的關係。對於孔子的生日來說，離他越近的文獻越可靠。在《論語》中我們無法發現關於孔子生日的蛛絲馬跡。距離孔子時代最近，記載孔子生日最原始的文獻莫過於《春秋三傳》。其後，比較早一點的關於孔子的文獻主要有《孔叢子》和《孔子家語》兩種。此二書最晚成書於漢末魏初時期，兩書在孔子生日方面沒有有價值的文字。再以後的文獻更不可靠，不能取信，也不必參考。《孔氏祖庭廣記》因爲出自孔子嫡系子孫之手，故影響很廣，但其是孔子身後一千幾百年後的說法，其根據本身就有問題，前文已論述過，不贅。因此《春秋三傳》便是研究、推測孔子生日最重要的文獻。下面，我們便從《春秋三傳》上相關的記載來進行推論。

《左傳》上沒有記載孔子出生的字樣。這種現象是有原因的，我們姑且放置後面進行推論說明。那麼，最近的就是《春秋公羊傳》和《春秋穀梁傳》了，我們就從這兩本書中相關的記載開始推論。

《春秋公羊傳》和《春秋穀梁傳》都有孔子出生具體日期的記載。而這兩傳都是孔子高徒子夏傳授下來的。

《春秋公羊傳》傳承脈絡如下：子夏→公羊高→公羊平→公羊地→公羊敢→公羊壽→胡母子都、董仲舒→嬴公→眭孟→莊彭祖、顏安樂→陰豐、劉向、王彥→……何休→……徐彥。（註二）即由子夏傳給公羊高，其後四傳至公羊壽，才正式書寫成冊。胡母生、董仲舒都是公羊壽弟子。

《穀梁傳》也是子夏傳授下來的。子夏傳授給穀梁赤。由穀梁赤傳承下來。（註三）在漢宣帝時，《穀梁傳》很受重視。子夏是孔子親密弟子之一，孔子很喜歡他。子夏對老師也非常尊重，他應該知道老師的生日，因此這種記載應該是可靠的。那麼，我們只要把《春秋公羊傳》、《春秋穀梁傳》中關於孔子生日的記載考證解釋清楚，而且如果能夠證明兩傳沒有矛盾，那麼，孔子的生日就可以確定了。

《春秋公羊傳》上說：

> 魯襄公二十一年。九月，庚戌朔，日有食之。冬，十月，庚辰朔。日有食之。曹伯來朝。公會晉侯、齊侯、宋公、衛侯、鄭伯、曹伯、莒子、邾婁子于商任。十又一月，庚子，孔子生。（註四）

再看《春秋穀梁傳》上說：

魯襄公二十一年。九月，庚戌朔，日有食之。冬，十月，庚辰朔。日有食之。曹伯來朝。公會晉侯、齊侯、宋公、衛侯、鄭伯、曹伯、莒子、邾子于商任。庚子，孔子生。（註五）

有的學者認爲兩傳有矛盾，《公羊傳》上說「十又一月」，是十一月的「庚子日」孔子誕生。而《穀梁傳》上記載是十月的庚子日孔子誕生，月份不同。但如果我們仔細思索，就會發現，《公羊傳》只比《穀梁傳》多「十又一月」四個字，其他文字基本相同。那麼，如果我們以「庚辰朔」，「庚子」日生來推斷，兩傳則完全一致。

因爲如果以「庚辰」爲朔，即初一來推，都推到庚子日，那麼，孔子的生日按照西曆就可以推出來了。依據張培瑜編著的《三千五百年曆日天象》一書，魯襄公二十一年十一月是庚辰朔，本日西曆是九月十九日。（註六）這樣，庚辰是初一，順推到庚子日。則是二十一。再從九月十九日順推，正好是西曆十月九日。因此，孔子的生日可以確定在這一天。

有的學者認爲，《春秋》三傳，《左傳》乾脆沒有記載，而《公羊傳》和《穀梁傳》記載月份又不同，故不足取信。下面就這個問題再進行說明。

《公羊傳》中的「十又一月」當是衍文。何休在本句下注釋說：「庚子，孔子生，傳文上有十月庚辰，此亦十月也。一本作『十一月庚子』，又本無此句。」何休當時看到的兩個版本《春秋公羊傳》中，另一個版本就沒有「十一月」的字樣。何休的說明非常重要，他已經注意到這個問題了。「傳文上有十月庚辰，此亦十月也」的判斷也非常重要，即他認爲既然前面有「十月庚辰」四字，那麼此「庚子」日也是十月。因爲如果十月朔日是庚辰，第一個庚子日便是十月二十一，下一個庚子日到十二月中旬了。十一月根本就沒有「庚子」日。這樣推斷，「十又一月」的記載是絕對錯誤的，而另一版本沒有此四字，就證明其是衍文無疑。這樣分析，兩傳對於孔子生日的記載就完全一致了。至於兩傳均記載「十月庚辰朔」，而對應《三千五百年曆日天象》的月份是十一月，那是另外的曆法問題，因爲春秋時期曆法未嚴格，夏、商、周三正並用，魯國也有自己的曆法，有時混亂。因此這一問題我們可以忽略。只要牢牢抓住「庚辰朔」、「庚子」生這兩個最關鍵日期就可以。而當年當月的庚辰朔就是九月十九日。這樣，孔子的生日就可以確定了。

還要注意的一點是，傳述《公羊傳》與《穀梁傳》的子夏主要生活時期是在戰國，而戰國正朔與春秋也有差別，張培瑜說：「春秋戰國時期各國自行頒曆，行用不同的曆法。」（註七）子夏在傳授兩傳時所用的曆法也可能另有所據。這一點，有待於進一步探討。

三　《春秋左氏傳》爲何不記孔子生日

古代學者多數注意《左傳》而忽視另外兩傳。而恰恰是《左傳》沒有記載孔子生日。這也是學術界沒有注意的重要原因。但如果我們仔細閱讀《春秋左傳》全文的話，就會有另外的感受，也會悟出爲什麼該書沒有記載孔子生日的緣由。

關於《左傳》的作者，學術界有不同意見。但根據該書之內容、體例來看，當爲左丘明所作。《四庫全書總目》說：「〔周〕左丘明傳。〔晉〕杜預注。〔唐〕孔穎達疏。自劉向、劉歆、桓譚、班固，皆以《春秋傳》出左丘明，左丘明受經於孔子，魏晉以來儒者，更無異議。」（註八）可見唐代以前，學者都認爲《左傳》是左丘明所作。左丘明與孔子同時，孔子對於左丘明很尊敬。《論語・公冶長》記載：

子曰：「巧言、令色、足恭，左丘明恥之，丘亦恥之。匿怨而友其人，左丘明恥之，丘亦恥之。」（註九）

可以體會出孔子對於左丘明很尊敬，以左丘明之是非爲是非，從語氣上看，左丘明應該比孔子年長。據此，再參照《左傳》之內容以及與《春秋》之關係，可以推測出三種情況。一、《左傳》確實是左丘明所作。漢魏以前學者無懷疑者。二、《左傳》與《春秋》同時所作。當孔子筆削《春秋》時，左丘明也在撰述《左傳》，二人出發點不同。孔子是在政治上提倡禮樂文化，堅持周禮的價值判斷與是非標準，提倡君臣大義，因此有「《春秋》成而亂臣賊子懼」的評價。而左丘明是史官，主要記載歷史事件的經過。側重點不同。三、孔子應當參與了《左傳》的寫作，最起碼是對於左丘明在寫作過程中施予過一定的影響。或者是被動的，即左丘明主動徵求孔子對於某些重大歷史事件或歷史人物的看法，否則，《左傳》中出現那麼多次「仲尼曰」便無法解釋。

如魯昭公十四年，晉國大臣叔向回答向他請教的韓宣子關於一件司法案件的審判意見時，完全依照法律規定回答，沒有一點袒護自己親人叔魚的傾向。在記載完這件事後，左丘明引證孔子的話道：

> 仲尼曰：「叔向，古之遺直也。治國制刑，不隱於親，三數叔魚之惡，不為末減。」（註一〇）

如果不是直接聽孔子說的，或孔子告訴的，左丘明是怎麼知道孔子如此評價的？

又、衛國齊豹、北宮喜、公子朝、褚師圃等作亂，要殺衛靈公，衛靈公逃跑出都城。靈公兄公孟縶被殺，齊豹之邑宰去召北宮喜之邑宰，北宮之邑宰沒有參與密謀，於是殺死齊豹的邑宰並滅掉齊氏，衛靈公才得以返回。靈公兄公孟縶的參乘宗魯是齊豹推薦的，齊豹提前通知他，但他堅持保護公孟縶，爲之而死。

琴張聞宗魯死，將往弔之。仲尼曰：「齊豹之盜，而孟縶之賊，女何弔焉？君子不食奸，不受亂，不爲利疚於回，不以回待人，不蓋不義，不犯非禮。」（註一一）

孔子如此言論，左丘明是怎麼知道的？而在記載完此事件後便將孔子這麼長的議論原文記載上？

鄭國賢相子產死後，「仲尼聞之，出涕曰：『古之遺愛也。』」（註一二）連孔子哭的細節都知道，或許是孔子與左丘明談論子產死時說的話，故左丘明能夠如此生動記載之。類似的例子很多，在《左傳》中直接記載孔子語錄的情況有多處，很多意見其他地方都沒有記載，如果不是左丘明直接聽到孔子的議論，或孔子自己提供給左丘明的意見，則很難理解。

分析到這裏，我們可以基本推測出左丘明與孔子的關係，也基本可以推測出《春秋》與《左傳》的關係。這樣，《左傳》不記載孔子生日便是天經地義的。一是孔子自己修《春秋》，斷沒有將自己之生日記入其中的理由，也不可能如此做。而左丘明與孔子同時代，孔子只是下大夫，沒有資格被這種嚴格的史書記載其生日，左丘明是有史德的史官，不可能違背原則，不記載孔子生日是天經地義，因此，全部《春秋左氏傳》不記載孔子生日就是情理之中的事情了。

《公羊傳》和《穀梁傳》的傳人都是子夏，子夏是孔子弟子，當他向兩大弟子傳授或講解兩書時，涉及到自己老師之生日時不能不記載，而且當時孔子已去世多年，「聖人」之名號已取得社會公認，因此，子夏把自己老師之生日記載進自己傳授的書中也是天經地義，不記載便是不肖弟子。如果《公羊傳》中沒有衍文「十有一月」四個字，則兩傳記載的生日完全一致。即使有「十有一月」四字，也不影響我們的研究與推測。因爲「庚辰」朔的當月二十一是庚子日，那麼，整個下月便絕對沒有庚子日了。

又，《春秋左氏傳》魯襄公二十一年中記載的諸侯會同的大事與兩傳悉合，孔子出生在本年，即西元前五五二年便確定無疑。

四　司馬遷的說法以及其他

司馬遷《史記．孔子世家》：「魯襄公二十二年而孔子生。」（註一三）司馬貞索隱：

「《公羊傳．襄公二十一年》『十有一月庚子，孔子生』。今以爲二十二年，蓋以周正十一月屬明年，故誤也。後序孔子卒，云七十二歲，每少一歲也。」（註一四）司馬貞的意見是對的，即可能是司馬遷將《公羊傳》中襄公二十一年「十有一月庚子」的「十一月」誤爲周曆之正月而算在第二年，故產生如此錯誤。上文已經分析過，「十有一月」是衍文，屬於錯誤，而司馬遷在此錯誤資訊的誤導下，又做出錯誤的判斷，雙重的錯誤而導致將孔子的生年推後一年。而司馬遷並沒有提供孔子生日的任何資訊。司馬遷之《史記》有很高權威性，司馬遷的說法被後世採信，故將孔子的生年確定在「魯襄公二十二年」，而對應的西元紀年便是前五五一年了。

《孔子家語》：「魯襄公二十二年，孔子生。」注解：「《公羊傳．襄公二十一年》『十有一月庚子，孔子生』。《穀梁傳》『冬十月庚子，孔子生』。」（註一五）這是《孔子家語》中唯一提到孔子誕辰的文字，將出生年份推遲到魯襄公二十三年，更加錯誤，前人已經指出。又沒有出生之月日，故沒有價值。

五　天文學的有力佐證

又，《公羊傳》和《穀梁傳》都記載孔子出生之年有日食，這也爲我們考證孔子生日提供一個有力的佐證，而且是一個非常重要的佐證。根據《三千五百年曆日天象》中之《合朔滿月表》可知，西元前五五二年八月二十日十三點五十三分庚戌朔，其儒略日1520307，（註一六）儒略日是天文學上通常用的以日爲單位的連續記載日期的系統，與西曆的年月日相對應，是西方天文曆法普遍採用的方式。而我國古代曆法中的干支記日法與儒略日的系統相似，是干支相配六十日一迴圈（循環），前後相接，永遠不斷，也不錯位，兩個系統異曲同工。這樣，將我們的干支記日法與儒略日對應就可以準確無誤知道是西曆上的哪一天，而且完全不考慮我們古代曆法中陰曆月份的因素，這樣就沒有所使用曆法屬於夏曆、殷曆、周曆、魯曆等月份不同的干擾，相對應的西曆年月日極其明晰。查表可知，西元前五五二年八月二十日是庚戌日。

再查《三千五百年曆日天象》中之《中國十三歷史名城可見日食表》，明確記載「前552.8.20」下是「庚戌1520307」，下面記載在曲阜看可以看到的日食資料。這就說明，在魯襄公二十一年（前五五二）之庚戌日（八月二十日）確實發生過日食。（註一七）前文所引《春秋公羊傳》和《春秋穀梁傳》中都有「九月，庚戌朔，日有食之」的明確記載。《春秋左傳》中經文中也有「九月，庚戌朔，日有食之」（註一八）的明文，一個字都不差，三傳與經文皆合，這樣，魯襄公二十一年的「九月，庚戌朔，日有食之」，便不可懷疑。與《三千五百年曆日天象》記載完全吻合。而按照儒略日這一天就是西元前五五二年八月二十日。而下一個月的朔日便是庚辰，這個庚辰日對應的西曆是九月十九日。而在這個庚辰日下面的庚子日，便是孔子的生日。這樣，天文學與文獻記載相一致。魯襄公二十一年庚戌朔這一天發生日食，與天文學推論得出的結論完全一致，而魯襄公二十二年全年都沒有日食，因此孔子生在魯襄公二十一年沒有疑問。如果生在二十一年沒有疑問，那麼其依據這一日食現象之干支日推衍出的孔子生日已可以進一步確定。

我們把上述考證辨析之過程再歸納概括一下，以清眉目：《春秋公羊傳》和《春秋穀梁傳》中明確記載著孔子的生日，排除衍文的干擾後，可以認定兩傳記載的日子是同一天，相互吻合。兩傳的傳人均是孔子得意弟子子夏，子夏終身追隨孔子，是著名弟子，應該知道孔子生日，故所記載之日期可以相信。《春秋左氏傳》是孔子同時代人左丘明所著，不記載孔子生日是天經地義。而司馬遷所記極其簡略，只有生年沒有生日，生年也與兩傳不同，不應採信。《孔叢子》和《孔子家語》兩書均沒有孔子生日之記載，其他文獻則更晚出，更沒有說服力。《孔氏祖庭廣記》之孔子誕辰是採用司馬遷生年與兩傳記載之生日而成，司馬遷與兩傳記載生年不同，農曆是日期亦必然不同。《三千五百年曆日天象》中所推衍之日食與《春秋三傳》之文獻記載全合，足以證明孔子生在魯襄公二十一年。再用最科學之儒略日與干支法相咬合，完全沒有月份之干擾，推論出孔子的生日。這樣，孔子出生年月日便可以確定爲：魯襄公二十一年十月（庚辰朔）庚子日，即二十一日，西曆爲西元前五五二年十月九日。其他說法均應廢棄。因此本人建議將以後的祭孔典禮改在孔子生日進行。如西曆，則是每年的十月九日，如農曆，則是八月二十一日。

附註

一　人民文學出版社，一九七六年七月版，頁六十三。

二　參見《四庫全書總目》，中華書局，一九六五年版，頁二二〇頁下～二二一上。

三　參見《四庫全書總目》，中華書局，一九六五年版，頁二二一中。

四　《春秋公羊傳注疏》卷二十，阮元校刻《十三經注疏》，中華書局，一九八〇年版，頁二三〇九上。

五　《春秋穀梁傳注疏》卷十六，阮元校刻《十三經注疏》，中華書局，一九八〇年版，頁二四三〇上。

六　張培瑜著：《三千五百年曆日天象》，河南教育出版社，一九九〇年版，頁二〇。

七　張培瑜著：《三千五百年曆日天象·前言》，河南教育出版社，一九九〇年版，頁二。

八　《四庫全書總目》，中華書局，一九六五年版，頁二二〇上。

九　劉寶楠：《論語正義》，《諸子集成：第一冊》，上海：上海書店影印本，一九八六年版，頁一〇八。

一〇　《春秋左傳注疏》卷四十七，阮元校刻：《十三經注疏》，中華書局，一九八〇年版，二〇七六頁中～下。

一一　《春秋左傳注疏》卷四十八，阮元校刻：《十三經注疏》，中華書局，一九八〇年版，頁二〇九二上。

一二　《春秋左傳注疏》卷四十九，阮元校刻：《十三經注疏》，中華書局，一九八〇年版，頁二〇九四下~二〇九五上。

一三　〔漢〕司馬遷，中華書局，一九五九年點校本，頁一九〇五。

一四　〔漢〕司馬遷，中華書局，一九五九年點校本，頁一九〇六。

一五　《叢書集成初編》，中華書局，一九八五年新一版第三冊，頁二三五。

一六　張培瑜著：《三千五百年曆日天象》，河南教育出版社一九九〇年版，頁五五九。

一七　張培瑜著：《三千五百年曆日天象》河南教育出版社，一九九〇年版，頁九八五。

一八　《春秋左傳注疏》卷四十九，阮元校刻：《十三經注疏》，中華書局，一九八〇年版，頁一九七〇上。

三　曲阜孔廟新編樂舞歌辭

第一篇章——天人合一

天地玄黃，宇宙洪荒。民胞物與，泛愛八方。
生生不已，盛德無疆。天人合一，道諧陰陽。

第二篇章——與時偕行

乾坤不老，日月無殤。泱泱華夏，屹立東方。
元亨利貞，與時行將。繼往開來，永新此邦。

第三篇章——萬世師表

三代巨典，六經華章。金聲玉振，萬仞宮牆。
博文約禮，教化其張。尊師重道，斯文永昌。

第四篇章——爲政以德

人文化成，禮樂相襄。仁義禮智，至德煌煌。
君子德風，萬民慕仰。德主刑輔，綱紀有常。

第五篇章——九州重光

躬逢盛世，國運隆昌。海晏河清，王道彌芳。
一陽來復，九州重光。和平崛起，遠邁漢唐。

第六篇章——天下大同

講信修睦，賢能其當。無爭無戰，美善斯揚。

修齊治平，三光永光。天下大同，協和萬邦。

參考文獻

一 古籍（依作者時代先後排序）

《子書二十八種》，臺北：廣文書局，一九七九年五月初版。
《新編諸子集成》，北京：中華書局，二〇一七年。
《二十四史》縮印本，北京：中華書局，一九九七年十一月。
〔春秋〕左丘明：《國語》，臺北：臺灣書房，二〇〇九年。
〔戰國〕莊周，〔晉〕郭象注：《莊子》，臺北：臺灣中華書局，一九八一年。
〔戰國〕屈原，徐建華等譯注，金開誠審閱：《楚辭》，臺北：錦繡出版事業股份有限公司，一九九三年。
〔戰國〕荀況著，〔唐〕楊倞注，〔清〕盧文弨、謝墉校：《荀子》，北京：中華書局，一九八五年。
〔秦〕呂不韋，〔清〕畢沅校本：《呂氏春秋》，臺北：鼎文書局，一九七五年。

〔西漢〕戴德：《大戴禮記》，臺北：臺灣商務印書館，一九八三年。
〔西漢〕劉安：《淮南子》，臺北：世界書局，一九七八年。
〔西漢〕董仲舒：《春秋繁露》，上海：上海古籍出版社，一九八九年。
〔西漢〕韓嬰：《韓詩外傳》，臺北：臺灣商務印書館，一九六五年。
〔西漢〕司馬遷，楊家駱主編：《新校本史記三家注并附編二種》，臺北：鼎文書局，一九八七年。
〔西漢〕劉向：《說苑》，臺北：臺灣中華書局，一九八一年。
〔東漢〕許慎撰，〔清〕段玉裁注：《說文解字注》，臺北：漢京文化事業有限公司，一九八五年。
〔東漢〕荀悅撰：《申鑒》，濟南：山東人民出版社，二〇一八年。
〔東漢〕班固等撰：《東觀漢記》，臺北：臺灣商務印書館，一九六六年。
〔東漢〕班固撰，〔唐〕顏師古注，楊家駱主編：《新校本漢書并附編二種》，臺北：鼎文書局，一九八六年。
〔東漢〕班固等撰：《白虎通德論》，臺北：臺灣商務印書館，一九六六年。
〔東漢〕王充撰，高蘇垣注：《論衡》，臺北：臺灣商務印書館，一九七六年。
〔東漢〕徐幹撰，蕭登福校注：《新編中論》，臺北：臺灣古籍出版社，二〇〇〇年。

〔東漢〕王符撰，彭丙成注釋、陳滿銘校閱：《新譯潛夫論》，臺北：三民書局，一九九八年。
〔東漢〕劉熙：《釋名》，臺北：臺灣商務印書館，一九六六年。
〔三國·魏〕王肅注：《孔子家語》，臺北：臺灣中華書局，一九八一年。
〔三國·魏〕曹植：《曹子建文集》，臺北：新文豐出版股份有限公司，一九八九年。
〔三國·魏〕王弼：《周易略例》，臺北：成文出版社，一九七六年。
〔西晉〕陳壽撰，劉琳譯注：《三國志》，臺北：錦繡出版事業股份有限公司，一九九二年。
〔西晉〕孔晁注：《逸周書》，臺北：臺灣中華書局，一九八一年。
〔東晉〕郭象：《南華眞經注疏》，臺北：新文豐出版股份有限公司，一九八七年。
〔東晉〕陶潛原著，郭維森等譯注：《陶淵明集》，臺北：臺灣古籍出版社，一九九七年。
〔北朝·秦〕王嘉，石磊注譯：《新譯拾遺記》，臺北：三民書局，二〇一二年一月初版。
〔北朝·魏〕酈道元，陳橋譯、葉光庭注譯：《新譯水經注》，臺北：三民書局，二〇一一年。
〔南朝·宋〕劉義慶，〔南朝·梁〕劉孝標注：《世說新語》，臺北：廣文書局，一九八七年。
〔南朝·梁〕蕭統編，〔唐〕李善注：《昭明文選》，臺北：文津出版社，一九八七年。
〔南朝·梁〕何遜：《何記室集》，臺北：新文豐出版股份有限公司，一九九七年。
〔南朝·梁〕劉勰：《文心雕龍》，臺北：師大出版中心，二〇一二年。

〔南朝・梁〕周興嗣：《千字文》，臺北：新文豐出版股份有限公司，一九八六年。
〔南朝・陳〕姚最：《續畫品》，臺北：臺灣商務印書館，一九八三年。
〔唐〕李白，〔宋〕楊齊賢注，〔元〕蕭士贇補、〔明〕郭雲鵬編：《分類補注李太白詩》，臺北：世界書局，一九八八年。
〔唐〕李華：《李遐叔文集》，臺北：臺灣商務印書館，一九八三年。
〔唐〕柳宗元：《柳河東全集》，臺北：世界書局，一九八八年。
〔唐〕王希明：《步天歌》，臺南：莊嚴出版社，一九九五年。
〔唐〕張守節：《史記正義》，臺北：臺灣商務印書館，一九八三年。
〔唐〕李延壽：《新校本南史》（附索引），臺北：鼎文書局，一九八五年。
〔北宋〕張君房：《雲笈七籤》，臺北：臺灣商務印書館，一九七九年。
〔北宋〕范仲淹：《范文正公文集》，臺北：新文豐出版股份有限公司，一九八五年。
〔北宋〕張載：《張橫渠集》，臺北：新文豐出版股份有限公司，一九八五年。
〔北宋〕程顥、程頤：《二程全書》，臺北：臺灣中華書局，一九八一年。
〔北宋〕程頤、〔南宋〕朱熹：《易程傳、易本義》，臺北：世界書局，一九八八年十一月第十版。
〔北宋〕蘇軾：《蘇東坡全集》，臺北：河洛出版社，一九七五年。

〔南宋〕朱熹：《詩集傳》，臺北：臺灣商務印書館，一九八一年。
〔元〕脫脫：《宋史》，臺北：臺灣中華書局，一九八一年。
〔明〕宋濂：《宋學士全集》（《補遺》、《附錄》），臺北：新文豐出版股份有限公司，一九八五年。
〔明〕張居正：《張文忠公全集》，臺北：臺灣商務印書館，一九六八年。
〔明〕王守仁：《王陽明全集》，上海：上海古籍出版社，一九九二年。
〔明〕張宇初：《峴泉集》，臺北：新文豐出版股份有限公司，一九八五年。
〔明〕孫穀編：《古微書》，臺北：臺灣商務印書館，一九八三年。
〔明〕許仲琳編：《封神演義》，臺北：桂冠圖書股份有限公司，一九八八年。
〔清〕張廷玉編，楊家駱新校：《明史》，臺北：鼎文書局，一九七八年。
〔清〕翁方綱：《復初齋文集》，臺北：文海出版社，一九六九年。
〔清〕阮元審定校勘：《重栞宋本十三經注疏附校勘記》，臺北：藝文印書館，一九九七年。
〔清〕馬瑞辰：《毛詩傳箋通釋》，臺北：臺灣中華書局，一九八一年。
〔清〕沈德潛：《古詩源》，臺北：華正書局，一九七五年。
〔清〕唐孫華：《東江詩鈔》，北京：北京出版社，二〇〇〇年。

二　專書與論文（依作者姓名筆畫排序）

川口長孺：《臺灣鄭氏紀事》，臺北：臺灣省文獻委員會，一九九五年。

《文學遺產》編輯部編：《胡笳十八拍討論集》，北京：中華書局，一九五九年。

方東美：《生生之德》，臺北：黎明文化事業股份有限公司，一九八七年。

牟宗三：《生命的學問》，臺北：三民書局，一九九七年三月增訂版八版。

周曉陸：《步天歌研究》，北京：中國書店，二〇〇四年。

張仁青：《歷代駢文選》，臺北：臺灣中華書局，一九六五年。

張仁青：《駢文學》，臺北：文史哲出版社，一九八四年。

張仁青：《應用文》，臺北：文史哲出版社，一九九七年。

張仁青：《揚芬樓文集——張仁青學術論著集》，臺北：文史哲出版社，二〇一二年。

逯欽立輯校：《先秦漢魏晉南北朝詩》，臺北：學海出版社，一九八四年。

臺北市孔廟管理委員會：《臺北市孔廟與釋奠簡介》，一九七九年編印。

廖漢臣：《鄭成功傳》，臺北：益群書店，一九九六年一月十五日。

謝鴻軒：《駢文衡論》，臺北：廣文書局，一九七三年。

謝鴻軒：《元首頌言匯編》，《鴻軒文存》初集，一九七六年初版。

謝鴻軒：《謝氏述德文編》，《鴻軒文存》二集，一九七九年初版。

謝鴻軒：《美意延年粹編》，《鴻軒文存》三集，一九八二年初版。

謝鴻軒：《美意延年續編》，《鴻軒文存》四集，一九八五年初版。

謝鴻軒：《近代名賢墨蹟》，一至十二輯，一九七一年至一九九二年。

張菼：〈鄭成功詩文箋註〉，《臺灣文獻》，第三十四卷第三期，一九八三年，頁一～二〇。

畢寶魁：〈孔子生年生日詳考〉，臺北：「孔德成先生逝世五周年紀念會」暨「儒學的理論與應用國際學術研討會」會議論文，二〇一三年一〇月二十七日，頁一～八。

劉正浩：〈國學大師程旨雲先生〉，臺北：《孔孟月刊》第五十卷第七至八期，二〇一四年，頁四～五十四。

臺北市政府民政局、臺北市孔廟管理委員會：〈祭孔——紀念孔子誕辰二五七〇週年釋奠典禮〉，二〇二〇年九月。

〔韓國〕成均館大學、文化財廳：〈春期釋奠——孔夫子誕降二五六三年〉，二〇一二年五月一一日，頁一～十九。

三　工具書與網路資源

中國哲學書電子化計劃：https://ctext.org/。

《中文大辭典》，臺北：中國文化大學，中華民國六十五年（一九七六）修訂普及本，另設網路版提供檢索。

《中華百科全書》，臺北：中國文化大學，「數位典藏國家型科技計畫·應用服務分項計畫」，行政院國科會補助研發（計畫編號：NSC93-2422-H-034-003），中華民國七十二年（一九八三）典藏版，另設網路版提供檢索。

《成語典》，臺北：教育部，「國家語文資料庫」，中華民國一〇〇年（二〇一一）三月，另設網路版提供檢索。

《重編國語詞典修訂本》，臺北：教育部國家教育研究院，中華民國八十三年（一九九四），另設網路版提供檢索。

《漢語大詞典訂補》，上海：上海辭書出版社，二〇一〇年，另設網路版提供檢索。

1606001

神格孚顯　中樞春秋祀典祭祝文編匯注 2005-2022

編　　注　賴貴三
責任編輯　呂玉姍
特約校對　林秋芬
封面設計　呂玉姍

發 行 人　林慶彰
總 經 理　梁錦興
總 編 輯　張晏瑞
編 輯 所　萬卷樓圖書股份有限公司
　臺北市羅斯福路二段 41 號 6 樓之 3
　電話　(02)23216565
　傳真　(02)23218698

發　　行　萬卷樓圖書股份有限公司
　臺北市羅斯福路二段 41 號 6 樓之 3
　電話　(02)23216565
　傳真　(02)23218698
　電郵　SERVICE@WANJUAN.COM.TW
香港經銷　香港聯合書刊物流有限公司
　電話　(852)21502100
　傳真　(852)23560735

ISBN 978-986-478-824-8
2023 年 5 月初版
定價：新臺幣 880 元

如何購買本書：
1. 劃撥購書，請透過以下郵政劃撥帳號：
　帳號：15624015
　戶名：萬卷樓圖書股份有限公司
2. 轉帳購書，請透過以下帳戶
　合作金庫銀行　古亭分行
　戶名：萬卷樓圖書股份有限公司
　帳號：0877717092596
3. 網路購書，請透過萬卷樓網站
　網址　WWW.WANJUAN.COM.TW
大量購書，請直接聯繫我們，將有專人為您服務。客服：(02)23216565　分機 610

國家圖書館出版品預行編目資料

神格孚顯 : 中樞春秋祀典祭祝文編匯注 2005-2022/賴貴三編注. -- 初版. -- 臺北市 : 萬卷樓圖書股份有限公司, 2023.05

　面；　公分

ISBN 978-986-478-824-8(平裝)

863.566　　　　112003940